本著作系海南大学"中西部高校提升综合实力工程"之
"海南文化软实力科研创新团队"系列成果之一

吴郡二陆文学研究

马荣江◎著

社会科学文献出版社
SOCIAL SCIENCES ACADEMIC PRESS (CHINA)

本书是海南大学科研启动项目"六朝四言诗的功用与四言诗的衰落"(项目编号：KYQD1133)

摘　　要

本书以家族为背景，将陆机、陆云放在六朝大的时代格局中，通过地域研究、心态研究以及文学源流考察等多个方面，探讨二陆文学。具体如下：

第一章着重进行陆氏家族的传承考察。六朝时期，世家大族以家学标异于他姓，学术的不同也影响到文学，因此，本章着重考察陆氏家族的传承、观念与传统及学术与文学状况，目的是通过考察让人们清楚二陆的家族背景、学术修养等，为后文研究二陆文学打下基础。第二章进行二陆诗文的地域研究。吴郡与中原两地的地域环境对二陆诗文创作的影响都很大。江南的春山秀水不仅为二陆诗文的"丽藻"特点奠定了基础，还对二陆文学题材的选择产生重要影响。二陆多留意"水"，诗文也多写水。中原简单平阔有助于"清省"风格的形成，而中原的大山黄川，则成就了其诗"壮"的特点。二陆诗文合江南之秀与北方之清而成清壮之风格。第三章研究二陆的创作心态。二人的原初性格皆为外向型，受其家族及仕途影响又形成自信、自尊、自傲、自负的心态，这种心态与西晋时代难以融合，他们渴望通过施行教化而改变浇薄之风，努力融进这个社会，又形成了热衷与依附心态。其文学创作正是这种复杂心态的表现。第四章为二陆诗文的源流研究。通过对二陆文学创作的主观态度、实际成绩等进行分析，发现二陆崇尚的古人不是建安文人，而是跨过建安直追汉末蔡邕。陆机拟古诗及乐府，拟建安文人只拟曹操。可见陆机无意于学习建安文人。陆云诗主要源于《诗经》，陆机诗也多化用《诗经》中的句子。可以看作二陆之源者，还有《周易》。因此，提出"远跨异代"的观点。二陆推崇的晋人张华，是西晋文坛的领袖，也是新风尚的代表者，又由于二陆诗本身的求新特点，因此，本章又提出了"追逐时风"的观点。本章还重点分析了钟嵘《诗品》所说的"陆机出于陈思，陆云源于白马"的论断，批驳了钟嵘之论的缺陷，指出二陆与曹植风格相近是共同爱好（《诗经》《楚辞》及汉代古诗）所致，并非是学习曹植的结果。第五章是二陆诗文异同论。二陆为同胞兄弟，但二陆诗文相似却并不相同。通过比对二陆诗文得出二陆是汉代旧的文学体制的摧毁者也是西晋新的文学体制的建立者的结论。

目　录

绪　论　／001

第一章　吴郡陆氏家族传承及文学考察　／014
　　第一节　吴郡陆氏世系　／015
　　第二节　陆氏家族观念与传统　／028

第二章　二陆诗文的地域研究　／050
　　第一节　二陆文学创作与地域变化述略　／054
　　第二节　地域环境对二陆文学创作的影响　／075

第三章　二陆诗文的创作心态研究　／104
　　第一节　二陆的原初性格特征　／105
　　第二节　将门之子的自信、自尊与自傲、自负心态　／111
　　第三节　孤傲游子心态　／117
　　第四节　持守家风与难以改革浇薄世风的无奈心态　／125
　　第五节　二陆的"热衷"个性与难尽其才的依附心态　／133
　　第六节　二陆性格、心态与"缘情绮靡""文贵清省"　／141

第四章　二陆诗文之渊源研究　／151
　　第一节　陆机诗渊源的重新审视　／152
　　第二节　远跨异代，诗模"风""雅"　／186
　　第三节　追逐时风，乃雕乃藻　／202

第五章　二陆诗文异同论　／219
　　第一节　二陆诗歌异同论　／220
　　第二节　二陆赋文之异同　／249

结　论　／285

参考文献　／289

绪　论

　　陆机、陆云是太康文坛的两位重要作家。钟嵘《诗品序》云："太康中，三张、二陆、两潘、一左，勃尔复兴，踵武前王，风流未沫，亦文章之中兴也。"① 沈德潜《古诗源》谓："（陆云）诗与士衡亦复伯仲。"② 郭绍虞著《中国文学批评史》则云："晋初文学首推二陆，即就文学批评言，二陆亦较为重要。"③ 二陆的作品也十分丰富。《晋书·陆机传》载："（机）所著文章凡三百余篇，并行于世。"《陆云传》载："所著文章三百四十九篇，又撰《新书》十篇，并行于世。"《晋书》未说明卷数。葛洪《抱朴子》云："吾见二陆之文百许卷，似未尽矣。"《隋书·经籍志》："晋平原内史《陆机集》十四卷。""晋清河太守《陆云集》十二卷。"传于今者，陆机有赋28篇，诗3卷106题156首，文24篇，演连珠50首④。陆云赋8篇，诗26卷35篇，颂、诔、书等文共30题88篇，另有黄葵等《陆云集补遗》文2篇⑤。太康文人无出二人之右者。

一　研究历史及现状

　　太康文坛作家众多，群星闪耀，有"张潘陆左，比肩诗衢"之说。二

---

① （梁）钟嵘：《诗品注》，陈延杰注，人民文学出版社，1961，第1页。
② （清）沈德潜：《古诗源》，中华书局，1963，第161页。
③ 郭绍虞：《中国文学批评史》，百花文艺出版社，1999，第77页。
④ （晋）陆机：《陆士衡文集校注》，刘运好校注，凤凰出版社，2007。如无特殊说明皆以此书为据，下文不注。
⑤ （晋）陆云：《陆云集》，黄葵校点，中华书局，1988。无特殊说明皆以此书为据，下文不注。《左九嫔感离诗》为左棻之作。

陆，尤其陆机，"是曹植以后两晋至南北朝文坛上的一颗巨星，是六朝文学家的一面旗帜，他在文学理论和文学创作上揭示出六朝文学创作发展的道路，居于这一时期文学创作的先导地位"①。自西晋太康以来，二陆一直备受关注，虽聚讼纷纭，褒贬不一，却从未曾离开人们的视线。在唐前文学史上，除"屈宋""三曹"、谢灵运及陶渊明外，少有人获此殊荣。具体研究情况如下。

（一）基础资料

第一，二陆文集。二陆诗文颇多，史载陆机"文章凡三百余篇"，陆云文章"三百四十九篇"②。从晋至唐，散佚颇多。晁公武《郡斋读书志》："（陆机）所著文章凡三百余篇，今存诗、赋、论、笺、表、碑、诔一百七十余首，以《晋书》《文选》校正外，余多舛误。"③《直斋书录解题》也提到《陆士龙集》与《陆士衡集》，可见，宋人已经对二陆文集做过整理与校正工作。金涛声以为："主要采自《文选》、《玉台新咏》等总集和《艺文类聚》《初学记》等唐人类书，集中残篇断简比较多，已经远非陆机集原貌。"④刘运好也认为"陆机文集到宋代又一次散佚，且宋已无完本"。宋人刻本《陆士衡集》虽已佚，但此本刊刻对后世贡献颇大，后世士衡文集多以此为祖本。元明清刻本，刘运好《陆士衡文集校注》序言列有六个系列：十卷本系列（陆元大刊刻）、十卷本系列（汉魏诸名家集本）、八卷本系列、七卷本系列、二卷本系列、一卷本系列⑤。《陆士龙集》尚存，且相对完整。后人刊刻，黄葵《陆云集序》列有：宋刻本（项元汴跋）、明正德陆元大刻本、清赵怀玉、翁同书校本、明抄本、张燮刻本、《诗纪》及《百三家集》本⑥。

第二，其他总集及选集中的二陆作品。梁萧统《文选》录陆机诗51首，文、赋8篇，连珠50篇，合计109篇；陆云诗5首。徐陵《玉台新

---

① 胡国瑞：《论陆机在两晋及南北朝文学史上的地位》，《文学遗产》1994年第1期。
② （唐）房玄龄：《晋书》，中华书局，1974，第1481页。
③ （宋）晁公武：《昭德先生郡斋读书志》，四部丛刊本，卷十七。
④ （晋）陆机：《陆机集》，金涛声校，中华书局，1982，"前言"第9页。
⑤ （晋）陆机：《陆士衡文集校注》，刘运好校注，凤凰出版社，2007，"序言"第35～43页。
⑥ （晋）陆云：《陆云集》，黄葵校点，中华书局，1988，"前言"第5页。

咏》录陆机诗 13 首，陆云诗 4 首。唐欧阳询《艺文类聚》录陆机诗 25 首，文、赋 27 篇；陆云诗 5 首，文、赋 7 篇。宋郭茂倩《乐府诗集》录陆机诗 12 首。另有，《太平御览》《太平广记》也有二陆部分诗文及记载。总集有张溥《汉魏六朝百三家集》、丁福保《全晋诗》、冯惟讷《诗纪》、严可均《全晋文》。这些作品基本被录入金涛声的《陆机集》、刘运好《陆士衡文集校注》和黄葵《陆云集》中。

第三，生平资料。保存二陆生平资料最为完备的是房玄龄的《晋书》。但唐代距晋时已久远，且屡遭战火，故许多记载语焉不详。另外，陈寿的《三国志》、葛洪的《抱朴子》中也有一些关于陆机、陆云的材料。《机云别传》主要见于《三国志注》、刘孝标的《世说新语注》中。臧荣绪的《晋书》，主要见于李善的《文选注》中。上述资料是我们考证二陆生平的主要材料。

（二）研究概况

第一，古代研究。自晋至清末，人们对二陆的研究具有比较鲜明的时代特点。以唐朝为分界线，唐前对二陆的评价褒多贬少。主要集中于对其辞采的称赞上。如晋人葛洪称二陆文如"玄圃积玉"[1]。谢朓称陆机"有杞梓之贞心，协丹采之辉波"[2]。钟嵘《诗品》称陆机"才高词赡，举体华美"；陆云"清河之言平原，犹陈思之匹白马"[3]。刘勰《文心雕龙》评价比较全面，涉及才思、风格、声律等多个方面，代表着南朝二陆研究的最高成就。同时，钟嵘、刘勰的研究也是后世研究的基础。唐代基本延续了六朝的基调，褒多贬少。最为重要的成果是唐太宗《陆机传论》，其文涉及二陆家世、性格、文章等多个方面。

至唐代以后，宋元人的主要贡献是文献整理，已如前云。诗话如《王正德诗话》《后村诗话》《沧浪诗话》《王观国诗话》以及元好问《论诗三十首》等都有涉及。主要集中在陆机的拟古诗及二陆诗的模拟特点上。如《王正德诗话》[4] 即指出士衡、士龙诗的模拟特点，并认为其诗文"体

---

[1]（清）严可均：《全上古三代秦汉三国六朝文》，中华书局，1958，第 2132 页。
[2]（晋）谢朓：《谢宣城集校注》，曹融南校注，上海古籍出版社，1991，第 2 页。
[3]（梁）钟嵘：《诗品集注》，曹旭集注，上海古籍出版社，1994，第 132、235 页。
[4] 吴文治：《宋诗话全编》第 6 册，江苏古籍出版社，1998。

弱"，缺少建安风骨。叶适然在《习学记言》中亦如是说。因此，严沧浪认为"陆士衡独在诸公之下"①。

有明一代，学者论述多沿袭宋人说法，或评其模拟，或言其藻饰，陈陈相因。览其主要贡献，在于从结构上探讨二陆诗文。如茅一相的《欣赏诗法》言"五言之有冒头"事，王世贞的《艺苑卮言》言以赋为诗事，许学夷的《诗源辩体》从诗体的角度分析士衡诗历史渊源，胡应麟的《诗薮》论陆士衡、陆士龙兄弟以五言之法作四言诗的问题等。明代二陆研究，除刊刻《二俊集》的贡献外，以张溥的《汉魏六朝百三家集题辞》及胡应麟的《诗薮》成就最高。前者实是一篇简短的二陆研究论文，后者则从时代背景、诗文的发展演变、诗法等多个方面论述了二陆诗文，既有纵的追源溯流，又有横的比对，还涉及二陆的差别。

清初诸家之论，与明人相较，是一个小的转折。明人贬之者众，清初之诗家以褒扬为多。大体上，此一时期论者多从才高的角度肯定二陆。如钱谦益、吴乔、贺贻孙、毛先舒等。如毛氏云："士衡之诗，才太高，意太浓，法太整。"② 这一时期的学者，多从"变"的角度，把二陆放在大的背景中进行讨论，如叶燮的《原诗》提出："《三百篇》一变而为苏李，再变而为建安，三变而为晋，如陆机之缠绵铺丽，左思之卓荦磅礴，各不相同也。"王士祯的《师友诗传录》："诗之变也，其世变为之乎？……迨于张华、傅玄以及潘、陆而风（艳丽之风）斯漓。"③ 清代中叶之后，对二陆的看法分歧较大。赞之者，如吴淇所选陆诗几乎篇篇称善；贬之者如沈德潜的《古诗源》谓士衡"胸少慧珠"④，陈祚明谓士衡诗"亦步亦趋"⑤。清人对二陆研究以吴淇的《六朝选诗定论》⑥成就最高，其书中选陆机诗48篇，陆云诗4篇，逐一详评，颇能得二陆旨意。

要之，古代研究，涉及面比较广泛，诸如陆机诗的俳偶雕刻、诗意繁缛、二陆诗的模拟特点、二陆诗学思想以及二陆的家世生平等都有所涉，

---

① （明）叶适然：《习学记言》，上海古籍出版社，1992，第265页。
② 郭绍虞、富寿荪：《清诗话续编》，上海古籍出版社，1983，第30页。
③ （清）王夫之等：《清诗话·师友诗传录》，上海古籍出版社，1983，第144页。
④ （清）沈德潜：《古诗源》，中华书局，1963，第161页。
⑤ （清）陈祚明：《采菽堂古诗选》，上海古籍出版社，2004，第1591册，第39页。
⑥ （清）吴淇：《六朝选诗定论》，《四库全书存目丛书补编》，齐鲁书社，2001。

但限于古代诗文评论的特点,都是一些零散的、感悟式的研究,不够深入,也不够系统。其对后世二陆研究所起到的是铺垫和启发作用。

第二,现代研究。可以分为三个阶段:从清末至1949年为第一阶段。这是中国古典文学研究水平大幅度提高的时期。这时候的研究者相当一部分是学贯中西的大家,他们既具有深厚的国学功底,又掌握西方先进的研究方法。在二陆研究方面,此时学者做出了较大的贡献。首先,学者们摆脱了中国传统的感悟式、评点式的理论批评方式,着手对各类问题进行系统的、理性的分析与考察。如刘师培《中国中古文学史》[1] 撰成于1917年,第四课开篇即引臧荣绪《晋书》语"陆机字士衡,与弟云勤学,天才绮练,当时独绝,新声妙句,系踪张、蔡",并以按语表达自己的主张,认为臧评"机文绮练,所评至精",接着,又引《世说新语·文学篇》及《文心雕龙》之《熔裁篇》和《才略篇》等,将陆机与潘岳比较,认为"士衡之文偏于繁缛",并最终得出"潘陆齐名,机、岳之文永异"的结论。刘先生此段围绕一个中心论证,材料翔实,不蔓不枝。关于陆云引《文心雕龙·才略篇》"至如士衡才优,而缀辞尤繁;士龙思劣,而雅好清省。及云之论机,亟恨其多,而称清新相接,不以为病",强调了陆云诗文"清省",而云之文学主张是"清新相接"。1940年出版的谭正璧所编《中国文学史大纲》[2] 将二陆与当时文人、前后文人进行纵横比较,并通过排序告诉我们诸贤的实际水平与在文学史上的位置。曾毅编《中国文学史》[3] 围绕"汉魏之诗"与"太康之诗"作比对,认为汉魏之诗主"造意",两晋之诗主"造辞"。"造意"的好处在于"幽婉感怆","造辞"的好处在于"从容文藻",二者各有所长。而陆机与陆云的优长与缺陷正在于此:"虽宏赡自足",但"风骨已微",缺少"空灵矫健之气"。其次,学者们编写文学史时多秉承史家传统,尽可能再现各个时期的文学现象,在叙述方法上大多采用多引证、少评述的方式。好处是客观公正,但也限制了学者腾挪的空间,容易造成文学现象概念化,研究很难有进一步的深入。如前引赵景深《中国文学史新编》对"三张、二陆、两潘、一左"的

---

[1] 刘师培:《中国中古文学史》,人民文学出版社,1959。
[2] 谭正璧编《中国文学史大纲》,上海光明书局,1940。
[3] 曾毅编《中国文学史》,泰东图书局,1915。

评价总是以"他们以为"作结,很少有自己的见解。其实,一直被后人推崇的刘师培的《中国中古文学史》也有此类特点,引用前人的地方远远多于自己的阐释。再次,有意识地扩展研究范围。北洋政府教育部审定的教科书——《共和国教科书中国文学史》①,印行于1913年。第二编第四章这样评价二陆:"晋初张华傅玄能诗,束晳补亡亦饶风雅,机云并作,专工咏物,于古诗言志外另辟途径。堆垛排偶与潘岳同,为变两汉空灵矫健之风格,而入于铺排浅靡者也。于其时,诗人有足为苏李继声者,阮籍、左思是也。"这段文字不是单纯地从风格上评论二陆,而是强调了二陆的开创之功"专工咏物,于古诗言志外另辟途径"。作者肯定了二陆在魏晋文学转型中的作用,准确评定了二陆在文学史上的位置,但不满二陆作品铺排浅靡的风格。郝立权《陆士衡诗注》②撰成于1932年,是20世纪唯一一本陆机诗集的全注本。这一时期,陆机集的编年研究,成果最为丰富。比如姜亮夫《陆平原年谱》③辑撰于20世纪30年代。朱东润《陆机年表》发表在《国立武汉大学文哲季刊》1930年第1期上。李泽仁的《陆士衡史》④亦撰成于20世纪30年代。最后,需要指出的是,这一时期陆机的《文赋》研究逐渐走出"选学"的笼罩。1906年王闿运在《国粹学报》第23期引《文赋》"诗缘情而绮靡"等12条,以自己的理解作以解释,认为这是"论诗文体法",指出"有韵之文""专主华饰",而"无韵之文"则"单行直叙"。此篇以论文的方式出现,开启《文赋》独立于《文选》之序幕。后李全佳《陆机〈文赋〉义证》⑤、方竑的《陆机〈文赋〉绎意》⑥等已经基本与"选学"无关。但从总体来看,这一时期仍然集中于字词的疏解和句意的阐释。

1950~1979年为第二阶段。此一时期的二陆研究主要体现在北大55级编撰《中国文学史》、中国科学院文学研究所编《中国文学史》及游国恩等人编撰的《中国文学史》中。上述诸书无一例外,都强调了二陆文学

---

① 北洋政府教育部:《共和国教科书中国文学史》,商务印书馆,1913。
② (晋)陆机:《陆士衡诗注》,郝立权注,人民文学出版社,1957。
③ 姜亮:《陆平原年谱》,古典文学出版社,1957。
④ 李泽仁:《陆士衡史》,成都茹古书局,1934。
⑤ 李全佳:《陆机〈文赋〉义证》,《德言月刊》1934年第1期。
⑥ 方竑:《陆机〈文赋〉绎意》,《中山学报》19422卷,第2期。

的形式主义。如北大55级《中国文学史》（一）称"陆机是这一时期的主要作家，从他的诗歌中就可以窥见当时轻内容重形式的不良创作倾向的一斑"。"他的绝大部分诗歌，内容空虚，感情贫乏，多出自臆想，而不是亲身感受"。① 游国恩主编的《中国文学史》（一）："潘岳和陆机齐名，也是当时形式主义的代表。"② 中国科学院编的《中国文学史》提出："当时的文学有两种不好的倾向：一是模拟古人的作品，和现实生活不发生关系；一是一意追求辞藻的华美和对偶的工整，走向形式主义。"③ 虽然也有可取之处，但由于意识形态的干扰，这一时期的文学研究大多迎合政治需要，其研究结果往往是标签式的。相对客观的是1962年的《魏晋南北朝文学史参考资料》，该书在选录陆机诗文后评论道："他的诗现存104首，多于同时各作家，在当时文坛上地位也较高。但作品大都内容空虚，感情贫乏，又多因袭模拟，雕琢排偶。"④ 虽然同样指出了二者为文模拟、雕琢的特点，但没有贴上标签，这在当时非常可贵。

1980年至今为第三阶段。国门再次打开，思想再次解放。学术争鸣虽有点羞羞答答，但已是几十年未遇之情形。相较前一时期，思想学术的发展，社会技术的进步，都从客观上促进了学术研究的发展，所以这一时期成果最多。具体情况如下：

首先，关于二陆全面系统的论述，主要见于《文学史》与《文学批评史》中。影响较大的著作，有袁行霈主编的《中国文学史》，该书由高等教育出版社出版于1999年，其中《两晋诗坛》一章由丁放先生主笔。丁先生造诣精深，眼界宏阔，其文无意于细枝末节的纠缠，而重在高屋建瓴地架构，着重从六朝诗文演变进程中发掘其意义。如其指出陆机诗"由于时代的原因，潘、陆诸人不可能唱出建安诗歌的慷慨之音，也不会写出阮籍那种寄托遥深的作品，他们的努力表现在两个方面，一是拟古，二是追求形式技巧的进步，并表现出繁缛的诗风"。⑤ 其叙述中隐含的内容是，由

---

① 北京大学55级：《中国文学史》，人民文学出版社，1959，第261页。
② 游国恩等主编《中国文学史》，人民文学出版社，1963，第263页。
③ 中国科学院文学研究所：《中国文学史》，人民文学出版社，1963，第215页。
④ 北京大学中国文学史教研室：《魏晋南北朝文学史参考资料》，中华书局，1962，第248页。
⑤ 袁行霈主编《中国文学史》第二册，高等教育出版社，1999，第52页。

于陆机这代人在形式技巧上的努力，才推动了诗文的发展与进步。大唐诗风绝非突兀而起。另一部影响较大的文学史是徐公持编著的《魏晋文学史》，该书1999年由人民文学出版社出版。徐先生才气高爽，对二陆关注也多。该书的第二编《西晋文学》专列"陆机与陆云"一章。分别论述了二陆的文学道路及文学成就和《文赋》，探讨了二陆热衷功名，分析了二陆的文学成就。徐先生说："陆机对政治功名的热衷执着，决定了在他的文学创作中，社会政治内容所占比重很大。"① 并指出其家世对其的影响："陆机的家世出身，予他一生以绝大影响。在他少年时代，光大父祖勋业观念，早已在他潜意识中牢牢确立，成为人生基本目标……在他日后所作诗文中，怀念颂赞父祖的内容特别多。"② 罗宗强所著《魏晋南北朝文学思想史》对陆机及陆云给了较高的评价。"西晋士风与西晋文学思想"一章指出："结藻清英、流韵绮靡的另一表现，便是追求文字的华美与技巧的细腻。陆机无疑是这种文学思想倾向的代表人物。钟嵘称其为太康之英，而后之论者，普遍认为陆机实开宋齐文风。"③ 这一章重点探讨了陆机的为文技法。

其他涉及二陆研究较多的著作如下。傅刚的《魏晋南北朝诗歌论稿》④ 有一节专论陆机"拟古诗"，傅先生指出，陆机是一个"具有破坏力的解释者"。他认为，陆机通过拟古的方式打碎了旧的诗歌体式，建立了新的诗歌体式。王永平的《六朝江东世族之家风家学研究》⑤ 第二章论江东陆氏的家学与家风，其考证颇见功底，见解也比较独到，但王博士主要研究六朝史学，其着眼点也是史学。叶枫宇的《西晋作家的人格与文风》⑥ 第四章专论陆机、陆云的人格与风格。其受王永平作品影响较大，讨论陆机、陆云人格部分也主要从"忠"的角度论述。梅家玲的《汉魏六朝文学新论》⑦ 主要讨论了陆机、陆云的赠答诗，指出二陆赠答诗中的"仪式性"

---

① 徐公持编著《魏晋文学史》，人民文学出版社，1999，第362页。
② 徐公持编著《魏晋文学史》，人民文学出版社，1999，第357页。
③ 罗宗强：《魏晋南北朝文学思想史》，中华书局，1996，第95~96页。
④ 傅刚：《魏晋南北朝诗歌史论》，吉林教育出版社，1995，第138页。
⑤ 王永平：《六朝江东世族之家风家学研究》，江苏古籍出版社，2003。
⑥ 叶枫宇：《西晋作家的人格与文风》，上海三联书店，2006。
⑦ 梅家玲：《汉魏六朝文学新论——拟代与赠答篇》，北京大学出版社，2004。

和"美学性"。姜剑云的《太康文学研究》①对二陆着墨较多。该书既探讨了二陆的生平，也研究了二陆的文学思想。阮忠的《中古诗人群体及其诗风演化》②的突出之处在于，他把每一个时代的文人团体都看成一个整体，把这些团体连起来考察中古文学的主流趋势。胡大雷的《中古文学集团》③所考察的是"文学集团"这一现象的成因及作用，而非"文学集团"的"文学"。刘运好先生的《魏晋哲学与诗学》④则详细论述了魏晋诗学演变的轨迹，主要探讨了玄学、经学及对魏晋士人、士风的影响。其中，有一节文字专论陆机的文学，指出陆机"既是建安风骨的继承者，又是建安风骨的解构者"。程章灿先生的《魏晋南北朝赋史》⑤更准确地说应该叫"赋论"，该书不注重对魏晋南北朝赋家及其作品进行"史"的考察，更看重对"赋"体文学发展过程的思考。俞士玲的《西晋文学考论》⑥重在考证西晋文学代表人物的文学系年及创作风貌。该书侧重于政治、历史、思想、文献等方面的考察。上述皆是宏观把握魏晋文坛的力作。各书重点不同，但对二陆文学研究都起到重要的借鉴和启发作用，对陆机、陆云的研究也提出了许多新颖、可贵的见解。

关于二陆研究的专著。主要有李晓风的《陆机论》⑦，该书由作者的硕士学位论文整理而成，写得比较平稳。陆机生活的时代、生平与人格、交游思想、创作及文学批评等诸方面皆有涉及。林芬芳的《陆云及其作品研究》⑧是目前为数不多的研究陆云的著作，该书论述比较全面，但深入不够，主要贡献在于对陆云资料的搜集。比较而言，佐藤利行的《西晋文学研究》成就较大。该书是在佐藤先生的博士论文《陆云研究》⑨的基础上扩充的。该书虽名为《西晋文学研究》，但仍以陆机、陆云为主要研究对

---

① 姜剑云：《太康文学研究》，中华书局，2003。
② 阮忠：《中古诗人群体及其诗风演化》，武汉大学出版社，2004。
③ 胡大雷：《中古文学集团》，广西师范大学出版社，1996。
④ 刘运好：《魏晋哲学与诗学》，安徽大学出版社，2003。
⑤ 程章灿：《魏晋南北朝赋史》，江苏古籍出版社，2001。
⑥ 俞士玲：《西晋文学考论》，南京大学出版社，2008。
⑦ 李晓风：《陆机论》，中州古籍出版社，2007。
⑧ 林芬芳：《陆云及其作品研究》，文津出版社，1997。
⑨ 〔日〕佐藤利行：《陆云研究》，白帝社，1990。

象,以点带面。其特点是从文学集团的角度入手考察二陆文学活动。①

其次,这一时期关于二陆的论文数量更多,但研究状况很不平衡。关于二陆文章共计416篇(以中国期刊网1919~2009年所录为准,除去非学术性文章及重复发表、抄袭、名异实同者),其中,以机、云兄弟为研究对象者13篇,以陆云为研究对象者9篇,其他均以陆机为研究对象。这些文章中以《文赋》为研究对象者最多,约有186篇,占全部文章的45%。另有研究连珠体文章28篇,占全部文章的8%。再次是拟古诗15篇,占全部文章的4%。其他比较杂乱,有陆机生平、思想及与他人的比较等,还有对太康文学或六朝文学研究时涉及陆机的作品。由此可以看出,第一点,陆机《文赋》最受学者关注,其次是诗,其次是连珠,再次是赋。第二点,人们研究中偏重于陆机,较少研究陆云。此一现象在最近两年表现得更为明显,2007~2009年,研究二陆的文章新增66篇,而以陆云为专门研究对象者仅增1篇。上述现象与二人的文学实绩有关。陆机的《文赋》影响最大,是不争的事实。陆云虽不及其兄,但毕竟是西晋重要的代表文人,研究文章仅十数篇,有些差强人意。

最后,关于二陆的文集与注释。金涛声点校的《陆机集》②、黄葵点校的《陆云集》是新中国成立后最早的二陆集的整理本,长期以来,一直是二陆研究的主要依据。另有张少康的《文赋集释》③,该书对《文赋》进行了校勘、汇评、汇注工作,搜罗详尽,是迄今为止关于《文赋》注释的最好本子。其他注本还有张怀瑾的《文赋译注》④、周伟民、萧华荣的《〈文赋诗品〉注释》⑤、董国柱的《文赋纂论》⑥、常教的《陆机〈赋〉写作通论》⑦等。刘运好先生的《陆士衡文集校注》,2007年由凤凰出版社出版。刘先生用力勤苦,著述严谨,成绩斐然,该书有论有考,代表了目前陆机研究的最高成就。

---

① 〔日〕佐藤利行:《西晋文学研究》,周延良译,中国社会科学出版社,2004。
② (晋)陆机:《陆机集》,金涛声点校,中华书局,1982。
③ (晋)陆机:《文赋集释》,张少康集释,人民文学出版社,2002。
④ (晋)陆机:《文赋译注》,张怀瑾注,北京出版社,1984。
⑤ 周伟民、萧华荣主编《〈文赋诗品〉注释》,中州古籍出版社,1985。
⑥ 董国柱:《文赋纂论》,黑龙江人民出版社,1990。
⑦ 常教编著《陆机〈赋〉写作通论》,首都经济贸易大学出版社,1998。

(三) 历代研究的得与失

首先论其"得"。二陆作为太康时期的代表诗人，一直受到学者的关注。许多方面的研究已经颇为透彻。第一，自葛洪、钟嵘、刘勰等人指出二陆诗文"辞赡""华美"之后，人们对此反复申说，并拈出士衡《文赋》之"绮靡"一词加以概括。此点历来论述最为详尽，虽有褒有贬，但已为后世所公认。当代学者在此问题上的拓展是，进一步论证了二陆之"绮靡"诗文，是探讨诗文发展历程的必然，是文学进步的表现。与此相关的俳偶、声韵雕刻等，都是诗人在作诗技法上的努力。这些都是应该肯定的。第二，对陆机、陆云模拟风气的认识。此一问题，最初仅是言陆机《拟古十二首》，后来渐次扩展到陆机拟乐府、陆云拟《诗经》，二陆赋拟《楚辞》等多个方面。对二陆模拟风气的争论一直没有停止，目前的共识是：模拟有出于学习的成分，同时也有与前人竞斗的成分；模拟之作感情贫乏，但不是全无感情；晋代之后，"拟古"成为一种体裁。第三，关于《文赋》的研究最为详赡，后人评价也最高。研究涉及了《文赋》的方方面面，如"缘情"说、"神思"说、体裁说、修辞说、物感说、灵感说。第四，关于二陆的生平。关于郡望，"吴郡吴人"，是最为人们认可的说法。入洛说分歧最大，但都承认太康末年"二陆俱入洛"。关于思想，其强烈的父祖情怀是被人所公认的。

再看其"失"。第一，关于二陆"绮靡"之风。士衡之举体华美，自钟嵘提出其"源出于曹植"后，后人多去寻求证据以证钟嵘之是，少有人思虑钟氏之说是否有据。以三国情形，魏、吴两隔，往来不便。更兼二陆论中几乎不论子建，这是为什么？再有二陆集中，除拟魏武帝诗文外，几乎不见拟建安其他文人的诗作，此又当怎样解释？因此，二陆诗风的源头，我们必须重新寻找。第二，二陆虽是晋人，但二陆入晋时已近而立之年，尤其在三国鼎立的局面下，彼此隔阂又深，作为吴地晋人的二陆有没有地域色彩？如有，是一种什么样的情形？原因是什么？二陆在洛十年，受到了多少影响？第三，罗宗强先生、徐公持先生都指出了二陆家世对二陆文学创作有影响，并且影响很大。怎样影响的？二陆入洛后的具体心态是什么样的？二陆的家教又在其为人处世中起到了什么样的作用？另外，南朝谢氏、王氏家族目前都有人去研究，并且已经有许多成果出现。陆氏作为江东第一大族，至今没有一部系统的研究著作，总是一大缺憾。再则，家庭与家族的文化传承在我们国家有着特殊的意义，而关于二陆文学与陆氏家族的关系目前仅有为数不多的一两篇文章，这也为我们的研究留下了余地。第四，二陆是文学家兼文学理论家，但人们的研究往往是局限于一个方面，搞文学理论的多注重陆机的《文赋》，而研究文学创作者更多的关注陆机诗文，往往各自独立。能不能找到一个纽带将二者联系起来？第五，陆云研究虽说已有两部专著，但其重点不同。佐藤氏之作重在研究文学集团，林氏之作则重在作品分类。因此，研究空间还很大。第六，一些新近的研究成果需要借鉴。如一些社会学、心理学、文化人类学、文艺学及美学等学科有许多新的研究成果。这些成果，可以给我们提供一些新思路和方法。其合理成分可以用到古典文学研究中来。

二 研究意义与思路

由于二陆皆为大家，尤其是陆机研究者甚众，相当一部分内容已为治文学史者熟稔。限于笔者才力，不求面面俱到，只求回答上述问题之一二，能够自成体系，即已足矣。正是出于这一考虑，此文命之曰"吴郡二陆文学研究"。谓之"吴郡"实有意强调其地理因素，二陆出自吴郡，入于洛阳，其诸多创作与其吴郡人的身份有关。"二陆"隐指其家族因素，在吴为世家子弟，其仕途上的成功与失败皆与此有关。而谓"文学研究"，则是想区别于家学、家风研究，区别于本土地理研究，区别于历史研究。此一命名规定了本文着重以"文学"为中心进行探讨。本文在研究方法上力求在充分借鉴前人研究成果的基础上，从家族、心态、地域等角度探讨陆氏家族对二陆文学的影响，窥知二陆的内心世界，了解江东及洛中地理、历史文化对其诗文的影响，重新审视二陆诗文的渊源，以期给二陆一个比较合理的定位。具体设想如下。

第一章，陆氏家族的传承考察。六朝时期，世家大族以家学标异于他姓，学术不同自然影响到文学，因此，该章着重考察了陆氏家庭的传承、陆氏家族的观念与传统及学术与文学状况。目的是通过考察让人们清楚二陆的家族背景、学术修养等，是后文研究的基础。

第二章，二陆诗文的地域研究。历史地理学认为，不同的地理环境对人物的个性、地方的风俗有极大的影响。素来有"十里不同天，百里不同俗"的说法。文学反映论认为，任何文学作品，不管形式如何，都必然是作家社会生活的反映。因此不同的地域环境必然会造就不同的文学。因此，本章重点考察吴郡与中原地域对二陆诗文创作的影响。

第三章，二陆诗文的创作心态。历史心态学原理运用于作家作品研究，是从更深层次了解作家的一条佳径。本章拟从二陆的原初性格入手，以家族影响为主线，探视其心态的形成与发展，并结合其诗文创作，了解其创作心态及理论主张。

第四章，二陆诗文的源流研究。"追源溯流"是中国古代文学研究的重要方法，通过探索诗文之源，可以更准确地理解作家诗文，但前提是"溯源"必须是正确的。陆机之源，钟嵘认为出于陈思，又说陆云"清河之方平原，殆如陈思之匹白马"。仲伟此论，后世少有疑者。此章重点在于重新研究二陆与曹植的作品，比对二陆与张华、蔡邕及建安文人，再扩展到《诗经》，以期更准确地判定机、云昆仲的诗文渊源。

第五章，二陆诗文异同论。二陆并称，但二陆诗文相似而不相同。本章从诗、赋、文三个方面比对二陆作品，考察二人同中之异，异中之同。

第一章

吴郡陆氏家族传承及文学考察

"忠孝"原为中国人的立身之本，至两汉"以孝治天下"，"孝"便成了治国的工具，是帮助人们走上仕途的一条捷径。在政治层面上，"孝"是人才选拔与评定的一个非常重要的标准，并由帝王率先垂范，如孝文帝、孝武帝等；在学术层面上，经学大行其道，并重视家法与师法。结果是"世家大族"迅速崛起、家族意识得到强化。"世家大族"逐渐强化的家族意识，则相对地削弱了国家政权的地位。余嘉锡谓："盖魏晋士大夫止知有家，不知有国。故奉亲思孝，或有其人，杀身成仁，徒闻其语。"①余先生所指是魏晋，其实这种现象始于东汉，只不过到魏晋时期更为突出罢了。政府在官员的选拔中也更多地吸纳这些"世家大族"的成员，以求国家稳定，这一举措实际上是对孝道的确认，成为家族势力发展壮大的一个动因。所以，自汉至唐，在中国这块土地上出现了许多"世家大族"，唐人柳芳云：

> 过江则为"侨姓"，王、谢、袁、萧为大；东南则为"吴姓"，朱、张、顾、陆为大；山东则为"郡姓"，王、崔、卢、李、郑为大；关中亦号"郡姓"，韦、裴、薛、杨、杜首之；代北则为"虏姓"，元、长孙、宇文、于、陆、源、窦首之。"虏姓"者，魏孝文帝迁洛，有八氏十姓，三十六族九十二姓。②

---

① （南朝宋）刘义庆：《世说新语笺疏》，余嘉锡注，中华书局，1983，第46页。
② （宋）欧阳修、宋祁：《新唐书》，中华书局，1975，第5677页。

家族成员所继承的不仅仅是族姓与血统,更多的是家族给家族成员提供了一个自足的、相对封闭的环境,使这个家族迥异于别一家族。所以,魏晋大族几乎都有自己的特色,或在文化上,或在道德上,或在技能上。比如,在文化上,陈郡谢氏以文学著称,琅琊王氏以书法著称,吴郡顾氏以绘画著称;在道德上,如有所谓"张文、朱武、顾厚、陆忠"之说。因此,研究魏晋文人与文学,绝不能忽略文人的家族以及他们家族的特色。

江东世族向以朱、张、顾、陆"四姓"著称。《世说新语·赏誉篇》刘孝标注引《吴录·士林》云:"吴郡有顾、陆、朱、张为四姓,三国之间,四姓盛焉。"① 东吴四姓影响深远,而四姓之中,影响最大、入载史籍人物最多者为陆姓。所以,陆机很自豪地说:"八族未足侈,四姓实名家。"(陆机《吴趋行》)陆氏家族将军颇多,比较著名的有陆康、陆逊、陆抗等。陆机也自认为:"三世为将,道家所忌。"② 在人们的印象之中陆氏以"武"名家。但详考史书,可以发现,陆氏在文化与文学上的影响与贡献也远远超过了其他三姓。章太炎《国学概论》云:"陆家父子(逊、抗、凯、云、机)都以文名,而以陆机为尤。"③ 可见陆氏家族的文学与文化成就。本章着重探索二陆的家族渊源及家族传统影响,为二陆文学研究建立一个纵向的坐标。

第一节 吴郡陆氏世系

一 吴郡陆氏之渊源

东吴四姓之中,除顾姓外,陆姓迁于江东最早,影响也最大,一向被认为是"吴姓"代表。清人王鸣盛《十七史商榷》言:"朱张顾陆,吴中四姓,而陆氏尤盛,自三国至南北朝代有闻人,《新唐书》列传及宰相世系表所载名位著闻者约不下数十人,皆一族也,呜呼!可谓盛矣。"④

---

① (南朝宋)刘义庆:《世说新语笺疏》,余嘉锡注,中华书局,1983,第491页。
② (唐)房玄龄:《晋书》,中华书局,1974,第1479页。
③ 章太炎:《国学概论》,上海古籍出版社,1997,第53页。
④ 王鸣盛:《十七史商榷》,商务印书馆,1987,第914页。

《宋史·艺文志》著录："令狐峘《陆氏宗系碣》一卷；陆景献《吴郡陆氏宗系谱》一卷。"① 陆景献，唐武后时宰相陆元方之子，令狐峘，唐代宗、德宗时史家，二谱编于《元和姓纂》之前，《元和姓纂》编撰之时应已参看二谱。欧阳修撰《新唐书·宰相世系表》、郑樵《通志·氏族志》于《元和姓纂》多有采信与校正。岑仲勉撰有《元和姓纂校记》，博采众书与史籍，比较可靠，岑校《元和姓纂》与正史《新唐书·宰相世系表》是我们研究陆氏宗族的主要依据。唐元和七年，福建观察使陆庶奉命辑《陆氏四十九支谱》，庶玄孙甚夷又曾续辑，此谱直到南宋尚存，平湖陆鸣銮所纂《陆氏家史》即依此而修，清抄本尚存。又，清咸丰四年刊《海昌陆氏宗谱》等为吴郡陆氏后人所集，可供研究参考。

陆氏始祖为齐宣王少子陆通，唐林宝《元和姓纂》载：

> 陆，齐宣王田氏之后。宣王封少子通于平原陆乡，因氏焉。汉太中大夫陆贾子孙过江，居吴郡吴县，陆贾裔孙吴丞相逊，生丞相抗。抗生晏、景、机、云、耽，逊弟吴选曹尚书生英，英生晔、玩，玩元孙惠晓、惠彻。自玩至惠晓父子历晋宋五代侍中。②

"平原陆乡"在今山东德州境内。通受封于陆乡（即陆终故地），因以为姓。据此，知陆姓祖籍齐地平原陆乡。陆通为齐宣王田辟疆之少子，母无盐夫人。嘉祥紫云山汉代武梁石室有《无盐君见齐宣王画像》，其赞云：

> 无盐君生通，通字季达，为齐宣王少子，受封于平原陆乡，子孙因姓陆氏，为陆氏第一世祖，谥曰元侯。③

武梁，山东嘉祥地名，此室凿于汉末。依此记载，"通"为无盐夫人所生，谥号"元侯"。"无盐夫人"钟氏女，名离春，事迹见载于刘向《列女传》。《列女传》云："钟离春者，齐无盐邑之女，其丑无双，行年四十，

---

① （元）脱脱：《宋史》，中华书局，1977，第5149页。
② （唐）林宝：《元和姓纂》，岑仲勉校记，中华书局，1994，第1407页。
③ 袁维春：《秦汉碑述》，北京工艺美术出版社，1990，第638页。

自谓齐宣王,谓齐有四殆,王嘉纳谏言,拜为后,封号无盐君。齐国大治。"① 又,《新唐书·宰相世系表》载:

> 陆氏出自妫姓。田完裔孙齐宣王少子通,字季达,封于平原般县陆乡,即陆终故地,因以氏焉。通谥曰元侯,生恭侯发,为齐上大夫。发二子:万、皋。皋生邕,邕生汉太中大夫贾。万生烈,字伯元,吴令、豫章都尉,既卒,吴人思之,迎其丧,葬于胥屏亭,子孙遂为吴郡吴县人。二子:衡、盱。盱字子光,襄贲令。生鸿,字叔鸾,本州从事。鸿生建,字公荣,渤海太守。建生晔,字奉光,本州从事。生恭,字彦祖,御史中丞、京兆尹。恭生璜,字公伯。璜生文,字孝平,弘农都尉。文生亲,字公道,成都令。亲生众,字世业,举秀才,除郎中。生赐,字思祖,丞相府主簿。生闳,字子春,颍川太守、尚书令。三子:印、温、桓,号颍川枝。桓字叔文,生续,字知初,扬州别驾。三子:稠、逢、褒,号荆州枝。稠,荆州刺史。二子:肃、谦。肃,丹徒令,号丹徒枝,十世孙镇之。
>
> 扬州别驾续中子逢,汉尚书右仆射、乐安侯。五子:涉、表、琼、昊、招,号乐安枝。表生汉海盐令穰,字子仁。生恢,晋谏议大夫。恢生永兴县令弘,号谏议枝。扬州别驾续少子褒,字叔明。褒第三子纡,字叔盘,吴城门校尉。五子:党、愔、飒、赟、骏。骏字季才,九江都尉、太学博士。二子:逊、瑁。瑁字子璋,选曹尚书。六子:滂、喜、颖、英、伟、颜。颖第三子海隅县令灌,生汉公生冽。冽生晋本郡从事元之,隐居鱼圻,号鱼圻枝。生英,季子,长沙达守、高平相、员外散骑常侍。六子:术、举、晔、玩、粹、瓘。玩字士瑶,侍中、司空,赠太尉、兴平康伯。六子:谧、儒、侧、纳、义、始,号太尉枝。始字祖兴,五兵尚书、侍中。二子:椒、万载。万载,临海太守、秘书监、侍中。四子:道玩、叔元、群、子真。子真字同宗,宋东阳太守。四子:惠晓、惠彻、惠远。惠彻字监,齐司徒府左曹掾。三子:观、闲、引。闲字退业,扬州别驾。四子:厥、

---

① (汉)刘向:《古列女传》,中华书局,1985,第173页。李学勤《中华姓氏谱·陆》认为,《海昌陆氏谱》载有"通为无盐夫人所生"为附会之辞,依此看来,谱载无误。

绛、完、裹。

长沙太守英次子瓘，晋中书侍郎，号侍郎枝。五世孙文盛，齐散骑常侍。生宣猛，字观明，梁宣威将军。宣猛生陈吏部侍郎浔，浔九世孙齐望。①

此与《吴郡陆氏谱》有异，《吴郡陆氏谱》以为"齐宣公支子达，食菜于陆。达生发，发生皋，适楚。贾其孙也"。②综合各谱，此处"齐宣公"应为"齐宣王"，吴郡陆姓源自田姓，为田完裔孙，非自姜姓。陆通生陆发，发生陆万、陆皋，皋生陆邕。陆邕，齐王建时为卿，随王被虏，秦始皇以邕为柱下史。邕弃官，隐居于淮南。《史记》《汉书》陆贾传云"陆贾，楚人也"即与此有关。万生烈，字伯元，吴令、豫章都尉，吴郡陆氏之祖。因其于吴地时政声颇佳，"吴人思之，迎其丧，葬于胥屏亭"。"胥屏亭"在今苏州，又名"白坊"，有唐宰相陆敦信所立之碑，并有陆柬之所书之额。陆烈子孙遂定居于吴地，后人称"吴郡陆氏"即从兹始。（按：陆贾非吴郡陆氏之祖，原因有二：第一，《汉书·陆贾传》载"陆贾，楚人也。以客从高祖定天下"，知陆贾生在南方。《元和姓纂》以陆贾子孙过江居于吴郡，显然与事实有违。第二，陆机《汉高祖功臣颂·陆贾颂》云："抑抑陆生，知言之贯。往制劲越，来访皇汉。附会平勃，夷凶翦乱。所谓伊人，邦家之彦。"谓"邦家之彦"而不言其祖，则可断定陆贾非吴郡陆氏之祖。另，二陆有互相赠答之诗，历叙陆氏祖先之功绩，以陆贾之功显赫于西汉，如陆贾确为陆氏之祖，机、云不可能不叙及此事。故，陆贾为陆氏之祖为误。而陆机所谓"邦家之彦"，则又说明陆贾与吴郡陆氏尚有联系，此更可确证《新唐书》所记无误。）

二 江东大族之形成

苏绍兴的《两晋南朝的士族》一书考察了两晋南朝士族形成的原因与

---

① （宋）欧阳修，（宋）宋祁：《新唐书》，中华书局，1975，第2965页。
② （汉）司马迁：《史记》，中华书局，1963，第2697页，注引《吴郡陆氏谱》。

时间,他认为世族兴起的原因主要有三:

> 新世族代之而起,因素有三:一为凭借政治势力:功臣外戚,把持朝政,子孙相继,遂成大族。二为凭借累世经学:经师后裔,世守术业,数十百年,浸成士族。三为凭借经济力量:富者乘其财力,要挟选举,进身仕途,蔚为豪族。①

苏氏在文中详列了二十族,分别以上述三项予以归类。他认为吴郡陆氏成为大族在于政治,而兴起时间当在东汉。陆氏人物,《后汉书》所提及者九人:陆闳、陆续及其三子稠、逢、褒,陆康及其子俊、绩和其孙陆尚。九人中史书有传者三人:陆续、陆康和陆绩。九人中太守四人,郎中两人。陆康加忠义将军,秩二千石。比较吴郡其他大姓:张、沈、顾氏盛于西汉(按:吴郡张氏应为东汉),一般认为朱氏兴起于西汉;但《汉书》《后汉书》有传者,朱氏仅朱买臣一人,张、沈、顾氏皆无人得以立传。由此可知,陆氏作为吴郡大族之地位至迟当在东汉初年确立。

吴郡陆氏的积累始自陆烈,汉时陆烈为吴县令及豫章都尉,《吴郡志》载其"清政爱民",陆氏子孙正是由于陆烈在吴令任上的政声得以立足于吴地的。陆烈之后,据前引《新唐书·宰相世系表》所载,汉初陆氏的活动基本上集中在吴郡及周边地区,陆旰为襄贲令,属东海郡,今江苏涟城;陆鸾、陆晔均在本州为官,这些人都为陆氏在吴郡的发展奠定了基础。陆恭为陆氏势力的拓展做出了重要贡献,陆恭为御史中丞,御史中丞外督部刺史,内领侍御史,受公卿奏事和举劾百官,自西汉至晋,均以御史中丞为御史台之主,是一个权力在握的职位。汉朝陆璜,为陆氏宗谱最早建立者,后世《陆谱》皆以陆璜所编为参照。终西汉一代,陆氏虽世代有为官者,但都没有产生重大影响,所以西汉正史,除陆贾外,陆氏无一人得以入载。

到陆续时代,陆氏便已成为一方大族。《后汉书·陆续传》载:"陆续字智初,会稽吴人也。世为族姓。祖父闳,字子春,建武中为尚书令。美

---

① 苏绍兴:《两晋南朝的士族》,台北:联经出版事业公司,1987,第49页。

姿貌，喜着越布单衣，光武见而好之，自是常敕会稽郡献越布。"① 陆闳在光武帝时，"建武中为尚书令"，据《东汉会要·职官》载，东汉设"三公""九卿"，"尚书令"为"九卿"之"少府"属吏，"秩一千石"（按："少府"设尚书令一人，秩千石；尚书仆射一人，秩六百石；尚书六人，秩六百石。尚书令职位最高），并且"会稽献越布"就是由陆闳引起的（按：吴郡于顺帝时始分会稽置郡）。到陆康时，陆氏家族有案可稽者，共有太守四人：陆稠，广陵太守；陆逢，乐安太守；陆闳，颍川太守；陆康，历任武陵太守，桂阳、乐安二郡太守，庐江太守。另有陆纡为城门校尉，陆骏九江都尉，陆尚、陆俊等为郎中。可见陆氏在东汉初年便已成为较有影响的江东大族，故《陆续传》谓陆续"世为族姓"，《三国志·陆逊传》谓陆逊"本名议，世江东大族"。②

陆氏才俊以武官居多，校尉、都尉、司马自不必说。太守自建武后亦属武职。据《后汉书·百官志》载："建武六年，省诸郡都尉，并职太守。"故东汉太守又称"郡将"，秩二千石，故陆康后又加忠义将军。陆机有"三世为将"之说，其实到陆机，陆氏不止三世，应是数代为将。吴郡陆氏之兴盛，与世居武职不无关系。唐长孺云："从东汉以至魏晋最基本的统治势力是地方大族，由地方大族中孕育出来的两类人物（堡坞主和士大夫）构成了统治阶级中的当权分子。"③但仅靠武功是难以牢固确立家族的地位的，尤其是在东汉之后。一般来说，一个地方大族应包含三个方面的内容：一是家族文化积淀深厚，世代有才能之士；二是家族骨干德行高尚，"望"重乡里；三是三代以上相继为官，名重朝野。"德行""才能"与"文化"是必需的。章太炎于《陆机赞》中云"机之族，始于绩"④，即是指陆氏家族成为"江东大族"在陆绩时代。陆绩的主要贡献在"文"的方面。

到陆康之时，陆氏家族人口达百余，数人为官，势力强大。陆续以"孝"称，陆康以"能"名世，陆绩以"孝"、"廉"及"文"著名，"德

---

① （南朝宋）范晔：《后汉书》，中华书局，1965，第2682页。
② （晋）陈寿：《三国志》，中华书局，1959，第1343页。
③ 唐长孺：《魏晋南北朝史论丛》，河北教育出版社，2000，第161页。
④ 章太炎：《太炎文录初编》，上海书店出版社，1992，第94~95页。

行"亦不必说。这也是陆康敢于与袁术和孙策较量的主要原因所在。《后汉书·陆康传》载：

> 献帝即位，天下大乱，康蒙险遣孝廉计吏奉贡朝廷，诏书策劳，加忠义将军，秩中二千石。时袁术屯兵寿春，部曲饥饿，遣使求委输兵甲。康以其叛逆，闭门不通，内修战备，将以御之。术大怒，遣其将孙策攻康，围（庐江）城数重。康固守，吏士有先受休假者，皆遁伏还赴，暮夜缘城而入。受敌二年，城陷。月余，发病卒，年七十。宗族百余人，遭离饥厄，死者将半。朝廷愍其守节，拜子俊为郎中。①

这说明了陆康忠心报国的一面，另一方面也说明在群雄逐鹿的时代，盘踞江东数百年的陆氏想凭借实力成就一番大业也不应排除在考虑之外。经过孙策的这次打击，陆氏家族损伤惨重，但较量的结果是，孙策要想在江东发展就不得不依仗"江东大族"，而陆氏要想继续壮大则不能不依赖孙氏政权。因此，庐江事后，陆康少子陆绩，以一少年之身份却能与孙策共商大事，陆逊、陆抗及陆凯相继被委以重任，即是明证。

到陆逊、陆凯时期，陆氏家族进入了全盛时期。从为官为宦的人数来看，《世说新语·规箴》所载陆凯与孙皓的对话最能说明问题：

> 孙皓问丞相陆凯曰："卿一宗在朝有几人？"陆曰："二相，五侯，将军十余人。"皓曰："盛哉。"②

东吴政权，从建安四年（199）曹操表孙策为讨逆将军、封为吴侯时算起，至天纪四年（280）吴为晋所灭，历时81年。仅《三国志》所载录的吴郡陆氏人物即有二相，五侯，八位将军，另有陆瑁、陆喜、陆胤先后为选曹尚书或选曹郎，主管人才的选拔，在东吴地位之显赫，可见一斑。其时，陆氏家族实际上已是江东政权的核心势力。这也是东晋陆晔虽无任何功劳于晋却有与王导、明帝同登龙床之待遇的原因。

---

① （南朝宋）范晔：《后汉书》，中华书局，1965，第1113页。
② （南朝宋）刘义庆：《世说新语校笺》，徐震堮校笺，中华书局，1984，第302页。

三　陆氏之厄

吴郡陆氏在其发展过程之中经历了三次大的灾难。第一次在东汉末期。陆康为庐江太守，"时袁术屯兵寿春，部曲饥饿，遣使求委输兵甲"。① 其实，所谓"委输兵甲"只不过是一个借口而已。汉末纷争，各路强势诸侯皆趁机扩大自己的地盘与实力，名义上多是"恢复汉统，扫除奸雄"，并以此为借口向各地小诸侯发难，使其臣服于己。而袁术智小，在其实力尚不具备的情况下贸然称帝，遂让各方势力抓住把柄。陆康此时已是进退两难，如果借兵于袁术，则自己陷入不义之地，遂失去其他政治人物的支持，同时也少了在庐江统治的正当性。如果不支持袁术，则面临大兵压境的局面。与其马上陷入不义之地，不如据城一争，如能成功，自己可以成为江东霸主。从实力来看，陆康做此选择，成功的概率远大于失败的概率：第一，袁术汝南人，势力在江北而不在江南，孙策虽为富春人士，但几无势力可言，而相对于袁术，吴郡陆氏历经数百年的经营，在江南已有一定势力。此人和之利。况且，如果袁术南下，北方当有人乘机偷袭袁术，故自己的压力可以缓解。第二，就地利言，自己守城，攻城之不易远大于守城，且对方劳师远征，已尽是劣势。第三，袁术称帝，已招各路势力强拒，如董卓旧将上护羌校尉杨瓒即曾以讨袁术为名出兵西安，再如《后汉书·孝明八王·陈敬王羡附愍王宠传》载："后袁术求粮于陈而俊拒绝之，术忿恚，遣客诈杀俊及宠，陈由是破败。"② 袁术兵饥也是事实。且袁术与吕布争，新败而归。但是让陆康没有想到的是孙策的野心，孙策领袁术兵及其父孙坚部曲占据扬州，实际上已做好成就大业的准备。故此次奉命讨陆康是假，稳定自己后方是真，其前有袁术做盾牌，自己可以放手一搏，成则完全摆脱袁术，败则退回扬州，故全无顾虑。

此次失败对陆氏的打击很大。陆康本传载："受敌二年，城陷。月余，发病卒，年七十。宗族百余人，遭离饥厄，死者将半。"③ "宗族百余人"

---

① （南朝宋）范晔：《后汉书》，中华书局，1965，第1113页。
② （南朝宋）范晔：《后汉书》，中华书局，1965，第1669页。
③ （南朝宋）范晔：《后汉书》，中华书局，1965，第1114页。

尽遭屠戮，这个打击是毁灭性的。值得庆幸的是，陆康在作战之前已经先期遣回了从孙陆逊及其子陆绩。为后来陆氏在江东的发展保存了力量。但这次战争却让陆氏获得了道德的制高点，"朝廷愍其守节，拜子俊为郎中"①。此是用陆康身家性命换来的唯一微薄的报酬，但却是对陆氏家族总体家风的一次久远的褒奖，民间"张文、朱武、陆忠、顾厚"的评说，孙权对陆逊的评价，晋明帝对陆晔的诏书，都与此次事件有着或多或少的联系。同时又给陆氏一个缓冲的机遇。孙权据有江东，主要依凭周瑜、鲁肃等人，而对江东的顾氏、朱氏、陆氏及张氏采取的主要措施是打压。遭受打压最为严重的是吴郡朱姓家族。而陆姓之所以没有成为首当其冲者，在很大程度上是由于庐江一役，其时已无与孙氏政权抗衡的实力。所以在孙策围攻陆康之后，不到十年的时间，陆逊、陆绩先后进入了孙权政权。陆逊入孙权幕中，陆绩被辟为奏曹掾。当然，陆绩、陆逊对孙氏之仇怨并非已经释怀，而是出于家族长远利益的考量，必须与孙权合作。因此，陆逊主动与孙氏政权合作的选择是陆氏重振家族大业的关键。

第二次大的灾难是东吴的灭亡。陆逊、陆抗父子凭借自己优秀的军事才能，把吴郡陆氏家族推至鼎盛，同时也把孙吴政权推至鼎盛。但孙吴后期也出现了许多危机，在内围绕着皇位的争夺问题，出现了难以阻遏的血腥斗争。外部互相依靠的蜀国破灭，使得吴国边防四处告急。随着内忧外患的逐年加剧，终于在晋太康元年（吴天纪四年），"王濬楼船下益州，金陵王气暗然收"。吴国的灭亡对陆氏家族的打击不亚于庐江之役。此役之后，陆氏家族付出的代价是陆景、陆晏两个成年男丁相继丧命。史书多处记载此事，《三国志·陆逊传》：

> （凤凰二年）秋遂卒，子晏嗣。晏及弟景、玄、机、云分领抗兵。晏为裨将军、夷道监。天纪四年，晋军伐吴，龙骧将军王濬顺流东下，所至辄克，终如抗虑……二月壬戌，晏为王濬别军所杀。癸亥，景亦遇害，时年三十一。②

---

① （南朝宋）范晔：《后汉书》，中华书局，1965，第1114页。
② （晋）陈寿：《三国志》，中华书局，1959，第1343页。

《晋书·武帝纪》：

> （太康元年，二月）壬戌，（王）濬又克夷道乐乡城，杀夷道监陆晏、水军都督陆景。①

《晋书·王濬传》：

> 壬戌，克荆门、夷道二城，获监军陆晏。乙丑，克乐乡，获水军督陆景。②

加上陆抗、陆凯先此去世，陆氏家族有一定影响的人物只剩陆喜、陆晔、陆玩及刚刚二十岁的陆机、陆云兄弟，但其身份已经发生了变化。相比陆康与孙策的对抗，陆康至少在名义上是忠臣对抗叛臣，而此役之后陆氏的身份，从轻处说是"亡国之余"，往重处说则是"僭吴旧臣"，道义上的制高点不复存在。从势力上来说，庐江之役后，陆家仍然保存了自己的部曲家丁，而此役之后其武装势力只剩家丁可资凭借。从形势上来说，孙氏据有江东实际上有窥视全国的意图。这从鲁肃为孙权的策划可以看出来，所以，孙权要想成功必须依赖江东大族陆氏及一些优秀将领。而晋之一统颇有刀枪入库、马放南山的气象，对吴蜀两地，多采用限制其发展的方式。陆逊在陆康之后要想成功，只有自己去奋斗，心里面没有一个现成的目标。而陆逊之第三代陆机、陆云等，"军事才能已远不及他们的父祖辈，但陆机等人已经在内心深处建立了对自己的军事才能的无比自信。正因为如此，孙吴亡国之后，陆氏在客观上已经失去了驰骋疆场、建功立业的可能。但陆机等人仍怀着以军功致显的梦想。因此，陆逊父子的军事声望，既造就了陆氏在孙吴的全盛，也为陆氏在两晋的衰落埋下了伏笔"。③

陆氏家族第三次罹祸是陆机河桥之败，被夷三族。陆机、陆云在晋代的罹难实际上是与东吴的败亡相连接的。二陆入洛，在性质上与陆逊和孙权的合作有点类似，都是经历一场灾难之后屈身事仇，但不同的是形势完

---

① （唐）房玄龄：《晋书》，中华书局，1974，第70页。
② （唐）房玄龄：《晋书》，中华书局，1974，第1209页。
③ 王永平：《六朝江东世族之家风家学研究》，江苏古籍出版社，2003，第142页。

全改变。陆逊仍在江东发展，不得不倚重孙氏；陆机、陆云远离乡土，在洛阳已是无足轻重。庐江败后，三国分立，各方势力皆以人才为重；而晋灭东吴，人才尤其是将才多少有点可有可无的味道。陆机、陆云带着强烈的自信步入西晋政坛。"二陆入洛，不推中国人士"，这是一种骨子里对中国士人的轻视，完全没有注意到洛阳与江东不同的政治局势，也不了解自己所处的政治环境，此是从政者之大忌。在西晋，二陆"立功立事，名臣名将"的目标已经没有了适合生长的政治土壤。他们所以"流誉京华"，获致"二俊"称号的，只因其文学才华，而非军事能力。机、云却一直没有明白这一点。纵观其一生所仕职位，多为文职，如陆机：太子冼马、吴王郎中令、著作郎等职，也不见有多少政绩。陆云履历包括：扬州刺史从事、浚仪令、太子冼马等，也多是文职。只不过陆云比陆机更长于任事，颇有政绩。

"八王之乱"对当时的中国是一次大的灾难，刚刚过上太平日子没几年的百姓又重新生活在战乱之中。这对陆氏家族也是一个大的灾难。从本质上来说，"八王之乱"由争权所致。太康至元康之间，各方势力在贾氏集团的掌控之下，各方势力虽暗流涌动，但不至于摆到台面上。人的野心总是要超过人所能够想象的范围的。撕破安泰康熙局面的是贾氏撺杀太子一事，太子无罪而被废，竟遭撺杀，以致天人共愤。赵王伦借机起事，"中宫与贾谧等杀吾太子，今使车骑入废中宫，汝等皆当从命，赐爵关中侯。不从，诛三族"①，于是众人皆从。此次事件，陆机"豫诛贾谧有功，赐爵关中侯"。之后，司马伦称帝，"以机为中书郎"，此事险些让陆机丧命，赖成都王司马颖相救得以保全。陆机作《园葵诗》以答谢司马颖。后齐王冏、长沙王乂、成都王颖相继为乱，杀伐满朝。

陆机真正参与"八王之乱"在太安二年。"时成都王颖推功不居，劳谦下士。机既感全济之恩，又见朝廷屡有变难，谓颖必能康隆晋室，遂委身焉。颖以机参大将军军事，表为平原内史。太安初，颖与河间王颙起兵讨长沙王乂，假机后将军、河北大都督，督北中郎将王粹、冠军牵秀等诸

---

① （唐）房玄龄：《晋书》，中华书局，1974，第1599页。

军二十余万人"①。此时，陆机又进入了两难境地。"三世为将，道家所忌，又羁旅入宦，顿居群士之右"的风险陆机是非常清楚的，但这迟来的领兵机会，对陆机来说无疑是个天大的诱惑，以军功重铸辉煌、重振家族宏业的梦想似乎就在眼前。这个问题，在参与之前，陆机已经意识到了。《晋书》本传载："时中国多难，顾荣、戴若思等咸劝机还吴，机负其才望，而志匡世难，故不从。"陆机选择了冒险，其结果正如陆机所料。陆机失败后并收云、耽。

此次祸难对陆氏家族的打击虽不是最大，但其对陆氏家族的思想及从政方式的改变却是最深刻的。此事之前，陆氏家族以军功致显的意识非常明确。此事之后，陆晔、陆玩诸人几乎不再涉足军事。当然，此前的陆绩也是反对军功致显的，陆绩少年时期，即明确表示不应以武为尚。《三国志·陆绩传》："今论者不务道德怀取之术，而惟尚武，绩虽童蒙，窃所未安也。"②

四　吴郡陆氏家族之延续

陆机之后，陆氏家族有陆晔，字士光，陆机之从弟，陆喜之从子，历任散骑常侍、卫将军、江陵公，并与和峤、王导、郗鉴、庾亮、卞壸等同受顾命，七十四岁，以疾卒。陆晔虽地位显赫，然纵观史籍所载，陆晔一生大事有"预讨华轶功，封平望亭侯，累迁散骑常侍、本郡大中正"③。此是陆晔仅有之事，无军功亦无诗文传世。

陆玩，字士瑶，陆晔之弟，史称"器量淹雅，弱冠有美名，贺循每称其清允平当，郡檄纲纪，东海王越辟为掾，皆不就"。"累加奋武将军，征拜侍中，以疾辞。王敦请为长史，逼以军期，不得已，乃从命……"④ 从陆玩一生行事来看，与二陆入洛后热衷政事正好相反。《晋书》本传载：

---

① （唐）房玄龄：《晋书》，中华书局，1974，第1480页。
② （晋）陈寿：《三国志》，中华书局，1959，第1328页。
③ （唐）房玄龄：《晋书》，中华书局，1974，第2023页。
④ （唐）房玄龄：《晋书》，中华书局，1974，第2024页。

> 时王导初至江左，思结人情，请婚于玩。玩对曰："培塿无松柏，薰莸不同器。玩虽不才，义不能为乱伦之始。"导乃止。玩尝诣导食酪，因而得疾。与导笺曰："仆虽吴人，几为伧鬼。"其轻易权贵如此。①

东晋初建，南北对立情绪依然极大，由于政权偏安江左，为稳定政权，必须笼络江东人士。这样，作为江东大族的陆氏、顾氏就成了东晋政权的首选。像王导想与陆氏结成婚姻，而遭到陆玩的严词拒绝，在西晋是少见的，更何况其亲笺于王导，称"仆虽吴人，几为伧鬼"，这等于对王导的当面辱骂。陆晔封侯的主要原因，据本传载："时帝以侍中皆北士，宜兼用南人，晔以清贞著称，遂拜侍中，徙尚书，领州大中正。"② 与其说是因为"清贞"，毋宁说是由于陆晔江东陆氏的身份。这也显示了一个倾向：东晋陆氏不再像之前那样积极进取，热衷于政治功名，而开始有意疏离政治中心。尤其陆玩，疏离政治的表现更为突出。《晋书》本传：

> 累加奋武将军，征拜侍中，以疾辞。王敦请为长史，逼以军期，不得已，乃从命……复拜侍中，迁吏部尚书，领会稽王师，让不拜，转尚书左仆射，领本州大中正……玩虽登公辅，谦让不辟掾属。成帝闻而劝之。玩不得已而从命，所辟皆寒素有行之士。③

并曾亲上表称"臣实凡短，风操不立"，不适合当官，这在以往是不可想象的。但陆氏疏离政治与王济等热衷于玄风不同。此从陆玩的上表中可以明显地看到，"竟不能敷融玄风，清一朝序"④。陆玩与在北方士人中盛行的玄风无涉。有学者在论述两晋玄风时曾以陆玩为例是不恰当的。

从东晋至刘宋陆仲元，历四代侍中。《宋书·张茂度传·附陆仲元传》："陆仲元者，晋太尉玩曾孙也。以事用见知，历清资，吏部郎，右卫将军，侍中，吴郡太守。自玩洎仲元，四世为侍中，时人方之金、张二

---

① （唐）房玄龄：《晋书》，中华书局，1974，第2024页。
② （唐）房玄龄：《晋书》，中华书局，1974，第2023页。
③ （唐）房玄龄：《晋书》，中华书局，1974，第2025页。
④ （唐）房玄龄：《晋书》，中华书局，1974，第2025页。

族。"① 在当时可算是显赫。《南史·陆慧晓传》："王僧达入阊门曰：'陆子真五世内侍，我之流亚。'"② 但从史籍所载看却皆无事迹。可见，在任事上均无突出之处。

陆慧晓，字叔明，吴郡吴人。祖父万载，宋武帝时侍中。父子真，元嘉中为海陵太守。慧晓为齐高帝辅政。除尚书殿中郎。寻引为东阁祭酒。历会稽郡丞、江夏内史、行郢州事，后迁吏部郎、五兵尚书、南兖州刺史。永元二年卒，年六十二。慧晓今仅存诗一首，另有沈约和陆慧晓诗一首，但不见陆诗仅有沈诗。但从其参与萧子良西邸文学事知其文学在当世应小有名气，张绪称之曰："江东裴乐也。"陆氏至齐影响已经大不如前，史载慧晓除尚书是因其岳父时任领选。

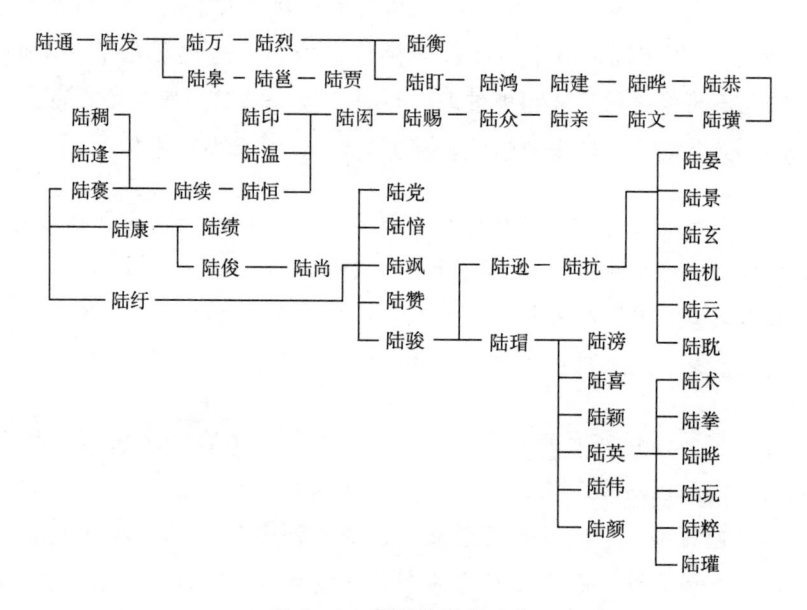

图 1-1　吴郡陆氏世系表

第二节　陆氏家族观念与传统

东汉以来，随着世家大族的形成，家族观念也呈现了相对的独立性与

---

① （南朝）沈约：《宋书》，中华书局，1974，第 1511 页。
② （唐）李延寿：《南史》，中华书局，1975，第 1190 页。

封闭性，而在世族内部家族观念则往往具有一定的连续性与继承性。这种独具的家族观念对于家族成员的影响是内在的、潜移默化的，并且这种影响是非常深远的，是任何其他方面的影响都难以替代的。因此，考察二陆及其文学创作不从其家族角度着手也是有欠缺的。

一 怀文武之才，荷社稷之重——陆氏家族文武双修之传统

首先，就"武"来说。陆康官庐江太守，"献帝即位，天下大乱"，时局可危，各地豪强基本上多求自保，无意于建功立事，陆康所做却与众不同。

> 光和三年，江夏蛮复反，与庐江贼黄穰相连结，十余万人，攻没四县，寇患累年。庐江太守陆康讨破之，余悉降散。①

此事亦见于《后汉书·陆康传》：

> 会庐江贼黄穰等与江夏蛮连结十余万人，攻没四县，拜康庐江太守。康申明赏罚，击破穰等，余党悉降。帝嘉其功，拜康孙尚为郎中。②

如果讨黄穰尚可理解的话，那么，与河北大族袁氏之一的袁术为敌，就只能以贪功冒进来解释了。《陆康传》载：

> 康蒙险遣孝廉计吏奉贡朝廷，诏书策劳，加忠义将军，秩中二千石。时袁术屯兵寿春，部曲饥饿，遣使求委输兵甲。康以其叛逆，闭门不通，内修战备，将以御之。术大怒，遣其将孙策攻康，围城数重。③

当时情况，术已拥有淮南，其势力不可与抗。陆康之所以如此，一方面是

---

① （南朝宋）范晔：《后汉书》，中华书局，1965，第2841页。
② （南朝宋）范晔：《后汉书》，中华书局，1965，第1113页。
③ （南朝宋）范晔：《后汉书》，中华书局，1965，第1113页。

由于其建功之心念，受忠于朝廷的传统邦国观念的影响；另一方面是因其自持为江东大族。就前一方面看，吴郡四姓之中有"张文、朱武、陆忠、顾厚"之说，实际上确实道出了陆氏宗族的特点。叶枫宇博士认为："汉末诸军阀中，袁术是最早称帝的，这一行为颇遭正直士大夫的唾弃。对袁术的进攻，陆康亲领部从与族人应战，其中陆氏宗族百余人，'死者将半'，受到沉重打击。从陆康的情况看，他不仅具有忠义的品质，而且还表现出特别鲜明的刚烈特征，陆康为尽忠朝廷弄得家族凋敝便是明证。"[①]希以军功建立自己的地位，当是陆康此刻的主要想法。就后一方面看，《三国志·吴书·孙坚传》注引《吴录》载，孙坚任长沙太守时，庐江太守陆康从子作宜春长，为贼所攻，遣使求救于孙坚，孙坚不顾主簿的反对前往救援。此是孙氏有恩于陆氏，"孙氏与陆氏之间的仇怨远远多于恩情"[②]。但由于富春孙氏出身卑微，因而为江东大族陆康所鄙视，孙策曾经拜访陆康，但是，陆康不见，让主簿接待他，孙策从此与江东陆氏结怨。

相对于陆康，陆逊对时政的把握要准确得多。《三国志·吴书·陆逊传》：

> 孙权为将军，逊年二十一，始仕幕府，历东西曹令史，出为海昌屯田都尉，并领县事。县连年亢旱，逊开仓谷以振贫民，劝督农桑，百姓蒙赖。时吴、会稽、丹杨多有伏匿，逊陈便宜，乞与募焉。会稽山贼大帅潘临，旧为所在毒害，历年不禽。逊以手下召兵，讨治深险，所向皆服，部曲已有二千余人。鄱阳贼帅尤突作乱，复往讨之，拜定威校尉，军屯利浦。[③]

当时，孙权在江东已经站稳了脚跟，陆氏如再与孙氏对抗，必对其家族不利。所以，陆逊选择了与陆家之仇敌合作，对发展陆氏家族来说，这无疑是个正确的选择。在建立家族势力方面，陆逊精明了许多。"逊陈便宜，

---

① 叶枫宇：《西晋作家的人格与文风》，上海三联书店，2006，第84页。
② 王永平：《六朝江东世族之家风学研究》，江苏古籍出版社，2003，第138页。按：王先生引用有误，诣陆康者非孙坚而是孙策。
③ （晋）陈寿：《三国志》，中华书局，1959，第1343页。

乞与募焉",陆逊既避免了孙权的猜忌,又发展了自己的武装势力。为日后成就东吴大业和重建家族伟业奠定了基础。陆逊一生在武功上的建树是丰厚的。《三国志》本传中载其大事三件:第一件是灭关羽。

> 吕蒙称疾诣建业,逊往见之,谓曰:"关羽接境,如何远下,后不当可忧也?"……蒙至都,权问:"谁可代卿者?"蒙对曰:"陆逊意思深长,才堪负重,观其规虑,终可大任。而未有远名,非羽所忌,无复是过。若用之,当令外自韬隐,内察形便,然后可克。"权乃召逊,拜偏将军右部督代蒙。逊至陆口,书与羽曰:"前承观衅而动,以律行师,小举大克,一何巍巍!……"……羽览逊书,有谦下自托之意,意大安,无复所嫌。逊具启形状,陈其可禽之要。权乃潜军而上,使逊与吕蒙为前部,至即克公安、南郡。逊径进,领宜都太守,拜抚边将军,封华亭侯。备宜都太守樊友委郡走,诸城长吏及蛮夷君长皆降。逊请金银铜印,以假授初附。是岁建安二十四年十一月也。①

此役彻底成就了陆氏在东吴的地位。第二件大事是退刘备。

> 黄武元年,刘备率大众来向西界,权命逊为大都督、假节,督朱然、潘璋、宋谦、韩当、徐盛、鲜于丹、孙桓等五万人拒之。备从巫峡、建平连围至夷陵界,立数十屯……先遣吴班将数千人於平地立营,欲以挑战。诸将皆欲击之,逊曰:"此必有谲,且观之。"……逊曰:"吾已晓破之之术。"乃敕各持一把茅,以火攻拔之。一尔势成,通率诸军同时俱攻,斩张南、冯习及胡王沙摩柯等首,破其四十余营。备将杜路、刘宁等穷逼请降。备升马鞍山,陈兵自绕。逊督促诸军四面蹙之,土崩瓦解,死者万数。备因夜遁,驿人自担烧铙铠断后,仅得入白帝城。其舟船器械,水步军资,一时略尽,尸骸漂流,塞江而下。备大惭恚,曰:"吾乃为逊所折辱,岂非天邪!"②

---

① (晋)陈寿:《三国志》,中华书局,1959,第1344~1345页。
② (晋)陈寿:《三国志》,中华书局,1959,第1344~1345页。

《三国志》此段写得如同小说，绘声绘色，是陆逊人生中最为精彩之处，陆逊封侯，其家族成员多至"二相、五侯、将军十余人"，与此役之成功不无关系。这也是陆机最引为自豪之事，其《辨亡论》（上）称："汉王亦凭帝王之号，帅巴、汉之民，乘危骋变，结垒千里，志报关羽之败，图收湘西之地。而陆公亦挫之西陵，覆师败绩，困而后济，绝命永安。"① 即指此事。第三件军功大事是败曹休。

> 七年，权使鄱阳太守周鲂谲魏大司马曹休，休果举众入皖，乃召逊假黄钺，为大都督，逆休。休既觉知，耻见欺诱，自恃兵马精多，遂交战。逊自为中部，令朱桓、全琮为左右翼，三道俱进，果冲休伏兵，因驱走之，追亡逐北，径至夹石，斩获万余，牛马骡驴车乘万两，军资器械略尽。休还，疽发背死。②

上述事例，既可说明陆逊所建功业丰硕，还可见陆逊用兵之精湛。陆逊军功之著，是陆氏家族其他成员所不能比的。但建立军功在其家族中从此占据了最为重要的位置。后陆抗守西陵，平定步阐之乱，威名远震中原，有"所谓陆抗存则吴存，抗亡则吴亡者"③ 之说。陆凯平定南海，位至宰相。这都不断向陆氏成员透露一个信息：军事上更容易建功立业。此正所谓"元勋晷于光国，洪烈著于隆家。考德计功，比之前代，未有茂于此者也"④（陆云《祖考颂》）。在时势和儒家立功思想的影响下，陆氏家风便有了尚武的传统。

其次，在"文"的方面。曹丕《典论·论文》说："盖文章，经国之大业，不朽之盛事。年寿有时而尽，荣乐止乎其身，二者必至之常期，未若文章之无穷。是以古之作者，寄身于翰墨，见意于篇籍，不假良史之辞，不托飞驰之势，而声名自传于后。"⑤ 陆氏之在江东成为大族所托不唯

---

① （晋）陆机：《陆士衡文集校注》，刘运好校注，凤凰出版社，2007。下引陆机诗文同，不注。
② （晋）陈寿：《三国志》，中华书局，1959，第1352页。
③ （唐）房玄龄：《晋书》，中华书局，1974，第2030页。
④ （晋）陆云：《陆云集》，黄葵校点，中华书局，1988。下引陆云诗文同，不注。
⑤ （魏）曹丕：《三曹集·魏文帝集》，岳麓书社，1992，第178页。

在武功。东吴四姓"张文、朱武、陆忠、顾厚"唯一不见称于当世及后世者是"朱姓"。这在某种意义上说明世族无文化优势，其地位将无以为继。陆氏家族很重视"文"，主要表现在其族人勤于著述。

陆绩"虽有军事，著述不废，作《浑天图》，注《易》释《玄》，皆传于世"①（《三国志·陆绩传》）。其所著述多在学术。《隋书经籍志》②"经类"著录"《周易》十五卷，吴郁林太守陆绩注"，"《周易日月变例》六卷，虞翻、陆绩撰"；卷三十四《经籍志》三（子）儒家类著录"《扬子太玄经》十卷，陆绩、宋衷注"。

陆凯"虽统军众，手不释书。好《太玄》"③。《经籍志》"史类"著录"《吴先贤传》四卷，吴左丞相陆凯撰"。《经籍志》"儒家类"著录有"《扬子太玄经》十三卷，陆凯注，亡"。《经籍志》"集类"著录"吴丞相《陆凯集》五卷。梁有录一卷"。

陆喜自叙其追踪前人，作有《言道》《访论》《古今历览》《审机》《娱宾》《九思》等"其书近百篇"④，吴平后有《西州清论》传世，另有《较论格品篇》。

陆景"著书数十篇"。《经籍志》"儒家类"载"《典语》十卷、《典语别》二卷，并吴中夏督陆景撰。亡"。《经籍志》"集类"载"《陆景集》一卷，亡"。

《经籍志》"经类"另载吴郡陆机（玑）"《毛诗草木虫鱼疏》二卷，乌程令吴郡陆机撰"。此人亦当陆氏之族人。

陆逊虽无著作传世，但其在东吴也有较高的学术地位。《三国志·吴书·顾邵传》："邵字孝则，博览书传，好乐人伦。少与舅陆绩齐名，而陆逊、张敦、卜静等皆亚焉。"⑤

陆氏家族颇为重视文武双修，故陆氏门庭自汉以来，代有居文、武之职者。史载"（陆）逊以为子弟苟有才，不忧不用。不宜私出以要荣利。

---

① （晋）陈寿：《三国志》，中华书局，1959，第1328页。
② （唐）长孙无忌：《隋书经籍志》，中华书局，1985。本章所引晋至陈时著录情况皆出自此书，下不注。
③ （晋）陈寿：《三国志》，中华书局，1959，第1400页。
④ （唐）房玄龄：《晋书》，中华书局，1974，第1486页。
⑤ （晋）陈寿：《三国志》，中华书局，1959，第1229页。

若其不佳，终为取祸"①。陆景《典语》云："汉高帝发迹泗水，龙起丰沛，仁以怀远，武以弭难，任奇纳策，遂扫秦项，被以惠泽，饰以文德，文武并作，祚流世长，此高帝之举也。"② 此虽总结国家兴亡之经验，然其"文武并作"的观念无疑来自陆逊等人的家教传统。孙权曾有诏赞陆逊曰："怀文武之才者，必荷社稷之重。"③ 唐太宗《陆机传论》亦云："文武奕叶，将相连华。"④ 以此谓陆氏家族再恰当不过。陆氏家族能文能武，文有名家，武建超世之功。先后得到两代帝王的首肯，世所罕见。

二 忧国如家，岁寒不凋——陆氏家族之"大忠"意识

叶枫宇的《西晋作家的人格与文风》一书论述了陆氏"忠"的门风。大意如下。一是从陆康、陆逊等人论其对皇权之"忠"。陆康已如前言。"从陆逊起效忠对象由汉而吴"，发生了变化。这是在王纲解纽、天下分裂的状况下，江东孙氏已经取得了合法的正统地位而效忠之。因此，陆逊选择与孙氏政权合作本身即是"忠"的表现。因为，作为江东大族的陆氏家族是否与孙氏政权合作直接决定了孙吴政权能否稳定。二是从其对皇权的谏议来论证其"忠"，此是忠于社稷。这表现在"他们始终以儒家德政观念来指导、规范自己的言行，以此匡辅君主"。比如，陆逊领兵，孙权旧将多不以为意，而逊有报于孙权。孙权问："君何以初不启诸将违节度者邪？"而逊答曰："受恩深重，任过其才。又此诸将或任腹心，或堪爪牙，或是功臣，皆国家所当与共克定大事者。臣虽驽懦，窃慕相如、寇恂相下之义，以济国事。"陆逊之举在于不使过多生事，又表现在孙吴统治者有违儒家德政要求时，据理力争，以维护社会良知。⑤

叶枫宇所论确是。然而，笔者认为对于陆氏之"忠"，首先应该从"大忠"的角度理解。陆绩《自知亡日为辞》言：

---

① （晋）陈寿：《三国志》，中华书局，1959，第1400页。
② （清）严可均：《全上古三代秦汉三国六朝文》，中华书局，1958，第1433页。
③ （晋）陈寿：《三国志》，中华书局，1959，第1353页。
④ （唐）房玄龄：《晋书》，中华书局，1974，第1487页。
⑤ 叶枫宇：《西晋作家的人格与文风》，上海三联书店，2006，第84~88页。

> 有汉志士，吴郡陆绩，幼敦诗书，长玩《礼》、《易》，受命南征，遘疾遇厄。遭命不幸，呜呼悲隔。①

陆绩对自己身份的界定是"汉志士"。可见，陆绩与孙氏政权的合作是寄希望于孙权可以恢复汉统。实际上，孙氏政权与其他诸侯一样，皆是打着维护汉帝的旗号而行事的。慕容廆曾言："且孙氏之初，以长沙之众摧破董卓，志匡汉室。虽中遇寇害，雅志不遂，原其心诚，乃忽身命。"②《三国志·吴书·吴嗣主第一孙策传》："建安五年，曹公与袁绍相拒於官渡，策阴欲袭许，迎汉帝。"③至孙权，《吴嗣主传第二孙权传》："孙权字仲谋。兄策既定诸郡，时权年十五，以为阳羡长。郡察孝廉，州举茂才，行奉义校尉。汉以策远修职贡，遣使者刘琬加锡命。"又，"（建安）十四年，刘备表权行车骑将军，领徐州牧。备领荆州牧，屯公安"。因此，在称帝之前，孙权名义上仍然是汉之将军。而孙权之称帝，汉已名实俱亡，魏、蜀、吴三国鼎立，互不隶属。此从吴之君臣言论中可以看出。《晋书·周处传》：

> 及吴平，王浑登建邺宫酾酒，既酣，谓吴人曰："诸君亡国之余，得无戚乎？"处对曰："汉末分崩，三国鼎立，魏灭于前，吴亡于后，亡国之戚，岂惟一人！"浑有惭色。④

潘岳代贾谧《赠陆机》有句："三雄鼎足，孙启南吴。南吴伊何，僭号称王。大晋统天，仁风遐扬。伪孙衔璧，奉土归疆。"言下之意，东吴君臣尽为叛臣，而陆机《答贾谧诗》则进行了反击："爰兹有魏。即宫天邑。吴实龙飞。刘亦岳立。"这种说法不仅仅是一种说辞，而是他们立身行世的理念。因为，当时人们皆认为汉已灭亡、天下无主，所以豪杰之士皆有一统天下之心，比如周瑜临死之际上孙权之《疾困与吴主权笺》⑤：

---

① （清）严可均：《全上古三代秦汉三国六朝文》，中华书局，1958，第1424页。
② （唐）房玄龄：《晋书》，中华书局，1974，第2809页。
③ （晋）陈寿：《三国志》，中华书局，1959，第1109页。
④ （唐）房玄龄：《晋书》，中华书局，1974，第1570页。
⑤ （晋）陈寿：《三国志》，中华书局，1959，第1271页。注引《江表传》。

> 瑜以凡才，昔受讨逆殊特之遇，委以腹心，遂荷荣任，统御兵马，志执鞭弭，自效戎行。规定巴蜀，次取襄阳，凭赖灵威，谓若在握。至以不谨，道遇暴疾，昨自医疗，日加无损。人生有死，修短命矣，诚不足惜，但恨微志未展，不复奉教命耳。方今曹公在北，疆场未静，刘备寄寓，有似养虎，天下之事，未知终始，此朝士旰食之秋，至尊垂虑之日也。鲁肃忠烈，临事不苟，可以代瑜。人之将死，其言也善，傥或可采，瑜死不朽矣。

周瑜遗憾的是自己不能"规定巴蜀，次取襄阳"，其"微志"即是一统天下。而忧虑的是"曹公在北"，"刘备寄寓，有似养虎"，所以"天下之事，未知终始。"陆绩则言：

> 从今已去，六十年之外，车同轨，书同文，恨不及见也。①

不管这里"六十年"之数是真是假，陆绩期盼天下统一、人民生活安定确是真实的。在晋灭吴之前，情形亦如三国。明此，方知何以陆氏与孙氏有大仇，陆逊却选择与孙权合作。而陆氏与王氏有杀兄之仇，而二陆入洛却访王济。此皆以"大忠"为主要立场。

其次，陆氏之"忠"应该从忠于社稷与人民来理解。如果我们仅从忠于皇权的角度来理解陆氏之"忠"，必然会陷入自相矛盾之中。陈寿《三国志·陆逊传》评曰："及逊忠诚恳至，忧国亡身，庶几社稷之臣矣。抗贞亮筹干，咸有父风，奕世载美，具体而微，可谓克构者哉！"陆抗、陆逊都曾多次上书谏事，虽冒犯君上而不惜。查看陆凯其表现得最为明显。《三国志吴书·三嗣主传》注引《江表传》：

> 皓营新宫，二千石以下皆自入山督摄伐木。又破坏诸营，大开园圃，起土山楼观，穷极伎巧，功役之费以亿万计。陆凯固谏，不从。②

又《陆凯传》：

---

① （清）严可均：《全上古三代秦汉三国六朝文》，中华书局，1958，第1424页。
② （晋）陈寿：《三国志》，中华书局，1959，第1167页。

> 皓性不好人视己，群臣侍见，皆莫敢迕。凯说皓曰："夫君臣无不相识之道，若卒有不虞，不知所赴。"皓听凯自视。①

又，

> 皓徙都武昌，扬土百姓溯流供给，以为患苦，又政事多谬，黎元穷匮。凯上疏曰。②

又，

> 皓遣亲近赵钦口诏报凯前表曰："孤动必遵先帝，有何不平？君所谏非也。又建业宫不利，故避之，而西宫室宇摧朽，须谋移都，何以不可徙乎？"③

陆凯屡次抗颜直谏，使得孙皓怀恨在心，在陆凯死后"竟徙凯家于建安"。但从陆凯所谏之事来看，确实不是为一己之私，而是为国家安定与发展。所以孙盛赞曰："大司马陆公以文武熙朝，左丞相陆凯以謇谔尽规。"④《会稽典录》评曰："皓悖虐，固与陆凯、孟宗（丁览）同心忧国。"⑤ 陆云后世屡次上疏吴王，又以直谏成都王颖而见害，实受陆氏传统之影响。

此观念一直为陆氏门人继承。东晋明帝遗诏有："陆晔清操忠贞，历职显允，且其兄弟事君如父，忧国如家，岁寒不凋，体自门风。"正是对陆氏忠贞门风的赞美。

三　颇重孝道的家族观念

东汉末年，外戚、宦官轮流操纵政权，地方上出现了一些世代公卿的官僚世家，中央大权逐渐旁落，至魏晋则更进一步，与之相应的"忠孝"

---

① （晋）陈寿：《三国志》，中华书局，1959，第1400页。
② （晋）陈寿：《三国志》，中华书局，1959，第1403页。
③ （晋）陈寿：《三国志》，中华书局，1959，第1403页。
④ （晋）陈寿：《三国志》，中华书局，1959，第1179页。
⑤ （晋）陈寿：《三国志》，中华书局，1959，第1323页。

观念也发生了改变，原来统治者一直提倡的"忠先于孝"的观念至魏晋开始引起了人们的质疑。因为皇权不能保证个人发展，努力维系家族的繁荣是个人才干得以实现的根本，尤其在西晋以后。《三国志·邴原传》注引《邴原别传》载：

> 太子燕会，众宾百数十人，太子建议曰："君父各有笃疾，有药一丸，可救一人，当救君邪，父邪？"众人纷纭，或父或君。时（邴）原在坐，不与此论。太子谘之于原，原悖然对曰："父也。"太子亦不复难之。①

这则故事真实地反映了当时人们对于"忠"与"孝"的态度。曹丕对这样一种忠孝两难的情况做出假设并与臣僚们讨论，恐怕不是无的放矢，当与现实问题有关。邴原的回答也没有遭到曹丕的否定，这反映了当时人们已经认可这种现实。在曹魏如此，在吴亦然。吴嘉和年间，有一长吏从公在外，突闻亲丧，未及向其上级禀报并等候指示，即径行离职赴丧，因而引起孙权政治集团的议论。为此孙权亲下诏令，特加申诫。事见《三国志·吴书·吴主传》：

> 六年春正月，诏曰："夫三年之丧，天下之达制，人情之极痛也；贤者割哀以从礼，不肖者勉而致之。世治道泰，上下无事，君子不夺人情，故三年不逮孝子之门。至于有事，则杀礼以从宜，要经而处事。故圣人制法，有礼无时则不行。遭丧不奔非古也，盖随时之宜，以义断恩也。前故设科，长吏在官，当须交代，而故犯之，虽随纠坐，犹已废旷。方事之殷，国家多难，凡在官司，宜各尽节，先公后私，而不恭承，甚非谓也。中外群僚，其更平议，务令得中，详为节度。"
>
> 顾谭议，以为"奔丧立科，轻则不足以禁孝子之情，重则本非应死之罪，虽严刑益设，违夺必少。若偶有犯者，加其刑则恩所不忍，有减则法废不行。愚以为长吏在远，苟不告语，势不得知。比选代之

---

① （晋）陈寿：《三国志》，中华书局，1959，第353页。

间，若有传者，必加大辟，则长吏无废职之负，孝子无犯重之刑。"

将军胡综议，以为"丧纪之礼，虽有典制，苟无其时，所不得行。方今戎事军国异容，而长吏遭丧，知有科禁，公敢干突，苟念闻忧不奔之耻，不计为臣犯禁之罪，此由科防本轻所致。忠节在国，孝道立家，出身为臣，焉得兼之？故为忠臣不得为孝子。宜定科文，示以大辟，若故违犯，有罪无赦。以杀止杀，行之一人，其后必绝。"

丞相雍奏从大辟。其后吴令孟宗丧母奔赴，已而自拘于武昌以听刑。陆逊陈其素行，因为之请，权乃减宗一等，后不得以为比，因此遂绝。①

参与此次"忠"与"孝"观念"讨论"的人很多。孙权的诏书，满纸"先公后私"，要人"杀礼从宜""以义断恩"，俨然视己之诏令为绝对无上的权威。顾谭的建议，则阴狠残苛，甚至主张一并科罚那通报丧讯者，示以大辟。胡综更是一副生杀由我的样子，满口杀伐之词，令人望而生畏。但这些表现，其实更能显示出他们都已经意识到"忠"与"孝"的两难问题。至于解决这一问题的方法，上述三人一致选择了用严刑峻法使人就范。顾雍完全赞同上述诸人的意见，故"奏从大辟"。偏巧"其后吴令孟宗丧母奔赴，已而自拘于武昌以听刑"、"陆逊陈其素行，因为之请，权乃减宗一等，后不得以为比，因此遂绝"。这里所展示的不仅仅是陆逊处理方法的问题，同时，还反映了他的"忠""孝"观念。陆逊重视"忠"，但并不因"忠"而不顾"孝"道。"为之请""奏之素行"则表明陆逊希望能在"忠"与"孝"之间找到一个折中的方案。

陆逊持如此态度是与其家族传统分不开的。《后汉书·独行传·陆续传》载陆续因楚王英事入狱，而其母"作馈食"，陆续"母来，不得相见，故泣耳"②，即已现出陆氏长慈幼孝之传统。《三国志·陆逊传》：

> 陆逊字伯言，吴郡吴人也。本名议，世江东大族。逊少孤，随从祖庐江太守康在官。袁术与康有隙，将攻康，康遣逊及亲戚还吴。逊

---

① （晋）陈寿：《三国志》，中华书局，1959，第1141~1142页。
② （南朝宋）范晔：《后汉书》，中华书局，1965，第2682~2683页。

年长于康子绩数岁，为之纲纪门户。①

陆逊从小失去父母，由其从祖父陆康抚养长大。而及大难来临，康令"逊及亲戚还吴"，一方面可以保证自己家族的延续，另一方面也是出于对陆逊的信任。这种重视家族的观念在陆氏家族中得到了很好的继承。又《陆景附传》注引《文士传》云：

> 文士传曰：陆景母张承女，诸葛恪外生。恪诛，景母坐见黜。景少为祖母所育养，及祖母亡，景为之心丧三年。②

"景为之心丧三年"一方面出于对祖母的挚爱，另一方面则是家族对孝道的重视。这从二陆入洛见刘道真一事，也可以看出。《世说新语·简傲》载：

> 陆士衡初入洛，咨张公所宜诣，刘道真是其一，陆既往，刘尚在哀制中。性嗜酒，礼毕，初无他言，唯问："东吴有长柄壶卢，卿得种来不？"陆兄弟殊失望，乃悔往。③

二陆访刘道真本由张华所荐，应该说去时是满怀希望的。见刘在哀制之中，却嗜酒，且唯问"东吴长柄壶卢"，这让二陆兄弟甚感失望。失望之原因，显然是刘的行为不合乎"孝道"。"孝"在陆氏族人观念中占有比较重要的位置。二陆思乡之作、颂祖之作除与其功业观念有关，在相当程度上也与"孝"有关。

四 颇涉经纶的陆家众彦

吴郡陆氏以才见称，史谓陆机有"异才"，陆云有"才理"，观陆机才学所涉颇为广博，北宋《宣和书谱》云：笃志儒学，无所不窥，书特余事耳。《书谱》载有陆机章草《平复帖》（至今尚存），行书《望想帖》《急

---

① （晋）陈寿：《三国志》，中华书局，1959，第1343页。
② （晋）陈寿：《三国志》，中华书局，1959，第1360页。
③ （南朝宋）刘义庆：《世说新语校笺》，徐震堮校笺，中华书局，1984，第413页。

就章》《月仪》《出师帖》《七日帖》等名帖。"① 又长于地理学，有《洛阳记》及《洛阳宫殿簿》传世。然以其文才出众，其余多见掩映。陆云其他方面的才能虽不见记载，但观其诗文多语出《诗》《易》，其对先秦经籍必当谙熟。此是积世文儒之家教所致。陆氏门庭才士辈出，除机、云兄弟外，依《隋书·经籍志》记载，吴郡文士有著作传世者多达 21 人。严可均《全上古三代秦汉三国魏晋南北朝文》与逯钦立《先秦汉魏南北朝诗》中所录之陆氏文人更多。兹撮其要者录之：

（一）汉陆绩——幼读诗书，长玩《礼》、《易》

陆绩，字公纪，吴郡吴人，孙权统事，辟奏为曹掾，出为郁林太守，加偏将军，卒年三十二岁。陆绩少有异才，六岁时已经具备很强的随机应变能力。史籍载其访袁术，术出橘，绩怀三枚，而辞别时掉在了地上。袁术问："陆郎作宾客而怀橘乎？"绩跪答曰："欲归遗母。"及长，熟读《诗经》，精通《礼》《易》等儒家典籍。一生所著主要在于"易学"。《隋书·经籍志》录其书三本皆与《周易》有关。《周易》十五卷，《周易日月变例》六卷，虞翻、陆绩撰；《扬子太玄经》十卷，陆绩、宋衷注。严可均《全三国文》载其文有四：《述玄》《太玄经序》《浑天仪说》《自知亡日为辞》。王永平考证，其学术为汉末保守派。主要论据有二：一是今存《京氏易传》由吴陆绩注，可知陆绩治《易》奉京房。其注京氏《易》传，"至言六爻发挥，旁通卦爻之变，有与孟氏相出入者"②，此即说明陆绩治《易》以京氏《易》为主，又吸收孟氏《易》；二是从虞翻、陆绩合撰《周易日月变例》来看，二者学术大体相类。而虞翻其家五世治孟氏《易》，从今存虞翻《易注》来看，他对孟喜的十二消息卦、四正卦和京房的纳甲等说皆有所继承。故知陆绩《易》学为比较保守的今文经学。③ 其长玩《易》《礼》已如上说。而所谓"幼敦诗书"也非虚言。《三国志·吴书·陆绩传》载：

> 孙策在吴，张昭、张纮、秦松为上宾，共论四海未泰，须当用武

---

① （宋）无名氏：《宣和书谱》，中华书局，1985，第 313～315 页。
② （清）张惠言：《易义别录·周易陆氏》（皇清经解本），上海书店，1988，第 798 页。
③ 王永平：《六朝江东世族之家风家学研究》，江苏古籍出版社，2003，第 9～17 页。

治而平之，绩年少末坐，遥大声言曰："昔管夷吾相齐桓公，九合诸侯，一匡天下，不用兵车。孔子曰：'远人不服，则修文德以来之。'今论者不务道德怀取之术，而惟尚武，绩虽童蒙，窃所未安也。"①

从其引经据典的议论，即可看出少年陆绩对先秦经传的谙熟。又《三国志·顾邵传》：

邵字孝则，博览《书》《传》，好乐人伦。少与舅陆绩齐名，而陆逊、张敦、卜静等皆亚焉。②

顾邵博览《书》《传》，陆绩亦好博览。其《述玄》云：

镇南将军刘景升遣梁国成奇修鄙州，奇将《玄经》自随，时虽幅写一通，年尚暗稚，甫学《书》、《毛诗》，王谊人事，未能深索玄道真，故不为也。后数年专精读之，半岁间粗觉其意，于是草创注解，未能也。③

陆绩曾学习过《书》《毛诗》，只不过更善于学习《玄经》，故有《太玄经》十卷。

（二）吴陆景——披纸寻句，粲然耀眼

陆景，史载："景字士仁，以尚公主拜骑都尉，封毗陵侯，既领抗兵，拜偏将军、中夏督，澡身好学，著书数十篇也。"《三国志·陆逊传》注引《文士传》：

陆景母张承女，诸葛恪外生。恪诛，景母坐见黜。景少为祖母所育养，及祖母亡，景为之心丧三年。④

从其表述可知，陆景与晏、机、云及耽非同母兄弟。《隋书·经籍志》载：

《典语》十卷、《典语别》二卷，并吴中夏督陆景撰。亡。

---

① （晋）陈寿：《三国志》，中华书局，1959，第1328页。
② （晋）陈寿：《三国志》，中华书局，1959，第1328页。
③ （清）严可均：《全上古三代秦汉三国六朝文》，中华书局，1958，第1431~1432页。
④ （晋）陈寿：《三国志》，中华书局，1959，第1360页。

《陆景集》一卷。亡。

然，观陆景之用语，知其亦如其叔祖陆绩，长于《诗》《书》《易》《礼》，雅好博览。今存其文，有《与兄书》《诫盈》《典语》三篇，另有《书》残篇。严可均所辑《典语》最长，从《群书治要》辑录而来。其《典语》之中共引《诗经》七处，《易》两处，《易传》两处，《书》两处，《孟子》《论语》各一处。可见陆景亦长于《诗》《易》。这就无怪乎二陆诗文多化用《诗经》《易》中的句子了。

陆景之文已现"丽靡"之端倪。其《与兄书》云：

　　向诀不知所言，追惟衔恨，恨结胸怀，怀此恋恨，何时可言！望路则尚近，别已千里，其为思结，缠在心膂。于是离析，路人悲之。况处此戚，兼之懿好，情之感咽，何时可胜！念兄始出，既当劳思，严寒向隆，经作辚轲，既宜保德，为世何资。厚自珍爱。①

该文是写给其兄陆晏的，如此亲密之关系，二陆多用散语写来，而陆景之书却多用整句。其首"追惟衔恨，恨结胸怀，怀此恋恨"，连续用了三句顶针句法，一气贯通，宛然如流，又构成回环之势，结尾回到开头，这种手法在书类体裁中十分罕见！同时也注重句子的押韵，如"望路则尚近，别已千里，其为思结，缠在心膂。于是离析，路人悲之"。以里、膂、之隔句押韵。该文还讲对偶。其《诫盈》：

　　富贵，天下之至荣；位势，人情之所趋。然古之智士，或山藏林窜，忽而不慕；或功成身退，逝若脱屣者，何哉？盖居高畏其危，处满惧其盈，富贵荣势，本非祸始，而多以凶终者，持之失德，守之背道，道德丧而身随之矣。是以留侯、范蠡，弃贵如遗；叔敖、萧何，不宅美地。此皆知盛衰之分，识倚伏之机，故身全名著，与福始卒。自此以来，重臣贵戚，隆盛之族，莫不罹患构祸，鲜以善终。大者破家，小者灭身。唯金张子弟，世履忠笃，故保贵持宠，祚钟昆嗣。其

---

① （清）严可均：《全上古三代秦汉三国六朝文》，中华书局，1958，第1431页。

余祸败，可为痛心。①

文章不长，以自然句计全文共 39 句，其中对句共 8 对。可见三国之时，不仅仅北方魏之文士心向俪偶，吴之文士亦然。再如：

> 若冲风之摧枯枝，烈火之炎寒草，武王伐纣势然也。
> 周世以膏腴之沃壤，丰镐之宝地，大启封境，以封骄泰。
> 飞车策马，横腾超迈。来如雾合，去若云散。得志则进，失意则退。②

陆景似乎爱"乐"。前引陆景《与兄书》中的回环句法，最初基本限于民谣之中，文人作品一般不多见，而陆景用于书中，则说明其注意到了此类句子的音乐特质。又云："所谓文者，非徒执卷于儒生之门，搦笔於翰墨之采，乃贵其造化礼乐之渊之盛也。"又，《书记篇》云："获答虎蔚，德音孔昭，披纸寻句，粲然耀眼。"③ 都强调文章之丽采需"贵其造化礼乐"，只有"德音孔昭"，方可"披纸寻句，粲然耀眼"。

（三）宋齐硕儒——陆澄

陆澄，字彦渊，吴郡吴人。祖邵，临海太守。父瑗，州从事。澄少好学，博览无所不知，行坐眠食，手不释卷。起家太学博士，中军卫军府行佐，太宰参军，补太常丞，郡主簿，北中郎行参军，直至光禄大夫。其读书之博为世罕见，王俭曾戏之曰："陆公，书厨也。"《南齐书》本传载：

> 俭自以博闻多识，读书过澄。澄曰："仆年少来无事，唯以读书为业。且年已倍令君，令君少便鞅掌王务，虽复一览便谙，然见卷轴未必多仆。"俭集学士何宪等盛自商略，澄待俭语毕，然后谈所遗漏数百千条，皆俭所未睹，俭乃叹服。④

一生著述甚丰，且所涉博杂，《隋书·经籍志》载其著作有：

---

① （清）严可均：《全上古三代秦汉三国六朝文》，中华书局，1958，第 1431~1432 页。
② （清）严可均：《全上古三代秦汉三国六朝文》，中华书局，1958，第 1433 页。
③ （清）严可均：《全上古三代秦汉三国六朝文》，中华书局，1958，第 1433 页。
④ （梁）萧子显：《南齐书》，中华书局，1972，第 681 页。

《汉书注》一卷 齐金紫光禄大夫陆澄撰。

陆澄注《汉书》一百二卷。

《杂传》十九卷 陆澄撰。

《地理书》一百四十九卷 录一卷。陆澄合《山海经》已来一百六十家，以为此书。澄本之外，其旧事并多零失。见存别部自行者，唯四十二家，今列之于上。

《地记》二百五十二卷 梁任昉增陆澄之书八十四家，以为此记。

《地理书抄》二十卷 陆澄撰。

《述政论》十三卷 陆澄撰。

《缺文》十三卷 陆澄撰。

《政论》十三卷 陆澄撰。

（四） 精通乐理的陆厥与文辞甚美的陆倕

陆厥，字韩卿，扬州别驾陆闲子，陆玩之从孙，陆瑁之第七世孙。"厥少有风概，好属文"①。永明九年，诏百官举士，同郡司徒左西掾顾暠之表荐焉。州举秀才，王晏少傅主簿，迁后军行参军。《南齐书》载其事于《文学传》唯有《与沈约书》讨论"宫商"事。其书中之意大体是：范云、沈约所谓"前贤未睹""此秘未闻"之语，实近于诬。"夫思有合离，前哲同所不免；文有开塞，即事不得无之。子建所以好人讥弹，士衡所以遗恨终篇。既曰遗恨，非尽美之作，理可诋诃。君子执其诋诃，便谓合理为暗。岂如指其合理而寄诋诃为遗恨邪？"②然厥并非反对宫商，其所反对的只是"此秘未睹"，认为："苟此秘未睹，兹论为何所指邪？"所以他提出，"故愚谓前英已早识宫徵，但未屈曲指的，若今论所申。至于掩瑕藏疾，合少谬多，则临淄所云'人之著述，不能无病'者也"，并进一步提出"古今好殊，将急在情物，而缓于章句"。认为古人高明之处在于先情物而后章句。

陆厥今存诗 10 首，除一首《奉答内兄希叔诗》为答顾希叔的赠答诗之外，其余皆乐府诗。本传谓"五言诗体甚新变"，其新变处不同于沈、

---

① （梁）萧子显：《南齐书》，中华书局，1972，第897页。
② （梁）萧子显：《南齐书》，中华书局，1972，第681页。

谢诸人，诗无意于讲究声律，却重合乐。如《临江王节士歌》：

> 木叶下。江波连。秋月照浦云歇山。秋思不可裁。复带秋风来。秋风来已寒。白露惊罗纨。节士慷慨发冲冠。弯弓挂若木。长剑竦云端。①

诗全然不忌重复，十句之中仅"秋"字就用了四次，亦不计"病累"，五言、三言、七言杂用，颇具民歌风味。巧合的是其诗亦如陆景，用顶针句法为诗。陆机诗多用顶针，陆景、陆厥亦用，而此句法多见于吴歌，"吴歌"或为陆家所共好？诗爱写风，尤其是写秋风。今存十首诗中写风之诗多达六首，除上文所引外，再如"岁暮寒飙及。秋水落芙蕖。"（《中山王孺子妾歌》其二）"秋风摇素萼。雁起宵未央。"（《京兆歌》）"有美独临风。佳人在遐路。"（《邯郸行》）"旅雁向南飞。浮云复如盖。望美积风露。疏麻成襟带。"（《南郡歌》）"江南风已春。河间柳已把。"（《蒲坂行》）。从陆厥的论述及其创作中可以看出，陆厥反对过分地讲究音律，但其诗文却合于音乐。

陆倕，字佐公，晋太尉玩六世孙，与陆厥为叔侄，祖陆子真，宋东阳太守。父陆慧晓，齐太常卿。倕少勤学，善属文。"于宅内起两间茅屋，杜绝往来，昼夜读书，如此者数载。所读一遍，必诵于口。尝借人《汉书》，失《五行志》四卷，乃暗写还之，略无遗脱。"（《梁书·陆倕传》）在梁被赞"高才"，《梁书·太祖五王传》（列传第十六）谓："当世高才游王门者，东海王僧孺、吴郡陆倕、彭城刘孝绰、河东裴子野，各制其文，古未之有也。"其学问渊博，尤精于玄学，《梁书·太祖五王传》（列传第十六）载：

> （萧）伟少好学，笃诚通恕……晚年崇信佛理，尤精玄学，著《二旨义》，别为新通。又制《性情》、《几神》等论其义，僧宠及周舍、殷钧、陆倕并名精解，而不能屈。②

---

① 逯钦立：《先秦汉魏晋南北朝诗》，中华书局，1983，第 466 页。下引陆厥诗同。
② （唐）姚思廉：《梁书》，中华书局，1973，第 346 页。

竟陵王子良开西邸，招文学，高祖与沈约、谢朓、王融、萧琛、范云、任昉、陆倕等并游焉，并称为"八友"。陆倕甚得沈约赏识，《梁书·张率传》载"（张率）与同郡陆倕幼相友狎，常同载诣左卫将军沈约，适值任昉在焉，约乃谓昉曰：'此二子后进才秀，皆南金也，卿可与定交'"①。

陆倕"其文甚美"，有士衡之文风，重辞藻与才学，情思颇多哀伤。自云："学穷书府，文究辞林。既耳闻而存口，又目见而登心。似临淄之借书，类东武之飞翰。轸工迟于长卿，逾巧速于王粲。固乃度平子而越孟坚，何论孔璋而与公干，或欲涉其涯涘，求其界畔。"②（《感知己赋赠任》《艺文类聚》三十一）"书"仿陆景用韵文，如其《以诗代书别后寄赠》干脆标明以诗代书，《感知己赋赠任昉》则是以赋为书，今存留表启多篇，率多以四言行文，语句整齐，颇与诗类。如《除詹事让表》："中阳白水，徒庇微躯，送珥抱薪，未闻成绩，陈席不弃，故剑无遗，遂宣时髦，升降清显，尊官原秩。"③（《艺文类聚》四十九）萧纲《与湘东王书》对陆倕之笔赞叹有加，云："至如近世谢朓、沈约之诗，任昉、陆倕之笔，斯实文章之冠冕，述作之楷模。"④ 当指此种情况，姚察《文学传论》谓"倕博涉文理，到洽匪躬贞劲"抑或指此。

（五）其他吴郡陆氏文人著作

《吴先贤传》四卷 吴左丞相陆凯撰。吴丞相《陆凯集》五卷，梁有录一卷。

又有《陆景集》一卷。亡。

《梁武帝制旨连珠》十卷 陆缅注。

《陈书》四十二卷 讫宣帝，陈吏部尚书陆琼撰。

陆琏撰《军仪注》一百九十卷，录二卷。

《嘉瑞记》三卷 陆琼撰。

《鄴中记》二卷 晋国子助教陆翙撰。

---

① （唐）姚思廉：《梁书》，中华书局，1973，第475页。
② （唐）欧阳询：《艺文类聚》，上海古籍出版社，1965，第559页。
③ （唐）欧阳询：《艺文类聚》，上海古籍出版社，1965，第889页。
④ （唐）姚思廉：《梁书》，中华书局，1973，第690页。

《棋品序》一卷 陆云公撰。

扬州从事《陆冲集》二卷，录一卷，亡。

扬州从事《陆沈集》二卷，录一卷

又有吴郡功曹《陆法之集》十九卷，亡。

南海太守《陆展集》九卷。

《梁简文帝集》八十五卷 陆罩撰，并录。

梁黄门郎《陆云公集》十卷。

陈司农卿《陆琰集》二卷。

陈少府卿《陆玠集》十卷。

陈光禄卿《陆瑜集》十一卷 并录。陈护军将军《蔡景历集》五卷。

陆少玄撰《佛像杂铭》十三卷。

吴郡陆氏出于平原陆乡，自陆烈后，始定居于江东吴郡，历经两汉，渐渐确立东吴大族地位。观其家族历史，陆烈以其政声颇佳之名成就了创始之功。陆康之后，陆氏家族声誉日隆。章太炎所谓"机之族始于陆绩"，是指陆氏家族至陆绩时代，在文、武、实力及家族特色等多个方面确立了自己家族的优势。这是吴郡陆氏虽遇困厄却历数百年而不衰的主要原因。

陆氏家族一向重视子弟教育。从学术上看，陆氏家族首重经学。陆逊、陆绩、陆凯皆长于《易》，好太玄，尤以陆绩著述颇丰。陆玑长于诗，陆澄、陆德明所涉驳杂，所有经典皆有所涉。陆机、陆云等人诗文中多处引用、化用《易》及《传》之诗句，当受家族学术风尚之影响。其次为史学。吴左丞相陆凯曾撰《吴先贤传》四卷。陆云又多次鼓励陆机作《吴书》。陆机有《晋纪》《太子帝起居》均为史书。陆澄撰有《汉书注》《杂传》等书，也属于史类的范畴。又有陈吏部尚书陆琼撰《陈书》四十二卷。另外，《陆史》也是陆氏后人所作。其家族热心于史类著作，主要因为以下两个原因：一是可以通过总结历史兴亡，成一家之言，以传名于后世。二是为铭记祖上功德，以激励族人。再次为地理学。陆机有《洛阳记》《洛阳宫殿簿》。陆澄有《地理书》一百四十九卷，《地记》二百五十二卷。陆澄撰《地理书抄》二十卷。晋国子助教陆翙撰《邺中记》二卷。

此或与史学及家族素重军事有关。第四是杂学。从陆绩起，陆氏文人之涉猎非常广博。陆机所著有小学著作《吴章》，有地理学著作《洛阳记》《洛阳宫殿簿》，有史学著作《晋纪》《太子起居》。陆琼撰小说《嘉瑞记》三卷。陆云公撰《棋品序》一卷，且据史籍陆云公善茶道，并撰有《茶经》。陆少玄撰《佛像杂铭》十三卷。此亦是陆氏家族区别于他族的一大特点。从家族观念来看，陆氏重修文亦重武学修养。陆氏族人陆逊、陆抗、陆凯皆是"文能安邦，武能定国"之大才。他如陆康平黄穰之贼，陆党死战抗北魏之兵，机、云兄弟少好游猎，长可纵横文坛，又曾为都督，为司马。此皆文武双修之例证。更有陆琏撰《军仪注》一百九十卷，当是陆氏治军智慧之总结。从道德上看，陆氏之"忠"首见记载是陆续，次为陆康，次则陆绩、陆逊、陆抗、陆凯，再则陆晔。而其忠非为一家一姓，而为国家稳定考虑。与此相联系的陆氏族人前期有很浓重的功业意识，自二陆遭难后，陆氏文人从政热情稍减，渐与政权疏离，但并未忘怀政治，如陆澄撰有《述政论》十三卷、《政论》十三卷等。

第二章
二陆诗文的地域研究

中国疆域广大，东西殊俗，南北异风。以长江流域为中心的南方与以黄河流域为中心的北方从一开始便显露出迥异的特质。学者对南北差异的探讨由来已久。《中庸》有言："宽柔以教，不报无道，南方之强也，君子居之；衽金革，死而不厌，北方之强也，而强者居之。"①此乃南北心理之差异。孟子也意识到了这一点，《孟子》云："陈良，楚产也，悦周公、仲尼之道，北学于中国，北方之学者，未能或之先也。"②《庄子·天运篇》载："孔子行年五十有一而不闻道，乃南之沛，见老聃，老聃曰：'子来乎？吾闻子北方之贤者也，子亦得道乎？'"③此皆学术上南北之差池。《说苑·修文》云："子路鼓瑟有北鄙之声，孔子闻之曰：'信矣，由之不才也！……流入于南，不归于北。南者，生育之乡，北者，杀伐之域。'"④此辨南北之音。孔颖达《礼记注疏》："南方谓荆扬之南，其地多阳。阳气舒散，人情宽缓和柔。和柔为君子之道，故云君子居之。北方沙漠之地，其地多阴。阴气坚急，故人性刚猛，恒好斗争，故以甲铠为席，寝宿于中，至死不厌，非君子所处，而强梁者居之。"⑤此谓南北之性情与习俗。南北习俗、语言、文化差异，必将影响文学差异。故《文心雕龙·时序》有言"唯齐楚两国，颇有文学"⑥，齐为北方，楚在南国，齐楚文学之差

---

① （宋）朱熹：《四书集注》，中华书局，1983，第21页。
② （宋）朱熹：《四书集注》，中华书局，1983，第260页。
③ （战国）庄子：《庄子校诠》，王步岷校注，乐学书局，1986，第528页。
④ （汉）刘向：《说苑校证》，向宗鲁校证，中华书局，1987，第508页。
⑤ （唐）孔颖达：《礼记注疏》，中华书局，1980，第1626页。
⑥ （梁）刘勰：《文心雕龙注》，范文澜校注，人民文学出版社，1962，第671页。

异,彦和已经看得很清楚。关于南北文风,比较精彩的论述是魏征的《隋书·文学传序》:

> 自汉魏以来,迄乎晋宋,其体屡变,前哲论之详矣。暨永明、天监之际,太和、天保之间,洛阳、江左,文雅尤盛……江左宫商发越,贵于清绮;河朔词义贞刚,重乎气质。气质则理胜其词,清绮则文过其意。理深者便于时用,文华者宜于咏歌。此其南北词人得失之大较也。若能掇彼清音,简兹累句,各去所短,合其两长,则文质斌斌,尽善尽美矣。①

此段文字指出了地理环境与文学的关系,地理环境影响着人们的气质,而气质又对文风起着决定性作用。朱熹对此曾做过一番论述:

> 某尝谓气类近,风土远;气类才绝,便从风土去。且如北人居婺州,后来皆做出婺州文章,间有婺州乡谈在里面者,如吕子约辈是也。②

朱熹所言是北人南来的情况,他认为文风与人的"气类"比较接近,而与当地的地理环境(即风土)的关系较远,但当人"气类才绝"时,"便从风土去",即随风土而改变,并举吕祖谦为例,说明北人居婺州(即金华)便作出婺州的文章。地理环境与文风有着比较密切的联系,尤其是在南北分治的时期,在不同政治势力统治下的文学的独立性也更为明显。

近代以来,较早对魏晋六朝南北文风进行系统探讨的是日本人儿岛献吉郎,其《中国文学概论》作于 19 世纪末期,该书专列"文学与气候风土"一章探讨中国南北文学的差异。影响较大的是刘师培先生的《南北文学不同论》③ 一文及曹道衡先生的《南朝文学与北朝文学研究》一书。刘先生所论上至先秦,构架宏阔,但对汉晋之差异着墨不多,而曹先生则着重论述南北朝文学之差异,其《序》论云:

---

① (唐)魏征、令狐德棻:《隋书》,中华书局,1973,第 1729~1730 页。
② (宋)朱熹:《朱子语类》,黎靖德辑,中华书局,1983,第 3335 页。
③ 刘师培:《刘师培中古文学论集》,中国社会科学出版社,1997,第 260~261 页。

汉魏作家实在已经很难说谁是纯粹的南方文风，谁又是地道的北方文风。即以三国分裂之后而论，在西晋作家中，傅玄是北地泥阳（今陕西耀县）人，陆机是吴（今江苏苏州）人；一个由魏入晋，一个由吴入晋，身世完全不同。二人的诗歌当然有区别，但这种区别就很难说主要是由于地区的不同，而更多是因为各人经历和性格的差异。像傅玄的《吴楚歌》，就纯属"骚体"。①

曹先生所说有一定道理。第一，三国归晋，陈寿、李密皆自蜀来，华谭、陆机、陆云、顾荣皆来自吴，到洛阳，多则十年八年，少则三年五载，入乡随俗，文风随之变化，自是情理中事。国家统一后文风渐次融合，也是历朝历代的共同特点，所以"没有谁是地道的南方文风，也没有谁是地道的北方文风"，此种情况与朱熹所言相近。第二，陆机文学在很大程度上带有其身世的印迹。这一点比较明显，比如，其诗文多次赞颂其祖上功德，徐公持先生的《魏晋文学史》说"这在所有魏晋文士中，都是绝无仅有的"②。再比如，陆机诗文还多次表达了对江南的厚爱。但是，曹先生的论述也有不足之处。首先，三国分立时间比较久远，从汉献帝建安时期到晋武帝元康年间将近百年的时间，分治的两地文化交流虽不可能完全停滞，但所受的阻隔也是可以想见的。典型的例子如曹丕《典论》撰成，命人抄书于孙权，此既说明了两地文化有所交流，也说明了交流的困难。试想，此以帝王之尊，以特使相送，才得以到达江东，那么，普通士人的文辞如何传送？再如左思写《三都赋》，据说曾访陆机以了解吴都，访张载以了解蜀都，这说明当时魏地人对吴、蜀两地的了解不多。同样可以想象，吴、蜀两地人们对魏都及魏人的了解又何尝不是如此？其次，身世不同在任何时候、任何地方都是存在的，创作是一定受会其身世影响的，但作家的生长环境与仕宦的地域也是身世的一部分。因此，考察作家的南北差异也应将这一因素考虑在内。如庾信从早年的宫体之作到晚年的乡关之思，其间的变化既是其生平经历所致，也表现出了南北差异。最后，傅玄《吴楚歌》纯用骚体正说明了南北文学的不同。自三国以来，南方吴国学

---

① 曹道衡：《南朝文学与北朝文学研究》，江苏古籍出版社，1999，第13页。
② 徐公持：《魏晋文学史》，人民文学出版社，1999，第357页。

风偏于守旧,其诗文多恪守汉代以来的讽喻之义,而少有楚骚体,而北方作家却喜用楚骚体。① 刘师培先生的《南北文学不同论》云:"东汉北方之文,词多骈俪,乃古代之文也;南方之文多属单行,语词浅显,乃古代之语也。"② 南方的《吴楚歌》恰恰是少用骚体多用汉末民歌曲调。邢邵《萧仁祖集序》:"昔潘、陆齐轨,不袭建安之风;颜、谢同声,遂革太原之气。自汉逮晋,情赏犹自不谐,江北江南,意志本应相诡。"③ 这正说明了"潘、陆齐轨"文风有别,"江南江北"本有差池。

钟嵘以"三张、二陆、两潘、一左"概括太康文学。八人之中,三张、两潘、一左皆为中原人士,南方作家只有机、云二人。但考虑到创作实绩、参与人数、地域背景及文化背景等多种因素,将西晋文学分为南方文学与北方文学无疑也是合理的。《隋书·经籍志》④ 载北方代表作家:三张,"晋中书郎《张载集》七卷,梁一本二卷,录一卷","晋黄门郎《张协集》三卷,梁四卷,录一卷","又有散骑常侍《张亢集》二卷,录一卷",计有十卷。两潘,"晋黄门郎《潘岳集》十卷","晋太常卿《潘尼集》十卷",计有二十卷。一左,"晋齐王府记室《左思集》二卷,梁有五卷,录一卷"。二陆合计有集二十六卷,不以梁代所有计,几与六人相当。以严可均之《全晋文》与逯钦立《先秦汉魏晋南北朝诗》中晋诗部分所载江东全部作家为据,除帝王后妃外,江东作家尚有顾荣、陆喜、薛莹、周处等37人。以参与人数论,足以代表江东一地的风格。以生平及文化背景而言,这些作家生于江东,长于江东,由于文化交流的阻隔,他们所浸染的是以江东为特色的保守文化,其创作又带有明显的亡国士人的心态及与北方文人对立抗争的心态。这个团体的核心人物是陆机与陆云。

吴亡之后,二陆及其他江东士人学习北方、融入北方的意愿,远比北方文人了解南方、学习南方的意愿强烈得多。南方文化与北方文化的矛盾在他们身上得到了充分的体现。因此,在他们的文学作品中南方因

---

① 王永平:《江东世族之家风家学研究》,江苏古籍出版社,2003。第八章"综论"之第二"以儒家学说为基调的世族'家风'"。
② 刘师培:《刘师培中古文学论集》,中国社会科学出版社,1997,第264页。
③ (清)严可均:《全上古三代秦汉三国六朝文》,中华书局,1958,第3842页。
④ (唐)魏征、令狐德棻:《隋书》,中华书局,1973。

素与北方因素也在不断地冲撞与融合。他们之间的相互学习与融入有个过程，被接纳和认可也有个过程。但晋朝的短暂统一不足以让这个融入和被接纳的过程完全实现，以至于在我们查看史料的时候，总感觉二陆等人与北方士人之间存在的只是矛盾与对抗，而忽略了南北融合的状况。因此，我们有必要把二陆诗文按其一生历程理出一条线来，然后在这一基础上研究二陆诗文的南北特色与南北因素。这一研究有助于更清楚、更准确地看到二陆文学的成长与发展，同时对于弄清西晋文坛的格局也具有比较重要的意义与价值。

第一节 二陆文学创作与地域变化述略

对二陆人生历程的探讨一直为学者所关注。从活动地域来看，二陆的人生经历可以分为两个部分：一是入洛之前的活动，因其主要活动在江东，我们可以命名为"江东的活动历程"；二是入洛之后的活动历程，因其活动主要在中原，我们命名为"中原的活动历程"。[①] 此节的最大难题是怎样把二陆的作品与地域联系起来。因为早期史料散佚，如王隐、臧荣绪等人的《晋书》以及二陆的原始集子均已不见存于世。唐修《晋书》撰之较晚，又"杂采小说"，讹误之处甚多，常为后人诟病。今存《二陆集》为宋人所辑，已非原集模样，且里面还收录有伪作。在不能辨明真伪的情况下，引以为据，无异于指鹿为马。如黄葵《陆云集》录左棻诗《左九嫔感离诗》为陆云诗。再如刘运好先生《陆士衡文集校注》考证《晋刘处士参妻王氏夫人诔》为他人之作混入陆集。笔者以为最好的解决办法是：第一，在现有史料的基础上，以一些能够坐实的作品为依据，对其作品进行分域研究；第二，借助前人研究成果，对其作品及史料进行再次梳理，以期寻求更为合理的解决方案。本节主要参考姜亮夫先生《陆平原年谱》、朱东润《陆机年表》、李泽仁《陆士衡史》、刘运好先生《陆士衡文集校注》及林芬芳《陆云研究》，斟酌二陆诗文，详考有关史料，对二陆文学

[①] 入洛前，二陆曾领父兵，当在西陵前线，显然在"江西"，"江东"一词很难概括。入洛后，又曾为吴王郎中令，吴王治在淮南，虽非中原，但时间短暂，因此，也放在中原部分。此处仅取其大概。

作品以及创作大体时间及地域给予简单描绘，以期为后文的论证提供一个横向的坐标。

一　二陆在江东的历程与创作

二陆为吴郡吴人。其祖父吴丞相陆逊，父大司马陆抗。陆机"少有异才，文章冠世，伏膺儒术，非礼不动"①，陆云"少与兄机齐名，虽文章不及机，而持论过之，号曰'二陆'"。《晋书·陆机传》载："年二十而吴灭。"也就是说陆机生于吴永安四年（魏陈留王景元二年），即261年。陆云被杀"时年四十二"，可以看出陆云生于吴永安五年，即262年，小陆机一岁。

（一）仿佛谷水阳，婉娈昆山阴

二陆少居于吴郡之华亭。刘运好先生考证"无论从祖籍，还是从出生地看，陆机都应该是吴郡吴人"②。先生所论良是，《后汉书·陆续传》载陆续"会稽吴人也"，《陆康传》"吴郡吴人也"，《三国志·陆逊传》"陆逊，字伯言，吴郡吴人也"，诸家史书皆载陆氏为"吴郡吴人"。关于华亭，《吴地记》云："华亭县在郡东一百六十里，地名云间，水名谷水。天宝五年置。盖晋元侯陆逊宅，造池华丽，故名。有陆逊、陆机、陆瑁三坟，在东南二十五里横山中。"③ 又朱长文《吴郡图经续记》载："昆山在本县西北，或曰在华亭，盖割昆山之境以县华亭故也。晋陆机兄弟生于华亭，以文为世所贵，时人比之昆岗出玉，故此山得名。"④ 陆、朱氏所说皆有可取之处，如《吴地记》说华亭又名云间。此可以由《世说新语·排调》所载陆云与荀鸣鹤对句"云间陆士龙"证之。朱说华亭近于昆山，可由陆机《赠从兄车骑诗》云"仿佛谷水阳，婉娈昆山阴"证之。也都有疏误。华亭为亭而非县，更与"造池华丽"无关。《三国志·陆逊传》载：

---

① （唐）房玄龄：《晋书》，中华书局，1974，第1476页。本节引用《晋书》陆机、陆云部分不注。
② 刘运好：《陆士衡文集校注》，凤凰出版社，2007，第6页。
③ （唐）陆广微：《吴地记》，《宋元方志丛刊》，中华书局，1985，第7页。
④ （宋）朱长文：《吴郡图经续记》，《宋元方志丛刊》，中华书局，1985，第30页。

陆逊建安二十四年十一月被封为华亭侯，后又以军功封娄侯，此说明"华亭"非华丽之亭，而实为县、乡、亭之"亭"。陆逊由于军功累积，由亭侯改封县侯。朱氏又谓"昆岗之玉"云云，实是演绎之辞，不足为凭。《吴志》云："汉庐江太守陆康与袁术有隙，使侄逊与其子绩率其宗族避难于是谷。谷东二十里，有昆山，父祖墓焉，故陆机《思乡诗》曰：'仿佛谷水阳，婉娈昆山阴。'昆山有吴相江陵侯陆逊墓。"①陆机少时在昆山、谷水嬉戏。当时已名昆山，不可能以所谓"昆岗之玉"而更横山为昆山。

陆机少好游猎，《述异记》载：

> 陆机少时，颇好游猎，在吴豪盛。客献快犬名曰"黄耳"；机后仕洛，常将自随。②

陆机《百年歌》云：

> 一十时，颜如蕣华晔有晖，体如飘风行如飞。孌彼孺子相追随，终朝出游薄暮归，六情逸豫心无违。

昆山、谷水留下了陆机兄弟的足迹，也在二陆的心里留下了深深的印迹。

二陆家教甚严，且为吴地大家，儒学之士辈出。其前辈有陆绩、陆凯精于《太玄》和天体论，同辈有其兄陆景，"澡身好学，著书数十篇（卷）"，有《典语》十卷、《典语别》二卷。③其近亲姚信为陆逊的外甥，为江东大儒。逊又为江东张氏之甥，而张氏素以"文"著称，张昭、张承长于《春秋左传》、《论语》及《诗经》。如此氛围，自然对二陆之成长影响很大。二陆少时即于文学上有了突出的表现。本传所载"少有异才""六岁能属文"云云，说明机、云天生聪颖。"非礼勿动"则与其家教有关，说明二人自小勤于儒学。陆逊家教理念是必有才而后方为用，"不宜私出，以要名利"，使其致祸。《陆云传》谓："幼时吴尚书广陵闵鸿见而奇之，曰：'此儿若非龙驹，当是凤雏。'后举云贤良，时年十六。"④陆云

---

① （宋）李昉：《太平御览》，中华书局，1960，第 180 卷。
② 鲁迅校录《古小说钩沉》，齐鲁书社，1997，第 102 页。
③ （晋）陈寿：《三国志》，中华书局，1959，第 1360 页。
④ （唐）房玄龄：《晋书》，中华书局，1974，第 1481 页。

确是因"才"为广陵闵鸿赏识,而非仅仅因其家族。其所谓"才""才理"既说其天资,又说其博学。项托以善辩著称,扬乌以弱齿豫《玄》名世,联系陆绩精于《周易》《太玄》之背景,或指云少时即已研习经学,或精于《易》。传中又云"少与兄机齐名,虽文章不及机,而持论过之",则可见陆机亦称名于当世,且于文章方面,机更出云之上。

从陆云六岁即吴宝鼎二年(267),直到吴凤凰三年(274)陆抗卒,"分领抗兵",陆云与其兄一直居于故里。其间当有名篇,否则,陆云被举"贤良"理由是说不过去的(按:当时"贤良"有"文学贤良"和"方正贤良",以陆云之情状,被举文学贤良的可能性较大)。惜今日已难考见。陆机《吴大司马陆公诔》作于陆抗卒后。

(二)分领父兵,远至西陵

自陆抗卒后,二陆即分赴异地。《三国志·陆抗传》载:

> (凤凰三年)秋(抗)遂卒,子晏嗣。晏及弟景、玄、机、云分领抗兵。①

又,《晋书陆机传》载:

> 陆机,字士衡,吴郡人也……抗卒,领父兵为牙门将。②

又,臧荣绪《晋书》:

> 机字士衡,吴郡人。祖逊,吴丞相,父抗,吴大司马。机少袭领父兵,为牙门将军。

各种记载资料一致,机、云领兵应该确有其事。凤凰三年,陆抗卒于大司马任上,生前任大司马、荆州牧。传中所云"抗兵"主要指由陆氏"部曲"组成的兵马,为陆家多年经营的势力。《陆逊传》载:"县连年亢旱,逊开仓谷以振贫民,劝督农桑,百姓蒙赖。时吴、会稽、丹杨多有伏匿,逊陈便宜,乞与募焉。会稽山贼大帅潘临,旧为所在毒害,历年不禽。逊

---

① (晋)陈寿:《三国志》,中华书局,1959,第1360页。
② (唐)房玄龄:《晋书》,中华书局,1974,第1467页。

以手下召兵，讨治深险，所向皆服，部曲已有二千余人。"①陆逊卒，陆抗"拜建武校尉，领逊众五千人。"至于"分领"云云，则是晏、景、玄、机、云等人各领其一部。那么，如何分领呢？据《三国志·陆逊传》载"晏为裨将军、夷道监"。景"以尚公主拜骑都尉，封毗陵侯，既领抗兵，拜偏将军、中夏督"遇害于乐乡。此事亦见于《晋书武帝纪》和《晋书·王濬传》载，可知陆晏领父兵于夷道，陆景领父兵于乐乡。至于玄、机、云领兵之地，史书记载不明，依此推断，三人亦各在一地。《三国志·陆抗传》载：

> 抗字幼节，孙策外孙也。逊卒时，年二十，拜建武校尉，领逊众五千人，送葬东还，诣都谢恩……建衡二年，大司马施绩卒，拜抗都督信陵、西陵、夷道、乐乡、公安诸军事，治乐乡。②

此段文字指出，陆抗都督信陵、西陵、夷道、公安诸军事四地，而都督府在乐乡，合在一起正好五地。史传所谓"分领"或分赴上述五地，因无资料进一步佐证，不敢枉说。

（三）秦淮二陆读书堂

周应合《景定建康志》载：

> 《越绝书》："其城越范蠡所筑，城东南角近固城，望国门桥。"西北，即吴牙门将军陆机宅。故机入晋，作《怀旧赋》"西望东城之纡余"，即此城。③

又载：

> 陆机宅在秦淮侧。又《金陵故事》："临秦淮有二陆读书堂，其迹犹在。"考证：陆机入洛，作《怀旧居赋》云："望东城之纡余，邈吾庐之延佇。"李太白《题王处士水亭》云："齐朝南苑是陆机宅，故有

---

① （晋）陈寿：《三国志》，中华书局，1959，第1354页。
② （晋）陈寿：《三国志》，中华书局，1959，第1354页。
③ （宋）周应合：《景定建康志》，成文出版社，1983，第981页。

'北堂见明月,更忆陆平原'之句。"①

此则文字出自《图经》,祝穆《方舆胜览》引《图经》云:

> (陆机宅)在县南五里,秦淮河之侧,有二陆读书堂在焉。李白《题王处士水亭》云:"齐朝南苑是陆机宅。其诗云:'王子耽玄言,贤豪多在门。好鹅寻道士,爱竹啸名园。树色老荒苑,池光荡华轩。北堂见明月,更忆陆平原。扫地清玉簟,为余置金樽。醉罢欲归去,花枝宿鸟喧。何时复来此,再得洗嚣烦。"②

据张敦颐的《六朝事迹类编》、李贤的《明一统志》、和珅的《清一统志》所记,文字大同小异,当同一来源。按此,二陆曾生活于建康。然笔者以为在建康的为陆云而非陆机。

《晋书·陆云传》载有陆云出仕之事,认为陆云于十六岁时被广陵闵鸿举为贤良。(按:"贤良"有"文学贤良"和"方正贤良",闵鸿因士龙之才而赏识他,故所举当是"文学贤良",此是文职。)陆云十四岁领父兵之事是确切的,史家均无异议。若云十六岁被举贤良,则说明陆云十六岁就已经不在军中。那么,陆云被举贤良是否可靠呢?《机云别传》也载有吴亡之前陆云曾入仕事:

> 云字士龙,吴大司马抗之第五子,机同母弟也……年十八,刺史周浚命为主簿。浚常叹曰:"陆士龙,当今之颜渊也!"③

显然,周浚在吴亡前命陆云为刺史主簿是不可能的,那么,为何史家出现如此失误呢?闵鸿举陆云为贤良之事与周浚辟陆云为从事,两事相距仅仅两年,且皆在建康,以致后人在撰史时混淆在一起。唐修《晋书》也记载了周浚辟云从事之事,为了修补《别传》的漏洞,改为入洛之后,此亦与事实不合。

还有一件事值得我们注意,《三国志·陆凯传》云:

---

① (宋)周应合:《景定建康志》,成文出版社,1983,第1372页。
② (宋)祝穆:《宋本方舆胜览》,上海古籍出版社,1991,第63页。
③ (晋)陈寿:《三国志》,中华书局,1959,第1360页。

> 初，皓常衔凯数犯颜忤旨，加何定谮构非一，既以重臣，难绳以法，又陆抗时为大将在疆场，故以计容忍。抗卒后，竟徙凯家于建安……胤卒，子式嗣，为柴桑督、扬武将军。天策元年，与从兄祎俱徙建安。天纪二年，召还建业，复将军、侯。①

陆凯由于犯颜忤旨，在陆抗卒后举家徙于建安，直到天纪二年才召还京城。陆氏五兄弟领兵在外，陆凯一家亦远离京城。难道孙皓就如此放心？闵鸿举云为贤良，让陆云回京是有可能的，此乃一举两得之事：其一，可以陆云为质，牵制陆景、陆晏及在建安的陆氏家族，使其不可枉动；其二，又可安抚陆氏族人。联系《建康志》所载，更能确定陆云在吴亡前曾经回过京城。

那么，陆机又在何处？陆云《答兄平原》诗言"自我不见，邈哉八龄。"从抗卒（274）至于吴亡（280）是七年。第二年战事结束，政治基本稳定下来，陆机至荆州"收迹"，陆云任职扬州刺史从事，二人未见正好八年。因此，吴亡之前，机、云并未在一起。所以"二陆读书堂"实为"陆云读书堂"。吴亡，陆机的二兄相继亡命，陆机、陆云为什么得以保全？姜剑云博士以为，陆景、陆晏战死疆场，而陆机被俘解送洛阳，陆云被徙至寿阳。此种说法也是在为陆机、陆云兄弟领兵却免遭屠戮寻找原因。但姜博士的论述是有贻误的（此在下文详论）。比较合理的解释是陆机亦不在军中。史家在叙述吴亡后陆氏兄弟的归宿时，陆景、陆晏皆有交代，唯陆玄既未战亡也未知所终。陆玄的命运如何？《陆机集》有《吴贞献处士陆君诔》：

> 我闻有命，天禄有秩。如斯吉人，而有斯疾。兄弟之恩，离形合气。矧我与君，年相亚逮。绸缪之游，自蒙及朗。孩不贰音，抱或同褵。抚髦并育，携手相长。行焉比迹，诵必共响。庶君偕老，灵根克固。附翼云霄，双飞天路。人皆年长，君独短祚。毂则同朝，游矣先暮。

---

① （晋）陈寿：《三国志》，中华书局，1959，第1303~1304页。

诔主"贞献处士"是陆机年龄相若之兄长,刘运好先生云:"机有兄三人,晏、景、玄。惟陆玄史无明载,从机诔文看,玄与机年龄相亚,未长而夭,机作诔而吊之。因其终身未仕,故称之'处士'。公元280年,吴亡,晏、景同时被害,此文未尝提及二兄之难,故知其作于吴亡之前。"此文作于吴亡之前是可以肯定的。本文有两点值得我们关注:一是谓"吴贞献处士","吴"字说明陆玄死于吴亡之前,否则当以"晋"称之,如陆喜诔"晋故散骑常侍陆府君诔"。二是"处士"一词说明陆玄亡时已经成年。① 从陆机诔文可以看出,其兄与陆机年龄相若,或仅长陆机一岁,故有"孩不贰音,抱或同襁"之说。若此,则陆玄之亡当在天纪三年。"诔"为临丧之文,故陆机诔文亦当作于天纪三年,即吴亡前一年。时兄弟皆在军中,而当时前线军事吃紧,夷道监陆晏、水军都督陆景不可能擅离职守。送兄亡灵归乡之事或由陆机承担。也就是说,吴晋之战前,陆机因护送其兄亡灵还乡,并未参加此次战争。陆云在建康为官,随孙皓请降,因官职卑微,故未有资格随孙皓一起遣送之洛阳。

(四)婆娑衡门,退居吴中

太康之役,吴国灭亡,两个兄长相继被杀,"凡厥同生,凋落殆半",家道崩殂,机云兄弟由贵公子孙一下成了亡国之臣。机之《与弟清河云》十首与云之《答平原兄》十首,为吴亡后二人往来赠答。二陆吴亡后的去向需探明两点:一是何时入洛;一是陆云何时为周浚从事。

关于入洛一事历来为文学史家关注。目前关于二陆入洛时间的问题,主要有两种意见:一是正史上所记"太康末"二陆共入洛;一是两次入洛说。后一种观点,起源于朱东润《陆机年表》,其书云:

> 是岁(吴天纪四年)吴亡。"晏为王濬别军所杀……景亦遇害。"陆机先是在荆州带兵,大致曾经晋军俘虏一次,但是次年以后,遇释而归。陆云《答兄平原》:"王旅南征,阐耀灵咸,予昆乃播,爰集朔土,载高永久,其毒大苦。上帝休命,驾言其归。"②

---

① 有学者据此以为陆玄未曾领兵,值得商榷。在汉及三国时领部曲之兵,与出仕不同。领兵如不拜军职,同样可称"处士"。
② 朱东润:《陆机年表》,《国立武汉大学文哲季刊》1930年第1期。

朱先生并没有坐实此说，而用"大致"一词表达了自己的猜测。后由陈庄、傅刚、顾农、蒋方、姜剑云等人进一步论证，明确提出陆机两次入洛：一是太康初被俘入洛，一是太康末（或元康初）再次入洛。诸人之说在细节上互有出入，但均已确证太康初被俘。唐修《晋书》载二陆"至太康末，与弟云俱入洛"，《三国志·陆逊传》引《机云别传》载"晋太康末，俱入洛"，李善《文赋》注引臧荣绪《晋书》"年二十而吴灭，退居旧里，与弟云勤学，积十一年"。诸史所记皆在太康十年左右。刘运好先生详细分析了各种可能性，认定"陆机入洛具体时间应是太康十年（289）春，次年五月后任太傅祭酒"①。并指出各种以"元康二年"入洛之说皆受金涛声《陆机集》之《思归赋》序所误导（该序之"余牵役京师，去家四载"应为《行思赋》序）。

那么，被俘之事是否可靠？诸家论述论据主要有三：一是《晋书·左思传》载，陆机初入洛，欲作《三都赋》，"闻思作之，抚掌而笑，与弟云书曰：'此间有伧父，欲作《三都赋》，须其成，当以覆酒瓮耳。'及思《赋》出，机绝叹服，以为不能加也，遂辍笔焉"。二是《陆云集》中的《兄平原赠》及陆云的《答兄平原》诗。三是《三国志》《晋书》所载陆景、陆晏被杀事。还有一条证据是《晋书·杜预传》载杜预克乐乡，"生送乐乡督孙歆于洛阳"②。上述四条论据《左思传》所载并不可靠。原因比较简单，且不论《三都赋》究竟作于何时，如果陆机被俘入洛，陆机无由见左思，更无从谈起左思向陆询问吴都之事，同时，作为被解送之犯人，更不会写信回去谈论敌国文人作赋之事。陈庄先生在引用时也不敢确定此事真切。第二条似乎比较确凿。陆抗死于泰始十年（274），陆氏兄弟分领父兵，陆机诗"昔我西征，扼腕川湄。掩涕即路，耀袂长辞。六龙促节，逝不我待。自往迄兹，旷年八祀"，陆云诗"自我不见，邈哉八龄"，可知赠答诗确实写于太康二年（287），即灭吴战争结束的第二年。人们用此诗证实陆机被俘的主要依据是陆云诗"予昆乃播，爰集朔土。载离永久，其毒太苦。上帝休命，驾言其归。"然，详味此诗，"驾言其归"显然指的是

---

① 刘运好：《陆士衡文集校注》，刘运好校注，凤凰出版社，2007，第9页。
② 姜剑云：《陆机入洛疑案新断》，《洛阳大学学报》2003年第3期。

第三人，而非指称陆机。曹道衡先生认为"朔""西"指陆氏全家徙往寿阳一事，当亦是看到此处出非指陆机。前文已言，陆玄死于天纪三年，即285年。故，此处当言其兄景与晏，所指当是景、晏被害魂飘异域。第三条，如姜剑云《太康文学研究》①：

> 泰始六年（270），陆抗都督东吴信陵、西陵、夷道、乐乡、公安诸军事，治乐乡，泰始九年（273）拜大司马、荆州牧，泰始十年（274）秋病卒。子陆晏、陆景、陆玄、陆机、陆云分领父兵。晏为裨将军、夷道监，景为偏将军、中夏督，机为牙门将军。太康元年（280），晋益州刺史王濬所率部队浮江而下，二月壬戌日攻杀陆晏，癸亥日攻杀陆景……
>
> 关陆机吴灭被俘至洛阳事，可从陆云《答兄诗》中有关叙写推断出来："王旅南征，阐耀灵威。予昆乃播，爰集朔土。载离永久，其毒太苦。上帝休命，驾言其归。"这一段诗，涉及了很多内容：一是晋灭了东吴；二是陆机因国亡被俘至北方；三是兄弟分别时间长久，离愁太深；四是晋帝仁恕陆机已被放归东吴。

此文认可机、云兄弟同时分领抗兵这一说法。然"机为牙门将军"之说，见于《文选·文赋》注臧荣绪《晋书》："机少袭领父兵，为牙门将军。"考三国时期无"牙门将军"一职。故唐修《晋书》改为"牙门将"。姜博士叙及陆晏、陆景被"攻杀"或为引证失误。陆晏、陆景是否被攻杀？此事分见于《三国志·陆逊传》《晋书·武帝纪》和《晋书·王濬传》，前二文皆笼统说二人被杀事，唯《王濬传》载：

> 壬戌，克荆门、夷道二城，获监军陆晏。乙丑，克乐乡，获水军督陆景。②

史家传统多在本传中记载传主显赫处，而较少写其失败之处。故在《陆逊传》中仅记载陆景、陆晏被害。《武帝纪》因武帝贵为帝王，如记被俘而

---

① 姜剑云：《太康文学研究》，中华书局，2003，第234页。
② （唐）房玄龄：《晋书》，中华书局，1974，第1209页。

后杀，似有违仁德，故只记景、晏被杀事。《王濬传》则主要显示王濬的勇武，故记载了二人被俘而后被杀。相对来说，《王濬传》所载更接近事实。那么，陆晏、陆景、陆机同为王濬军所俘，为何杀晏、景兄弟，而独解送陆机入洛？第四条，《晋书》所载原文是："王浚先列上得孙歆头，预后生送歆，洛中以为大笑。"① 王浚与杜预争功，在上奏武帝之时，已把斩孙歆事记于己功，故杜预解送孙歆至洛。此更证明晋之攻吴，被俘之吴将绝大部分被砍头报功，像孙歆只是个例外。联系上述诸多疑点，陆机被俘入洛之事，难以成立。笔者对于此事的意见是：没有确凿的证据，可以存疑，断不可轻易否定史家记载。

关于陆云被周浚辟为从事之事。据《晋书》记载，二陆入洛之后，其时周浚早已不是扬州刺史，故属显误。而《机云别传》谓陆云"年十八"，此时吴尚未亡，亦属显误。此前已证。那么为何出现此等失误呢，前已言时间差近是其一。另一个原因，则是陆云任职很短。吴灭之后，陆机退居旧里勤学。陆云被周浚辟为从事，其去职的时间，史书所载不明。周浚以扬州刺史身份参与伐吴。太康二年，吴地民乱，周浚以镇压有功获武帝赏识。后迁浚为侍中，又转少府，再领"将作大匠"，以功受封"增邑五百户"，之后又"代王浑为使持节、都督扬州诸军事、安东将军"。周浚代王浑都督扬州诸军事，说明王浑尚未正式卸职。史书有载，王浑从此任卸职的时间为太康六年正月，周浚代王浑必在太康五年以前。故陆云不可能在太康五年被周浚召为"刺史从事"。另外，周浚从任扬州刺史至被封安东将军，其间经历了三次升迁，从"改营宗庙讫，增邑五百户"来看，任"将作大匠"之职的时间必在一年以上，因此，周浚从"扬州刺史"任去职当在太康三年左右。从史书记载看，周浚"宾礼故老，搜求俊义"在太康二年。辟吴人华谭、陆云为刺史从事，应该在这一年。又考史籍，今所见与陆云有关的资料中无一处提及华谭，华谭与陆云或为前后关系。如此，陆云从任扬州刺史从事到卸职，前后少则一年，多也不超过两年。第三个原因则是，吴亡前陆云已在建康，而周浚扬州刺史之治所也在建康。上述三点即是《机云别传》谓陆云"年十八"被命为周浚从事的原因，也

---

① （唐）房玄龄：《晋书》，中华书局，1974，第1030页。

是臧荣绪《晋书》忽略陆云仕晋之事而直言陆云与机在故里勤学的原因。

吴灭之后，情势未明，陆机、陆云选择了静观时变。《世说新语·赏誉》谓："陆士衡、士龙，鸿鹄之裴回，悬鼓之待槌。"①十年勤学，既为后来文学创作积聚了力量，也赢得了入洛仕晋的资本，即所谓"流誉京华"。

表 2-1　二陆入洛前的活动及创作表

	华亭故里 (261~274)	荆州前线 (274~278)	华亭故里 (278~289)	
陆机	《吴大司马陆公诔》《吴贞献处士诔》《吴大司马陆公少女哀辞》	《思亲赋》	《拟古十二首》《赠弟清河十首》《吴丞相江陵侯陆公诔》《吴大帝诔》《辨亡论》(上下)	
	华亭故里 (262~274)	荆州前线 (274~278)	秣陵（建邺） (278~283)	华亭故里 (283~289)
陆云	—	—	《答兄平原十首》	

二陆入洛前之行程与创作的几点说明。

第一，关于行程。①陆云展示其才华要早于陆机，尤其是其"持论"才能，故陆云两次获得推荐。②机、云少年时期不大可能在建康生活。原因主要是自吴赤乌十三年至孙皓登基，孙吴政权即围绕着立太子之事，在朝中展开了血腥的斗争。陆逊、陆抗也参与其中。京城杀伐颇多。陆抗自永安二年，"拜镇军将军，都督西陵"，之后，一直在西陵、乐乡、信陵、公安一带。陆机生于永安四年，陆云生于永安五年。而陆抗自西陵前线返回，在天纪四年。当年秋即卒。故二陆少年时代当以在华亭的可能性居多。

第二，关于作品。①二陆诗文颇多，《晋书》本传载：士衡"所著文章凡三百余篇，并行于世。"士龙"所著文章三百四十九篇，又撰《新书》十篇，并行于世。"而今所能见仅百十篇，即便与《隋书·经籍志》的载录也相去甚远。其在江东之作必定应有许多，只是散佚厉害，今不得见而已。并非是江东无创作。②一些乐府诗难以考证，笔者以为大部分当作于入洛之后。唯《拟古十二首》创作于陆机读书之时。

---

① 刘义庆：《世说新语校笺》，徐震堮校笺，中华书局，1984，第236页。

二 二陆在中原的历程与创作

西晋灭吴，天下混一，但江南并不太平。江南民谣云："局缩肉，数恒目，中国当败吴当复。"又云："宫门柱，且当朽，吴当复，在三十年后。"又云："鸡鸣不拊翼，吴复不用力。"① 当时吴人皆谓天下在孙氏子孙，因此，为乱者相继。太康三年，"吴故将莞恭、帛奉举兵反，攻害建业令，遂围扬州，徐州刺史嵇喜讨平之"②。太康八年，"冬十月，南康平固县吏李丰反，聚众攻郡县，自号将军。""十一月，海安令萧辅聚众反。""十二月，吴兴人蒋迪聚党反，围阳羡县，州郡捕讨，皆伏诛。"③ 此起彼伏的叛乱直接威胁了西晋的统治，客观上要求统治者必须扩大征引吴地士人进入政界。太康九年，武帝又下诏曰："令内外群官举清能，拔寒素。"④ 二陆入洛即与这次举拔诏令有关。

（一）京洛多风尘，素衣化为缁

由于其卓越的个人才华及显赫的家族声誉，二陆入洛之初，比较顺利。陆机本传载：

> 至太康末，与弟云俱入洛，造太常张华。华素重其名，如旧相识，曰："伐吴之役，利获二俊。"⑤

二陆初入洛，声名大震，《晋书·张亢传》：

> 时人谓载、协、亢、陆机、云曰："二陆""三张"。⑥

从其受时人的重视可知，"洛阳刮起一阵'二陆'旋风"⑦，以至于"泊乎

---

① （唐）房玄龄：《晋书》，中华书局，1974，第844页。
② （唐）房玄龄：《晋书》，中华书局，1974，第74页。
③ （唐）房玄龄：《晋书》，中华书局，1974，第77~78页。
④ （唐）房玄龄：《晋书》，中华书局，1974，第78页。
⑤ （唐）房玄龄：《晋书》，中华书局，1974，第1467页。
⑥ （唐）房玄龄：《晋书》，中华书局，1974，第1205页。
⑦ 徐公持：《魏晋文学史》，人民文学出版社，1999，第358页。

二陆入洛,三张减价"①。

为了实现振兴家族的宏愿,二陆一入洛阳即开始了广泛的拜访活动。首先拜访的是张华,陆机本传载:

> 张华荐之诸公。后太傅杨骏辟为祭酒。会骏诛,累迁太子洗马、著作郎。②

二陆入洛,张华非常赏识,故荐之于诸公,而二陆则一一前去拜访,载入史籍的有王济、刘道真。从杨骏辟陆机为祭酒来看,二陆还应该拜访了杨骏。《晋书·王浑传·王济附传》:"济字武子。少有逸才,风姿英爽,气盖一时,好弓马,勇力绝人,善《易》及《庄》、《老》,文词俊茂,伎艺过人,有名当世。"③尚常山公主,起家拜中书郎,以母忧去官。起为骁骑将军,累迁侍中。关于刘道真,《晋书·忠义传·刘沈传》中载:"刘沈,字道真,燕国蓟人也。世为北州名族。少仕州郡,博学好古。太保卫瓘辟为掾,领本邑大中正。敦儒道,爱贤能,进霍原为二品,及申理张华,皆辞旨明峻,为当时所称。齐王冏辅政,引为左长史,迁侍中。"④太子太傅杨骏,为当世权臣。从三人的身份中,既读出张华的良苦用心,也可见出二陆为自己仕途的发展做的前期准备。

从相关资料记载来看,二陆入洛之后的政治活动仍然充满艰辛。《晋书·陆机传》载:

> 范阳卢志于众中问机曰:"陆逊、陆抗于君近远?"机曰:"如君于卢毓、卢廷。"志默然。既起,云谓机曰:"殊邦遐远,容不相悉,何至于此!"机曰:"我父祖名播四海,宁不知邪!"议者以此定二陆之优劣。⑤

此时,范阳卢志对二陆兄弟尚不了解,当时是二陆与卢志的第一次照面。

---

① (唐)房玄龄:《晋书》,中华书局,1974,第1525页。
② (唐)房玄龄:《晋书》,中华书局,1974,第2306页。
③ (唐)房玄龄:《晋书》,中华书局,1974,第2306页。
④ (唐)房玄龄:《晋书》,中华书局,1974,第1524页。
⑤ (唐)房玄龄:《晋书》,中华书局,1974,第1473页。

从语气与情境来看，卢志抑或为二陆欲拜访之人，但卢志的傲慢与无礼却真切地显示了北方士人对吴地士人的态度。这种情形不少吴地士人都曾遇见过。比如《晋书·华谭传》载："时九州秀孝策无逮谭者。谭素以才学为东土所推。同郡刘颂时为廷尉，见之叹息曰：'不悟乡里乃有如此才也！'博士王济于众中嘲之曰：'五府初开，群公辟命，采英奇于仄陋，拔贤俊于岩穴。君吴、楚之人，亡国之余，有何秀异而应斯举？'"在王济看来，五府曹掾之职都不当授予吴人。周处亦遭王浑嘲弄。华谭初入洛，武帝曾策问华谭："吴、蜀恃险，今既荡平。蜀人服化，无携贰之心；而吴人越雎，屡作妖寇。岂蜀人敦朴，易可化诱；吴人轻锐，难安易动乎？今将欲绥静新附，何以为先？"①"蜀人敦朴""吴人轻锐"，此出自武帝之口，应该可以代表北方社会对吴人的普遍看法。在这样的普遍认识下，陆机入洛不久即被辟为太傅祭酒②，实属不易。此既与其家族声望、个人才华有关，也与张华的大力引荐有关。

二陆入洛之初的一系列活动还是颇有成效的。杨骏事败，二陆不仅未受其牵连，还获得升迁。其参与杨骏事不深是重要原因，广泛接触多方势力也应是其原因之一。陆机"累迁太子洗马、著作郎"，云"俄以公府掾为太子舍人"③。从任职级别来看，太子洗马、太傅祭酒及太傅东西曹掾皆为太傅属官，没有变化。但太傅祭酒职与曹掾皆在公府中，属闲职。《晋纪总论》六臣注曰："皆萧然自放，机尔无为，名称摽著、上议以正朝廷

---

① （唐）房玄龄：《晋书》，中华书局，1974，第1445、1452页。
② 《诣吴王表》所述非常明确，不容置疑，曰："臣本吴人，靖居海隅。朝廷欲抽引远人，绥慰遐外，故太傅所辟。""故太傅"即指杨骏，初入晋职即为此职。又，潘岳《代贾谧赠陆机诗》云："况乃海隅，播名上京。爰应京诏，柎翼宰庭。""宰庭"即太傅府，因此，陆机为杨骏辟为不争之事实。
③ 关于陆云的任职记载很是杂乱。王隐《晋书》与《机云别传》皆言："为吴王郎中令，出宰浚仪令。"房玄龄《晋书》则认为："俄以公府掾为太子舍人，出补浚仪令。"吴王晏职在淮南，本己在"外"，与"出宰浚仪令"相矛盾。既云"出"必有"入"，说明陆云在为吴王郎中令及浚仪令之前定有朝内职务。故以房氏《晋书》为准。关于"公府掾"。西晋设有"八公"皆置官署，八公之中，二陆与张华关系最要。然，二陆入洛，张华已经赋闲。故，陆云最大可能在杨骏府为掾。若果如此，则陆云为太傅府掾，陆机为太傅祭酒，会骏诛，与机一起转太子府，机为太子洗马，云为太子舍人。与陆机一样，因任职时间较短为史家所忽略。

者，则蒙虚谈之名。"① 而太子洗马职在太子府中，掌图籍，属清显之职。太子舍人则为太子属官，掌文翰，亦是清显之职。故，职位虽无变化，但地位已经改变。

永平元年（291），杨骏诛，二陆入居承华。在太子府中，虽然不比在江东，却是他们入洛后最为惬意的时光。兄弟虽远离家乡，但毕竟还在一起。《世说新语·赏誉》：

> 蔡司徒在洛，见陆机兄弟在参佐廨中，三间瓦屋，士龙住东头，士衡住西头。士龙为人文弱可爱，士衡长七尺余，声作钟声，言多慷慨。②

二陆还在太子府中结识了冯熊、潘尼、潘岳、贾谧等人。二陆后为"二十四友"应该与此有关，而潘尼、冯熊则与二陆建立了比较真挚的友谊。此一时期，陆机创作的诗文较多。如《皇太子宴玄圃宣猷堂有令赋诗》，其序云："太子宴朝士于宣猷堂，遂命机赋诗。"《桑赋》序云："皇太子便坐，盖本将军直庐也。初世祖武皇帝为中垒将军，植桑一株，世更二代，年渐三纪，扶疏丰衍，抑有瑰异焉。"《鳖赋》序云："皇太子幸于钓台，渔人献鳖，命侍臣作赋。"此三篇已有序言明作于太子府期间。另，《瓜赋》咏张华之德，其文有："佳哉瓜之为德，邈众果而莫贤……赴广武以长蔓，粲烟接以云连。""广武"指广武侯张华，而"瓜"则指有才之人，而众瓜赴广武之宇，乃广武侯门下人才济济。此为张华初将二陆荐之诸公之后，更有可能在太子府中。《遂志赋》作于志之初遂之时，察陆机一生唯一算遂志者，初入洛便入太子府，可谓"遂志"，其他时间，不会让陆机有"遂志"之感。其诗《祖道毕雍孙刘边仲潘正叔》云："皇储延髦俊，多士出幽遐。适遂时来运，与子游承华。"《为顾彦先赠妇诗》一诗必作于入洛之初，且顾荣与机、云在一起时。《五等诸侯论》必然在陆机入洛之后，且八王乱尚未起之时，封诸侯之弊未见。陆云的《盛德颂》作于此时，其颂文云："晋太子舍人粪土臣云稽首再拜上书皇帝陛下。"

---

① 萧统：《六臣注文选》，上海古籍出版社，1993，第 1163 页。
② 刘义庆：《世说新语校笺》，徐震堮校笺，中华书局，1984，第 243～244 页。

《征西大将军京陵王公会射堂皇太子见命作此诗》写明作于太子府中，《赠顾尚书》诗云："于显尚书，实惟我兄……我非形景，有处有游。载离载会，且欢且忧。"

（二）愿假归鸿翼，翻飞浙江汜

二陆入洛，有着强烈的功名之心，希望成为"名将名臣"，希望能够"立功立事"。入洛之初，仕途还顺，之后景况渐不如人愿。陆机出补吴王郎中令在元康四年（294）秋。《晋书·陆机传》载："吴王晏出镇淮南，以机为郎中令，迁尚书中兵郎，转殿中郎。"① 陆机《皇太子赐燕诗》序云："元康四年秋，余以太子洗马出补吴王郎中令，以前事仓卒，未得宴。三月十六日，有命清宴，感圣恩之罔极，退而赋此诗也。"又见于《答贾谧》序云："余昔为太子洗马，鲁公贾长渊以散骑常侍侍东宫积年。余出补吴王郎中令，元康六年入为尚书郎，鲁公赠诗一篇，作此诗答之云尔。"贾谧《赠陆机诗》为潘岳所作，当作于陆机离开洛阳之际。吴王，《晋书》本传载："吴敬王晏，字平度，太康十年受封，食丹阳、吴兴并吴三郡，历射声校尉、后军将军。"吴是武帝诸子中最劣者，"才不及中人"，"又少有风疾，视瞻不端，后转增剧，不堪朝觐"②。二陆相继舍承华清显之职而追随司马晏，除转为实际任事之职外部分原因是晏之食邑在吴。故潘尼《赠陆机出为吴王郎中令诗》云："祁祁大邦，惟桑惟梓。穆穆伊人，南国之纪。"陆机的这份心我们可以从其文集中看出。《怀土》《行思》二赋皆写此次归乡心情。

陆云归乡要晚于其兄。陆云《岁暮赋》："余祗役京邑，载离永久。永宁二年春，忝宠北郡，其夏又转大将军右司马于邺都。自去故乡，荏苒六年，惟姑与姊，仍见背弃。""自去故乡"即指从吴王幕中还京，以此上推则从吴王郎中令去职在元康七年（297）至元康八年（298）。此前，陆云离京洛赴任于浚仪。《晋书》本传载：

> 俄以公府掾为太子舍人，出补浚仪令。县居都会之要，名为难理。云到官肃然，下不能欺，市无二价。人有见杀者，主名不立，云

---

① （唐）房玄龄：《晋书》，中华书局，1974，第1467页。
② （唐）房玄龄：《晋书》，中华书局，1974，第1724页。

录其妻，而无所问。十许日遣出，密令人随后，谓曰："其去不出十里，当有男子候之与语，便缚来。"既而果然。问之具服，云："与此妻通，共杀其夫，闻妻得出，欲与语，惮近县，故远相要候。"于是一县称其神明。郡守害其能，屡谴责之，云乃去官。百姓追思之，图画形象，配食县社。①

陆云到官之后政绩颇佳，因此百姓追思，为之立生祠。可见其到官时间比较长。吴王郎中令只可能有一人，而陆机元康六年（296）从吴王郎中令去职，故陆云赴吴应在陆机去职之后。浚仪，陈留郡，西晋属兖州，西为河南，南接豫州，东南临徐州，去吴地仍然很远。陆云离洛，兄弟又平添了几分孤独，思乡念家之情或许更重。陆云离洛之后的作品颇多，兹不一一列举，详见附表。

（三）再返洛阳，忝宠北郡

元康六年（296）陆机从吴返回洛阳，再次赴洛。陆机的《赠弟士龙》《于承明作与士龙》即作于此时。兄弟别离，陆云接任陆机职，送陆机归洛阳。陆机离职之日或曾南归吴中，故《于承明作与士龙》有句云："南归憩永安，北迈顿承明。"西晋政局，从元康初至元康八年，各方势力虽蠢蠢欲动，但在贾氏集团的高压之下，基本还保持着稳定。元康九年贾氏谋害太子一事，成为各方势力争权夺利的导火索，不久便陷入了著名的"八王之乱"。陆机自吴地再入洛阳，无异于自赴死地。遗憾的是，不久陆云也自吴赴洛。故唐太宗《陆机传论》云："矫翮南辞，翻栖火树；飞鳞北逝，卒委汤池。遂使穴碎双龙，巢倾两凤。"

机、云至洛，辗转于各种势力之间。陆机先为"尚书中兵郎"，"继转尚书殿中郎，又转著作郎"。尚书中兵郎、尚书殿中郎皆为尚书曹郎，故皆可称为尚书郎。职位虽屡有转换，却并无升迁。永宁元年（301）"赵王伦辅政，引为相国参军。豫诛贾谧功，赐爵关中侯。伦将篡位，以为中书郎"。虽然从各种资料来看，陆机的参与完全是被动的，但就是这一"中书郎"职，险些让陆机送命，"伦之诛也，齐王冏以机职在中书，九锡

---

① （唐）房玄龄：《晋书》，中华书局，1974，第1481页。

文及禅诏疑机与焉,遂收机等九人付廷尉。赖成都王颖、吴王晏并救理之,得减死徙边,遇赦而止"。后司马颖以机参大将军事,表为平原内史。陆云再次回京,亦在郎、令职位徘徊,为尚书郎、侍御史、中书侍郎,直到颖表为清河内史,官职始有升迁。且"东归之后,疾患增瘵"(《与戴季甫书七首》)。故云归京,常有"遂隐居穷处,遗物求己"(《荣启期赞》)之情,成都王颖将讨齐王冏,以陆机为后将军、河北大都督,督北中郎将王粹、冠军牵秀等诸军二十余万人,以云为前锋都督,会冏诛,转大将军右司马。机、云兄弟以文武双修之质,第一次亲掌军权!从史籍所载看,机、云兄弟已经看出"三世为将""顿居群士之右"的危险,但从其诗文则可以看出他们内心非常看重此次任职。陆云《登台赋》:"永宁中,参大府之佐于邺都,以时事巡行邺宫三台。登高有感,因以言崇替,乃作赋。"又有《南征赋》"美义征之举,壮师徒之盛"。明张溥在其《陆士衡集题辞》中称陆机"成则张子房,败则姜伯约"①,对二陆来说是一次重大的人生机遇。

在此期间,二陆的创作颇为丰富。陆机所作除前所引,其诗《赠冯文罴》云:"昔与二三子,游息承华南,拊翼同枝条,翻飞各异寻。"知此作于陆机离开太子府时,但不可能是吴王郎中令任上。《赠尚书郎顾彦先二首》曰:"顾彦先同为尚书郎,遇雨不见,故赠此诗。"诗《赠顾交趾公贞》有句云:"发迹翼藩后,改授抚南裔。""翼藩"即为吴王郎中令,"改授"即云改授官职,安抚南方士人。《平西将军孝侯周处碑》作于元康六年(296),周处以建威将军率兵讨齐万年,次年战死。机为之撰碑文以赞之。陆机《吊魏武帝文》其序曰:"元康八年,机始以台郎出补著作,游乎秘阁。而见魏武帝遗令,慨然叹息伤怀者久之。""台"即尚书台,"秘阁"为秘书省,尚书郎属尚书省,著作郎属秘书省。元康八年(298)陆机出为著作郎。永康元年(300),陆机被迫为赵王伦参军、中书郎。该文即作于任著作郎时。《答张士然》诗云:"洁身跻秘阁,秘阁峻且玄。终朝理文案,薄暮不遑眠。"《赠潘尼》诗云:

---

① (明)张溥:《汉魏六朝百三名家集题辞注》,殷孟伦注,人民文学出版社,1960,第135页。

"遗情市朝，永志丘园。"此则潘尼退出官场。《晋书·潘尼传》："及赵王伦篡位，孙秀专政，忠良之士皆罹祸酷。尼遂疾笃，取假拜扫坟墓。"《悯思赋》序云："予屡抱孔怀之痛，而奄复丧同生姊，衔恤哀伤，一载之间，而丧制便过，故作此赋，以纾惨恻之感。"陆云有《岁暮赋》序云："余祗役京邑，载离永久。永宁二年春，忝宠北郡，其夏又转大将军右司马于邺都。自去故乡，荏苒六年，惟姑与姊，仍见背弃。衔痛万里，哀思伤毒。而日月逝速，岁聿云暮。感万物之既改，瞻天地而伤怀，乃作赋以言情焉。"知陆机赋作于永宁二年之后。《应嘉赋》序云："友人有作《嘉遁赋》与余者，作赋应之，号曰《应嘉》云。"友人即孙拯，孙《嘉遁赋》有劝隐之意，此当作于永宁之后。故与此相关之《招隐》《幽人赋》《列仙赋》皆作于同时。据陆云《与兄平原书》知《叹逝赋》《文赋》《咏德赋》皆作于此期。《豪士赋》讽齐王冏，在太安元年（302）作《羽扇赋》。

陆云之作也比较多，《愁霖赋》《喜霁赋》《逸民赋》皆作于清河任上。《愁霖赋》序云："永宁二年夏六月，邺都大霖，旬有奇日，稼穑沉湮，生民愁瘁。时文雅之士，焕然并作。同僚见命，乃作赋。"《喜霁赋》序："余既作《愁霖赋》，雨亦霁。昔魏之文士，又作《喜霁赋》，聊厕作者之末，而作是赋焉。"《逸民箴》作于大将军左司马任上，其序云："余昔为《逸民赋》，大将军掾何道彦，大府之俊才也，作《反逸民赋》，盛称官人之美，宠禄之华靡，伟名位之大宝，斐然其可观也。""昔为"似乎距此较远，陆云供职大将军府在永宁二年，本传云："成都王颖表为清河内史。颖将讨齐王冏，以云为前锋都督。会冏诛，转大将军右司马。"《登遐颂》当与此相近。《答张士然一首》当作于赴清河时，其诗云："行迈越长川，飘飘冒风尘。"又云："百城各异俗，千室非良邻。"《晋故豫章内史夏府君诔》《大将军宴会被命作诗》《太尉王公以九锡命大将军让公将还京邑饯赠此诗》《答孙显世》《岁暮赋》《登台赋》《南征赋》《赠汲郡太守》《答大将军祭酒顾令文》《从事中郎张彦明为中护军奚世都为汲郡太守各将之官大将军崇贤之德既远而厚下之恩又隆悲此离析有感圣皇显崇既蒙引见又宴于后园感鹿鸣之宴乐咏鱼藻之凯歌而作是诗》《九愍》等皆是。

表 2-2　陆机入洛后的行程及创作表

行　程	时间及职位	作　品
途　中	入洛途中 （289）	《赴洛道中二首》
洛　阳	太傅祭酒 （290~291）	—
	太子洗马任上 （291~294）	《皇太子宴玄圃宣猷堂有令赋诗》《桑赋》《鳖赋》《瓜赋》《遂志赋》《祖道毕雍孙刘边仲潘正叔》《赠冯文罴迁斥丘令》《为顾彦先赠妇诗》《五等诸侯论》
淮　南	吴王郎中令 （294~296）	《行思赋》《怀土赋》作于同时（元康四年）《吴王郎中时从梁陈作》《答潘尼》《赴洛二首》
洛　阳	尚书郎 （296~298）	《述思赋》《赠尚书郎顾彦先二首》《赠顾交趾公贞》《平西将军孝侯周处碑》
	著作郎	《赠张士然》《吊魏武帝文》
邺　城	永康元年之后 （300~303）	《赠潘尼》《愍思赋》《应嘉赋》《招隐诗》《幽人赋》《列仙赋》《叹逝赋》《文赋》《咏德赋》《豪士赋》《羽扇赋》《与吴王表》《谢吴王表》《与成都王笺》《园葵诗》《谢平原内史表》

表 2-3　陆云入洛后任职及创作表

地　点	时间及职位	作　品
洛　阳	公府掾 （289~291）	—
洛　阳	太子舍人 （291~293）	《盛德颂》《征西大将军京陵王公会射堂皇太子见命作此诗》《赠顾尚书》
浚　仪	浚仪令	《移书太常府荐张赡》《赠鄱阳府君张仲膺》《赠顾彦先》
淮　南	吴王郎中令 （296~297）	《国起西园表启宜遵节俭制》《西园第既成有司启观疏谏不可》《王即位未见宾客群臣又未讲启宜飨宴通客及引师友文学观书问道》《舆驾比出启宜当入朝》《国人兵多不法启宜峻其防以整之》
洛　阳	尚书郎、侍御史、太子中舍人、中书侍郎 （297~302）	《赠顾骠骑后二首》《嘲褚常侍》《荣启期赞》《牛责季友》《与戴季甫书七首》

续表

地 点	时间及职位	作品
邺 城	清河内史及大将军府（302~303）	《愁霖赋》《喜霁赋》《逸民赋》《逸民箴》《登遐颂》《答张士然一首》《晋故豫章内史夏府君诔》《大将军宴会被命作诗》《太尉王公以九锡命大将军让公将还京邑钱赠此诗》《答孙显世》《岁暮赋》《登台赋》《南征赋》《赠汲郡太守》《答大将军祭酒顾令文》《从事中郎张彦明为中护军奚世都为汲郡太守各送之官大将军崇贤之德既远而厚下之恩又隆悲此离析有感圣皇显崇既蒙引见又宴于后园感鹿鸣之宴乐咏鱼藻之凯歌而作是诗》《九愍》

第二节 地域环境对二陆文学创作的影响

俗语有云："十里不同风，百里不同天。"不同的地域环境造就不同的风俗习惯及文化氛围。文学家必然受其所在自然环境、风俗习惯的影响。季羡林《长江文化研究文库》总序云："在中国，古代文化的差异是南北问题，南方以长江文化为代表，北方则以黄河文化为代表。"南方与北方的文化有很大的差异。二陆生长在云间，宦游于中原。其一生所经历的两个地域正是中国南北文化最具代表性的地区。因此，探讨其创作所受地域文化的影响有着重要意义。至于探讨的角度，《汉书·地理志》云："凡民函五常之性，而刚柔缓急，音声不同，系水土之风气，故谓之风；好恶取舍，动静亡常，随君上之情欲，故谓之俗。"析而言之，"风"指的是自然环境对人的影响，而"俗"指的是人文环境对人的影响。影响作家创作的地域性因素无疑也是这两个方面。本节即从自然环境与人文环境两个方面对二陆文学进行考察。

一 自然环境对二陆文学的影响

某种自然文化圈内的某种地域文化，以"集体无意识"的方式，不自觉地规囿着人们的生活习惯和思维方式，使生存于其中的人们逐步形成特定的文化心理结构。作家、诗人较之他人，个性气质和审美心理与其所在地域的民族文化背景有着更直接、更深刻的联系。这种联系表现在创作中主要有两点：一是表现在物象的选择上；二是表现在文章的风格上。二陆的经历决定了他们的诗文中既有江南杏花春雨的柔和与细腻，也吸收了峨峨大岳、滔滔大河及广袤中原的博大与刚健。但由于二人强烈的功名信念及浓烈的父祖情结在一定程度上掩盖了他们诗文的地域色彩，使得后世研究者常常忽略其诗文中的"杏花春雨"与"滔滔大河"。

（一）自然环境对二陆物象选择的影响

不同的自然环境下出生的作家，所熟悉的自然事物必然有很大差异。袁行霈《中国文学概论》指出："自然界是触动文思的重要契机。士林文学对山川草木日月星辰所构成的自然界，也就是人类赖以生存的自然环境倾注了极大的兴趣和感情。歌咏大自然，将自然景物人格化，或将自己的思想、感情、人格外化为自然景物，遂成为士林文学的重要内容。"① 作家在进行创作时，总是更习惯于写自己所熟知的自然事物。因此，作家物象的选择最具有鲜明的地域特征。

首先，二陆诗文多以"水"为意象。陆机赋篇篇有"水"，诗也多有写"水"之处。陆云诗赋也多写"水"。或用于比喻，或直接描绘，览其诗文，可谓满纸烟水。此与吴地多水的地域特征有很大关系。隆庆《长洲县志》："吴地卑下，触处成川，众水所都，号称泽国。"② 民国《昆新两县续补合志》谓昆山"地势卑下，易遭水患"③。嘉兴地区也有"泽国"之称，弘治《嘉兴府志》谓"嘉兴古号泽国，无高山大川为之限隔，地皆平壤。大则河径，小则洪港，错出其间"。光绪《嘉兴府志》亦云："浙江杭、湖、宁、绍及吾禾皆泽国，然四郡犹山与水分半，禾郡则七邑皆水。"④ 罗宗强先生云："自然风貌无疑给人以不同的感受。江南的淅淅春雨与北方广漠的风沙，当然带来不同的心境。长期生活于明山净水之间，

---

① 袁行霈：《中国文学概论》，高等教育出版社，1990，第58页。
② （明）杨循吉：《长洲县志》，陈其弟点校，《天一阁明代方志选刊》第23册，上海古籍书店，1964，第43页。
③ （清）李铭皖：《昆新两县续补合志》，《中国方志丛书》，台北成文出版有限公司，1983，第426页。
④ （清）于尚龄：《嘉兴府志》，《四库全书存目丛书》史部，第179册，齐鲁书社，1997，第16页。

无数次领略过杏花春雨江南的景色,无数次领略过莺飞草长的南国韵味的人,与长年生活于白山黑水间的人,性格气质当然不同,情趣也不同。不同的景色,事实上是一次次地在记忆里印上画面,长期的积淀,自然画面的美的类型便在记忆里形成了一种信息定向。这种信息定向在审美过程中以经验的形式出现,成为审美判断的基础。"① 水乡泽国的濡染,同样促成了二陆对"水"的关注与偏爱。

二陆笔下之水,以其地理位置可分为南方之水与北方之水。南方之水,如陆机《为顾彦先赠妇二首》写浙江之水"愿假归鸿翼,翻飞浙江泛。"《赠从兄车骑》写吴地之谷水"仿佛谷水阳,婉娈昆山阴。"写长江之水:"羡弁彼之归飞兮,寄予思乎江阴。"(陆云《愁霖赋》)"招长毂于河畔,饮冀马乎江湄。"(陆机《述选赋》)"三川既旷,江亦永矣。悠悠我思,托迈千里。"(陆机《赠顾令文为宜春令》)这些都可以说是二陆家乡之"水"。故乡之"水"既是家的象征,也因此时时牵动作者的情丝。陆云《答孙显世》:"昌风改物,丰水易澜。百川总纪,四海合源。在彼焉取,聿来莫观。曾是褊心,敢忘丘园。"其家在南,湖、湘之地亦是东吴故地。因此,二陆怀恋之水便也扩至湖、湘。如陆云《赠鄱阳府君张仲膺》:"滔滔江汉,南国之纪。"《晋故豫章内史夏府君诔》:"暮瞻丰林,晨看渊水。濯奇以翘,披途导轨。彼湘之东,地险俗危。"《答吴王上将顾处微》:"通渡激江渚,悲风薄丘榛。"陆机《门有车马客行》:"念君久不归,濡迹涉江湘。"在二陆作品中,与家相联系的还有"海水"。陆云《祖考赋》云:"云之世族,承黄虞之苗绪,裔灵根之遗芳,用能枝播千条,颖振万叶,繁衍固于三代,缋祀存乎百世,岂非皇庆之积佑,神明之殷祥者哉!在周之衰,有妫之后,将育于姜,而贞龟发鸣凤之兆,周史表观国之繇。故能光宇营丘,奄有东海,支庶蕃庑,而胤祚昌大矣。"《新唐书》载陆氏出自妫姓,齐宣王少子陆通之后,故陆云谓"承黄虞之苗绪,裔灵根之遗芳","繁衍固于三代"。陆氏远祖陆发为齐之大夫,故谓"光宇营丘,奄有东海"。而后陆氏南迁至楚,至吴,直至陆逊受封华亭侯,又居于大海之滨。因此,大海与二陆家庭的联系也一直颇为密切。二陆常常自

---

① 罗宗强:《魏晋南北朝文学思想史》,中华书局,1996,第138页。

称来自海隅,如陆云《祖考颂》:"繁盛海隅,颖宁汉阴。""光宅海邦,大造江汉。""风驰海表,光被岳滨。"《张二侯颂》:"金卯纷若,四海畔换。文侯乃顾,妙世达观。逝彼涂方,度兹江汉。鸣飞遵海,聿来有乱。"《答兄平原诗》:"衔忧告辞,挥泪海滨。"《答孙显世》:"厚德时迈,协风允谐。惠此海湄,俾也可怀。"陆机《诣吴王表》:"臣本吴人,靖居海隅。"失题:"石龟尚怀海,我宁忘故乡。"《赠武昌太守夏少明》:"穆穆君子,明德允迪。拊翼负海,翻飞上国。"《赠顾交趾公真》:"高山安足凌,巨海犹萦带。惆怅瞻飞驾,引领望归旆。"本来海并非仅限于南方,因海与二陆的关系,海水在某种程度上也与吴地联系在了一起。①

北方之"水"主要是河、洛。二陆入洛十年,鲜回故里,常常临水思乡,望津生愁。异乡的河、洛在其诗文中往往是乡思的载体与触发物。陆机《又赴洛道中二首》其一云:"咏叹遵北渚,遗思结南津。""北渚"即在眼前,"南津"仿佛是昨天。"留兹情于江介,寄瘁貌于河曲,玩通川以悠想,抚征辔而踯躅。伊命驾之徒勤,惨归途之良难。"(陆机《思亲赋》)临水照影,一副憔悴之貌,见水生情,思飞江介之旁,信马河畔,想归途之良难,按辔踯躅,叹前路之茫茫。诗人思亲之情,沧桑之感,一齐袭来。《感丘赋》:"泛轻舟于西川,背京室而电飞。遵伊洛之坻渚,沿黄河之曲湄。"陆云《喜霁赋》:"临仪天之大川兮,凌怀山之洪波",陆机《答张士然》:"余固水乡士,捴辔临清渊。戚戚多远念,行行遂成篇。"这种临水思乡的情况在其《思归赋》中表现得比较真切。"既遨游乎川沚,亦改驾乎山林。伊我思之沉郁,怆感物而增深。"遨游川沚,穿行于山林,感物伤怀,顿生凄楚之情,悲江介之绝音,映孤影于洛湄。诗人所见是北方的洛水,由洛水又不自觉地想到故乡的山水。除了作为触发诗人乡思之情的载体之外,异乡之水还有旅途艰辛的意味。如《答兄平原二首》其一:"南津有绝济,北渚无河梁。""河"是二人相聚的阻碍。"我若西流水,子如东峙岳。"(《答兄平原二首》其二)西流之水意味着逝去,意味漂泊不已。《为顾彦先赠妇往返四首》其三:"翩翩飞蓬征,郁郁寒水萦。

---

① 二陆入洛以后没有机会临海。在中古时期,见大面积水域皆有见海的感觉是一种常见情形,如《有所思》:"有所思,乃在大海南",再如《西洲曲》:"海水梦悠悠,君愁我亦愁"等皆非真的是海水。

游止固殊性,浮沉岂一情。隆爱结在昔,信誓贯三灵。逍遥近南畔,长啸作悲叹。"此诗源于乐府古辞,原诗仅为表现离别遥远,难以相见,其首四句云:"翩翩飞蓬征,怆怆游子怀。故乡不可见,长望始此回。"陆云此诗则有意强调了思妇与游子之间的阻隔在于"郁郁寒水"。

其次,二陆集中的"山"也有地域之别。处于长江中下游平原的吴越之地,多水少山。沃野、水泽、丘陵是其主要地貌。唯有湘、赣之地才有大山出现。故二陆写南方之山,少有吴越之山,多写衡山①。如陆云《赠郑曼季往返八首·南衡》:"南衡惟岳,峻极昊苍。瞻彼江、湘,惟水泱泱。"《祖考颂》:"邈彼披阳,追踪阿衡"、"南岳颓镇,荫辉素灵。"《赠顾尚书》:"能芬南岳,运芳北征。"此为南方之山。北方之山有泰山,陆机《泰山吟》:"泰山一何高,迢迢造天庭。峻极周以远,层云郁冥冥。"有西岳,"乃凌河海,河海无梁;乃仆高山,岳华不重"(陆云《盛德颂》)。有北岳,"逍遥北岳,凌霄引领"《玄洛》(陆云)。有中岳,"北食中岳,练形嵩岑"(陆云《黄伯严》)。

与"水"常用来写乡思不同,"山"在二陆诗文中最主要的喻义是旅途的艰辛与阻隔。陆机《感丘赋》:"山泽纷纡余,林薄杳阡眠。"《大暮赋》:"屯送客于山足,伏埏道而哭之。"《思归赋》:"既遨游乎川沚,亦改驾乎山林。"《行思赋》:"越河山而托景,眇四载而远期。"陆云《赠顾彦先》:"悠悠山川,骁骁征遐。陟升嶕峣,降涉洪波。言无不利,乘险而嘉。人怀思虑,我保其和。"《答孙显世》:"广问弘被,崇轨峻蹑。高山克荒,大川利涉。"《为顾彦先赠妇》:"悠悠君行迈,茕茕妾独止。山河安可踰?永路隔万里。"

同时,二陆还常以"山"作比喻写人之德。《论语》谓"智者乐水,仁者乐山",故后人常以山写仁德君子。如陆云《晋故散骑常侍陆府君诔》:"江河慕海,丘陵乐山。"《赠郑曼季·南衡》:"南衡惟岳,峻极昊苍。""和璧在山,荆林玉润。之子于潜,清辉远振。"陆机《赠顾交趾公真》:"远绩不辞小,立德不在大。高山安足凌,巨海犹萦带。"南方之山,

---

① 有明确山名的吴山,但陆机写吴山的诗文不多。只有陆机《赠从兄车骑》:"仿佛谷水阳,婉娈昆山阴。"

以衡山为最。故，在二陆笔下，雄伟峻秀、高大厚重的南岳常常是其祖上德望之象征。陆云《答兄平原诗》："南岳有神，乃降厥灵。诞钟祖考，胤兹神明。"《祖考颂》："邈彼披阳，追踪阿衡。骏惠雨施，景润云行。洋洋玄化，功济其民。"《答兄平原诗》："芒芒高山，自予颓之。济济德义，匪予怀之。终衔永负，于其丑而。"《故豫章内史夏府君诔》："南岳颓镇，荫辉素灵"。由于"山"是君子的象征，所以在二陆诗文中，"山"常与隐士相联系。陆云《赠郑曼季·高岗》："和璧在山，荆林玉润。之子于潜，清辉远振。"

再次，"林"作为"山"的延续，在二陆诗文中往往是与"水"对举的替代物，但在意蕴上却与"山"不同。"山"意味着阻隔，而"林"则意味着温馨与归宿。陆士衡云："遵四时以叹逝，瞻万物而思纷。悲落叶于劲秋，喜柔条于芳春。心懔懔以怀霜，志眇眇而临云。"闻春而喜，见秋而悲，既可看作文人的一种情感模式，也可看作陆机的审美取向。陆机在对林木的描写中寄寓了个人对生命的惆怅与感伤。人与树木的联系我们可以上溯到《诗经·卫风·氓》："桑之未落，其叶沃若。""桑之落矣，其黄而陨。"树木的萌生与衰落隐喻着人生的繁华与凋零，对女人而言，年长色衰意味着爱情不永。而屈原"嫋嫋兮秋风，洞庭波兮木叶下""唯草木之零落兮，恐美人之迟暮"则更笼罩着春秋代序、功业无成的悲哀，这是后世诗人望落叶而悲秋的主要契合点。尤其秦汉以后，大批士人异地为官，落叶凋零之悲又融入了身世飘零之感，所以陆机感叹"寻平生于响像，览前物而怀之。步寒林以凄恻，玩春翘而有思"（《叹逝赋》）。因此，"林"常常是陆机思乡念家的切入口，"南望泣玄渚，北迈涉长林。谷风拂修薄，油云翳高岑。亹亹孤兽骋，嘤嘤思鸟吟。感物恋堂室，离思一何深。伫立慨我叹，寤寐涕盈衿"（《赴洛二首》其一），南望故土，北向将涉长林，离思深深，不禁潸然泪下。

除此之外，二陆集中还有许多带有符号性的事物，如陆机文中的"西山""北阙"，陆云文中的"北林""北溟"等。"西山"，陆机《演连珠》之四八："是以吞纵之强，不能反蹈海之志，漂橹之威，不能降西山之节。"《史记》曰："武王伐纣，伯夷、叔齐叩马谏曰：'以臣伐君，可谓仁乎？'左右欲兵之，太公曰：'此义人也。'扶而去之。武王以平殷乱，伯夷、叔齐耻之，隐于首阳山。及饿且死，作歌，其辞曰：登彼西山兮采其薇。""西山"，即首阳山，"西山采薇"便是较早的隐士生活。陆机笔下的西山遂与此相联系，《招隐》云："朝采南涧蕊，夕息西山足。""北阙"古指宫殿北面的门楼，是大臣等候朝见或上书奏事的地方。《汉书·高帝纪》："至长安，萧何治未央宫，立东阙、北阙、前殿、武库、太仓。"（注："未央殿虽南向，而尚书奏事，谒见之徒，皆诣北阙……是则以北阙为正门。"①）后通称帝王宫禁为"北阙"，有时也作朝廷的别称。《拟青青陵上柏诗》"高门罗北阙，甲第椒与兰。"所展示的是京城的繁华。《驾言出北阙行》"驾言出北阙，踯躅遵山陵。"则是离开政治中心。陆机的"北阙"就具有了与现实事务相对的意味。"北林"语出《诗·秦风·晨风》，诗云"鴥彼晨风，郁彼北林。"②《诗经》之句中"北林"一词便含有了"悲"的意味。曹植《杂诗》："高台多悲风，朝日照北林。"③ 同样，前句"高台悲风"，对句"朝日北林"。无疑亦是借"郁彼北林"之悲的喻义。阮籍《咏怀诗》："孤鸿号外野，翔鸟鸣北林。"④ 陆机《拟行行重行行》"王鲔怀河岫，晨风悲北林。""北林"的象征意义即伤情之所。陆云诗文中的"北林"虽也是取意于《晨风》，但其意义却与陆机不同。《寒蝉赋并序》"望北林以鸾飞，集樛木以龙蟠。"鸾凤望北林而飞，后言树木窈窕正是凤栖之所。"北林"为栖凤之地。再看陆云《赠郑曼季往返八首·南衡》："古人有言，诗以宣心。我之怀矣，在彼北林。北林何有？于焕斯文。琼瑰非宝，尺牍成珍。丰华非妙，得意惟神。河鲂登俎，遗答清川。""北林"正是贤才聚集之地。"北林"一词在汉魏文人诗文中也经常出现，汉古诗"晨风鸣北林，熠燿东南飞"前言北林后说"玄鸟"，傅玄《青青河边草篇》："梦君结同心，比翼游北林。"⑤ 其意与陆云同，皆指才士居住之处。应德琏、曹子建、阮步兵之"北林"与陆机同，皆伤心之所，有孤游于外，不得栖于自家的离思之感。"北溟"，古人意识中北方最远的海。

---

① （汉）班固：《汉书》，中华书局，1962，第 64~65 页。
② 程俊英：《诗经注析》，中华书局，1991，第 354 页。
③ （魏）曹植：《曹子建诗注》，黄节注，人民文学出版社，1957，第 11 页。
④ （晋）阮籍：《阮籍集校注》，陈伯君校注，中华书局，1987，第 210 页。
⑤ 逯钦立：《先秦汉魏晋南北朝诗》，中华书局，1983，第 556 页。

语出《庄子·逍遥游》："北冥有鱼，其名为鲲，鲲之大不知其几千里也。"①陆德明释文："北冥，本亦作'溟'，北海也。"陆云《荣启期赞》："绝景云霄之表，濯志北溟之津，岂非天真至素、体正含和者哉！"《登台赋》："北溟浩以扬波兮，青林焕其兴蔚。扶桑细于毫末兮，昆仑卑乎覆箦。"《梅福》："在汉之衰，颓火炎精。梅公指景，有皇遗形。逝彼文辞，胥此洞庭。神辉绝景，岂外北冥。"《赠郑曼季往返八首·鸣鹤》"安得风帆，深濯髳灭。景遗云雨，尔在北冥"，由"视流濯发，灭景遗缨。安得风云，雨尔北冥"可以看出，陆云诗中的"北冥"或"北溟"实即仙人或隐者所居之处，但陆云从根本上来说是入世的，所以"安得风云，雨尔北冥"，即召唤这些世外之人进入朝廷，在陆云看来具有很重要的意义。史载"云爱才好士，多所贡达"，正与此相合。

（二）自然环境对二陆诗文风格的影响

吴中地区气候温湿、社会安定，人们的生活比较富足。《史记·货殖列传》云："总之，楚越之地，地广人稀，饭稻羹鱼，或火耕而水耨，果隋蠃蛤，不待贾而足，地热饶食，无饥馑之患，以故呰窳偷生，无积聚而多贫。是故江淮以南，无冻饿之人，亦无千金之家。"②火耕水耨的农耕生活、地热饶食的生活条件，人们无须花费太多的精力就能保证温饱。长江之险足以阻挡北方强敌的进攻，山环水绕又容易形成自我封闭的小圈子。无须与天斗、与地斗、与人斗即能自保，很容易形成安时处顺、自足自乐的社会心理。而明媚的山水风物又往往唤起人们对自然美的欣赏与关注。长期生活于其中的人们，由于各种自然条件的作用，逐渐形成了纤弱的性格特征。表现在作品风格上，即陆机所谓"绮靡"。

二陆仕宦的中原地区，处于河洛之间，东为齐鲁，西为秦川，南接荆楚，北临燕赵。地处天下之中，一直是兵家必争之地，向来有"得中原者得天下"之说。《吕氏春秋·慎势篇》云："古之王者，择天下之中而立国。"③司马迁谓："夫三河在天下之中，若鼎足，王者所更居也。"④而洛

---

① （战国）庄周：《庄子集解》，王先谦集解，中华书局，1987，第1页。
② （汉）司马迁：《史记》，中华书局，1963，第3270页。
③ （秦）吕不韦等：《吕氏春秋集释》，许维遹集释，中国书店影印，卷17。
④ （汉）司马迁：《史记》，中华书局，1963，第3262~3263页。

阳则处于中原之中,"三代之君,皆在河洛"。陈全之《蓬窗日录·九州》谓:"洛阳天地之中,阴阳和,南北平,百物会。"① 此地既是文化中心,也是屡遭屠戮之地。《洛阳伽蓝记序》云:"余因行役重览洛阳。城郭崩毁,宫室倾覆。寺观灰烬,庙塔丘墟,墙被蒿艾,巷罗荆棘,野兽穴于荒阶,山鸟巢于庭树,游儿牧竖踟蹰于九逵,农夫耕稼艺黍于双阙,麦秀之感,非独殷墟黍离之悲,信哉!"其地纯朴,民生其间,久而久之便形成一种较为强悍的风格。

青木正儿《中国文学思想史》云:"就风土来看,一般地说,南方气候温暖,土地低湿,草木繁茂,山川明媚,富有自然资源。北方则相反,气候寒冷,土地高燥,草木稀少,很少优美风光,缺乏自然资源,所以,南方人生活比较安乐,有耽于南国幻想与冥想的悠闲。因而民风较为浮华,富于空想、热情、诗意。而其文艺思想则趋于浪漫主义;有流于逸乐的华丽游荡的倾向。反之,北方人要为生活奋斗,因而性格质朴,其特点是现实的、理智的、散文的。从而其文艺思想趋于有功利主义的现实主义;倾向于力行的质实敦朴的精神。"② 所谓的"空想"、"热情"、"诗意"及"现实"、"理智"、"散文"都指的是诗歌的风格。南方的浮华民风促使了南方诗人创作朝着"弱""丽"的方向前进,即所谓得"江山之助"。北方人的质朴性格也影响着北方诗人创作朝着"刚""质"的方向发展。作为南方诗人的陆机、陆云,既得南方之"弱""丽",又努力学习北方之"刚""质",因此逐渐形成取南方之秀、兼北方之雄的"清丽"风格。

第一是江南固有的哀婉与北方的厚重相融合。关于陆机诗文风格,王世贞《艺苑卮言》云:"陆士衡翩翩藻秀,颇见才致,无奈俳弱何。"③ 毛先舒《诗辩坻》对此提出了异议:"王元美评诗,弹射命中。然论陆机云'俳弱',机调虽'俳',而藻思沉丽,何渠云'弱'!"④ 其实,毛氏的批评实是误解。王氏既然认为陆机诗"翩翩藻秀,颇见才致",则其所云"弱"定非指才力,而是气格。《易·大过》:"栋挠本末,弱也。"王安石

---

① (明)陈全之:《蓬窗日录》,上海书店出版社,1985,第8页。
② 〔日〕青木正儿:《中国文学思想史》,孟庆文译,春风文艺出版社,1985,第3页。
③ (明)王世贞:《艺苑卮言校注》,罗仲鼎校注,齐鲁书社,1992,第119页。
④ 郭绍虞编《清诗话续编》,上海古籍出版社,1983,第30页。

《洪范传》："施生以柔，化生以刚，故木桡而水弱，金坚而火悍。"① 《说文·彡部》"弱，桡也"段玉裁注："桡者，曲木也。引伸为凡曲之称。直者多强，曲者多弱。""弱"即柔顺之意。"弱"用于文学评点上主要有两个方面的意义：一是指才力之强弱，多才则为"强"，少才则为"弱"；二是指诗文情感表现，慷慨任气为刚、为强，哀怨缠绵即弱、即靡。显然，王氏之说是指后者。

哀怨、缠绵是江南文学的共性。士龙自不必说，史籍其"文弱可爱"，故其文多哀怨。士衡"慷慨清厉"，然诗文亦不脱南方纤弱之特质。比对西晋文坛，此点更为清晰。士衡集139篇，"怨"字共有22处，"悲"字84处，"哀"字47处，"恨"字11处，"愁"字5处，合计169处，折合每篇1.22处。士龙集73篇，"悲"字76处，"恨"字23处，"哀"字82处，"怨"字有6处，"愁"字27处，合计214处，折合每篇2.93处。张华集111篇，"怨"字5处，"悲"字9处，"恨"字1处，"哀"字10处，"愁"字1处，合计26处，折合每篇0.23处。潘岳集102篇，"怨"字4处，"悲"字26处，"恨"字6处，"哀"字71处，"愁"字4处，合计111处，折合每篇1.09处。张载集27篇，"怨"字0处，"悲"字3处，"恨"字0处，"哀"字5处，"愁"字4处，合计12处，折合每篇0.44处。张协集26篇，"怨"字0处，"悲"字2处，"恨"字0处，"哀"字1处，"愁"字1处，合计4处，折合每篇0.15处。左思集20篇，"怨"字1处，"悲"字3处，"恨"字0处，"哀"字3处，"愁"字0处，合计7处，折合每篇0.35处。② 在二陆的情感用语之中"悲""哀"最多，而北方士人除潘岳外，少有人使用。其南方气质在此起到了重要的作用。

陆机《拟古十二首》，姜亮夫认为此"盖模拟实习之作"，"辞义质直，情旨平弱，即有哀感，哀而不伤，不类壮岁以后饱经人事之作"③。姜先生所说良是。但陆机所拟并非无情，而是与原诗在情感表达上有所不

---

① （宋）王安石：《王安石全集》，大众书局，1935，第65卷。
② 陆士衡集取刘运好《陆士衡文集校注》，陆士龙集取黄葵《陆云集》，张茂先集取《汉魏六朝百三家集·张华集》，潘安仁集取董志广校《潘岳集校注》，左太冲集取（清）严可均《全上古三代秦汉三国六朝文》和逯钦立所辑《先秦汉魏晋南北朝诗》。各集之中书集皆以一篇看，同题诗按实际首数计。陆机的《演连珠》以一首计。
③ 姜亮夫：《陆平原年谱》，上海古典文学出版社，1957，第40页。

同。第一，增加了诗作的哀感。如《拟行行重行行》，原诗通篇只有一句："思君令人老，岁月忽已晚"明言相思。而拟作却连用了四个"思"字来表达相思之深，又用"戚戚""忧"等修饰性词语来深化相思之状。原诗"相去日已远，衣带日已缓"写得比较模糊，只写相去日久，而衣渐宽阔，个中滋味任由读者去体味。而拟诗却将此二句分解成四句："伫立想万里，沉忧萃我心。揽衣有余带，循形不盈襟。"由于相思"忧萃"我心，致使"揽衣有余带，循形不盈襟"，此一改动未见得比原诗好，但有意强调"忧""怨"的动机则是清晰的。《青青河畔草》前六句用了六个联绵词：青青、郁郁、盈盈、皎皎、娥娥、纤纤写女子之容貌，后四句写相思，拟作看似保持了原诗的风格，仍用靡靡、熠熠、皎皎、婀娜、粲粲、灼灼等词领句，而用四句写情。但仔细考察，拟作与原作还是有所不同的：前六句写容貌即已不同，"河畔草"与"园中柳"二则是并列的。而"江蓠草"两句则是描绘草孤独地生长于河畔的环境状况，即隐喻了女子之孤单。原诗"当窗牖""红粉妆"，伴随着外界明媚的春光而春心荡漾，跃然纸上，而末句"空床难独守"实在有淫秽之嫌，无形中削弱了诗中的情感色彩。而陆机所写则是良家女，其情所指为"良人"。此一改动，成为闺妇相思的主题。情感要比随波逐流之倡家深沉许多。其他《拟今日良宴会》去掉原诗的"何不策高足，先据要路津"。《迢迢牵牛星》只有"终日不成章，泣涕零如雨"两句写情，而拟诗则有"怨彼河无梁，悲此年岁暮"、"引领望大川，双涕如沾露"两处来写情。第二，更加注重环境的渲染。《东城一何高》诗中写景句云"回风动地起，秋草萋已绿。四时更变化，岁暮一何速！"此处特别费解，从"回风动地起"、"四时更变化，岁暮一何速"来看写的是深秋之景，但又用"秋草萋已绿"，据此推断至多也在初秋。而拟诗则完全统一了起来。零露弥天，落叶飘零，謇暑相袭，都是写的深秋之景，以此来烘托此情之凄凉。再如《涉江采芙蓉》，诗一开始"涉江采芙蓉，兰泽多芳草"专写江畔，拟诗改为"上山采琼蕊，穷谷饶芳兰"，一高（山）一低（谷），以显出整个空间皆为采撷对象。又借"不盈"进行对照，形成蹊跷点，既刻画出采撷者因不专心而游移不定的神态，又给我们描绘了当时当地的环境。思者神往而形留，所思者却远在万里之外。此或如屈原得江山之助。第三，较之原诗更为婉转。《古诗十九首》多随性而发，心到笔到，无意于工泽。而陆诗拟作有意弥补原诗之不足，故其创作多反复斟酌。在表情方面，原诗比较质直，拟诗则有意追求回环。如《拟青青河畔草》，拟诗前几句与原诗一样只是写女子相思图，但结尾一句"空房来悲风，中夜起叹息"使全诗境界顿出。原来思妇中夜而起，是因为有"悲风"搅梦。起而无所事事，只能当轩而织，"织"又非必做之事，心又不在彼，而夜深风响又搅人心绪，更生愁情。品味此诗，关键是一个"来"字，"来悲风"说明风并不很大，却足以搅梦，可见妇人思念之深。本由相思而不能安睡，却偏偏说由"悲风"而起，起而促织，原为排遣内心的忧愁，却闻"悲风"呜咽，更生叹息。再如《拟青青陵上柏》，念远生愁，所以置酒"宴所欢"，又见京城华丽，更生哀愁，以致"慷慨"为叹。《拟明月何皎皎》"照之有余辉，揽之不盈手"，一句之中也要生出一些回环来。

入洛之后，陆机诗一洗"情旨平弱，即有哀感，哀而不伤"的风格，表现沉痛的哀伤之情。叶适《龙性堂诗话初集》："士衡独步江东，《入洛》、《于承明》等作怨思苦语，声泪迸落。至读其乐府，于逐臣弃友，祸福倚伏，休咎相乘之故，反复三叹，详哉言之，宜其忧谗畏讥，奉身引退，不图有覆巢之痛也。"① 这种情感主要来自对家乡的思恋。裴启《裴子语林》云："陆士衡在洛，夏月忽思竹篲饮，语刘实曰：'吾乡曲之思转深，今欲东归，恐无复相见理'。"② 这种乡关之思时刻萦绕于心，表达出来既缠绵悱恻又让人为之悚然。《东宫作》："载离多悲心，感物情凄恻。慷慨遗安愈，永叹废寝食。思乐乐难诱，曰归归未克。忧苦欲何为，缠绵胸与臆。仰瞻陵霄鸟，羡尔归飞翼。"《又赴洛道中二首》云："悲情触物感，离思郁缠绵。"《赴洛道中二首》其一：

> 远游越山川，山川修且广。振策陟崇丘，安辔遵平莽。夕息抱影寐，朝徂衔思往。顿辔倚嵩岩，侧听悲风响。清露坠素辉，明月一何朗。抚枕不能寐，振衣独长想。

---

① 郭绍虞编《清诗话续编》，上海古籍出版社，1983，第957页。
② 鲁迅校录《古小说钩沉》，齐鲁书社，1997，第12页。

此诗写士衡入洛,抒其羁旅之怀,本无特别。其突出之处在于"先叙事后,衣带入兴"①,且一叙一顿,一顿一叙,反反复复。其开首写"远游越山川",叙事,在此一顿,写"山川修且广"。前一句叙其行程,后一句临山川。叙行程突出"远"字,"山川"则着一"修"一"广"。离乡背井,远游为宦,本已让人伤情,而"山川"修广,路途阻隔,又让人生惧。可又不能不行,"振策陟崇丘,安辔遵平莽"又两句叙跋山涉水,仆仆风尘。马遇崇丘,不得不"振策",遵行于平莽,又"安辔"任行。对于一个习于舟船的南方人士,其艰辛劳苦,如闻如见。"夕息抱影寐,朝徂衔思往"又顿。本写形只影单,却偏偏用一"抱影"。明明不愿前行,却着一"衔思"。都是欲进而退的写法,使人更觉前路之惧和恋家之深。人虽前行,心却回乡,欲退不能,欲进艰险。倚岩而居,唯有悲风回响,使人顿生冷意。接下去,又是退一步进两步的写法。"清露""素辉",多么洁净的月夜!可诗人无心赏月,故有"明月一何朗"!本是恋家,却抱怨月光太朗。吴淇评此二句云:"风偏觉他悲,月偏嫌他明,至披衣而起,更无一时可挨。缅然长想,愁煞人也。"②

陆云入洛前作品存留太少,所存哀诔又不足以比对。仅从入洛后作品来看,沉痛之状不亚于陆机。如其《愁霖赋》《喜霁赋》。其实,自然界的阴雨与晴好天气本身并不值得作者为之或愁或喜,真正触发其情感的,是浓重的乡愁。故《愁霖赋》云:"结南枝之旧思兮,咏庄舄之遗音,羡弁彼之归飞兮,寄予思乎江阴。渺天末以流目兮,涕潺湲而沾襟。"正是由于这种浓重的、无时不在的乡愁,让作者即便在《喜霁赋》这样赋"喜"的文章中也以"悲情"来表现:"四时逝而代谢兮,大火忽其西流。年冉冉其易颓兮,时靡靡而难留。嗟沉哀之愁思兮,瞻日月而增忧。感年华之行暮兮,思乘烟而远游。"此绝非诗人的无病呻吟,而是离情别恨、怀乡思亲及官场失意等因素长期积淀的结果,也有诗人固有性格的影响。这种哀痛之情还表现在对生命不永的焦虑上。陆云《岁暮赋》:

> 寒与暑其代谢兮,年冉冉其将老。丰颜晔而朝荣兮,玄发粲其夕

---

① 张伯伟:《全唐五代诗格汇考》,江苏古籍出版社,2002,第173~174页。
② (清)吴淇:《六朝选诗定论》,《四库全书存目丛书补编》,齐鲁书社,2001,第200页。

皓。感芳华之志学兮，悲时暮而难考。远图逝而辞怀兮，密思集而盈抱。美厚德之溥载兮，嘉丰化之大造。恨盛来之苦晏兮，悲衰至之常蚤。指晞露而怵心兮，衍死生于靡草。

从内容上此赋与陆机《叹逝赋》大体相类，都是写日往哀深，岁暮思繁，感物华之代谢，叹年岁之将尽。短短的一段文字，悲、哀、恨、死等凄凉之词连着使用，如此密集，读来使人窒息！确有一种"指晞露而怵心兮，衍死生于靡草"的感觉。

第二是江南之绮与中原之简融合而成的"壮美"文风。陆机文章向来以"绮"著称。此乃江南诗文的共同特点。陆机《文赋》强调："藻思绮合，清丽千眠。炳若缛绣，凄若繁弦。"所谓"藻思绮合"即绮彩而合成文章。陆机之文非常注重色彩之美。如《拟青青河畔草》："皎皎彼姝女，阿那当轩织。粲粲妖容姿，灼灼华美色。"用"皎皎"状其白，"粲粲"状其彩，"灼灼"状其光彩照人。再如《日出东南隅行》："美目扬玉泽，峨眉象翠翰。鲜肤一何润，秀色若可餐。窈窕多容仪，婉媚巧笑言。暮春春服成，粲粲绮与纨。金雀垂藻翘，琼佩结瑶璠。方驾扬清尘，濯足洛水澜。"设色华美是陆机诗的一大特点。芮挺章《国秀集序》云："陆士衡诗缘情而绮靡，是彩色相宜，烟霞交映，风流婉丽之谓也。"[①] "彩色相宜，烟霞交映，风流婉丽"正可作为陆机诗文特点的概括。此前人之论已备，兹不多言。其实，陆云诗文也是如此。如《赠顾骠骑后二首·思文》："在虞之胄，实惟有姚。颖艳玉秀，华茂桃夭。居显祗明，在灵格幽。清尘熠烁，淑心绸缪。"用鲜艳的桃花、清幽的环境比喻姚妃之美。《登台赋》云："尔乃仡旳瑶轩，满目绮寮，中原方华，绿叶振翘。"又"绮疏列于东序，朱户立乎西厢。经蕤晔以披藻兮，淑涂馥而遗芳"。真可谓是姹紫嫣红。文章构图华美是二人之本色，此与长期在江南秀丽景色中耳濡目染有关。

关于陆机诗风，钱志熙《魏晋南北朝诗歌史述》云：

> 但在两晋时，他（陆机）的诗歌风格应该是很新颖的，有一种宏

---

① （唐）芮挺章：《国秀集序》，四部丛刊本，卷一。

伟壮丽的美感。因为从傅玄、张华以来，诗人都只倾向表现比较单纯的抒情主题，追求一种单纯的优美，所以诗歌的表现领域比较狭窄，诗境不开阔，与魏代诗歌广阔的领域和宏伟壮美的艺术风格相比，不免逊色。陆机看到了这一点，所以他要进行革新。但他的革新，归根到底还是向前人取法。原来曹植、阮籍的创作成就，很少有西晋诗人所接受，陆机则是从学习曹植、阮籍入手。钟嵘最早看出陆诗渊源于曹植……他从曹、阮那里摹仿壮美的风格，却缺乏壮美的精神实质。①

陆机诗是否取法于曹、阮，我们姑且不论。钱先生概括出陆诗的"壮美"风格，确是非常准确的。从题材上来看，陆机入洛后文章不仅关注个人的内心世界，而且放眼于广阔的自然，构图比较阔大。如其《行思赋》：

> 背洛浦之遥遥，浮黄川之裔裔。遵河曲以悠远，观通流之所会。启石门而东萦，沿汴渠其如带。托飘风之习习，冒沉云之蔼蔼。商秋肃其发节，玄云霈而垂阴。凉风凄其薄体，零雨郁而下淫，睹川禽之遵渚，看山鸟之归林。挥清波以濯羽，藏绿叶而弄音。行弥久而情劳，途愈近而思深。美品物以独感，悲绸缪而在心。嗟逝官之未久，年荏苒而历兹。越河山而托景，眇四载而远期。孰归宁之弗乐，独抱感而弗怡。

这是一幅中原山水图，其主体部分是惆怅的诗人。诗人观川禽戏于遵渚、山鸟之归林，顿生思乡之情。图之背景是洛浦遥遥、黄川裔裔，河曲悠远，通流交汇，又有暮云低垂，淫雨靡靡。此境界之开阔，在晋时实为罕见。再如《又赴洛道中二首》其二："清露坠素辉，明月一何朗。抚枕不能寐，振衣独长想。"这同样是一幅游子思乡图，皓月千里，清露如珠。其中，游子望空长叹，独自长想。境界疏朗明净，蕴含也非常丰富。再如《赠冯文罴》："发轸清洛汭，驱马大河阴。伫立望朔涂，悠悠迥且深。"即便是赠别诗也总是力求以雄阔的场景来展现，如"高山安足凌，臣海犹萦带，惆怅瞻飞驾，引领望归旆。"其壮美风格还表现在其慷慨不平之气上。

---

① 钱志熙：《魏晋南北朝诗歌史述》，北京大学出版社，2005，第78页。

这种慷慨不平之气一方面源自诗人离乡远宦,仕途险恶的遭际,另一方面则得益于北方风物感染。与朋友惜别之时,瞻黄川洛水,为之慷慨而叹:"苟无凌风翮,徘徊守故林。慷慨谁为感,愿言怀所钦。发轸清洛汭,驱马大河阴。伫立望朔涂,悠悠迥且深。分索古所悲,志士多苦心。悲情临川结,苦言随风吟。愧无杂佩赠,良讯代兼金。"(《赠冯文罴》)"我若西流水,子为东峙岳。慷慨逝言感,徘徊居情育。"(《赠弟士龙》)见寒暑易革,载离悲心,为之心生凄恻:"岁月一何易,寒暑忽已革。载离多悲心,感物情凄恻。慷慨遗安愈,永叹废寝食。"(《东宫作》)亲友凋零,人生如逝,则慷慨而歌:"长吟泰山侧,慷慨激楚声。"(《泰山吟》)"哀吟梁甫巅,慷慨独抚膺。"(《梁甫吟》)"坟垄日月多,松柏郁茫茫。天道信崇替,人生安得长。慷慨惟平生,俛仰独悲伤。"(《门有车马客行》)北地山水风物常常激起诗人的无限感慨。刘勰谓太康诗风"采缛于正始,力柔于建安",士衡诗虽不及建安文人的"气韵沉雄""骨气奇高",但亦可谓气骨渊然,颇具雄浑之气。

  陆云与其兄性格不同,他在对待入洛后的种种事物时所表现出来的情绪差异较大,论述见于第三章。就诗文风格而言,陆云颇贵"清省"。其《与平原兄书》云:"云今意视文,乃好清省。"《文心雕龙·熔裁》篇云:"士龙思劣,而雅好清省。"明张溥《陆清河集题辞》云:"士龙与兄书,称论文章,颇贵清省。"正因如此,亦以"丽"著称的陆云作文常有意取冷色构图。① 如《岁暮赋》:"日回天以灭景兮,飙冲渊而无澜。坚冰涸于川底兮,白雪陨于云端。普区宇之瘁景兮,颁万物之衰颜。时凛戾其可悲兮,气萧索而伤心。"冰雪瘁景,万物衰颜,转瞬岁暮,确实让人惊悸。在陆云的诗文中,我们很难看到春暖花开的景象,即便是写春,也是写暮春。如《赠郑曼季·谷风》:"习习谷风,扇此暮春。玄泽坠润,灵爽烟煴。高山炽景,乔木兴繁。"这是写暮春,"泽"用"玄"字修饰,"山"用"炽"修饰,诗人或许是有意避开枝繁叶茂的美丽,而突出其冷与热。

---

① 从《与兄平原书》中可知云对其兄的辞彩与藻饰是非常欣赏的,且陆云诗文中也有彩色构图。如《芙蕖》:"绿房含青实,金条悬白璆。俯仰随风倾,炜烨照清流。"《为顾彦先赠妇》其四:"皎皎彼姝子,灼灼怀春粲。西城善雅舞,总章饶清弹。鸣簧发丹唇,朱弦绕素腕。轻裾犹电挥,双袂如雾散。华容溢藻幄,哀音入云汉。"

美虽不及兄，壮却有其特色。如《南征赋》，写景力求其阔，述征唯求其壮。其写景云："振南箕以鼓物，冒庆云而崇荫。恢天维以笼世，廓宇宙而宅心。济博施之厚德，铿希声之大音。渊泽回而泣注，豪彦萃而为林。九服惟清，诸夏谧静。肃慎回首，沙漠引领。"此是一种笼天盖世之气，境界之阔大和雄浑颇有两汉气势。"建黄钺之灵威，树戎辂之高盖。伐隐天之雷鼓，振凌霄之电旆。介夫挥戈而夙兴，轻武总干而启万。振灵韶之嘈嘈，飞旍旗之蔼蔼。虹旌泝风以委蛇，霓旐蒙光而容裔。公徒十万，其会云兴。悠悠华戎，时罔丕承。尔乃命屏翳以夕降，式飞廉以朝升。涂蒙雨而复清，景带天而光澄。陪武臣于雕轩，列名僚于后乘。猛将起而虎啸，商飙肃其来应。士凭威而向骇，马欥天而景凌。临川屯于广陆，武骑被乎中陵。"饰物之华美、军队之霸气、兵将之威武，尽显于其中。此种气格在一定程度上也与北方生活有关。其《寒蝉赋》云："余昔侨处，切有感焉，兴赋云尔。"侨处于洛，因物而感的现象不唯此篇。另有《登台赋》："登高有感，因以言崇替。"《岁暮赋》："感万物之既改，瞻天地而伤怀，乃作赋以言情焉。"

（三）陆云书信所记录的南北风物

二陆由吴入洛，中原风物迥异于江南景色，留意处多有新奇之感。自汉末动乱以来，江东割据，吴地便与中原断绝了联系。《洛阳伽蓝记》载陈庆之病，求人解治，杨元慎自称能治，含一口水往庆之身上一喷，嘴里念念有词说："吴人之鬼，住居建康，小作冠帽，短制衣裳，自呼阿侬，语则阿傍，菰稗为饭，茗饮作浆，呷啜莼羹，唼嗍蟹黄，手把豆蔻，口嚼槟榔，乍至中土，思忆本乡，急急速去，还尔丹阳。"[①]这则故事经过文人加工，一些语言颇为尖酸刻薄，我们不必去推敲，但这里透露了一个重要信息，即北人对南人生活的不解。另，前引二陆访刘道真之事，二陆见刘道真，刘问二陆"东吴有长柄壶卢，卿得种不？"王济与陆机羊酪、莼羹事，多少也受南北隔阂的因素影响。陆云《与兄平原书》以南人的眼光记录了对北方风物的感受。

---

① 杨衒之：《洛阳伽蓝记》，上海书店，2000，第106~108页。

一日案行，并视曹公器物床荐席具、寒夏被七枚，介帻如吴帻，平天冠、远游冠具在。严器方七八寸，高四寸余，中无隔，如吴小人严具状，刷腻处尚可识。踩批、剔齿、纤绽皆在。拭目黄絮二在，有垢黑，目泪所沾污。手衣、卧笼、挠蒲、棋局、书箱亦在。奏案大小五枚。书车又作歧案，以卧视书。扇如吴扇、要扇亦在。书箱，想兄识彦高书箱，甚似之。笔亦如吴笔，砚亦尔。书刀五枚，琉璃笔一枚，所希闻，景初三年七月，刘婕妤析之，见此期复使人怅然有感处。器物皆素，今送邺宫大尺间数。前已白其缌帐及望墓田处，是清河时台上诸奇变无方，常欲问曹公，使贼得上台，而公但以变谲因旋避之。若焚台当云何，此公似亦不能止。文昌殿北有阁道，去殿丈，内中在东，殿东便属陈留王，内不可得见也。

　　一日上三台，曹公藏石墨数十万斤，云烧此消复可用，然烟中人不知，兄颇见之不？今送二螺。

　　省曹公遗事，天下多意长才乃当尔。作弊屋向百年，于今正平夷。塘乃不可得坏，便以斧斫之耳。尔定以知吏称其职，民安其业也。

此书作于陆云任职邺都司马颖大将军府时。陆云《登台赋》序云："永宁中，参大府之佐于邺都，以时事巡行邺宫三台。登高有感，因以言崇替，乃作赋云"，"参大府之佐"即大将军府右司马之职。《岁暮赋》序云："余祗役京邑，载离永久。永宁二年春，忝宠北郡，其夏又转大将军右司马于邺都。"此时，陆云初任此职，深得司马颖的信任，代巡三台，见曹公旧迹，感慨万千，作《登台赋》。又作书于其兄叙其见闻，颇能见出吴人对北方事物表现出来的新奇。其时正值"中原方华，绿叶振翘"，陆云登临邺台，见曹操旧物，亦如其兄，睹物思人。魏武帝平定中原，挥鞭南指，何其雄霸！然其物竟如常人，所用皆如吴地。"扇如吴扇、要扇亦在。书箱，想兄识彦高书箱，甚似之。笔亦如吴笔，砚亦尔。"想必在士龙心中，曹公所用，当别有形态，近前看来，却如吴地用具一般模样，且"（严具）刷腻处尚可识"，"拭目黄絮二在，有垢黑，目泪所沾污"，历历恍如昨日。"器物皆素"，全无雕饰，怎能不让人"怅然有感处"！陆云此种心情，其一因魏武威名显赫，其二则因洛中用物竟与吴同，颇有点"村原桥树似吾乡"的感觉。陆云为兄叙述，可谓不厌其烦。"曹公藏石墨数十万斤，云烧此消复可用，然烟中人不知，兄颇见之不？"陆云知陆机博识，然因南北阻隔，所以絮絮叨叨，是怕其未曾见过。

陆云的《答车茂安书》是对故国山水风物的集中描绘。车茂安，即车永，当时车氏外甥石季甫将为鄮县令，但是那时"（车氏）尊堂忧灼，贤姊涕泣，上下愁劳，举家惨戚"，故向陆云询问鄮县的具体情况。陆云此书为应车氏之问而作答。书中对鄮县风物的描绘，颇能见出士龙对故国山水的态度及心理。兹录如下：

> 云白：前书未报，重得来况，知贤甥石季甫当屈鄮令，尊堂忧灼，贤姊涕泣，上下愁劳，举家惨戚，何可尔耶！辄为足下具说鄮县土地之快，非徒浮言华艳而已，皆有实征也。县去郡治，不出三日，直东而出，水陆并通。西有大湖，广纵千顷，北有名山，南有林泽，东临巨海，往往无涯，泛船长驱，一举千里。北接青、徐，东洞交、广，海物惟错，不可称名。遏长川以为陂，燔茂草以为田，火耕水种，不烦人力。决泄任意，高下在心，举钗成云，下钗成雨，既浸既润，随时代序也。官无逋滞之谷，民无饥乏之虑，衣食常充，仓库恒实。荣辱既明，礼节甚备，为君甚简，为民亦易。季冬之月，牧既毕，严霜陨而兼葭萎，林鸟祭而尉罗设，因民所欲，顺时游猎。结罝绕墅，密纲弥山，放鹰走犬，弓弩乱发，鸟不得飞，兽不得逸。真光赫之观，盘戏之至乐也。若乃断遏海浦，隔截曲隈，随潮进退，采蟆捕鱼，鳣鲔赤尾，齿比目，不可纪名。鲊鳎缩，炙劗鲚鮻，烝石首，朣鲨鲎，真东海之俊味，肴膳之至妙也。及其蜯蛤之属，目所希见，耳所不闻，品类数百，难可尽言也。

> 昔秦始皇至尊至贵，前临终南，退燕阿房，离宫别馆，随意所居，沉沦泾渭，饮马昆明，四方奇丽，天下珍玩，无所不有，犹以不如吴会也。乡东观沧海，遂御六军南巡狩，登稽岳，刻文石，身在鄮县三十余日。夫以帝王之尊，不惮尔行，季甫年少，受命牧民，武城之歌，足以兴化。桑弧蓬矢，丈夫之志，经营四方，古人所叹，何足忧乎？且彼吏民，恭谨笃慎，敬爱官长，鞭朴不施，声教风靡，汉、

吴以来，临此县者，无不迁变。尊大夫、贤姊上下当为喜庆，歌舞相送，勿为虑也。足下急启喻宽慰，具说此意，吾不虚言也。停及不一一。陆云白。

此为士龙之名篇，虽是书信，颇有赋法。车氏来信企望陆云"具示土地之宜"。所以陆云为书之时首先考虑到的是车氏想要得到的内容。故开篇即从鄮县"土地之快"写起："去郡三日"，写距离之近。又以赋家常用之"其南若何""其北若何"之类的句式写南、北、西、东四面的交通，突出"泛船长驱，一举千里"。又写物产之丰，着重强调无须劳作即已多收获，所谓"官无逋滞之谷，民无饥乏之虑，衣食常充，仓库恒实"。写贵为天子的秦始皇至此尚且感叹"四方奇丽，天下珍玩，无所不有，犹以不如吴会也"，并"登稽岳，刻文石，身在鄮县三十余日"。仓廪实而知礼节，又写民风淳朴，"荣辱既明，礼节甚备，为君甚简，为民亦易"，特别强调"且彼吏民，恭谨笃慎，敬爱官长，鞭朴不施，声教风靡，汉、吴以来，临此县者，无不迁变"。吏民敬爱官长，历来至此者，皆有升迁。依次写来，有叙述，有描画，又有议论。既微事批评，又不吝鼓励，篇无余句，句无余字，散文之中实不多见。

从接受史的的角度看，车茂安是第一个读者，其接受的效果，尽在车氏的回信之中。车氏信中说："即日得报，披省未竟，欢喜踊跃。辄于母前，伏诵三周。举家大小，豁然忘愁。足下此书，足为典诰，虽《山海经》、《异物志》、《二京》、《南都》，殆不复过也。恐有其言，能无其事耳。虽尔，犹足息号泣，欢怀笑也。"车氏回信中较为客观地传达了陆云来信所起到的效果："披省未竟，欢喜踊跃。"此是初读陆书的感觉。"举家大小，豁然忘愁"此是再三诵读的感觉。但车茂安信中提到了四部书：《山海经》《异物志》《二京赋》《南都赋》。前两篇为小说，多荒诞不经之言。后二篇则为张衡的两篇赋，写法上极尽铺排夸张之能事。以此四篇来形容陆云之书信，实即指出了陆云书中的虚构与夸饰之处，故云："恐有其言，能无其事耳。虽尔，犹足息号泣，欢怀笑也。"对陆云所说，车氏基本上是不信的，认为其作用只在于"足息号泣"，所以，才在自己母亲面前"伏诵三周"。但陆云的写作态度却是真诚的。他对车氏一家"上下愁劳"大惑不解，认为"何可尔耶"，并强调其回书"非徒浮言华艳而已"，"皆有实证"。

上述两篇文章虽然都是特例，但却在很大程度上反映了二陆对南北风物的态度。虽然陆云入洛身体不适，但北方事物在陆云眼里并非总是"恶"。在其为大将军参军时，踌躇满志，故此，他不吝笔墨地描绘了自己邺台的见闻。对南方也并非总是忧愁乡思，从他给车氏的信中，我们也看到了他对故乡风物的欣喜与骄傲。

二 人文环境对二陆文学的影响

前已指出，自然环境指的是"风俗"一词的"风"，人文环境则是指的"俗"。大体来说，"人文"即指人世间的所有世事，包括礼乐教化、人情习俗、政治历史等多个方面。《易·贲》："观乎天文以察时变，观乎人文以化成天下。"孔颖达疏云："人文即礼乐诗书之谓。"[①]《后汉书·公孙瓒传论》："舍诸天运，徵乎人文，则古之休烈，何远之有！"李贤注："人文犹人事也。"[②] 自然环境对作家作品的影响是间接的，而人文环境对作家创作的影响则是直接的，它直接影响着作家的思想、作品的内容与风格。自然环境有南北之别，人文环境虽无自然环境那样明显，但亦可分为南方与北方，如与诗人交往的南人与北人，及其对诗人创作的影响，作品中的南方与北方，学术思想的南北差异等。兹取以下几点以窥全豹。

（一）从二陆赠答诗及书信交流看其地域倾向

书信与赠答诗都是文人之间最具个体性质的文体，是自我情感的表达，是联系作家与社会的纽带。我们通过它可以看到作者的内心世界，可以了解到作者对现实世界的认识，了解到作者对其他作者及文学作品的看法，同时，我们还可借此观察作者与周围世界的关系。可以说，赠答诗是作者所处政治环境、人际关系的综合反映。因此，研究二陆的书信与赠答

---

① （唐）孔颖达：《周易正义》，中华书局，1980，第156页。
② （南朝宋）范晔：《后汉书》，中华书局，1965，第2366页。

诗对于了解二陆所处的人文环境具有相当重要的意义。

首先看赠答诗及信札中所涉及的人物的地域分布。《陆机集》有赠答诗 27 首，书札（含策问、表、启及书信残篇）19 篇，《陆云集》有赠答诗 25 首，书札 79 篇。赠答诗全部 52 首，共涉及赠或答的对象 24 人（潘岳与贾谧共一首赠答诗，但诗虽为潘岳所作，却代表了贾谧，故算成二人），书札 98 篇，涉及对象 18 人。为便于分析，以赠答对象之郡望列于表 2－4 和 2－5。

表 2－4　赠答诗对象郡望表

郡望	吴郡	富春	沛郡	泰山	魏郡	河南	河内	太原	平阳
与陆机赠答者	顾荣、顾公贞、陆晔、张俊、纪瞻、陆思远、顾令文	—	—	—	冯熊	潘岳 潘尼	司马遹	—	贾谧①
与陆云赠答者	顾荣、顾秀才、顾令文、顾处微、张俊	孙拯	郑丰②	羊玄之	冯熊	潘尼	—	王浑	

注：1. 毕雍孙、刘边仲、奚世都、张仲膺、张彦明、夏少明等人，不可考其郡望。

2.《陆机集》中有赠潘岳残句，但句中有"金曰吾生"字样，此或非赠潘岳诗。

表 2－5　书札所涉对象郡望表

郡望	吴郡	会稽	武昌	范阳	河内
陆机书札	纪瞻、张畅、长沙顾母	戴渊、贺循	郭讷	—	成都王颖、齐王冏、吴王晏、赵王伦、
陆云书札	陆典、陈永长、陈伯华、张赡	戴渊、杨彦明	—	张华	吴王伦

注：张光禄、朱光禄、严宛陵、车永等四人不可考其郡望，但从其语气看，张、严二人显然为南方人士。

通过表 2－4 和 2－5 我们可明显看出二陆此类文章的地域性特点：

第一，从数量上看，与二陆有诗文往来的南方士人远远多于北方。属

---

① 贾谧《赠陆机》为潘岳所作。
② 郑丰，字曼季。与陆云的交往颇为深厚。其父郑胄，在孙权为骠骑将军时，为孙从事中郎，郑胄弟为建安太守。丰生于江东，长于江东，其叔、父皆江东旧臣。又沛历来为楚地。故沛虽在江北，当看作南士。

于南方地域的士人共计20人，属于北方地域的人物计有11人，南方的人数将近为北方人数的一倍。考虑到作品数量，南北的差别则更大。赠答诗52篇，与南方士人往来的赠答诗有38篇，与北方士人来往的诗有14篇。文除去陆云《答兄平原书》35篇及陆机《与陆云书》残篇，共计62篇，与南人往来书札40篇，与北人往返之文有19篇（张光禄、朱光禄等郡望无考，且不易坐实南北人士）。这些诗文皆作于入洛之后。由此可以看出，二陆入洛之后，主要的交往对象仍然是南方士人。

第二，从职位上看，与二陆交往的南方士人多为郎令以下职位，而北方士人则多在郎令以上。南人之中，顾荣职位最高，与二陆同级。顾荣与二陆同时入洛，号为"三俊"，入洛拜为郎中，历尚书郎、太子中舍人、廷尉正等职。顾公贞为交趾太守，虽亦同级，但远徙边鄙，为多数士人所不愿前去之地。顾令文先为大将军祭酒，后迁宜春令。顾处微为吴王上将。此二人当为陆云引荐。其他，孙拯、张士然职位皆低于二陆。值得注意的是，较二陆稍前入洛且职位稍高的华谭、陶璜与二陆皆无往来。

第三，二陆与北人的赠答诗多被命作诗。如陆机《皇太子宴玄圃宣猷堂有令赋诗》《皇太子赐谯》，与贾谧、潘岳往来之诗主要是陆机的答诗而无主动赠诗。陆云《征西大将军京陵王公会谢堂皇太子见合作诗》《大将军宴会被命作诗》《太尉王公以九锡命大将军让公将还京邑祖饯赠诗》《太安二年夏四月大将军出祖王羊二公于城南堂皇被命作诗》）。此点与同南方士人的往来赠答不同，与南方士人的赠答多出自情谊，大多是有赠有答，且有许多戏谑之诗。

第四，与北方士人的书信来往多为书启、荐表等公务文书，以表荐士人之书信为多，其所推荐有纪瞻、张畅、戴渊、贺循、郭讷、张赡、杨彦明等南方士人。《张华传》载"二陆入洛，不推中国人士"[①] 在此得到了印证。这些荐表中，陆云《移书太常荐张赡》写明是荐于张华，陆机《与赵王伦荐戴渊》荐于赵王伦。其他则未知荐于何人。真正作为情感交流意义的书札，全是与南方士人的往来赠答。

---

① （唐）房玄龄：《晋书》，中华书局，1974，第1077页。

(二) 二陆诗文中的历史人物及其地域

二陆尤其是陆机比较醉心于政治,求取功名。实现人生抱负,是其一生的追求。其于《晋平西将军孝侯周处碑》云:"秋风才起,追战虏于雷霆;春水方生,挥锸同于云雨。立功立事,名将名宦乎!"能够"立功立事",成为"名臣名将"是其奋斗的目标。从陆云一生行事来看,在功名上虽不及其兄强烈,但也对政治上的成功抱有高度的期待,从其《牛责季友》一文可以看出。因此,探讨历史兴亡、古今成败成为二陆文学中的一个重要内容。而这些文章所涉及的历史人物既有南方之人才,也有北方之豪杰。二陆兄弟是如何看待这些人物的地域差别的呢?表2-6列示了二陆诗文中的历史人物。

表2-6 二陆诗文中的历史人物表

地域	南方人士	北方人士
陆机集	萧何、陈涉、伍员(《遂志赋》),楚襄王、宋玉、唐勒(《羽扇赋》),泰伯、季札、孙权(《吴趋行》),曹参、韩信、吴芮、夏侯婴、周勃、刘贾、樊哙、陆贾、周苛(《汉高祖功臣赞》),孙权*、陆逊*、陆抗*、张昭、周瑜、吕蒙、甘宁、凌统、程普、贺齐、朱桓、朱然、韩当、潘璋、黄盖、蒋钦、周泰、诸葛瑾、张承、步骘、顾雍、潘浚、吕范、吕岱、虞翻、陆绩、张温、张惇、赵咨、沈珩、吴范、赵达、董袭、陈武、骆统、刘基、施绩、范慎、丁奉、离斐、孟宗、丁固、楼玄、贺邵、刘备、关羽(《辨亡论》上下),刘邦、项羽、吴广(《五等诸侯论》),庄子(《幽人赋》),江妃(《列仙赋》)	孟尝君、伊尹、周公、召公、周成王、文种、宣帝(上见于《豪士赋》),崔篆、冯衍、班固、张衡、蔡邕、张叔、周武王、陈胡公、陈敬仲、姜叟、傅说、魏绛(《遂志赋》),晋文帝、晋武帝(《皇太子宴玄圃宣猷堂有令赋诗》),班婕妤*(《婕妤怨》),张良、陈平、彭越、黥布、张耳、韩王韩信、卢绾、王陵、郦商、灌婴、傅宽、靳歙、郦食其、刘敬、叔孙通、魏无知、随何、董公、辕生、纪信、侯公(《汉高祖功臣赞》),魏武帝*、蔡邕*、商汤、贾生、晁错、王莽、董卓(《五等诸侯论》),洛宓、弄玉、昌容(《列仙赋》)
陆云集	庄子、魏伯阳、屈原(《逸民赋》),颛顼(《岁暮赋》),陆逊*、陆抗(《答兄平原》),卞和、大禹(《赠顾彦先》),孙权、刘备、关羽(《吴故丞相陆公诔》),间郊人*、九疑仙人、大胜山上女*、梅福*、太伯*、左元放、黄严伯*、何女子*(楚女子*、刘邦*,(《盛行颂》)张	贾生(《逸民赋》),文王、鲁侯、大姒、姚妃(《赠顾骠骑二首》其二),伯夷、叔齐(《赠郑曼季·南衡》),曹休(《吴故丞相陆公诔》),王子乔*、李少君*、玄洛、孔仲尼*、刘根*、焦生*、鬼谷子*、鲜卑务生*、韩众*、任作子(任子季)、林阳子(陵阳子)、夷门子*

续表

地域	南方人士	北方人士
陆云集	昭、张承*（《张二侯颂》），伍令明、潘世长、言偃、武员（《与陆典书》）仲雍、季札（《吴太伯碑》）	（移门子或羡门子）、费长房*、荣启期*（《荣启期赞》）皇甫谧、曹操、王粲、曹丕、刘桢、张衡、蔡邕（《与兄平原书》），秦始皇（《答车茂安书》）

注：1. 因二陆皆较为关注历史，他们的集中所涉人物颇多，且古人用典比较繁杂，很难确切考证，为准确起见，本表统计之时采取仅列作者写明的历史人物，隐含典故未计算在内。

2. 陆云《登遐颂》所颂皆为神仙，但多数实有其人，故亦列于本表。张招（张貂），《后汉书》谓"不知何郡人也"。

3. 三国时魏、蜀、吴三国人物，以其所在国划分南北。

4. 重复者仅计一次。

5. 带 * 者表示专篇写此人。

通过表 2-6，我们可以分析一下南北历史文化对二陆诗文的影响：

首先，二陆诗文有着比较强烈的吴地情结。在自然环境方面主要表现在山山水水中寄寓自己的乡情，在历史文化方面则表现为更关注南方历史人物。一般来说，在中国历史发展进程中，北方的中心地位决定了出身于北方的名臣名将要远远多于南方。但陆机文中提到南方士人 71 位，北方士人 57 位。陆云集中南方与北方人数基本持平，南方 29 人，北方 29 人。这一数据至少说明二陆在行文之时，总是首先考虑到南方历史，考虑到南方的历史人物。此在陆云《与陆典书》中表现得最为明确："国士之邦，实锺俊哲。太伯清风，遁世立德。龙蜿东岳，三让天下。垂化迈迹，百代所晞。高踪越于先民，盛德称乎在昔。续及延陵，继向驰声，沉沦漂流，优游上国。所音察微，智越众俊，通幽畅遐，明同圣荷。"又云："吴国初祚，雄俊尤盛。今日虽衰，未皆下华夏也。"吴在衰败之时，尚且"未下华夏"，尤盛之时更当抗衡中原。除了数量，还可以从其所引人物的作用上说明其吴地情结。二陆诗文中的北方人物既有作为歌颂的对象出现的，如张良、陈平、彭越、黥布、张耳、韩王韩信、卢绾、王陵、郦商、灌婴、傅宽、靳歙等高祖之定天下安社稷之臣，再如周公、孔子制礼作乐垂范天下者。还有作为批判或批评的对象出现的，如对汉宣帝、周成王等，主写其猜忌，而对王莽、董卓等则批其谋逆。而南方人物除对孙皓微事批评外，很少有否定角色出现。

其次，我们还可以看出，历史环境对陆机、陆云之诗文的影响不完全相同。表中人物，如果按其身份进行分类，则可以分为四类：一是圣人帝王，二是名臣名将，三是隐士神仙，四是文士。对于这四类人物，二陆的侧重点并不一样。对于第一类，二陆皆为看重。《陆机集》中有《吴大帝诔》《孔子赞》《吊魏武帝文》专写圣人帝王，又有《豪士赋》《遂志赋》等文引用太伯的典故，《辨亡论》《封建论》写到周公、刘邦等。《陆云集》中有《吴太伯碑》《孔仲尼颂》等写圣人，《赠顾骠骑二首》写到周公、鲁侯，《答车茂安书》写到秦始皇。第四类也无大差别，二陆皆不看重历代文人，比如王粲、曹植、曹丕等皆以文名世，二陆虽然谈到他们，但言语之中似乎并不推崇，甚至包括屈原，陆云尚云："兄复不作者，恐此文（指《九歌》）独单行千载。"其他如陈寿，二人虽看重他但不推崇他。不管南方和北方，除张华、蔡邕外，二陆没有甚为推崇的文人。差别最大的是第二、第三类。《陆机集》多第二类，少第三类，《陆云集》则正好相反。《陆机集》中第三类南方仅有江妃、庄子二人，北方也仅有王子乔、洛宓、弄玉、昌容四人。《陆云集》中第三类占了绝大多数，而第二类则南方仅有陆逊、陆抗、关羽、伍令明、潘世长、言偃、武员、仲雍、季札等人，北方则有贾生、曹休等人。在对待名臣名将上，进入陆云视野的，南方除关羽外皆为国士，为俊哲。北方的贾生实为文人，曹休则为失败之将。在对待隐士上，陆机少选南方人物，此或许意味着陆机更多地受南方名将的激励。

(三) 学术环境对二陆文学的影响

《晋书·陆机传论》云："虽楚有才，晋实用之。"三国鼎立，魏国人才最盛，吴国次之。《抱朴子·审举》谓："江表虽远，密迩海隅，然染道化，率礼教，亦既千余载矣。往虽暂隔，不盈百年，而儒学之事，亦不偏废也，惟以其土宇遍于中州，故人士之数不得均其多少耳，及其德行才学之高者子游、仲任之徒，亦未谢上国也。"① 葛洪之言是比较客观的。吴楚之地，人才虽不及中原，然亦可谓人才济济。胡阿祥博士《魏晋本土文学地理研究》依据《隋书·经籍志》、逯钦立《先秦汉魏南北朝诗》、严可

---

① 葛洪：《抱朴子外篇校笺》，杨明照校，中华书局，1991，第411页。

均《全上古三代秦汉在国六朝文》《文选》《玉台新咏》《文心雕龙》等书考东吴士人24人①，分别是：苍梧广信人士燮，广陵人张纮，会稽余姚人虞翻，吴郡暨艳，沛郡竹邑人薛综，汝南固始人胡综，会稽山阴人谢承，会稽乌伤人骆统，吴郡吴人张温，吴郡吴人陆凯，琅琊阳都人诸葛恪，吴郡云阳人韦昭，吴郡永安人姚信，广陵人闵鸿，豫州颍川人周昭，沛郡竹邑人薛莹，吴郡武进人华核，丹阳人纪骘，梁国人杨泉，吴郡吴人张俨、张纯、朱异、杨厚（籍贯无考），吴郡富春孙皓。另外，彭城张昭、淮南鲁肃、吴郡吕蒙、淮南周瑜、陆逊、陆抗、陆景等，此皆吴国旧臣。吴灭后，吴地文士更多。又列晋初原吴地文人13人：薛莹②、陆喜、华核、纪骘、陶浚、褚陶、华谭、吴商、蔡洪、陆机、陆云、顾荣、纪瞻。曾大兴的《中国历代文学家地理分布》③ 录西晋原吴国文人22人，除上述诸人外，曾氏又列韦昭、戴邈、刘颂、盛彦、张俨、张俊、孙惠、杨方、虞预。其实，还有郑丰、周处、孙拯等人也有部分作品，只是胡、曾二位学者未将其看作文学家。以数量而论，吴地所出文人占西晋文人总数的1/3，远多于蜀地。由此看来，吴地多才确是实情。

据吴正岚考证，江东虞氏、陆氏、姚氏、张氏及顾氏皆为儒学大家，其学术以汉代今文经学为风尚。考江东陆氏家学情况，云："他（陆绩）以为《太玄》本是'揲蓍'之书，而宋忠并不讲休咎占验之术，注重'文间义说'，即解释文字、阐发义理。陆绩以为其'纲不正'……毫无疑问，陆绩依然因循其家族汉代以来的今文经学的方法来治理扬雄的《太玄》，这是江东学风所决定的。"④ 会稽贺氏其先本为庆氏学，其学风传自庆普，为汉之今文经学之代表。吴氏云："会稽山阴贺氏也如此。《晋书》卷六八《贺循传》载循家世云：'其先庆普，汉世传《礼》，世所谓庆氏学。族祖纯博学有重名，汉安帝时为侍中，避安帝父讳，改为贺氏。'"⑤ 顾氏传《孝经》、虞氏传《易》皆与陆氏同为今文经学。江东学术的守旧学

---

① 胡阿祥：《魏晋本土文学地理研究》，南京大学出版社，2001，第132页。"三国江东文学家18人"，表中所计24人，前后不合，或出于统计失误。
② 关于薛莹，胡博士列于吴国，但晋元康之世薛尚在，故，可以看作晋时吴人，陆喜同。
③ 曾大兴：《中国历代文学家地理分布》，湖北教育出版社，1995。
④ 吴正岚：《六朝江东士族的家学门风》，南京大学出版社，2003，第90~91页。
⑤ 吴正岚：《六朝江东士族的家学门风》，南京大学出版社，2003，第8页。

风对二陆文学的直接影响是规模两汉，远宗诗骚。此在二陆诗文中表现得比较明显。此在第四章有详论，此略举一例以说明。如乐府诗在魏已有很大发展，但陆机乐府皆以汉人为模拟对象，而不以曹魏诸子为模拟对象。再如西晋作家中四言诗创作以陆云为最，实即取意于"风骚"传统。再如，二陆诗文中多化用《易》中之句。上述皆是二陆文学受江东学风的影响。

比较起来，北方学术不像江东那样恪守家学家法，学术环境也相对宽松。北方学术自汉末郑玄、王肃等人混淆今古文以来，学术又呈现出百家争鸣的局面。至西晋时期，主要有玄学与儒学两大派别。儒学是官方倡导的，因此在西晋影响最大，徐公持对西晋儒学概括曰"一是对家法的重视程度已大大减小，混淆今古文的现象很普遍"；"二是治学颇不严谨，如作注多取前人之说而没其姓名，甚有窃文之嫌，至少使后人不知其学说来源，郭璞注《尔雅》即其例"①。从总体上来说，在西晋一朝，儒学呈现衰落的趋势。这也是后世研究魏晋学术者总是以"魏晋玄学"涵盖的原因。相对于儒学的官方地位，玄学为民间学术，但玄学的影响却甚为广泛。自曹魏后期，玄学兴起，许多士子竞相追慕，如向秀、裴楷、王戎、乐广、荀粲、蒋济、张韩、王衍、卫玠、阮修、王澄、王敦、谢鲲、郭象、庾敳、胡毋辅之、光逸、欧阳建、石崇等人。这些人中，既有普通士子，也有宰辅大员，可以说涉及西晋各层人士。正是由于西晋玄学影响甚为广泛，所以许多学者努力从陆机思想之中发掘玄学思想。笔者以为，二陆入洛受玄学影响是情理之中的事。如人们常引《晋书·陆云传》及《异苑》等文献所载陆氏遇王弼魂魄之事以说明二陆受玄风浸染。又如陆机《赠潘尼》："水会于海，云翔于天。道之所混，孰后孰先？及子虽殊，同升太玄。舍彼玄冕，袭此云冠。遗情市朝，永志丘园。静犹幽谷，动若挥兰。""道之所混，孰先孰后"、"及子虽殊，同升太玄"亦有晋人谈玄的影子。陆云《逸民赋》："玄微载晏，何思何欲？"又"荣在此而贵身兮，神居形而忘我。钦妙古之达言兮，信怀庄而悦贾。"再如《逸民箴》："无休尔荣，身实亲名。无谓尔崇，神期好冲。"但从总体上来说，影响甚微。二陆所

---

① 徐公持：《魏晋文学史》，人民文学出版社，1999，第201页。

受学术影响主要还是其家学。

　　二陆入洛,其个人环境变化有三:一是政治环境的变化。二陆在吴,为世家大族,其家族势力已如前云"二相、五侯、将军十余人"。前引孙皓徙陆凯全家于建安事即是一个例证。再如《世说新语·政事篇》所载贺邵为吴郡太守,吴中诸强族挑衅之事也很能说明陆氏家族在江东的影响。二陆入洛之后,原来可资凭借的势力已经不复存在。贵公子孙变成"亡国之余",名将之后也成"貉奴",平步青云变成了孜孜以求却仍是蹭蹬仕途。"京洛多风尘,素衣化为缁。修身悼忧苦"(《为顾彦先赠妇二首》其一) 即是其写照。北人对南人的歧视与蔑视,二陆与北人的对抗和还击,都给二陆在政治上的发展带来了阻力和危机。政治环境的变化增添了其诗文的哀怨色彩。二是自然环境的变化。江南的灵山秀水,既是二陆吟咏的对象,也是其思乡恋家的载体。二陆诗文满纸烟水主要是受江南环境的影响。北方的河、洛,粗朴浑厚,往往出现于旅途艰辛之时、迎来送往之际,也往往是触动其情思的事物。其正如陆机《文赋》所言:"遵四时以叹逝,瞻万物而思纷。悲落叶于劲秋,喜柔条于芳春。"自然环境的变化还影响着二陆诗文的风格,南方的秀美山川奠定二陆"丽"的底蕴,北方大川大河成就了二陆"壮"的特色。取南方之秀,兼北方之雄,便是二陆诗文的总体诗文风格。三是人文环境的变化。南国多才子,唐太宗云"楚虽有才",宋祁谓"江山之助,出楚人之多才"。江南才士既是二陆模仿的榜样也是二陆歌咏的对象。入洛之后,更觉故人亲切,故其入洛后文章仍以歌咏南方人物为主。唯一的变化则是新增了隐逸思想,故陆机有《招隐诗》《应嘉赋》,陆云有《逸民赋》《逸民箴》,又多了神仙道化之思,陆机有《列仙赋》《凌霄赋》,陆云有《登遐颂》。在学术上,南方守旧而重儒,北方趋新而重玄。二陆一直重视家学,故其文章多《诗》,多《易》,多《太玄》之内容,北方之谈玄二陆虽有所涉,但并不太多。

第三章
二陆诗文的创作心态研究

对历史人物进行心态研究，大陆学者一般称之为"历史心态学"或"心态史学"，它源自英文"pechohistory"，在我国台湾地区称"心理历史"或"心理史学"。历史研究对心理学方面的重视，这本身不是新东西，修昔底德早就认为，"历史解释的最终关键在于人的本性"①。不过，这一方法却给我国历史研究开辟了一条新路，它使现代学者走出了中国传统历史研究习惯于"以史证史"的研究路子，同时也给文学史的研究者开辟了一条走进人物内心深处的途径。

在我国，把历史心态研究运用于文学研究始自20世纪80年代，罗宗强先生的《玄学与魏晋士人心态》②较早地把心态研究引入古代文士的思想研究领域，虽然其侧重点仍然在哲学，但魏晋文士大多也是文学家。罗先生的做法具有很强的启迪作用。刘毓庆先生的《汉赋作者的心态研究》直接把心态研究运用到了文学研究中。90年代之后，心态研究已经广泛地用于文学研究中。罗先生的另一力作《魏晋南北朝文学思想史》也是这一方法向文学领域的延伸。其序文中写道："文学思想的产生与变化，当然和社会环境有种种之关系，如政局、社会思潮、学术思想、生活情趣、生活方式，等等。但是，我以为这些都不是直接的关系，直接的关系是士人心态、政局、社会思潮等等，是通过士人心态对文学思想发生作用的，士人心态是中间环节，考察士人心态的变化，可以对文学思想演变的各种现

---

① 〔英〕苏姗·巴勒克拉夫：《当代史学主要趋势》，杨豫译，北京大学出版社，2006，第101页。
② 罗宗强：《玄学与魏晋士人心态》，浙江人民出版社，1991。

象作出更符合历史真实的解释。当然,在历史研究的过程中,认真对待史料的甄别和解释,是不言自明的事。"① 另有,周明初的《晚明士人心态与文学个案》②,钱志熙的《唐前生命观和文学生命主题》③,方铭的《期待与高蹈——秦汉文人心态史》④,孙若风的《高蹈人间——六朝文人心态史》⑤,蓝旭的《东汉士风与文学》⑥,杨树增、陈桐生、王传飞等著《盛世悲音——汉代文人的生命悲叹》⑦,王焕然的《汉代士风与赋风研究》⑧,等等。这些著作都以特定时代为背景探讨了当时文人的普遍心态。

对于任何一个文人来说,时代的共有心态肯定深刻地影响着其个人心态,但由于每个文人的家族背景、人生经历、性格及学养不同,又形成了千差万别的心态特征。如罗宗强先生在其《玄学与魏晋士人心态》一书中以"政失准的""士无特操""士当身名俱泰"来概括西晋士人的心态,非常准确。但潘岳与石崇、陆机与潘岳甚至陆机与陆云之间都各有不同。本章以前人研究为基础,在魏晋这一时代背景下,结合二陆的原初性格、个人家族背景及人生经历来探讨二陆的文学创作心态。

第一节 二陆的原初性格特征

西晋是一个"没有激情,没有准的,没有大欢喜,也没有大悲哀"⑨的时期。总体而言,此时文士辈出,有"三张、二陆、两潘、一左",正是一个"卓尔复兴"的时代。但对每一个体来说,这一时代又处处充满着变数,或者说他们每个人的人生经历都是波澜起伏的。因为在这样一个"政失准的"的时代,一些不经意的因素会使士人们看到希望,同样一些难以意料的因素也足以让他们走向灭亡。这些都影响着他们心态的成长。

---

① 罗宗强:《魏晋南北朝文学思想史》,中华书局,1996,第4页。
② 周明初:《晚明士人心态与文学个案》,东方出版社,1997。
③ 钱志熙:《唐前生命观和文学生命主题》,东方出版社,1997。
④ 方铭:《期待与高蹈——秦汉文人心态史》,河北教育出版社,2001。
⑤ 孙若风:《高蹈人间——六朝文人心态史》,河北教育出版社,2001。
⑥ 蓝旭:《东汉士风与文学》,人民文学出版社,2004。
⑦ 杨树增等:《盛世悲音——汉代文人的生命悲叹》,河北教育出版社,2001。
⑧ 王焕然:《汉代士风与赋风研究》,中国社会科学出版社,2006。
⑨ 罗宗强:《魏晋南北朝文学思想史》,中华书局,1996,第75页。

而他们的心态又影响着他们对时局的把握,影响着他们的人生历程,当然,更影响他们的文学创作。在现代心理学研究中,"个案分析法"是一个常用的研究方法,它主要是对个体对象进行跟踪调查,分析其心理与行为的特征及成因。而古典文学心态学的研究对象则是一去不返的既往,尤其是先唐诗人与作家研究,史料肯定不及现实研究丰富和细致,但只要仔细寻绎,细心地钩稽,仍然可以从这些史料中勾勒出历史人物的昔日轮廓,可以描绘出人物的性格特征。

心态研究的关键是寻求研究对象少年时期的性格特征。心理学认为,性格是一个人对现实的稳定的态度和习惯化了的行为方式所表现出来的个性心理特征。因此,性格应该包括两个部分:一是对现实的稳定的态度,一是习惯化了的行为方式表现出来的心理特征。前一部分即人的原初性格,后一部分则是由于外在环境因素长期作用而逐渐固定下来的心理特征。人的性格一经形成就很难改变,所谓"江山易改禀性难移"。心理学界关于心态的界定是:一个人对人、对事采取的一贯的处理方式,具有一定的稳定性。显然,性格与心态是紧密联系的,性格的外延大于心态,心态在某种意义上可以说是性格的一部分。一个人的性格中相当一部分是前者,是先天形成的,而心态则是后天养成的。但性格对心态的形成、变化有比较大的影响。所以在讨论二陆的心态之前,我们有必要对其原初性格进行一些探讨。

《晋书》中对陆机的少年时代是这样记载的:

> 陆机,字士衡,吴郡人也。祖逊,吴丞相。父抗,吴大司马。机身长七尺,其声如钟。少有异才,文章冠世,伏膺儒术,非礼不动。抗卒,领父兵为牙门将。

> 机天才秀逸,辞藻宏丽。

陆云的少年时代:

> 云字士龙,六岁能属文,性清正,有才理。少与兄机齐名,虽文章不及机,而持论过之,号曰"二陆"。幼时吴尚书广陵闵鸿见而奇

之，曰："此儿若非龙驹，当是凤雏。"后举云贤良，时年十六。①

从以上两段文字中可以得到三点信息：第一，二陆从小聪明，皆以文著称。《陆云传》中说陆云："少与兄机齐名，虽文章不及机，而持论过之。"陆机与陆云一样少年聪慧，且"文章"方面还强于陆云。至于吴尚书"闵鸿见而奇之"云云，虽不能排除受陆氏家族势力的影响而有所夸大，但二陆"少有异才"当是事实。第二，二陆家教严格。很小的年龄就开始读书学习，接受礼教约束，故有"文章冠世，伏膺儒术，非礼不动"的说法。第三，少时陆云善于言谈，而陆机言语表达不如陆云。所谓"持论过之"，当指孩童时期表现出来的能言善辩的性格特征，不必理解成后世文章，谓陆云善于议论。

在情感控制方面，陆机不如陆云。这样的记载很多，如《世说新语》载：

> 卢志于众坐问陆士衡："陆逊、陆抗，是君何物？"答曰："如卿于卢毓、卢珽。"士龙失色。既出户，谓兄曰："何至如此，彼容不相知也？"士衡正色曰："我祖名播海内，宁有不知？鬼子敢尔！"议者疑二陆优劣，谢公以此定之。②

这是一段典型的"小说家言"。从艺术的角度说，可谓绘声绘色，人物声貌呼之欲出。但并不是说此事完全是虚构的，尤其《世说新语》中的故事大多是当世传言，之所以能流传就在于它们合乎历史逻辑，所以，房玄龄作《晋书》采信了这个故事：

> 范阳卢志于众中问机曰："陆逊、陆抗与君远近？"机曰："如君于卢毓、卢珽。"志默然。既起，云谓机曰："殊邦遐远，容不相悉，何至于此！"机曰："我父祖名播四海，宁不知邪！"议者以此定二陆之优劣。③

---

① （唐）房玄龄：《晋书》，中华书局，1974，第1467、1480、1481页。
② （南朝宋）刘义庆：《世说新语校笺》，徐震堮校笺，中华书局，1984版，第167页。
③ （唐）房玄龄：《晋书》，中华书局，1974，第1473页。

很明显房氏的改动使故事更合乎情理了。前文问"是君何物",后文说"与君远近",前文是"如卿",后文"如君",后文解释了"容不相悉"的原因,前文则根本没说,前文直接骂人,后文用"宁不知邪"来表达不满。也就是说,《晋书》在采信之时尽可能地恢复历史的原貌。至于房氏引用此段,用意在于说明陆机爱冲动的性格特征。当时,二陆初入洛阳未久,人生地疏,且立足未稳,公然与河北卢氏对抗,这在别人是很难想象的,即便陆云也有许多未解之处。这种特征符合陆机这个人的性格,否则,不会有那么多的这类材料流传于世。再如《殷芸小说》:

> 士衡在座,安仁来,陆便起去。潘曰:"清风至,尘飞扬。"陆应声答曰:"众鸟集,凤皇翔。"①

《晋书·吾彦传》:

> 会交州刺史陶璜卒,以彦为南中都督、交州刺史。重饷陆机兄弟,机将受之,云曰:"彦本微贱,为先公所拔,而答诏不善,安可受之!"机乃止。因此每毁之。长沙孝廉尹虞谓机等曰:"自古由贱而兴者,乃有帝王,何但公卿。若何元干、侯孝明、唐儒宗、张义允等,并起自寒微,皆内侍外镇,人无讥者。卿以士则答诏小有不善,毁之无已,吾恐南人皆将去卿,卿便独坐也。"于是机等意始解,毁言渐息矣。②

前一个故事写的是与潘岳的冲突,座中多人,独有陆机应声。后一个故事写的是一位吴地新秀吾彦因功升迁后,由于曾受益于陆抗,所以重赏陆机,二陆因其原本微贱而毁之。如果说与潘岳这样的北方士人针锋相对甚至有所仇怨的做法尚可理解的话,那么二陆对吾彦的做法,则是在政治上稚嫩的典型表现。抛开是非对错来看,我们仅考察二陆的性格特征,也可以看出来:虽然同样在政治上不成熟,陆机是不假思索,吾彦欲赏陆机,"机将受之",而陆云则是"彦本微贱,为先公所拔,而答诏不善,安可受

---

① 王根林:《汉魏六朝笔记小说大观》,上海古籍出版社,1999,第1044页。
② (唐)房玄龄:《晋书》,中华书局,1974,第1563页。

之"。虽然陆云所做并不怎么恰当，但陆云决定受与不受的时候经过了一番前思后想，而陆机则没有。由此我们可以看出，陆云遇事三思而后行；陆机做事则随心所欲，率性而动。这才是"二人之优劣"。陆机这种不计后果、率性而为的做法，给他的仕途带来许多不必要的麻烦，也是造成他人生悲剧的一个重要因素。作为一个成熟的政治家，要善于笼络各方力量。尤其是像二陆这样"出于敌国"者，上无父祖的荫护，下无同僚的支持，要想在洛阳站稳，更应有容人之量。

两人性格差异很大，除了上述材料，《世说新语》还有一段材料：

> 蔡司徒在洛，见陆机兄弟住参佐廨中，三间瓦屋，士龙住东头，士衡住西头。士龙为人，文弱可爱。士衡长七尺余，声作钟声，言多慷慨。①

又，刘孝标引《文士传》云：

> 云性弘静，怡怡然为士友所宗。机清厉有风格，为乡党所惮。②

这完全是对比二人性格的材料。士龙"文弱"，士衡"慷慨"，士龙"弘静"，士衡"清厉"，这即是二人的差别。清厉有风格是对陆机性格的直接判断，而"声作钟声，言多慷慨"则是对陆机性格外在表现的描述。何谓"清厉"？"清"原指水的清洁，《说文》谓："清，朖也，澂水之貌。""朖"就是明亮的意思，"澂"即"澄"。故段玉裁注曰："凡洁曰清，凡人洁亦曰清。"对人风格的描绘是由水的清净引申而来的。"清厉"就是"清烈"的意思。蒋骥注《招魂》"厉而不爽些"云："厉，清烈也。"③"清厉"一词在三国时期用来指风，是指深秋的寒风，曹丕《燕歌行》："悲风清厉秋气寒，罗帷徐动经秦轩。"④用来指声，则是指激切高昂的声响，成公绥《啸赋》："音要妙而流响，声激曜而清厉。"⑤指人，则是指

---

① （南朝宋）刘义庆：《世说新语校笺》，徐震堮校笺，中华书局，1984，第243页。
② （南朝宋）刘义庆：《世说新语校笺》，徐震堮校笺，中华书局，1984，第243~244页。
③ （清）蒋骥：《山带阁注楚辞》，上海古籍出版社，1958，第165页。
④ （魏）曹操、曹丕：《魏武帝魏文帝诗注》，黄节注，人民文学出版社，1958，第50页。
⑤ （清）严可均：《全上古三代秦汉三国六朝文》，中华书局，1958，第1795页。

有耿介之气。陆机的"清厉"风格常常为乡人所惮,可见陆机原是一个脾气急躁之人。史传对陆云性格的直接描述是"清正"。"清正"大致是清朗平正之意。史籍谓其"弘静""文弱可爱",扬州刺史周浚称其为"当今颜子",都是指向陆云"静"的性格特征。这与陆机的差异颇大。

是不是两位是完全不同性格的人呢?不是。仔细分析二人应该都是胆汁质的人,性格都是外向型的。陆机无须多论,关键是陆云,史载陆云"弘静""颜子""文弱可爱",似乎与外向型完全相悖。但这不影响他的原初性格为外向型。陆云体质较弱,其在《与平原兄书》《与杨彦明书》中反复提到身体多"病""不佳"等,可见,陆云身体素质不如陆机。一病三分懒,病人的精神风貌自然与健康人不同。陆云"弘静""文弱"在很大程度上与其个人体质有关。正是这种"弱"的体质才慢慢地形成了其柔和的性格,显得"文弱""弘静"。展示其本来性格的除了《晋书》本传中所记"持论过之"外,其初入洛时的一些表现也透露出了他的外向型性格。《晋书》本传又载:

> 吴平,入洛。机初诣张华,华问云何在。机曰:"云有笑疾,未敢自见。"俄而云至。华为人多姿制,又好帛绳缠须。云见而大笑,不能自已。先是,尝着缞绖上船,于水中顾见其影,因大笑落水,人救获免。①

这段文字叙述了陆云入洛之初的两件小事。一是张华接见二陆时,由于张华久闻二陆之名,所以待二人甚厚,这种融洽从他们刚见面就显现出来了。这里有一个小细节,张华相问"云何在",陆机告诉他"云有笑疾",后来,陆云见张华,张华的装扮"帛绳缠须"让陆云大笑不止。第二件事是自己来洛之前的事,上船的时候带着"缞绖",在水中一照,觉得有点不伦不类,因此,大笑落水。两件事说明:陆云也是一位纵情表露个人性格之人。这种性格特征无疑是与陆机相同的,可见其属于胆汁质类的性格。可以断定,陆云的"文弱可爱""弘静"只是后天因素作用的结果。

---

① (唐)房玄龄:《晋书》,中华书局,1974,第1482页。

总之，二陆的性格原初特征有颇多相似处，又有明显差异。就其同来说，二人皆属于外向型性格，且天资聪明，均为早慧少年。就其异来说，陆云"文弱"，陆机"清厉"。陆机有较强的表现欲，有很强的逞才、逞强心理，而其主导性格则是随心所欲、任情任性。而陆云弘静，长于任事，常常能够小心谨慎，三思而后行。

第二节 将门之子的自信、自尊与自傲、自负心态

陆氏家族既多将军，又在江东功勋卓著。尤其陆逊、陆抗，既是陆家的荣誉，更是陆氏子孙的骄傲。陆凯贵为宰相尚不能免俗，更不屑说陆机、陆云兄弟。逊、抗的勋绩奠定了二陆在江东的地位，也让他们在江东过着"被服冠带丽且鲜，光车骏马游都城"的惬意生活。同时，也形成了二陆所特有的自信、自尊乃至自傲、自负心态。

一 二陆的家族情结与强烈的自尊意识

徐公持先生在《魏晋文学史》中这样论述陆机：

> 陆机的家世出身，予他一生以绝大影响。在他少年时代，光大父祖勋业观念，早已在他的潜意识中牢牢地确立，成为人生基本目标。陆抗卒后，即与诸兄弟"分领抗兵"（《吴志·陆逊传》），为牙门将，其时仅十九岁。只是由于吴亡过早，使他失却了自然继承家族大业的机会。吴国虽亡，他的家世自尊心并未稍减。这在他当时所撰《辨亡论》中有所表现。此文试图总结吴国灭亡的原因，文中赞孙权之得，孙皓之失，同时列述陆逊、陆抗勋绩，突出地洋溢着作为功臣后裔的自豪感。在他日后所作诗文中，怀念颂赞父祖的内容也特别多……对于父祖前辈的这种无限美化、神圣化，同时也无形中提高了对于本人建立功名的期望值。他要无愧于"先后"，必建"盖世之业"。可以说在陆机一生中，始终存在着一个"父祖情结"。[①]

---

① 徐公持：《魏晋文学史》，人民文学出版社，1999，第357页。

徐先生所论甚是。陆机一生之中，念念不忘的即是其父祖的声望与功业。《陆机传》载其与卢志进行对话后与陆云讨论，陆云说："殊邦遐远，容不相悉，何至于此！"而陆机却立刻回答："我父祖名播四海，宁不知邪！"在陆机的心目之中，陆逊、陆抗早已名扬四海，尽人皆知，容不得别人不知道其父祖威名。这里面起作用的既有浓烈的"父祖情结"，又有强烈的自尊意识。

这种"情结"不仅表现在陆机身上，陆云也是一样。这从前引《晋书·吾彦传》即可看出。吾彦是由陆抗提拔起来的，赏赐陆机，本为报恩。但陆云却说"彦本微贱，为先公所拔，而答诏不善，安可受之"！这是一种扭曲的心态。正是由于陆云自以为出身高贵，为功将后裔，所以才不能接受反为吾彦之下的事实。这一段文字与上述《世说新语》所载"卢志事"有异曲同工之妙，它证明陆云在对待家族荣誉上，超强的自尊心丝毫不亚于陆机。再扩大一下观察对象，我们可以发现，这种情结在所有吴郡陆氏成员的言行中均有表现。如孙策据有江东，张昭、张纮、秦松为座上宾，陆绩因年少未能同坐，乃朗声言齐桓公九合诸侯与孔子"修文德以来之"。这里所展示的不仅仅是陆绩的聪颖，分明可以看到陆氏家族在江东自尊心很强的影子。再如，《晋书·陆晔传》载陆晔之言："我家世不乏公矣。"[①]前引陆凯与孙皓的对话，不妨重新体会其中味道，孙皓问其家族有几人在朝，陆凯当即对答"二相、五侯、将军十余人"，虽有后文的"君贤臣忠"之类的论述，但其不假思索的回答本身或许更能说明，这种自豪感或者说"家族情结"，实际上已经深深地根植于每个家族成员心中了。作为陆氏家族最为出色的弟子——陆机、陆云，这种"将门之子"的自豪感，比别人表现得更为强烈。

尤其入晋后，二陆这种"家族情结"便化作更为强烈的自尊意识。前面所举即是一些例证。再如陆机为吴王郎中令，潘岳代贾谧赠诗，赠诗历述了从中国初创直至三国归晋的历史，以强调"大晋统天，仁风遐扬"，像陆机这样的仁德之士皆"凌江而翔"，来归于晋。潘诗在叙及东吴时，这样写道：

---

① （唐）房玄龄：《晋书》，中华书局，1974，第 2023 页。

> 南吴伊何，僭号称王。大晋统天，仁风遐扬。伪孙衔璧，奉土归疆。婉婉长离，凌江而翔。①

潘岳是否有意如此，尚不得知。但在北方士人眼里晋是正统，却是事实。这在《晋书》所载北方君臣的言语中多有表现。但陆机回赠之言却肯定是有意的：

> 王室之乱，靡邦不泯。如彼坠景，曾不可振。乃眷三哲，俾乂斯民。启土虽难，改物承天。
>
> 爰兹有魏，即宫天邑。吴实龙飞，刘亦岳立。干戈载扬，俎豆载戢。民劳师兴，国玩凯入。

此诗特意强调了"王室之乱""如彼坠景"，而曹、孙、刘皆为承天顺意而崛起的"三哲"，故有"爰兹有魏""吴实龙飞""刘亦岳立"，"原诗（指赠诗）略去西蜀，此诗补出，见吴与蜀全不是僭窃"②。这是一种针锋相对的回应。在面对长者及长官之时，如此回应确实需要勇气，陆机就这么做了。维护孙权实际也是对自己家族的维护。正是由于这样强烈的自尊意识，凡涉及吴地名物，二陆的反应都是当仁不让。如二陆见王济的"羊酪""莼羹"事，陆云与荀隐事等都是。

这种家族情结，表现在二陆诗文中就是歌颂家族辉煌历史的文章特别多，以至"在魏晋所有文士中，都是绝无仅有的"③。

二 二陆入洛所受的礼遇与高度的自我期许

钱志熙《唐前生命观与文学的生命主题》依据《晋书·李重传》言"寒素者，当谓门寒身素，无世祚之资"，把二陆与赵至、潘岳、左思、陈寿等一并归为寒素之列④，实有待商榷。二陆入洛，在很大程度上是凭借

---

① （晋）潘岳：《潘岳集校注》，董志广校注，天津古籍出版社，2005，第228页。
② （清）吴淇：《六朝选诗定论》，载《四库全书存目丛书补编》，齐鲁书社，2001，第199页。
③ 徐公持：《魏晋文学史》，人民文学出版社，1999，第357页。
④ 钱志熙：《唐前生命观与文学的生命主题》，东方出版社，1997，第272页。

其高贵的家世。不说别的，从九品中正制之任职角度来看，在晋太子洗马之职、吴王郎中令必须有二品以上中正品第方可任是职，且是膏粱子弟起家官①，即可证明二陆及顾荣绝非以寒素身份入洛。又考，成都王颖幕中来自南北大族23姓，而司马颖表陆机为平原内史，陆云参大将军事，足见其对二陆的倚重。此与陆氏为江南首望不无关系。二陆入洛颇受礼遇的另一个原因是其个人才华。《世说新语·赏誉》载："有问秀才：'吴旧姓何如？'答曰：'吴府君圣王之老成……陆士衡、士龙鸿鹄之裴回，悬鼓之待槌。'"②臧荣绪《晋书》载："与弟云勤学，积十一年，誉流京华，声溢四表，征为太子洗马。"由于其家族地位和卓越的个人才华，二陆被辟入京③。入洛之后又遇到张华"十二分的赞许"④与引荐，更增强了二陆对自己的高度自信与期许。

《晋书·陆云传》载有二陆初入洛阳时的一段故事：

> 吴平，入洛。机初诣张华……云与荀隐素未相识，尝会华坐，华曰："今日相遇，可勿为常谈。"云因抗手曰："云间陆士龙。"隐曰："日下荀鸣鹤。"鸣鹤，隐字也。云又曰："既开青云睹白雉，何不张尔弓，挟尔矢？"隐曰："本谓是云龙騤騤，乃是山鹿野麋。兽微弩强，是以发迟。"华抚手大笑。⑤

这是二陆先声夺人的一次亮相。故事是和平落幕的，符合人们的期望，但我们似乎有意无意地忽视了二人对话时那种剑拔弩张的气氛。从记载来看，如果不是张华在场，这一针锋相对的对白肯定会让大家不欢而散。一个初来乍到的吴人，如此张扬地出现在洛阳的官场上，想来出乎在场所有人的意料。因为，这里不存在北方士人对二陆作为吴人的嘲弄与轻视，有

---

① 张旭华：《九品中正制略论稿》，中州古籍出版社，2004，第143页。
② （南朝宋）刘义庆：《世说新语校笺》，徐震堮校笺，中华书局，1984，第236页。
③ 曹道衡：《陆机事迹杂考》，《文史》2002年第2期。
④ 朱东润：《陆机年表》，《国立武汉大学文哲季刊》1930年第1期。又如《晋书·陆机传》："伐吴之役，利获二俊。"《世说新语·赏誉》："张华见褚陶，语陆平原曰：'君兄弟龙跃云津，顾彦先凤鸣朝阳，谓东南之宝已尽，不意复见褚生'，陆曰：'公未觇不鸣不跃者耳。'"
⑤ （唐）房玄龄：《晋书》，中华书局，1974，第1482页。

的是张华对二陆文才的赞赏有加。这是二陆入洛之初自信、自傲的典型表现。《晋书·左思传》所载左思之事显示的是陆机对出身寒微的左思的无端轻视。

> 初，陆机入洛，欲为此赋，闻思作之，抚掌而笑，与弟书云曰："此间有伧父，欲作《三都赋》，须其成，当以覆酒瓮耳。"①

这些都说明，二陆在入洛之初，不光丝毫没有"亡国之余"的隐忍，还常常表现出"世家大族"的张扬。

其实，上述诸例皆是其行为的浅层表现。二陆之志并不在文学、对答之类的所谓"才华"上。出身于文武奕叶、将相连华的东吴大族，"安时""佐命"才是其奋斗目标。唐太宗《陆机传论》云："自以智足安时，才堪佐命，庶保名位，无忝前基。不知世属未通，运钟方否，进不能辟昏匡乱，退不能屏迹全身，而奋力危邦，竭心庸主，忠抱实而不谅，谤缘虚而见疑，生在己而难长，死因人而易促。上蔡之犬，不诫于前，华亭之鹤，方悔于后。卒令覆宗绝祀，良可悲夫！"② 此当是对二陆最为恰当的概括。入洛之后，"惟光惟大""统我先基"的光大祖上勋绩的心态与超乎寻常的自信合在一起，成了机、云兄弟积极进取的主要推动力量，并随着北人的蔑视而不断强化。以致在司马颖任命其为大将军时，竟谓颖曰："昔齐桓任夷吾以建九合之功，燕惠疑乐毅以失垂成之业，今日之事，在公不在机也。"确切地讲，陆机的自信已经到了自负的地步。就现实能力来看，陆机与陆云都还停留在纸上谈兵的阶段，距离管仲、乐毅差了太多。即便与他们同时的吴人相比，也有着明显的不足。在审时度势上，不如顾荣；在实战经验上，不及周处；在大度能容上，不及华谭。但是二陆尤其是陆机却有着超强的自尊心，这种超强的自尊使他们在仕晋的政治旅途中迷失了自我。此或如陆机自己所言"人咸知照其貌，而莫知镜其身"。

入晋十多年，二陆的处境非常尴尬：一方面，二陆始终保持着自己强

---

① （唐）房玄龄：《晋书》，中华书局，1974，第2377页。
② （唐）房玄龄：《晋书》，中华书局，1974，第1487页。

势家族的记忆,处处维护家族的无上尊严,甚至为家族尊严不惜与北方大族卢氏针锋相对,为后来的杀身之祸埋下了导火线;另一方面,吴国的覆亡,对二陆来说不仅仅是一个王国的消失,同时还意味着他们赖以发展壮大的土壤已经贫瘠不堪,父祖勋业不仅不能荫护他们,还使他们平白被怀疑与猜忌。

二陆是带着强烈的"父祖情结"走入仕途的,渴望通过自己的努力,重振家族宏业。潜意识里对自己家族的骄傲与自豪,演变为对自己才华的自信与欣赏。此在兄弟书信及诗文中表现得最为真切。陆云《与平原兄书》:

> 云再拜:《二祖颂》甚为高伟……陈琳大荒甚极,自云作必过之,想终能自果耳。
>
> 云再拜:诲欲定《吴书》,云昔尝已商之兄,此真不朽事,恐不与十分好书,同是出千载事。兄作必自与昔人相去。《辨亡》则已是《过秦》对事,求当可得耳。陈寿《吴书》有《魏赐九锡文》及《分天下文》,《吴书》不载。又有严陆诸君传,今当写送。兄体中佳者,可并思诸应作传。及作引甚单,常欲引之,未得。兄所作引甚好。云方欲更作引。
>
> 云再拜:仲宣文,如兄言,实得张公力。如子桓书,亦自不乃重之。兄诗多胜其《思亲》耳。《登楼赋》无乃烦《感丘》。其《吊夷齐》,辞不为伟。兄二吊自美之。但其呵二子小工,正当以此言为高文耳。
>
> 云再拜:蔡氏所长,唯铭颂耳。铭之善者,亦复数篇,其余平平耳。兄诗赋自与绝域,不当稍与比校。张公昔亦云;兄新声多之,不同也。典当故为未及,彦藏亦云尔。又古今兄文所未得与校者,亦惟兄所道数都赋耳。其余虽有小胜负,大都自皆为雌耳。张公父子亦语云,兄文过子安。子安诸赋,兄复不皆过,其便可,可不与供论。云谓兄作《二京》,必得无疑,久劝兄为耳。又思《三都》,世人已作是语触类长之,能事可见。《幽通》《宾戏》之徒自难作,《宾戏》《客语》可为耳。答之甚未易,东方士所不得全其高名,颇

有答极。

陆云书中谈到了陈琳、王粲、蔡邕等多位前朝名家，几乎毫无例外地施以批评，唯独对其兄文倍加褒扬。陆机的回信今已散佚，但以陆机秉性论，其用语不会比陆云缓和到哪里去。《张华传》言："二陆入洛，不推中国人士。"在某种意义上，与其说是北方士人排挤与刁难二陆，毋宁说二陆自外于中国人士。二陆一系列行为至少说明，他们处理政治问题还十分幼稚与莽撞。许多做法仅满足于口头上的争胜，反而引来更多的对立与麻烦，使自己陷入更为孤立的境地。这是导致二陆悲剧命运的一个重要原因。

第三节　孤傲游子心态

王瑶《中古文学史论》概括二陆仕途时说："二陆入洛自恃出身高贵及才华冠世，不推中国人士，但时世已变，身份已变，而二陆不能审时度势，这样随着政治上权力的起伏，文人的生活也在不断地改变其所依附的人物。"[①] 王瑶先生所言极是。二陆悲剧，归根结底是在于其将门之子与孤弱游子的两难身份。因其出身高贵，入洛之后不自隐忍，处处结怨。所以，二陆在洛，实即孤弱之游子。但作为出身将门的游子，二陆又与他人明显不同。故，笔者拈出"孤傲"一词来概括二陆的游子心态。这是二陆诗文创作中另一种主导心态。陆机《应嘉赋》云："傲世公子，体逸怀遐，意邈澄霄，神夷静波。仰群轨以遥企，顿骏羽以婆娑。寄冲气于大象，解心累于世罗。袭三闾之奇服，咏南荣之清歌。濯下泉于浚涧，泝凯风于卷阿。指千秋以厉响，俟寂寞之来和。怀前修之仿佛，觌幽人乎所过。抱玄景以独寐，含清风而寤语。发兰音以清唱，操玉怀而喻予。"刘运好先生谓此赋"重在写人——隐者傲世绝俗之美"[②]。然涵咏此文，总觉得此赋中的"傲世公子"即是陆机本人的写照。

[①] 王瑶：《中古文学史论》，北京大学出版社，1986，第229页。
[②] （晋）陆机：《陆士衡文集校注》，刘运好校注，凤凰出版社，2007，第157页。

一 乡思之情与忧生之嗟

首先作为东南游子,二陆与其他江南士人相似,内心都充满着对江南故里的思恋。《裴子语林》载:"陆士衡在洛,夏月忽思竹篠饮,语刘实云:'吾乡曲之思转深,今欲东归,恐无复相见理。'言此已,复生三叹。"[①] 此与张翰之"秋风思鲈"相类,都是一种炽烈的乡思之情于不经意间的滋萌,来得突然,却异常强烈。所以《晋书》在引用《世说新语》中关于张翰秋风之思事前,另写有"荣执其手,怆然曰"[②] 几句。此种乡思之情是深入心髓的。顾、张如此,二陆亦然。陆机《赠尚书郎顾彦先二首》其二:"眷言怀桑梓,无乃将为鱼。"洛阳急雨,士衡首先想到江南水患,家乡不知如何。正如陆机所言:"余去家渐久,怀土弥笃。方思之殷,何物不感?曲街委巷,罔不兴咏;水泉草木,咸足悲焉。"(《怀土赋序》)陆云亦如,其《愁霖赋》《喜霁赋》等,都是由游宦之地忽然心生念家之感,而或愁或喜。又陆云对故国丘园一咏再咏:"曾是褊心,敢忘丘园。"(失题)"乃眷丘林,乐哉河曲。解绂披褐,投印怀玉。遗情春台,托荫寒木。言念伊人,温其在谷。"(《答孙显世》)字里行间无不透着归家之思。

对山川景物的依恋,古今游子概莫能外。但二陆的乡思情显然更多地与其家族意识糅合在一起,构成一种以"孤""傲"为特色的游子心态。二陆背井离乡,亲友寥寥,"思旧故以想象兮,长太息而掩涕"。宋长白每于羁旅淹留之后,乍还乡井,讽咏文帝诗"回头四向望,眼中无故人"、陈思王诗"不见旧耆老,但睹新少年"之言,"不自觉其酸风贯眸子耳"[③]。同样,我们每读陆云《岁暮赋》"自去故乡,荏苒六年,惟姑与姊,仍见背弃。衔痛万里,哀思伤毒"之句,颂"望故畴之迥辽兮,泝南风而颊泣。长叹息而永怀兮,感逝物而伤悲"之文,又何尝不涕泪横流!读陆机《思归赋》"岁靡靡而薄暮,心悠悠而增楚。风霏霏而入室,响泠

---

① 鲁迅校录《古小说钩沉》,齐鲁书社,1997,第12页。
② (唐)房玄龄:《晋书》,中华书局,1974,第2384页。
③ 宋长白:《柳亭诗话》,上海杂志公司,1935,第111页。

泠而愁予。既遨游乎川沚,亦改驾乎山林。伊我思之沉郁,怆感物而增深。叹随风而上逝,涕承缨而下寻"也每每让人有哀痛之感、思归之心。此二赋都是写家乡亲友凋零,不能相见,而自己却远在异乡,举目无亲。二陆的怀乡之情中还融进了家国覆亡的哀痛,融进了不能建功即时的悲慨,融进了对政局、前途乃至生命的担忧,就更显得触目惊心。陆云《与陆典书》:"日月运迈,何一流速。衔哀经变,系思愈深,亡灵处彼,黄塘幽旷。在远之忆,心常怆裂,含痛靡及,悠悠奈何……深忧徂际,公私哀罔,旷离山墓,永适异国,四时灵寂,桑梓靡循。且念亲各尔分析,情感复结,悲叹而已,知大人每垂恤逮也。临表悲猥,绝笔余哀,不知所次。"这不仅仅是对故乡的思恋,更是一种肝肠寸断的深情。

但二陆不是我们常见的那种"孤弱"游子,而是处处显示出一种傲世独立的姿态。吴淇《六朝选诗定论》在评定陆机《为顾彦先赠妇》诗时说:

> 此戏笔耳。士衡曷为而戏彦先意者?当时南人自相推奖,而彦先兼援引北士。此虽渡江以后之事,然在入洛之初,彦先应已留意北交,而士衡绝不理论,观其诗中唯贾长渊一答,出于不得已而往来赠诗者,顾彦先、张士然、熊文黑辈俱是南人,可知其不悦彦先所为,而作此以微刺之乎。①

其在陆云《为顾彦先赠妇答诗》题下亦评云:

> 士龙俱是答诗,前首谓北人不可交,后首谓彦先不得交北人。②

吴淇的错误之处是明显的。两诗既没有表明"北人不可交",也没有什么"微刺"之意,只不过是朋友之间的戏言而已。即便用吴氏自己的例子也不能说明他的观点。冯熊,字文黑,魏郡人。二陆皆有与潘尼赠答之作,绝非"不得已"而作。但吴淇之所以如此评定,显然是看到了顾荣与二陆的不同。同样作为南方大族,二陆入洛之后,锋芒毕露,处处展示自己的

---

① (清)吴淇:《六朝选诗定论》,《四库全书存目丛书补编》,齐鲁书社,2001,第203页。
② (清)吴淇:《六朝选诗定论》,《四库全书存目丛书补编》,齐鲁书社,2001,第227页。

高贵与才华。与卢志的针锋相对，与潘岳的清风、飞尘和燕子、凤凰之比，与荀隐的抗手作答，拜访王济时羊酪与莼菜之对，都显示了二陆不甘居于北方士人之下的孤傲性格。而顾荣则低眉顺眼，以佯醉避祸。《晋书·顾荣传》载：

> 吴平，与陆机兄弟同入洛，时人号为"三俊。"例拜为郎中，历尚书郎、太子中舍人、廷尉正。恒纵酒酣畅，谓友人张翰曰："惟酒可以忘忧，但无如作病何耳。"①

史籍载有周处、华谭等人被北人嘲笑之事，唯独不见顾荣有类似之事。这并不能说明顾荣没有遇到此类事件。更大的可能是，顾荣对此类事件多是逆来顺受，不去与之争论。

当然，不是二陆没有看到西晋官场的险恶。陆机对政局的险恶，看得还是比较清楚的。《陆机传》载成都王颖假机为后将军时云："机以三世为将，道家所忌，又羁旅入宦，屯居群士之右，而王粹、牵秀等皆有怨心，固辞都督。"② 此足以证明陆机对就任此职的隐患已经了然于心。其诗文也多次表达了对官场险恶的忧惧。《叹逝赋》云："信松茂而柏悦，嗟芝焚而蕙叹。苟性命之弗殊，岂同波而异澜。瞻前轨之既覆，知此路之良难。"嗟叹生命不永，前途飘忽不定，此处前轨或有所指。姜亮夫《陆平原年谱》云："就题释旨，大义粗得，深味文旨，则盖有惕惧之情。故曰：'咨余命之方殆，何视天之茫茫。'方殆之戚，当幸贾氏之祸，未殃及己身。视天茫茫，当指又茫茫然事赵王伦，尔言皆忏词，若非大难深悔，又何以忏为？曰：'信松茂而柏悦，嗟芝焚而蕙叹。'松柏信得长茂，以喻君国故曰信，而芝蕙已成枯槁，当喻憨怀故曰嗟，有此动惊魂魄之外铄，故得言命之方殆，得乐，其为可惨者至矣。又曰：'瞻前轨之既覆，知此路之良难。'前轨指入洛后之交游贵戚，以至危殆。此路指现在之无可逃避，自处实难。其言不仅于伤喟，而几于凄楚矣。"③ 正是这种对宦途的忧惧之

---

① （唐）房玄龄：《晋书》，中华书局，1974，第1811页。
② （唐）房玄龄：《晋书》，中华书局，1974，第1479页。
③ 姜亮夫：《陆平原年谱》，上海古典文学出版社，1957，第78页。

情,给陆机诗文平添了忧生之嗟。故其诗文中咏叹人生的句子特别多。如"置酒高堂,悲歌临觞。人生几何,逝如朝霜。时无重至,华不再扬。苹以春晖,兰以秋芳。来日苦短,去日苦长。"(《短歌行》)"人生诚未易,曷云开此襟。"(《猛虎行》)"盛门无再入,衰房莫苦开。人生固已短,出处鲜为谐。"(《折杨柳》)"感朝露,悲人生,逝者若斯安得停。"(《顺东西门行》)"人生何所促,忽如朝露凝。辛苦百年间,戚戚如履冰。"(《驾言出北阙行》)人生如露的悲伤、如履薄冰的体验,正是二陆入洛后生活的真实写照。

陆云存诗文太少,但从其为数不多的篇章之中仍能读到其"忧生之叹"。《岁暮赋》:"思六亲而人亡。问仁姑而背世兮,及伯姊而沦丧。寻余踪于空宇兮,想绝景于遗堂。悲山林之杳蔼兮,痛华构之丘荒。靖深情以遏慕兮,思缠绵而怀楚。涕垂颐以交颊兮,哀凌心而洞骇。神寻路而窘逝兮,形频蹙乎其所。心悠悠其若悬兮,音既绝而复举。悲人生之有终兮,何天造而罔极?""思六亲而人亡"等句是写亲人背世,"山林""华构"写家庭的衰落,"心悠悠"等句则隐含了对前途的担忧。《九愍》虽是拟作,但亦是诗人内心情感的流露。其《涉江》云:"念兹涉江,怀故乡兮。生日何短,戚日长兮,顾我愁景,惟永伤兮。"《感逝》云:"金淬坚以示断,苢靡质而效芬。罄贞规以殉节,反蒙谪于朋群。咨小心以惴惴,悲江草之芸芸。"这种惴惴小心之情状丝毫不弱于陆机。

在孤傲性格上,二陆与周处、华谭有几分相似。华谭入洛,晋武帝亲为之策,其策问颇有对吴人歧视之语,谓华谭云:"而吴人趑雎,屡作妖寇。岂蜀人敦朴,易可化诱;吴人轻锐,难安易动乎?"华谭据理力争,与之辩云:"臣闻汉末分崩,英雄鼎峙,蜀栖岷陇,吴据江表……然殊俗远境,风土不同,吴阻长江,旧俗轻悍。所安之计,当先筹其人士,使云翔闾阎,进其贤才,待以异礼;明选牧伯,致以威风;轻其赋敛,将顺咸悦,可以永保无穷,长为人臣者也。"[①]周处亦是耿直之人。王浑沣酒建邺宫,谓吴臣为"亡国之余",周处当即以"亡国之戚,岂惟一人"对答。但周、华皆为寒素之人。周处为一介武夫,从一开始就未进入政治的核心。华谭虽

---

① (唐)房玄龄:《晋书》,中华书局,1974,第 1449~1450 页。

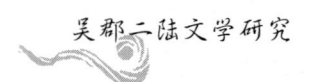

在洛未久即以"母忧去职",后一直在外,为鄄城令、庐江太守、淮陵太守等职。这就使得周、华等人的孤傲情状没有二陆明显。

"西北有浮云,亭亭如车盖。惜哉时不遇,适与飘风会。吹我东南行,行行至吴会。吴会非我乡,安得久留滞?弃置勿复陈,客子长畏人。"① 此是曹丕的《杂诗》,给我们虚构了漂泊异乡的游子心情。但对陆机、陆云来说,抒写异乡漂泊之情状不是对他人的悲悯,而是他们实实在在地经历着这样的痛苦。曹丕诗中虚无的"客子长畏人",其实是真切而残酷的政治危途。潘岳有情真意切的《悼亡诗》三首,有《思子诗》,有《闲居赋》,无一首乡思诗。左思齐人,至洛也算是有千里之遥了,但其诗作主要是咏史,没有思念故乡之作。张华亦无。只有《张载集》中有为数不多的诗篇表达了对家乡的思念。当然这与他们出生之地有关,但不管如何,在交通不便的时代,至洛为宦也是远离故土了。但由于政治、地理、气候、习俗等多方面的原因,他们对故土的思念之情远没有二陆那样浓烈。

二 隐逸心态

汤用彤《魏晋玄学论稿》云:

> 中国社会以士大夫为骨干,士大夫以用世为主要出路。下焉者欲以势力宝贵,骄其乡里。上焉者怀璧待价,存愿救世。然得志者入青云,失意者死穷巷,况且庸庸者显赫,高才者沉沦。遇合之难,志士所悲。汉末以来,奇才云兴,而政途坎坷,名士少有全者。得行其首,未必善终;老于沟壑,反为福果。故于天道之兴废,士人之出处,尤为魏晋人士所留意。②

魏晋士人留意隐逸自有其时代原因。《晋书·阮籍传》曰:"魏晋之际,天下多故,名士少有全者。"③ 具体到西晋,虽然其在名义上统一了全国,但

---

① (魏)曹操、曹丕、曹植:《三曹集》,岳麓书社,1992,第199页。
② 汤用彤:《魏晋玄学论稿》,人民出版社,1957,第101页。
③ (唐)房玄龄:《晋书》,中华书局,1974,第1360页。

统一的局面是脆弱而短暂的。在不到30年的时间里，先后经历了贾充、杨骏及八王之乱，外戚宗室交替执政，不同势力甚至兵戎相见，完全没有一个统一王朝应有的升平气象。"属于士大夫阶层的文士们，也就自然更显出了他们的依从性和可怜相了。他们不能单纯地只忠于皇室，更得在权臣中找寻他们的依附目标。"① 西晋的混乱局势，使得生活于权臣与皇权夹缝中的文士生存更为艰难。从太康十年至西晋灭亡前后，文人非正常死亡计有22人，有被害致死者，有被逼自杀者，有逃难饿死者，如卫桓、卫瓘、贾谧、石崇、潘岳、张华、欧阳建、孙秀、嵇绍、嵇含等。政治的黑暗和文士遭受屠杀的残酷现实，使得当时文人的希望完全破灭，不得不由积极救世趋于消极避世。在这种大背景下，歌颂隐者成了时代文学的一大特色。如曹植的《玄俗颂》，牵秀的《黄帝颂》《老子颂》《相风赋》《彭祖颂》《王乔赤松颂》，皇甫谧的《高士传》，潘岳的《许由赋》《闲居赋》，枣据的《逸民赋》，王羲之的《杂帖》等，都是这一思想盛行下的产物。甚至连东晋明帝都写出了"寻长枝以凌高，静无为以自宁。邈焉独处，弗累于情"② 这样具有浓厚隐逸色彩的文字。

　　以东吴遗臣身份入洛的二陆，仕途之艰险更是可想而知。明张溥《陆平原集题词》："陆氏为吴世臣，士衡才冠当世，国亡主辱，颠沛图济，成则张子房，败则姜伯约，斯其人也。俯首入洛，竟縻晋爵，身事仇雠，而欲高语英雄，难矣。太康末年，衅乱日作，士衡豫诛贾谧，佹得通侯，俗人谓福，君子谓祸。赵王诛死，羁囚廷尉，秋风莼鲈，可早决几，复恋成都活命之恩，遭孟玖青蝇之谮，黑幰告梦，白帢受刑，画狱自投，其谁戚乎。"③ 张溥似在责备士衡不知祸之将至。其实，在前途祸福上，陆机还是清楚的。但世勋大族的身份要求他成就功业，而黑暗的现实、北人的歧视与排挤，又让他难以施展自己的才华。身处乱世，漂泊异乡，对二陆来说，又有多少可供选择的途径？山林之思或许是二陆此时唯一的精神寄托。

---

① 王瑶：《王瑶全集》第一集《中古文学史论》，河北教育出版社，1999，第286页。
② （清）严可均：《全上古三代秦汉三国六朝文》，中华书局，1958，第1512页。
③ （明）张溥：《汉魏六朝百三家集题辞注》，殷孟伦注，人民文学出版社，1963，第135页。

从内心来说，陆机、陆云都是热衷于功名之人，故史籍谓陆机"好游权门"，可是，"好游权门"中又有多少无奈与辛酸？所以说"归隐"对于二陆来说，只不过是无奈之下的思索。《陆机集》中《应嘉赋》是回应友人之作，赋中表达了其内心的想法："于是葺宇中陵，筑室河曲，轨绝千途，而门瞻百族。假妙道以达观，考蓍龟而贞卜。苟形骸之可忘，岂投簪其必谷。方介丘于尺皋，托云林乎一木。仾鸣条以招风，聆哀音其如玉。穷览物以尽齿，将弭迹于馀足。"找一块僻静之所，与百族为伍，谢绝宾客，忘却世俗，在他的心中，隐居是一种惬意的生活。《幽人赋》写了幽人生活的自由自在，"弹云冕以辞世，披霄褐而延伫"，渔钓于玄渚，再也不受外物的干扰，不为春喜，不为秋悲，不为世网所缠绕。他曾向往着"瓮余残酒，膝有横琴"（失题）的生活。陆机另有《招隐》二首，名为招隐，实际上是自己隐逸思想的表达，是历尽波折后倦怠官场心迹的吐露。陆云写隐逸及仙人的篇章更多。这显示了陆云在用世的积极性上明显不如陆机。但陆云也不是彻底倾心于隐逸之人。这在其《逸民赋》与《逸民箴》中表现得比较清晰。《逸民赋》序云："富与贵，人之所欲也。而古之逸民，或轻天下，细万物，而欲专一丘之欢，擅一壑之美，岂不以身圣于宇宙，而恬贵于纷华者哉！故天地不易其乐，万物不干其心，然后可以妙有生之极，享无疆之休也。"这说明陆云在仕途坎坷之时也确有隐逸之思。但其《逸民箴》又云："余昔为《逸民赋》，大将军掾何道彦，大府之俊才也，作《反逸民赋》，盛称官人之美，宠禄之华靡，伟名位之大宝，斐然其可观也。夫名者实之宾，位者物之寄。穷高有必颠之吝，溢美有大恶之尤，可不慎哉！故为《逸民箴》，以戒反正焉。"这又表明，陆云在一定程度上接受了何道彦《反逸民赋》的思想，故作以规劝告诫之。也就是说，不管是陆云还是陆机，其隐逸思想，我们都不能强调太多，他只不过是作者在仕途失意之时的一种心念，随着希望的重新燃起，用世思想又占据上风。

二陆的隐逸之思实际上是其建功立业心态及游子心态的延续。这在陆云《登遐颂》中可以看出来。其颂共涉及21位神仙，其总序云："夫死生存亡，二理之已然者也。而世有神仙登遐之言，千岁不死之寿，其详固难得而精矣。列仙之道，作者既集，而登遐未有焉。庄周有言，我试妄言之，子试妄听之。彼之有无，盖难以理求。我之妄听，顾可以言寄之。"之所以歌颂神仙，主要是慨叹人生之短暂，仰慕神仙之久长。但其颂则主要颂赞神仙自由自在的生活。比如《王子乔》："娈彼有传，与尔翻飞。承云倏忽，飘飘紫微。"《玄洛》："逍遥北岳，凌霄引领。挥雾昊天，合神自靖。"《张招》："乃幽乃显，若存若亡。因形则变，倏忽无方。"几乎每篇都有此类内容。这是诗人表达对现实世界不满的方式。《陆机集》中也有一些关于神仙的诗文，如《孔子赞》《王子乔赞》与陆云《登遐颂》属于同一类型的篇章。再如《列仙赋》《凌霄赋》都是游仙赋。作者以此表达了对人世的厌倦及对仙界的向往。虽说描写的是仙界的内容，但实际上仍然是现实生活的折射。如《凌霄赋》："咏凌霄之飘飘，永终焉而弗悔，昊苍焕而运流，日月翻其代序。"日月运行不息，神仙可以飘摇永终，而人呢？此正是陆机对功业未竟而生命不永表现出的焦躁与不安。

第四节 持守家风与难以改革浇薄世风的无奈心态

一 西晋浇薄世风

干宝《晋纪总论》论及晋室乱政时云：

> 武皇既崩，山陵未乾，杨骏被诛，母后废黜，朝士旧臣，夷灭者数十族。寻以二公楚王之变，宗子无维城之助，而阋伯实沈之郄岁构，师尹无具瞻之贵，而颠坠戮辱之祸日有。至乃易天子以太上之号，而有免官之谣，民不见德，唯乱是闻，朝为伊周，夕为桀跖，善恶陷于成败，毁誉胁于势利。于是轻薄干纪之士，役奸智以投之，如夜虫之赴火。内外混淆，庶官失才，名实反错，天网解纽。国政迭移于乱人，禁兵外散于四方，方岳无钧石之镇，关门无结草之固……何哉？树立失权，托付非才，四维不张，而苟且之政多也。①

---

① 萧统：《文选》，李善等注，上海古籍出版社，1986，第2179~2180页。

此皆言西晋政局之乱。以干宝所述为据，西晋乱局主要有三：一是权臣贵戚及皇室诸王相互攻击屠戮。此一乱象根源于"托付非才"。二是无善无恶，善恶的标准皆以势力而定。"朝为伊周，夕为桀跖"。此源于"树立失权"。三是社会风气竞趋轻薄，多施权诈。此源于"四维不张"。社会风气的败坏实由前两种乱局所致。政治上所托非才，使奸邪小人居于上位，如杨骏、贾充、贾谧及晋室诸王，皆为贪婪、残暴、目光短浅之人。而才不世出者，如张华、羊祜、杜预、何曾、荀勖等人被排挤在核心之外，主政者又任人唯亲不唯贤，势必导致"轻薄干纪之士，役奸智以投之，如夜虫之赴火"。同时，权臣们杀戮成性，也让整个士人阶层人人自危。思想上"树立失权"引起的是当权者话语主导权的缺失。如河南尹庾纯与司空贾充在酒席上的一段争执很能说明问题：

> 纯行酒，充不时饮。纯曰："长者为寿，何敢尔乎！"充曰："父老不归供养，将何言也！"纯因发怒曰："贾充！天下凶凶，由尔一人。"充曰："充辅佐二世，荡平巴、蜀，有何罪而天下为之凶凶？"纯曰："高贵乡公何在？"众坐因罢。充左右欲执纯，中护军羊琇、侍中王济佑之，因得出。充惭怒，上表解职。①

贾充指责庾纯的缺点是"父老不归供养"，而庾纯反唇相讥以"高贵乡公"事，贾之所指在"孝"，而庾之所指在"忠"，最后治庾纯之罪使用的是"崇尊卑之礼，明贵贱之序"，避而不谈事件发生的真正原因。由于前两种乱象，"四维不张"也就成了必然的结果。察西晋王朝，忠烈之士罕见，而寡廉鲜耻之徒、竞势趋利之辈却层出不穷。《晋书·忠义传》列有 27 人，太康、元康将近 20 年间仅嵇绍、王豹二人入传。西晋世风浇薄，除干宝所列三条之外，还有竞相侈靡一条。此一风气可溯源至晋武帝。武帝心性异于宣帝、文帝，史载："宽惠仁厚，沈深有度量。"性宽仁，淳厚而爱物，却不是一个具有雄才大略之主。既好奢靡，又思节俭，依违于两者之间，不知其可。这在客观上鼓励了侈靡之风。石崇、王恺、羊琇、何曾、何绍、王濬、王浑、王济等贵戚大臣，皆以

---

① （唐）房玄龄：《晋书》，中华书局，1974，第 1397~1398 页。

豪奢著称，古今任何社会都无过者。上有所行，下必效之。风气所及，士大夫皆以奢靡相尚。

"西晋士人没有建安士人的那种功业与进取心，也没有建安士人的那种慷慨情怀"①，爱财、奢靡、纵欲是西晋士人的风尚。但西晋士人并没有停止对自身生活方式的探索。正始文人企图"以老庄思想构筑人生世界"②以忘情社会，远离人间烟火，从而实现离祸自保的目的。如嵇康、向秀锻铁于洛邑，灌园于山阳。阮籍"本有济世志，属魏晋之际，天下多故，名士少有全者，籍由是不与世事，遂酣饮为常"。刘伶终日醉酒，后为建威参军，"时辈皆以高第得调，伶独以无用罢"。有学者认为，这种生活方式，随着嵇康被杀即宣告终结。此种说法不确。清谈与避世之风延续到晋室南渡。《晋书·乐广传》："广与王衍俱宅心事外，名重于时。故天下言风流者，谓王、乐为称首焉。"③乐广、王衍都是著名的清谈之人。王衍被俘，石勒谓"君名盖四海，身居重任，少壮登朝，至于白首，何得言不豫世事邪？破坏天下，正是君罪"④！这种越是高官越无所作为的现象，在泰始至太康年间尤甚。平定吴国，仅用了半年的时间，给西晋社会增添了许多信心，也导致了大臣安于享乐的局面。包括晋武帝本人在吴灭之后即"遂怠于政术，耽于游宴"，自谓"睹天下之安，谓千年而永治"。朝堂上更是无所作为，高官名士无非悠游卒岁。"朝集金张馆。暮宿史许庐。南邻击钟鼓，北里吹笙竽"（左思《咏史》），即是当时的写照。这是促成玄谈盛行的直接原因。无甚勋绩却居于高位的玄学人物甚多，如向秀、庾纯、温颙、和峤、任恺等，再如"竹林七贤"的另一位主要人物王戎。《愍怀太子传》载："惠帝即位，立为皇太子。盛选德望以为师傅，以何劭为太师，王戎为太傅，杨济为太保，裴楷为少师，张华为少傅，和峤为少保。"⑤王戎因德高望重被选为太子太傅，并与何劭、杨济、裴楷、张华、和峤同列。

---

① 罗宗强：《魏晋南北朝文学思想史序》，中华书局，1996，第80页。
② 孙若风：《高蹈人间——六朝文人心态史》，河北教育出版社，2001，第109页。
③ （唐）房玄龄：《晋书》，中华书局，1974，第1244页。
④ （唐）房玄龄：《晋书》，中华书局，1974，第1238页。
⑤ （唐）房玄龄：《晋书》，中华书局，1974，第1458页。

二　二陆的风化思想

二陆生于这一时代，究竟是否受到玄风的影响？全无影响肯定是说不过去的，但要说影响很大，也是不确之谈。有学者试图从玄儒冲突的角度来论证二陆的思想。从诸家论证来看，所举事例无外乎陆云（或陆机）遇鬼事、陆机《招隐诗》及陆云歌颂隐士之作，这些实不足为据。陆云（或陆机）遇鬼本身即是子虚乌有的事，而《招隐诗》为晋人一个常见题材，如果上溯其源的话，则源于《招魂》和《大招》，与玄谈无关。史载陆机"伏膺儒术，非礼不动"，陆士龙为"当今之颜子也"，皆着重强调了其儒学表现。玄学主要盛行于洛阳，不见于吴、蜀两地，陆家世传儒学。陆逊尝云："子弟苟有才，不忧不用。不宜私出，以要荣利，若其不佳，终为取祸。"① 其所谓"有才"，指治国用兵之才，所谓"用"，即为世所用，指的是服务于帝王。儒家思想侧重于风化，陆家家教也重风化，陆云《祖考颂》序云：

> 云之世族，承黄虞之苗绪，裔灵根之遗芳，用能枝播千条，颖振万叶，繁衍固于三代，绘祀存乎百世，岂非皇庆之积佑，神明之殷祥者哉……武侯以光远之度，袭重规之范；宣朗之明，照曾晖之景。故寅亮枢极，则万物淳曜；缉熙有邦，而宇内恪居。及至中叶，乱日虎臣，绥援既集，而大难时殚，德济封域之内，威扬函夏之表。遂仍世作宰，焜曜祖业，车实袭轨，裘不改带，元勋属于光国，洪烈著于隆家。考德计功，比之前代，未有茂于此者也。是以小子敢慕徽猷，钦述芳烈，虽不足以当朱弦之一唱，发清庙之三叹，盖尔臣子之遗恩，罔极之所处也。

陆云之颂肯定有许多溢美之词，但东吴陆氏注重道德教化却是事实。《三国志·顾雍传》载顾邵"邵字孝则，博览书传，好乐人伦。少与舅陆绩齐名，而陆逊、张敦、卜静等皆亚焉……小吏资质佳者，辄令就学，择其先

---

① （晋）陈寿：《三国志》，中华书局，1959，第1353页。

进，擢置右职，举善以教，风化大行。"① 此言顾邵，而陆绩与之齐名，陆逊亚之，其所任职，举善以教，风化大行。《吴录》载："（孙）松善与人交，轻财好施。镇巴丘，数咨陆逊以得失。尝有小过，逊面责松，松意色不平，逊观其少释，谓曰：'君过听不以某鄙，数见访及，是以承来意进尽言，便变色，何也？'松笑曰：'属亦自忿行事有此，岂有望邪！'"② 此是对孙氏家子弟，小过即责，其对陆氏子弟可知。陆瑁《与暨艳书》就强调"夫圣人嘉善矜愚，忘过记功，以成美化。"③ 希望通过"美化"令善恶异流，厉俗明教。陆凯《重表谏起宫》："臣闻为人主者，襄灾以德，除咎以义，故汤遭大旱，身祷桑林，荧惑守心，宋景退殿，是以旱魃销亡，妖星移舍。"④ 希望人主能够克己复礼、修养道德，方可永保社稷。陆氏家庭以直言敢谏著称，陆康以直言上疏免官而不改，陆逊、陆凯更是屡次忤逆君主。

陆机兄弟也继承了这一思想。陆云《张二侯颂》序："立朝无不易之方，正色有犯颜之亮，固所谓謇謇王臣，古之遗直者也……盖竹帛之所光宣，咏歌之所揄扬也。"对张氏二侯的称赞即可看出其价值取向，所以他在晋为官时多次上书直谏，今所存留谏吴王司马晏之启表即有8篇之多，这在当时士人之中是不多见的，并且有相当一部分谏书是反复申诉。如《国起西园第表启宜遵节俭制》：

> 郎中令臣云言：伏见西园大营第室，虽未审节度丰俭之制，然用功甚严，窃惧事不得济，愚臣管见，辄敢瞽言。臣窃见世祖武皇帝临朝渊默，训世以俭，即位二十有六载，宫室台榭，无所新营，屡发明诏，厚戒丰奢。国家纂承，务在遵奉。而世俗凌迟，家竞盈溢，渐渍波荡，遂已成风。虽严诏屡宣，而侈俗滋广。每观诏书，众庶叹息。清河王昔起墓宅，未及极伟，时手诏追述先帝节俭之教，恳切之旨，刑于四海。清河王毁坏城宅，以奉诏命。海内听望，咸用忨然。

---

① （晋）陈寿：《三国志》，中华书局，1959，第1229页。
② （晋）陈寿：《三国志》，中华书局，1959，第1212页。
③ （清）严可均：《全上古三代秦汉三国六朝文》，中华书局，1958，第1426页。
④ （清）严可均：《全上古三代秦汉三国六朝文》，中华书局，1958，第1427页。

臣虑以先帝遗教，日以凌替，圣上忧勤，犹未之振。今与国家协崇大化，追阐前踪者，实在殿下。先敦素朴，而后可以训正四方，示民知禁。窃谓第室之设，可使俭而不陋。凡在崇丽，一宜节之以制，然后上厌帝心，下允民望。且自闲制国之用，事从节省。而方于此时大造第宅，又非圣意从简之旨。臣以凡才，殿下不以其驽暗，特蒙拔擢，将以臣能有狂夫之言，可以裨补圣德。臣自奉职已来，亦思竭忠效节，以报所受之施。是以不虑犯逆，敢陈所怀。如愚臣言有可采，乞垂三省。

陆云从先帝遗诏说起，武帝曾"屡发明诏"，要求"厚戒丰奢"，但奢欲之风未减，作为王室理应响应先帝遗诏，促进国家尚俭之风。又举例清河王追述先帝节俭之教而毁坏城宅，以奉诏命，使海内感动。既有先帝诏诰，又有王室先例，指出不行节俭不合于先帝之遗训，如行节俭则可听望于海内，从正反两方面说明节俭之重要。接着又分析了吴王所处之形势，"先帝遗教，日以凌替，圣上忧勤，犹未之振"，"方于此时大造第宅，又非圣意从简之旨"。陆云反复说明应与国家协崇大化，不宜大营第室，勤勤恳恳，极尽竭忠效节之意。此与太康不问事事之众大异其趣。晏才不及中人，于武帝诸子中最劣。又少有风疾，视瞻不端，后转增剧，不堪朝觐，以宗室之故，晏极为固执，对陆云回复曰："吾以顽弱，过蒙殊宠，夙夜祇惧。忝思先恩，承风诫以自错厉，得尔委曲，省以怃然。意既在俭约，又欲奉遵法宪，岂忘于心？国自宜有宅，城内求不可得。官徒右军来，蹀覆此屋，恐或不可久得侧近宫掖，故于国作宅，不作观。望使如凡家法足止而已耳。平量画图，当往相示，动静以闻。"而陆云仍旧劝谏，作为郎中令，陆云可谓尽职尽责。然奢华风俗已经如此，任士龙苦口婆心，吴王晏宫室营造也从未停止。

《陆云集》中对不合礼教之事进行批判的作品很多，如《嘲褚常侍》：

世之治也，君子自以为不足，故撙节以求役于礼，敬让以求安于仁。世之乱也，在位者自以为有余，故爵丰而求更厚，位隆而欲复广。世之治教，恒由此作。今褚侯蝉蜕利木，鹄鸣玉堂，不庶几夙夜，允集众誉，而意充于一善，心盈于自足。足则无求，盈则无戒。

不求则善远之，无戒则恶来之，亦何以为君子哉！《诗》云：'战战兢兢，如临深渊。'慎之至也。

《牛责季友》：

> 天造草昧，万物化淳。类族殊品，莫向乎人……何子崇道与德，而遗贵与富之甚哉！日月逝矣，岁聿其暮。嗟呼季友，盛时可惜！迨良期于风柔，竟悲飙于叶落，陈说言于洪范，图遗形于宵阁，使景绝而音流芬，身荐而荣赫奕。子如不能建功以及时，予请迹于桃林之薄。

从这些文章中我们可以看出，陆云一再强调仁、礼、治、教等，这在世风鄙薄的西晋时代是极为可贵的。

西晋时期洛阳盛行谈玄，而东吴故地则以儒学为宗，故北方文士普遍以清谈获取清誉，二陆则主张通过儒家传统实现自己的人生价值，此皆二陆家教及吴地学风使然。前举陆云恪恭职守即是如此，陆机亦同。陆机重视教化，反对以严刑峻法维持统治，其《豪士赋》序云："见百姓之谋己，则申宫警守，以崇不畜之威；惧万民之不服，则严刑峻制，以贾伤心之怨。然后威穷乎震主，而怨行乎上下。众心日陊，危机将发，而方偃仰瞪眄，谓足以夸世，笑古人之未工，忘己事之已拙，知曩勋之可矜，暗成败之有会。"齐王冏以诛伦之功辅政，骄恣日甚，不守教化，唯事压服，致使上下皆怨，而诸王相谋亦以奸诈行事，此正太康之恶习。有人以为陆机《豪士赋》是为自己辩解，通观全文似有此意，抛却这些仅看其内容，则正指出了太康之时弊。又《七徵》："演八代之洪旨，统先圣之遗训。耸一心以绍轲，敦四教以承丘。"

陆机的教化理念不是停留在热情上，而是经过深思熟虑的。《策问秀才纪瞻》：

> 昔三代明王，启建洪业，文质殊制，而令名一致。然夏人尚忠，忠之弊也朴，救朴莫若敬。殷人革而修焉，敬之弊也鬼，救鬼莫若文。周人矫而变焉，文之弊也薄，救薄则又反之于忠。然则王道之反复其无一定邪，亦所祖之不同而功业各异也？自无圣王，人散久

矣。三代之损益，百姓之变迁，其故可得而闻邪？今将反古以救其弊，明风以荡其秽，三代之制将何所从？太古之化有何异道？

在昔哲王象事备物，明堂所以崇上帝，清庙所以宁祖考，辟雍所以班礼教，太学所以讲艺文，此盖有国之盛典，为邦之大司。亡秦废学，制度荒阙。诸儒之论，损益异物。汉氏遗作，居为异事，而蔡邕《月令》谓之一物，将何所从？

庶明亮采，故时雍穆唐；有命既集，而多士隆周。故《书》称明良之歌，《易》贵金兰之美。此长世所以废兴，有邦所以崇替。夫成功之君勤于求才，立名之士急于招世，理无世不对，而事千载恒背。古之兴王何道而如彼？后之衰世何阙而如此？

昔唐虞垂五刑之教，周公明四罪之制，故世叹清问而时歌缉熙。奸宄既殷，法物滋有。叔世崇三辟之文，暴秦加族诛之律，淫刑沦骨，虐滥已甚。汉魏遵承，因而弗革。亦由险泰不同，而救世异术，不得已而用之故也。宽克之中，将何立而可？族诛之法足为永制与不？夫五行迭代，阴阳相须，二仪所以陶育，四时所以化生。《易》称"在天成象，在地成形"。形象之作，相须之道也。若阴阳不调，则大数不得不否；一气偏废，则万物不得独成。此应同之至验，不偏之明证也。今有温泉而无寒火，其故何也？思闻辩之，以释不同之理。

夫穷神知化，才之尽称；备物致用，功之极目。以之为政，则黄羲之规可踵；以之革乱，则玄古之风可绍。然而唐虞密皇人之阔网，夏殷繁帝者之约法，机心起而日进，淳德往而莫返。岂太朴一离，理不可振，将圣人之道稍有降杀邪。

陆机此策从多个方面论述了国家施行教化的重要性，同时，也思考了应该如何施行教化。

总之，二陆皆主张施行风化，期望用儒家思想冲淡西晋浇薄之风。但二陆势单力薄，不足以撼动当时政坛。此亦是二陆与西晋士人颇多冲突之原因。

第五节 二陆的"热衷"个性与难尽其才的依附心态

一 运涉季世，人未尽才

西晋人才并不匮乏。刘勰《文心雕龙》云："晋虽不文，人才实盛。"钟嵘所谓："三张、二陆、两潘、一左。"中国社会历经百年分裂战乱的状况，国家安定统一的观念早已深入人心。按理说西晋应该是一个可持续百年的朝代，却短祚而亡。其间有许多值得探讨的原因，其中"运涉季世，人未尽才"当是其一。刘颂《上晋武帝疏》："伏惟陛下虽应天顺人，龙飞践阼，为创基之主，然所遇之时，实是叔世。"① 刘颂之言，振聋发聩。晋武称帝，为维持社会稳定，大量任用旧臣耆老，又在选举上进一步深化九品中正制，扩大世家大族的权力，朝堂之上难有新生代的身影。但这些颇带有世袭味道的选举政策非但没有激发世家大族子弟的从政热情，还在一定程度上消解了他们从政的积极性，助长了社会的腐化奢侈之风。同时，也严重阻碍了下层士人的升迁，致使整个社会缺少一种向前发展的动力。刘颂在上武帝之疏中又言："是以暗君在位，则重臣盈朝；明后临政，则任臣列职。夫任臣之与重臣，俱执国统而立断者也。然成败相反，邪正相背，其故何也？重臣假所资以树私，任臣因所藉以尽公。尽公者，政之本也；树私者，乱之源也。推斯言之，则泰日少，乱日多，政教渐颓，欲国之无危，不可得也。"② 我们不得不佩服刘颂的先见之明，尤其是武帝崩后，惠帝无能，权臣当道，八王各以私利互相攻击，且多贪婪之辈，无以当大任之人，杨骏、梁王肜、齐王冏、赵王伦、楚王玮皆是一些智小而谋强之人。这些人掌权之后便飞扬跋扈、滥施封赏，许多智能低下仅有阿谀之能而全无治国用兵之才者，皆被封侯列朝。曹魏时期在"唯才是举"的基础上建立起来的"九品中正制"彻底变味，这在更大程度上使西晋社会

---

① （唐）房玄龄：《晋书》，中华书局，1974，第1295页。
② （唐）房玄龄：《晋书》，中华书局，1974，第1298页。

贤能之士难尽其才。

与西晋旧臣及宗室获得权势之便捷不同的是下层要想在政治上有所抱负，必需依附于这些贵戚、豪门、权臣、宗室，否则在政治上只有死路一条。贾谧"二十四友"莫不如此。张震龙博士《传统文士人格与"二十四友"的附势心态》① 专门论述了"二十四友"文士对当时权贵的依附问题。他认为，"二十四友"之所以谄事贾谧与各人的人格并无多大关系，这只是他们实现自己人生目的的手段。张博士所论良是。如左思，本希望"铅刀贵一割，梦想骋良图"（左思《咏史·弱冠弄柔翰》），但是在"世胄蹑高位，英俊沉下僚"（左思《咏史·郁郁涧底松》）的时代，想实现自己的理想却几乎全无门路，后其妹入宫，得以结识权贵。潘岳谄事贾谧，除潘为贾充旧臣的原因外，也有这方面的考虑，潘岳亦出自庶族，"以才颖见称，乡邑号为奇童，谓终贾之俦也"②。与左思不同，潘岳出仕较早，也颇有从政才能及热情："岳频宰二邑，勤于政绩。"但其一生，"自弱冠涉于知命之年，八徙官而一进阶，再免，一除名，一不拜职，迁者三而已矣。"③ 应该说"二十四友"集团给他提供了一个有希望发展的机会。

至于新邦士人更是国中二等臣民。唐太宗《陆机传论》谓："吴楚有才，晋实用之。"然揆诸晋史，所说并不确切。平吴之后，西晋君臣普遍对吴楚人士存在偏见。太康中嵇绍荐华谭，谭即借白起之言表达了对士人不能尽其才而用的忧虑："非得贤之难，用之难。非用之难，信之难。"华谭的担心不是多余的。华谭入晋，武帝亲为之策，其策云："吴、蜀恃险，今既荡平。蜀人服化，无携贰之心；而吴人趑雎，屡作妖寇。岂蜀人敦朴，易可化诱；吴人轻锐，难安易动乎？今将欲绥静新附，何以为先？"这是晋国之君对吴人的看法，也是西晋社会的普遍观念。只不过武帝的表达尚属委婉，而臣下的表达就有点锋芒毕露了。如《华谭传》中称王济于众中嘲华谭，谓"吴、楚之人，亡国之余，有何秀异而应斯举"？④《周处

---

① 张震龙：《传统文士人格与"二十四友"的附势心态》，《唐都学刊》2000年第4期。
② （唐）房玄龄：《晋书》，中华书局，1974，第1500页。
③ 潘岳：《潘岳集校注》，董志广校注，天津古籍出版社，2005，第70页。
④ （唐）房玄龄：《晋书》，中华书局，1974，第1452页。

传》中王浑称吴人:"诸君亡国之余,得无戚乎?"① 蔡洪入洛,洛阳士人亦谓"君吴楚之士,亡国之余,有何异才,而应斯举"②。吴人入晋,机敏如华谭、顾荣者,尚可自保。而憨厚如周处,执着如陆机、陆云者,则只能遭人陷害。由此可见,晋灭蜀平吴之后,虽多次下诏求贤,并向吴蜀征召人才,甚至用了强迫的手段及格外开恩的办法③,让吴蜀士人入仕,但得贤却并未真正用贤!顾荣、陆机之前,南方士人无一得郎令之职④。故顾荣云:"南土之士未尽才用。"此在陆云与友人书信中表现得颇为明晰。陆云《与戴季甫书》云:"江南初平,人物失叙,当赖俊彦,弥缝其阙。加在二贤,楚国之良,沉宝积实,未重大朝。"又云:"武陵于荆州云多人士,闻周孟子、伍令明、潘世长诸人,并为美德,心常依依。今日遭遇良骥展才之秋也,不审达者凡有几人?""达者几人",陆云所提及三人皆未见载于史籍,恐皆非达者。从陆云提及此事"重惟痛恨,言增哀咽"来看,陆云也不敢相信会有达者。《与杨彦明书》云:"彦先来,相欣喜,便复分别,恨恨不可言。阶涂尚否,通路今塞,令人罔然。名论允进、远而有光者,度此显期,不淹民望耳。庙堂之士,比迹山栖者,悲叹岂唯一人?少明湘公,亦不成迁。名公之举,且可以为资。然今恨恨当行,行复有宜耳。""名公"不知指谁,"名公之举"也不知是何举动。但夏少明离去"恨恨",无疑也给陆云及江南士人内心留下了"恨恨"之情。

二 游于权门与依附、感激之心态

关于二陆的处事态度,尤其是陆机,后人评价贬抑颇多。《陆机传论》:"观机、云之行己也,智不逮言矣。"⑤《文心雕龙·程器篇》:"略观文士之疵:相如窃妻而受金……潘岳诡祷于愍怀,陆机倾仄于贾、郭。"⑥

---

① (唐)房玄龄:《晋书》,中华书局,1974,第1570页。
② (南朝宋)刘义庆:《世说新语校笺》,徐震堮校笺,中华书局,1984,第45页。
③ 《通典》卷101,毗陵内史论江南贡举事:"江表初附,未与华夏同。贡士之宜,与中国法异。前举孝廉不避丧,孝廉亦报行不辞。以为宜访问余郡,多有此比。"
④ 《晋书·贺循传》载顾荣言:"今扬州无郎,而荆州江南乃无一人为京城职者。"
⑤ (唐)房玄龄:《晋书》,中华书局,1974,第1488页。
⑥ (梁)刘勰:《文心雕龙注》,范文澜校注,人民文学出版社,1962,第719页。

《颜氏家训》谓:"陆机犯颜履险;潘岳干没取危。"① 《晋书·陆机传》谓机"好游权门,与贾谧亲善,以进趣获讥"②。这些论述皆指向其游于权门之事。陆机"好游权门""犯颜履险"似乎成了陆机人生的最大污点。然考晋室政情及陆机家世,笔者以为实在没有必要过多苛责。

首先,二陆游于权门是客观存在之事实。二陆入洛首先拜访张华。张华,强记默识,学业优博,以能拜中书令,加散骑常侍,咸宁五年,为伐吴计拜度支尚书,"量计运漕,决定庙算"③,吴灭,以伐吴之功,封尚书,关内侯,又进封广县侯,又为太常。二陆入洛之时,华虽免官,但其影响仍然很大。《晋书·张华传》载:"华名重一世,众所推服,晋史及仪礼宪章并属于华,多所损益。当时诏诰皆所草定,声誉益盛,有台辅之望焉。"④ 又:"惠帝即位,以华为太子少傅,与王戎、裴楷、和峤俱以德望为杨骏所忌,皆不与朝政。"⑤ 可见,二陆访张公有依附之意。杨骏、贾谧自不用说,皆权倾当朝,无人能过。陆机曾为太傅祭酒,且至杨骏死后,陆机还言:"臣本吴人,靖居海隅。朝廷欲抽引远人,绥慰遐外,故太傅所辟。"(《诣吴王表》)感激之意自在其间。贾谧为贾充外孙。《晋书·贾谧传》称其"既为充嗣,继佐命之后,又贾后专恣,谧权过人主"⑥。上述二人皆为后人所不耻,二陆附之。上述二事,尤其为"二十四友"事,最为后人诟病。二陆依附吴王晏、成都王颖,一为念家心切,思为外任,一为感全济之恩,机被表为平原内史,云为清河内史。吴王、成都王二人,前者是智力低下者,后者野心勃勃。但是,在西晋社会不依附权贵而获得成功的可能性是不存在的,司马晏和司马颖给二陆提供了一个可能成功的平台。因此,史家谓其"好游权门"乃是事实,无须回护。

其次,前文已论,北方士人要想成功尚且需倚重权门贵戚,新邦人士要想成功,除了依附权贵,又有何路可走?周一良《魏晋南北朝史札记》云:"陆机答贾谧诗云:'惟汉有木,曾不逾境。惟南有金,万邦作咏',

---

① 颜之推:《颜氏家训集解》,王利器校注,中华书局,1993,第238页。
② (唐)房玄龄:《晋书》,中华书局,1974,第1481页。
③ (唐)房玄龄:《晋书》,中华书局,1974,第1077页。
④ (唐)房玄龄:《晋书》,中华书局,1974,第1070页。
⑤ (唐)房玄龄:《晋书》,中华书局,1974,第1072页。
⑥ (唐)房玄龄:《晋书》,中华书局,1974,第1172页。

强调己虽南人而得显达。由此可见,陆氏兄弟之投贾谧,列入二十四友,盖与贾谧之敢于拔擢南人有关,故陆机与之亲善。"① 周先生所论颇能切中肯綮。贾谧权倾朝野,能欣然接受机、云入"二十四友"②,已属不易,仅此一点即让二陆感戴良多。《答贾谧诗》:"昔我逮兹,时惟下僚。及子栖迟,同林异条。年殊志密,服舛义稠。游跨三春,情固二秋。"亦可见其情真意切。同样,二陆之所以最为敬重张华,不仅在于张华的学识与道德,还在于张华积极引荐下层寒士及南方士人。恐怕后者的成分要大于前者。《晋书·张华传》:"初,陆机兄弟志气高爽,自以吴之名家,初入洛,不推中国人士,见华一面如旧,钦华德范,如师资之礼焉。"③ "不推中国人士"是一个双向的活动,二陆以吴地大家之名,奔走于权门,屡遭轻慢,其心境自然有别于寒微之族。而张华所做又与他人有天壤之别,故有"钦华德范,如师资之礼焉"。依附于成都王颖的情况与此相类。赵王伦篡位,陆机任职中书。故赵王伦败,齐王冏"以机职在中书,九锡文及禅诏疑机与焉,遂收机等九人付廷尉。赖成都王颖、吴王晏并救理之,得减死徙边,遇赦而止"④。对于陆机来说,成都王颖有全济之恩,又委机、云以重任,且颖"推功不居,劳谦下士",朝廷屡有变难,而颖"必能康隆晋室"。二陆感戴其德,崇尚其望,依附于颖,不管是以古之道德衡量,还是以今之标准评价,所做都不为过。

三 "热衷"与"依附"在诗文中的表现

刘运好先生在论及太康文人与建安文人依附心态的区别时曾说:

> 太康诗人表面上与邺下文人相似,但是那种迫切依靠司马氏朝廷而提高政治地位的心态,使之不得不调整自我的思想与行为,以迎合司马氏以礼教为外,以道法为内的政治思想。于是外规规于儒,缺少

---

① 周一良:《魏晋南北朝史札记》,中华书局,1985,第74页。
② 《晋书·贾充传·贾谧附传》:"号曰二十四友,其余不得预焉。"可见"二十四友"集团不是随便可以加入的,以陆机、陆云之吴人身份,如非贾谧有意拔擢,恐不能入。
③ (唐)房玄龄:《晋书》,中华书局,1974,第1077页。
④ (唐)房玄龄:《晋书》,中华书局,1974,第1473页。

通脱潇洒的生命情调；内拘执于私利，缺少对生命终极价值的追求。①

此正是太康文人缺少那种"慷慨任气"诗风的主要原因。曹魏时期，由于统治者有较高的艺术、学术修养，所以能够比较深刻地理解士人，在政策上基本做到了人尽其才。客观上促使邺下文人努力去实现自己的理想。两晋时期强化了九品中正的"品"的家族意义，以致出现了"上品无寒门，下品无世族"的情形。对寒族来说，这无异于堵塞了其发展的门路，对世族来说，也逼迫他们更加重视"家族"的势力与地位。因此在太康诗人这里再也没有建安文人那样"名编壮士籍，不得中顾私"的气概。此是其一。其二，迫于现实的政治高压，太康士人的诗文以颂美为主要特征之一。尤其是像陆机、陆云这样的新邦士人，其从政道路之艰险不亚于北方寒族，而汲汲求取功名的心态又明显强于寒素士人，更不得不顺从主上的喜好。

表现在二陆创作中，首先是诗文的"颂美"主题。

一是颂的创作。以今所见，陆机撰有《汉高祖功臣颂》《咏德赋》《祖德赋》《述先赋》②《祠堂颂》《二祖颂》颂文六篇，又有《三祖赞》《武帝赞》等赞文。陆云有《盛德颂》《祖考颂》《张二侯颂》《登遐颂》颂文四篇，又有《荣启期赞》一篇。这些颂、赞中，除《登遐颂》《荣启期赞》《王子乔赞》外，我们首先可以看出的是，二陆对帝王宏业大加关注与赞颂。如《汉高祖功臣颂》颂西汉功臣，《二祖颂》从陆云的描述之中我们可以看出其颂武烈侯孙策及桓王孙权。《三祖赞》从叙述情形来看当是颂曹魏三祖：武帝、文帝及明帝，《武帝赞》当是其中一篇。其次则是对祖上事业的讴歌，如《祖德赋》《祠堂颂》《祖考颂》等。最后是对东吴张氏二臣及西晋张华的颂美。此正是二陆热衷仕晋的表现。

二是赠答诗的创作。梅家玲《汉魏六朝文学新论》在论及西晋赠答诗的"仪式行为"时这样写道：

---

① 刘运好：《魏晋哲学与诗学》，安徽大学出版社，2003，第219页。
② 颂、赋在两晋仍然是不分的。最明显的例证是，陆云《与兄平原书》："《咏德颂》甚复尽美，省之恻然。"而《陆机集》为《咏德赋》，又《祖德赋》，陆云又称《祖德颂》。另，颂、赞不分，例：《陆云集》称陆机《祠堂颂》，又称《祠堂赞》可知。今所分别，颂赞以颂美为主题，而赋包括的内容要宽泛一些。

西晋文士以诗作赠答为仪式行为的重点，常在于人际之间的相互揄扬推重，而所推重者，又往往偏重于个人文采、文德，故而无论是自我表白，抑或是对他人印象的图绘，要皆以之为强调的焦点。如此，不但社会流风在诗作中的反映益趋强化、一统，人人自我亦不免在"文本化"过程中，被形塑出"柔顺文明"的为人姿态。①

梅博士此段文字指出了作为一种社会"仪式行为"的赠答诗所连接的三个方面：自我、社会及被赠者。赠答诗首先是社会流风的反映。其次是赠答者相互推重与揄扬。二陆赠答诗的颂美特征正表现了此二点：第一，二陆生活在一个"主上不文"的时代，权贵们延揽人才的目的不再是重用人才，而更多地是为了壮大自己的声势，装点门面。这就要求依附的文士尽力美化这个社会及其主上。因此，二陆赠答诗的首要特点即是对西晋社会的无限美化。如陆机《皇太子宴玄圃宣猷堂有令赋诗》《皇太子赐燕诗》《答贾谧》等，陆云的《征西大将军京陵王公会射堂皇太子见命作此诗》《大将军宴会被命作此诗》《太尉王公以九锡命大将军让公将还京邑祖钱赠此诗》《大安二年夏四月大将军出祖王羊二公于城南堂皇被命作此诗》等作品，都是用大雅及颂语赞美晋室，其赞美明显地言过其实。如陆机"明明隆晋，茂德有赫。思媚上帝，配天光宅"。陆云"时文唯晋，天祚有祥"，"皇皇帝祐，诞隆骏命"，"叡哲惟晋，世有明圣。如彼日月，万景攸正"。第二，作为一个热衷于仕途的文人，二陆总是尽可能地交好对自己有利的同僚。故其对同僚揄扬也是必须的。如陆云《赠汲郡太守》："抑抑奚生，天笃其淳。芳颖兰挥，琼光玉振。沉机照物，妙思考神。思我善问，观德古人。"《赠顾骠骑后二首·思文》："显允顾生，金声玉振。之子于升，利见大人。龙辉绝迹，有肃清尘。"陆机的《祖道毕雍孙刘边仲潘正叔》："皇储延髦俊，多士出幽遐。适遘时来运，与子游承华。执笏崇贤内，振缨层城阿。毕刘赞文武，潘生苾邦家。感别怀远人，愿言叹以嗟。"在这些诗文中，二陆确实只是在进行一种"仪式"似的表演，表演中大大地美化社会及对方，其最终目的显然是求得社会与同僚的认可。

---

① 梅家玲：《汉魏六朝文学新论——拟代与赠答篇》，北京大学出版社，2005，第168页。

其次，二陆的"热衷"与"依附"还表现为诗文中对个人身份的拔高与矮化。在二陆的诗文里个人形象是矛盾的。在相当一部分文章中有意把自己的形象拔高了，而在别的文章里又把自己矮化到很低的位置。比如陆机《吴王郎中时从梁陈作》，此诗是借怀古来写自己。吴淇《六朝选诗定论》云："怀人者慷慨，则所怀者亦慷慨之人。"① 诗为写自己慷慨而叹，先用八句抒写自己的高贵之质："在昔蒙嘉运，矫翮入崇贤。假翼鸣凤条，濯足升龙渊。玄冕无丑士，冶服使我妍，轻剑拂鞶厉，长缨丽且鲜。""矫翮""假翼"既写自己是在太子的擢拔之下才得以升迁，又写自己本有高贵之质，正是自己有"翮"、有"翼"才可以鸣凤条，才可以升龙渊。接下四句又直接描绘了抒情主人公俊洁、高傲的形象，"玄冕"之士本皆俊洁之士，况我又着此美服，长剑配身，长缨在手。这是一个文武全才的少年。在《吴趋行》里，作者塑造了一个高高在上的吴人的形象，"楚妃且勿叹，齐娥且莫讴。四坐并清听，听我歌吴趋"。陆云的《九愍》是仿屈原《九歌》而作，文中首先表达自己渴望仕途成功的凌云之志，如"静沉思以自瘁，愿凌云而天飞"，"痛灵修之匪怀，颓九成于一匮。忘大宝之勿假，轻挈瓶之守器。仰剪翮于凌霄，俯归飞于矰罻"，"登高山以遐望，悲悠处之淹流。岂大川之难济，悲利涉之莫由"。大川难济，剪翮难飞，但假楫济河之心，翱翔长空之愿始终未曾暝灭。抒情主人公是一位纯正高洁之人："兰情馥以芬香，琼怀皎其如玉"，" 结丹款于璇玑，协朱诚于四时。"又特别注重约束自己，加强自己的修养："考度中以锡命，端嘉令而自肃。希千载以遥想，昶远思而自怡。范方地而式矩，仪穹天而承规。"就是这样的人却只能徘徊于江湘之畔，徜徉于高山荒野，"有鸟翻飞，集江湘兮。彼美一人，莫予将兮"。

而在另外一些篇章中诗人又有意矮化了自我形象。陆云"臣以凡才，殿下不以其驽暗，特蒙拔擢，将以臣能有狂夫之言，可以裨补圣德"（《国起西园第表启宜遵节俭制》），"愚臣所以癊瘵永叹，而私怀慷慨者也"（《王即位未见宾客群臣又未讲启宜飨宴通客及引师友文学观书问道》），

---

① （清）吴淇：《六朝选诗定论》，《四库全书存目丛书补编》，齐鲁出版社，2001，第207页。

"臣以虚薄,忝窃朝右,虽质弱任重,无益补察,至于奉己思勤,昊天罔极"(《言事者启使部曲将司马给事覆校诸官财用出入启宜信君子而远小人》),"晋太子舍人粪土臣云"(《盛德颂》)。陆机"皇太子幸于钓台,渔人献鳖,命侍臣作赋"(《桑赋》),"蕞尔小臣,邈彼荒遐"(《皇太子宴玄圃宣猷堂有令赋诗》),"臣本吴人,出自敌国,世无先臣宣力之效,才非丘园耿介之秀,皇泽广被,惠济无远,擢自群萃,累蒙荣进"(《谢平原内史表》)。需要说明的是,这些称谓中有文体的要求,如表及对天子的颂都要称臣,但不是要求必用"愚臣""粪土臣"等字样,至于陆机"蕞尔小臣""侍臣""陪臣"等字样,则明显地出于"臣本吴人,出自敌国"的自卑与无奈。陆机的《塘上行》是一篇有明显寓意的诗篇:

  江蓠生幽渚,微芳不足宣。被蒙风雨会,移君华池边。发藻玉台下,垂影沧浪渊。沾润既已渥,结根奥且坚。四节游不处,繁华难久鲜。淑气与时殒,余芳随风捐。天道有迁易,人理无常全。男欢智倾愚,女爱衰避妍。不惜微躯退,但惧苍蝇前。愿君广末光,照妾薄暮年。

刘克庄《后村集》卷45:"陆士衡'愿君广末光,照妾薄暮年',君臣之际深矣。"以妻妾写君臣,妻妾色衰爱弛正君舍臣不用。"江蓠生幽渚,微芳不足宣。被蒙风雨会,移君华池边"正是"蕞尔小臣"的形象。最后,值得一提的是陆云的《牛责季友》。这是一篇寓言性质的文章,文中从"牛"的角度写了一位蹭蹬下僚的官者形象,季友"神穷来哲,思洞无闲。踊翰则愤凌洪波,吐辞则辨解连环实",却一直是"冕不易物,车不改度"。此即陆云的自我写照。

第六节　二陆性格、心态与"缘情绮靡""文贵清省"

  陆机《文赋》研究历来都是学界的热点,在中国期刊网中,以"文赋"为关键词精确搜索1979~2008年的所有文章有673篇,剔除非学术性的及一些仅仅涉及《文赋》一点内容的文章,纯粹以《文赋》为研究对象者即有123篇,数量之多可见。与此相较,对陆云文学主张的探讨要少了许多，同一时间段里文章共有 8 篇，多集中于 1994 年之后，之前共 2 篇。研究者对《文赋》的研究主要从四个角度着手：一是从"诗缘情"的角度考察《文赋》在诗学史上的地位与价值；二是从构思、想象、灵感等角度阐述《文赋》的创作论；三是从文体和语言角度研讨《文赋》；四是对《文赋》创作时间进行考证。对陆云文学思想的研究主要集中在陆云"清省"观念的探讨上，如肖华荣《陆云"清省"的美学观》（《文史哲》1982 年第 1 期），傅刚《"文贵清省"说的时代意义》（《文艺理论研究》1984 年第 2 期），姜剑云《陆云"文贵清省"的创作思想》（《上海师大学报》2002 年第 7 期）。还有探讨"附情而言"观念的，如周昌梅《文学情感论：附情而言》（《孝感学院学报》2000 年第 3 期）。这些研究多与陆机《文赋》观念相比较来探讨二者的共性与差异。这些文章主要解决了在这个时代产生这种文学观念的原因，本节希望解决的是在这个时代为什么是陆机提出了"缘情""绮靡"的观念而不是陆云，为什么是陆云提出了"文贵清省"的观念而不是陆机。罗宗强先生说："影响士人心态变化的因素极多，经济、政治、思潮、生活时尚、地域文化环境以至个人的遭际等等，都会很敏锐地反映到心态上来。中国士人，大多走入仕一途，因之与政局的变化关系至大。政局的每一次重大变化，差不多都会在他们的心灵中引起回响。"这是强调外部因素对士人心态的影响，此是前面几节所解决的问题，"当我们弄清楚是什么样的外部原因引起士人心态发生了变化的时候，我们就可以解释何以他们的人生旨趣变了，文学创作的主题变了，审美情趣变了。"① 探讨二陆个人性格、心态与其文学主张的联系是本节的主要着力点。

一 西晋社会竞靡风气、陆机逞才心态与"绮靡"说

陆机《文赋》云："诗缘情而绮靡，赋体物而浏亮。""绮靡"一词大意是"用织物来比喻细而精"②，用于文章即李善所云"精妙之言"③。"绮

---

① 张毅：《宋代文学思想史序》，中华书局，1995，《序》第 8、9 页。
② 周汝昌：《陆机〈文赋〉"缘情绮靡"说的意义》，《文史哲》1963 年第 2 期。
③ （梁）萧统：《文选》，李善等注，上海古籍出版社，1986，第 766 页。

靡"一说对六朝诗文影响极大。陆机也因此一再遭人诟病，如谢榛《四溟诗话》："绮靡重为六朝之弊"①；沈德潜《古诗源》："诗缘情而绮靡，殊非诗人之旨"。② 诗语以精妙为特点，以缘情为内容，这正是对诗的文体特征的准确概括。历来对"绮靡"一说的意义及影响的探讨颇多，也比较深入，本文不再赘述。本文只论述"绮靡"说的提出与陆机逞才、竞靡心态的关系。

西晋社会是一个重视声色之欲的社会。学界公认《列子·杨朱篇》作于西晋时代，文中借管仲之口描绘了养生之道："恣耳之所欲听，恣目之所欲视，恣鼻之所欲向，恣口之所欲言，恣体之所欲安，恣意之所欲行。"③耳所欲闻者在于音声，目所欲见者在于美色，鼻所欲向者在于椒兰，口所欲道者在于是非。其宣扬者均在于尽情尽性，在于现实的美色追求。武帝灭吴之后，尽收孙皓宫女三千，王恺、石崇斗富等，此虽为极端的例子，但反映出来的是那个时代毫不隐讳对声色物欲的追求。晋人追求美色不仅限于女子的容姿之美，对于男性也是如此。《世说新语·容止》记载了几则故事：

> 潘安仁、夏侯湛并有美容，喜同行，时人谓之"连璧"。（第9条）
>
> 裴令公有俊容仪，脱冠冕，麤服乱头皆好。时人以为"玉人"。见者曰："见裴叔则如玉山上行，光映照人。"（第12条）
>
> 裴令公有俊容姿，一旦有疾至困，惠帝使王夷甫往看，裴方向壁卧，闻王使至，强回视之。王出语人曰："双目闪闪，若岩下电，精神挺动，体中故小恶。"（第10条）
>
> 骠骑王武子是卫玠之舅，俊爽有风姿，见玠辄叹曰："珠玉在侧，觉我形秽！"（第14条）
>
> 王大将军称太尉："处众人中，似珠玉在瓦石间。"（第17条）④

---

① 谢榛：《四溟诗话》，人民文学出版社，1961，第18页。
② （清）沈德潜：《古诗源》，中华书局，1963，第161页。
③ 杨伯峻：《列子集释》，中华书局，1979，第223页。
④ （南朝宋）刘义庆：《世说新语校笺》，徐震堮校笺，中华书局，1984版。

这些故事都是写晋人重视容貌的,从中可以看出晋人的风尚。同时,"时人谓"、"时人以为"以及"叹"、"称"等语言不光透露出人们对这些男子容貌的赞美,还显示了人们藏于内心的攀比心理。上引第四则"王济见卫玠而自觉形秽"一事,一声叹息中更让人看到了王济内心的失落感。对陆机来说,或有可能也参与其中。比如,入洛之时陆机、陆云即带有许多辎重,并因此引来了当时为盗寇的戴若思等人的觊觎。但就其家庭财富来说,与王恺、石崇诸人比较肯定相去甚远。在容姿上,陆云或许可以(亦未见材料赞美其容姿),陆机却无可展示之处。《陆机传》载:"机身长七尺,其声如钟。"以今天的审美标准,陆机是典型的美男子,在西晋却不具竞争力。

陆机"少有异才,文章冠世",作为东吴大家又才高囊代,展示才华无疑是陆机最好的选择。二陆入洛之初,《张华传》谓其"不推中国人士",从原因看主要是回击"中国士人"对吴人的蔑视,但从另一方面来说,则又是陆机兄弟自恃才高的表现。《陆机传》所载"诣侍中王济"事,陆机的对答或为信口之言,但此对句所折射的陆机的思想,除对"中国士人"的条件反射的抨击外,炫耀才华应是其不自觉的行为,但在当时人们看来更是如此,故谓"时人以为名对"。稽考陆机行事,其逞才之心态无处不在。《陆机传》:"时中国多难,顾荣、戴若思等咸劝机还吴,机负其才望,而志匡世难,故不从。"陆机不愿还吴是出于对自己才、望的自信或自负。而其与司马颖的一番对话,更将其逞才心态表露无遗:

> 颖谓机曰:"若功成事定,当爵为郡公,位以台司,将军勉之矣!"机曰:"昔齐桓任夷吾以建九合之功,燕惠疑乐毅以失垂成之业,今日之事,在公不在机也。"①

而陆机的这种逞才或曰逞强的心态正好被卢志利用。卢志密告司马颖曰:"陆机自比管、乐,拟君暗主,自古命将遣师,未有臣陵其君而可以济事者也。""自比管、乐"并非虚言,"拟君暗主"则全是小人杜撰之辞,小人谗言可畏!然士衡露才扬己则成就了小人之心。再如齐王冏事,《陆机

---

① (唐)房玄龄:《晋书》,中华书局,1974,第1479页。

传》载:"冏既矜功自伐,受爵不让,机恶之,作《豪士赋》以刺焉。"以齐王冏赫赫之势,如果此篇确作于冏生前的话,无异于玩火自焚。此皆士衡显才之事例。太康文人无不逞才好胜,这与"人未尽才"的政治局面有关。只不过,机、云持高贵之质,入于敌国,屡遭歧视,表现得更为强烈罢了。

上述两点作用于陆机创作中,即为"绮靡"文风。刘勰《文心雕龙·镕裁》云:"士衡才优,而缀词尤繁。士龙思劣,雅好清省。及云之论机,亟恨其多。"又《才略》篇云:"陆机才欲窥深,辞务索广,故思能入巧,而不制繁。"钟嵘谓其"才高辞赡"。此皆是将陆机繁缛风格与陆机之才联系起来,并指出陆云雅好清省的原因也在于"才"。《世说新语·文学》篇刘孝标注引《文章传》云:

> 文章传曰:"机善属文,司空张华见其文章,篇篇称善,犹讥其作文大治。谓曰:'人之作文,患于不才;至子为文,乃患太多也。'"①

余嘉锡注引李详注云:"案大治谓推阐尽致。《颜氏家训·名实篇》'治点文章,以为声价'。"② 张华称许陆机,又颇有微词。"推阐尽致"即"繁缛绮靡",此是士衡文章的主要特色。"以为声价"又指出张华称许陆机也有批评其逞才的一面。陆机文风如此,其文学主张也必然与此有关,概括而言,主要有两点。一是颐情志于典坟。陆机《文赋》强调要善于从三代典籍中汲取营养,如"颐情志于典坟","收百世之阙文,采千载之遗韵,谢朝华于已披,启夕秀于未振,观古今于须臾,抚四海于一瞬"。这是"才"的一个重要表现。陆机诗文中化用前人典故的地方非常多。佐藤利行的《西晋文学研究》曾分析陆机《入洛二首》,指出其文中典故,以其出处论,有《庄子》《礼记》《国语》《周易》《楚辞》《孔子家语》《列子》《毛诗》《淮南子》《吕氏春秋》《孟子》、曹植诗、《西京赋》等③,可见陆机为诗涉及之多,才学之广。二是思能入巧。陆机读书太多,所以

---

① (南朝宋)刘义庆:《世说新语校笺》,徐震堮校笺,中华书局,1984,第143页。
② 〔南朝宋〕刘义庆:《世说新语校笺》,徐震堮校笺,中华书局,1983,第219页。
③ 〔日〕佐藤利行:《西晋文学研究》,周延良译,中国社会科学出版社,2004,第195页。关于曹植,佐藤有误,此在第四章有详论。

其为文"才高辞赡"。但陆机又善为文,将才力与工巧结合在一起,开骈偶一家。陆机诗文多拟古人,但他强调的是"谢朝华于已披,启夕秀于未振",不是简单的拟古,而是翻新古诗,从其《拟古十二首》可以看出,陆机拟诗一改古诗之质朴,而成绮丽之特色。此即陆机《文赋》所说"或藻思绮合,清丽芊眠。炳若缛绣,凄若繁弦。必所拟之不殊,乃暗合乎曩篇。虽杼轴于予怀,怵他人之我先。"后人多以为六朝骈偶从士衡始,还是有一定道理的。他正是企图借骈偶、绮丽来超越前人的第一人。

二 陆云的文弱性格与"清省"说

陆云之才不及其兄,《文心雕龙·熔裁》认为士衡"缀辞尤繁"的原因在于"才优",士龙"雅好清省"则在于"思劣"。"思劣"与"才优"相对,显然,"思"亦指"才"。《晋书·陆云传》载:"六岁能属文,性清正,有才理,少与兄机齐名,虽文章不及机,而持论过之,号曰'二陆'。"① 从史家的叙述来看,二陆之"才"有分别:士龙"有才理",士衡"有异才",虽皆是"才士",而小大不同。可见,刘勰认为士龙"雅好清省"正是才力所限。陆云是一位颇能量才而出的作家,其《与兄平原书》云:"张公箴谏自过五言诗耳。但云自不便五言诗,由己而言耳。"又云:"四言、五言非所长,颇能作赋。"而察陆云之论文多赋颂而少诗。究其原因,即在于"既然不长于诗而长于赋,那么认赋当然最能发挥自己的长处了。"② 陆云论文多主"清省"。检索陆云《与兄平原书》谈及"清省"之处大体有:

1. 张公文无他异,正自清省无烦长,作文正尔自复佳。
2. 云今意视文,乃好清省,欲无以尚,意之至此,乃出自然。

又多处提到"清",如"清约""清工""清妙""清利""清绝""清美"

---

① (唐)房玄龄:《晋书》,中华书局,1974,第1481页。
② 傅刚:《文贵清省说的时代意义——略谈陆云<与兄平原书>》,《文艺理论研究》1984年第2期。

等词。大约与"清省"相当,均指简洁省净之意。陆云之"清省"正是就西晋时风而言。自曹丕提出"诗赋欲丽"以来,文章日益丽靡,皇甫谧《三都赋序》:"引而申之,故文必极美,触类而长之,故辞必尽丽。然则美丽之文,赋之作也。"① 其兄陆机提出"绮靡"之说,《文赋》云:"或藻思绮合,清丽芊眠。炳若缛绣,凄若繁弦。"观陆机之赋,多铺陈比喻,设色华丽、调声惊弦、神形兼备,确实达到了他所提出的"赋体物而浏亮"的要求。虽陆机才高,亦不免冗长繁杂之弊,如《豪士赋》《叹逝赋》《文赋》皆洋洋洒洒,甚是冗长。故陆云谓"绮语颇多",刘勰言"陆赋巧而碎乱"(《文心雕龙·序志》),孙绰曰"陆文深而芜"(《世说新语·文学》)。相较而言,陆云的辞赋却清简省净,不蔓不枝,没有过多华丽的辞藻与色彩。客观地说,陆云"清省"之说是对当日风气的校正,同时也是依据自己的文风而提出来的。士龙并非绝对反对"丽",这从他对士衡诗文的啧啧称赞中可以看出,如"兄诗赋自与绝域,不当稍与比校","张公父子亦语云,兄文过子安","兄文不复稍论常佳"。并且,他还主张士衡作大文,"兄作大赋,必好意精时,故愿兄作数大文。""云谓兄作《二京》,必得无疑,久劝兄为耳。"他反对的仅仅是多且无"藻"者,"有作文唯尚多,而家多猪羊之徒。作《蝉赋》二千余言,《隐士赋》三千余言,既无藻伟体,都自不似事。"士龙创作上主张"清省"显然与其"敏于短篇""布采鲜净"(《文心雕龙·熔裁》)等创作实际有关。

三 "游子"心态与"缘情"说

关于"诗缘情"的理解,也可以从陆机的心态入手②。作为京华游子,陆机在其后期生活中多受到周遭的歧视。权臣当道,干戈扰攘,而自己又历尽辛酸,直面一次次血的现实,感触既多且深。《汉书》云:"哀乐之心感,而歌咏之声发。"陆机"缘情"亦是"哀乐之感"的理论总结。

---

① (清)严可均:《全上古三代秦汉三国六朝文》,中华书局,1958,第1872页。
② 本章涉及《文赋》的写作年代的问题,一认为作于陆机二十岁时,其所依据杜甫诗《醉歌行》;一认为作于四十岁左右。笔者认为逯钦立先生考证四十岁左右相对合理,而杜甫诗中之语未可当真。

《陆机集》中"缘情"一词共出现三次,除《文赋》外,还有《叹逝赋》云:

> 亲落落而日稀,友靡靡而愈索。顾旧要于遗存,得十一于千百。乐颓心其如忘,哀缘情而来宅。托末契于后生,余将老而为客。

《叹逝赋》的写作时间在永康元年左右,"言日月流迈,人世过往"。其写作背景在序文中有交代:"昔每闻长老追计平生同时亲故,或雕落已尽,或仅有存者。余年方四十,而懿亲戚属亡多存寡,昵交密友亦不半在。或所曾共游一涂,同宴一室,十年之内,索然已尽。以是思哀,哀可知矣。"念及家乡长老,多已谢世,而自己独在异乡,年近四十而一事无成,于是心生哀叹,"乐颓心其如忘,哀缘情而来宅"。另一次在《思归赋》中云:

> 节运代序,四时相推。寒风肃杀,白露沾衣。嗟行迈之弥留,感时逝而怀悲。彼离思之在人,恒戚戚而无欢。悲缘情以自诱,忧触物而生端。昼辍食而发愤,宵假寐而兴言。

《思归赋》写作在元康六年,当时思归未得,愤而成篇,"彼离思之在人,恒戚戚而无欢。悲缘情以自诱,忧触物而生端"。周汝昌《陆机〈文赋〉"缘情绮靡"说的意义》一文曾描述此时的心境:

> "心"和"情"对文互义:说欢乐好像已经离开了"心"则不再出现;只有哀伤缘附于"情"而居留不去。这个"心",好像是指我所谓的"感情的性能"。而"情"则似乎可与"心"同义;也可以是指"心情""心境",即我所谓的"感情的状态"。[①]

上述二文所缘之情皆游子念家之情。当然,举此二文的意义并不是说《文赋》"缘情"说是特指游子之情,而是说,"缘情"是带有指向性的悲情。作为孤弱游子的陆机,萦绕于心的是那种难以化解的哀伤。周先生还在上文中指出:陆机"缘情"乃"心态"的自然流露,即一种"感情状态"。

---

① 周汝昌:《陆机〈文赋〉"缘情绮靡"说的意义》,《文史哲》1963 年第 2 期。

比对《文赋》：

> 遵四时以叹逝，瞻万物而思纷。悲落叶于劲秋，喜柔条于芳春。

我们会发现与《思归赋》的句子非常相似。皆讲四时推移、荣枯代谢，触起诗人的情愁哀乐。显然，《文赋》里的"缘情"与这种"心境"也是有联系的。其实，外物的变化本是无喜无悲的，作者的悲与喜，实际是作者某种"心境"的反映。正如作者在《豪士赋》中所云："落叶俟微风以陨，而风之力盖寡；孟尝遭雍门以泣，而琴之感以末。何者？欲陨之叶无所假烈风，将坠之泣不足繁哀响也。"此即所谓的"物感"说。

陆云亦重情，与陆机只有程度深浅的差别。其《与兄平原书》多处强调为文要有"深情"：

1. 省《述思赋》，流深情至言，实为清妙。
2. 情言深至，《述思》自难希，每忆常侍自论文，为当复自力耳。
3. 此是情文，但本少情，而颇能作泛说耳。
4. 兄前表甚有深情远旨，可耽味，高文也。

以有"情"文为妙、为高，以无情、少情为劣，为平平：

1. 唯兄亦怒其无遗情而不自尽耳。
2. 《初述征》《登楼》，前耶甚佳，其余平平，不得言情处。

从陆云所举文章看，《初述征》今不见其文，《述思赋》《登楼赋》其所写之情均是思乡恋家之情。由此可知，陆云所谓"情"首先考虑的也是"游子"之情。

需要说明的是，上述各点是不可分割的。机、云的个人性格及心态不仅直接影响着他们的文学创作，同时也影响着他们的理论主张。后人多批评陆氏昆仲的模拟之作，一则是因为早期模拟之作乃习学之篇，本就是揣摩他人之思绪，故难以写自己之深情；二则因二陆先前主张"先辞后情"，见张公后方才"先情后辞"；另外，一些应酬赠答之诗，多官场之事，无情在所难免。至其他篇章，则是情郁于中者。叶矫然《龙性堂诗话初集》：

"士衡独步江东，《入洛》《于承明》等作怨思苦语，声泪迸落。至读其乐府，于逐臣弃友，祸福倚伏，休咎相乘之故，反复三叹，详哉言之，宜其忧谗畏讥，奉身引退，不图有覆巢之痛也。秋风蓴鲙，华亭鹤唳，可同日语哉！"① 徐献忠《唐诗品·左散骑常侍高适》："而词峰华润，感赏之情，殆出常表，视诸苏子卿之悲愤，陆平原之惆怅，辞节虽离，而音调不促，无以过之矣。"② 可知，心态、创作、理论三者互相影响之深。

二陆心态中，有两点最为重要：一是二陆外向型的原初性格。此乃先天的，它贯穿于二陆一生的行事之中，其他心态与性格莫不受此影响，它是二陆创作及诗文理论的基石。比如在与旁人交往过程中毫无顾忌地表达、露才显己的心态特点，都是其外倾性格的表现。再比如失意时的忧生之嗟，尤其经历齐王冏事后可怜楚楚的表章，也是其外倾性格的显露。二是二陆的家族声望。这是后天的，但由于维护家族声望、重振家族宏业是二陆一生的奋斗目标，因此，他们后来的各种心态中也都有它的影子。自尊、自信、自负与风化思想自不必说，即便是隐逸思想、忧生之嗟也与其家族密切联系在一起。它同时也是二陆诗文创作的主要内容。

---

① 郭绍虞编《清诗话续编》，上海古籍出版社，1983，第 957 页。
② 吴文治：《明诗话全编》，江苏古籍出版社，1997，第 3019 页。

第四章
二陆诗文之渊源研究

关于二陆诗文之渊源，钟嵘《诗品》云："（陆机）源出于陈思。"后世论者多以此为本加以申说。钟嵘对于陆云诗的渊源，语焉不详，昧其评论，似指其源出于白马王曹彪，然曹彪诗文为何没有流传下来，难以知晓。笔者主张将二陆诗文放在一起探讨其渊源。《晋书·陆机传论》云："观夫陆机、陆云实荆衡之杞梓，挺珪璋于秀实，驰英华于早年……文藻宏丽，独步当时。言论慷慨，冠乎终古。高词迥映，如朗月之悬光，叠意迴舒，若重岩之积秀。"① 宋徐民瞻《晋二俊文集序》亦云："其文章，所谓如朗月之垂空，重岩之积秀者，固自若也。"② 机、云亦多互相探讨为文之法，其先"先辞而后情，尚洁而不取悦泽"，而后与张华父子论文，则渐取"清新相接"之主张。"情辞慷慨""文藻宏丽"是二陆诗文的共同特点。二陆诗文亦有差异，就总体水平而言，机优而云劣，就影响来看，机著而云微，即使风格也不完全相同："陆机才欲窥深，辞务索广，故思能入巧，而不制繁"，所以"缀辞尤繁"；"士龙朗练，以识检乱，故能布采鲜净，敏于短篇"，其风格"雅好清省"③。但二人诗文的总体取向是一致的。胡应麟云："魏称曹、刘，然刘非曹敌也。晋称潘、陆，然潘非陆敌也……非敌而并称，何也？同时、同事又同调也。"④ 其实，二陆并称也是这个道理，所以，二陆有差异但不影响我们把二人的诗文渊源放在一起进行探讨。

---

① （唐）房玄龄：《晋书》，中华书局，1974，第 1487 页。
② （晋）陆机：《陆士衡文集校注》，刘运好校注，凤凰出版社，2007，第 1470 页。
③ （梁）刘勰：《文心雕龙校证》，王利器校证，上海古籍出版社，1980，第 283 页。
④ （明）胡应麟：《诗薮》，上海古籍出版社，1979，第 154 页。

第一节　陆机诗渊源的重新审视

一　从"源出于陈思"说起

钟嵘《诗品》"晋平原相陆机"条云：

> 晋平原相陆机诗，其源出于陈思。才高词赡，举体华美。气少于公干，文劣于仲宣。尚规矩，不贵绮错，有伤直致之奇。然其咀嚼英华，厌饫膏泽，文章之渊泉也。张公叹其才大，信矣！①

谓陆机源于陈思，又于"晋清河守陆云"条云："清河之方平原，殆如陈思之匹白马。于其哲昆，故称二陆。"② 钟嵘用追源溯流的方法考察往古诗人，在历史发展进程中探讨诗歌风格的发展变化，让人清晰地看到每一诗人个体在诗歌演进中的作用，确实独具慧眼。然其谓某源出于某某，却一直为后人诟病。纪昀《四库全书总目提要》："惟其论某人源出某人，若一一亲见其师承者，则不免附会耳。"③ 沈德潜《说诗晬语》："钟记室谓其（陶渊明）源出于应璩，且为中品，一言不智，难辞厥咎已。"④ 章学诚《文史通义》卷五："钟嵘所推流别，亦有不甚可晓处。"⑤ 然钟氏对陆机"源出于陈思"的论断，几成定论，屡被后世演绎。如明宋濂《答章秀才论诗书》："自时厥后，正音衰微，至太康复中兴。陆士衡兄弟则仿子建，潘安仁、张茂先、张景阳则学仲宣，左太冲、张季鹰则法公干，独陶元亮天分之高其先。"⑥ 明冯复京《说诗补遗》："陆士衡诗，其源实出陈思。"何良俊《四友斋丛说》："盖潘、陆规模于子建，左思步骤于刘桢。"⑦ 但

---

① （梁）钟嵘：《诗品注》，陈延杰注，人民文学出版社，1961，第 24~25 页。
② （梁）钟嵘：《诗品注》，陈延杰注，人民文学出版社，1961，第 36 页。
③ （清）纪昀：《四库全书总目提要》，上海古籍出版社，1983，第 1780 页。
④ （清）沈德潜：《说诗晬语》，霍松林注，人民文学出版社，1979，第 202 页。
⑤ （清）章学诚：《文史通义新编》，上海古籍出版社，1993，第 197 页。
⑥ （明）宋濂：《宋濂文集》，罗月霞集校，浙江古籍出版社，1999，第 207 页。
⑦ 傅璇琮等：《四友斋丛说》，载《续修四库全书》，上海古籍出版社，1995，第 682 页。

反复比较二陆与子建兄弟诗文，陆云不可能源出于白马，自不必说。曹彪今存残诗一首，不见其文，在当时也无甚声名，估计只是一个很普通的作者。张怀瑾《诗品评注》谓："以陆云比之曹彪，比况失宜，有损清河之价。"① 即便是陆机"源出于陈思"也还有许多值得重新审视的地方。

二 二陆对前贤的态度

首先看二陆对待陈思王曹植的态度。《陆云集》中载有陆云写给其兄的书信三十五札，从书中的内容可知，信非一时之作，而是多年书信的汇集，虽有所缺佚，但保存了一大部分。书中论及很多前辈文人，如班固、扬雄、王褒、蔡邕、王粲、曹氏父子等皆有所涉，所提到的前代及晋代知名文人大体如下。

  张　华：十次，分别见于第 9 书、第 11 书、第 12 书、第 14 书、第 15 书、第 17 书、第 19 书、第 21 书、第 23 书、第 28 书。

  蔡　邕：五次，分别见于第 9 书、第 11 书、第 17 书、第 19 书、第 22 书。

  曹　操：三次，分别见于第 1 书、第 2 书、第 30 书（注：唯言其器物，无涉文章）

  王　粲：二次，分别见于第 12 书、第 15 书。

  成公绥：二次，分别见于第 18 书、第 19 书。

以下皆仅见一次：

  王　褒：第 13 书，王褒作《九怀》，亦极佳，恐犹自继。

  班　固：第 19 书，《幽通》《宾戏》之徒自难作，《宾戏》《客语》可为耳。

  东方朔：第 19 书，答之甚未易，东方士所不得全其高名，颇有

---

① （梁）钟嵘：《诗品评注》，张怀瑾注，天津古籍出版社，1997，第 272 页。

答极。

　　曹　丕：第 12 书，如子桓书，亦自不乃重之。

　　陈　琳：第 5 书，陈琳大荒甚极，自云作必过之，想终能自果耳。

　　皇甫谧：第 3 书，前省皇甫士安《高士传》，复作《逸民赋》，今复送之。

　　潘　尼：第 4 书，一日见正叔与兄读古五言诗，此生叹息欲得之。

　　王　粹：第 26 书，王弘远去，当祖道，似当复作诗。弘远诗极佳。

　　陈　寿：第 10 书，陈寿《吴书》有《魏赐九锡文》及《分天下文》，《吴书》不载。

这是一组非常清晰的数据，据此我们可以考察出二陆心仪的古人。

（一）张华

　　二人交谈中谈论最多的是张华。就其原因来说，第一在于二人与张华的交往甚密。《晋书·陆机传》记载了二陆入洛之初的一些情形，刚到洛阳就造访了两个重要人物，一是太常张华，一是侍中王济。张华"素重其名，如旧相识，曰：'伐吴之役，利获二俊'"[①]，而王济态度很是轻慢，指羊酪谓机曰："卿吴中何以敌此？"这种差异对初入洛阳的机、云兄弟影响很大。二陆"见华一面如旧，钦华德范，如师资之礼焉。华诛后，作诔，又为《咏德赋》以悼之"[②]。张华与二陆近乎师生。此从二陆谈及张华的语气中也能看出来。《与兄平原书》第 11 书："云再拜：往日论文，先辞而后情，尚絜而不取悦泽。尝忆兄道张公父子论文，实自欲得。"第 12 书："云再拜：仲宣文，如兄言，实得张公力。"第 14 书："云再拜：顷得张公《封禅事》，平平耳，不及李氏其文无比，恐非其所作。"不管是赞同，还是不以为然，恭敬的称呼始终不变。

　　第二个原因则是三人文学见解相同。前引第 11 书，前一句言，陆云自

[①] （唐）房玄龄：《晋书》，中华书局，1974，第 1472 页。
[②] （唐）房玄龄：《晋书》，中华书局，1974，第 1077 页。

己往昔论文，是"先辞而后情"，而在与张公谈论后，才开始更为重视文章中"情"的要素。后一句"尝忆兄道张公论文"云云，则又谓陆机也与陆云一样从张华处有所收获，接受了张华"先情后辞"的观点。又第十五书：

> 羸瘁累日，犹云愈前二赋，不审兄平之云何？愿小有损益，一字两字，不敢望多。音楚，愿兄便定之。兄音与献彦之属，皆愿仲宣须赋献与服繁。张公语云云，兄文故自楚，须作文。为思昔所识文，乃视兄作诔，又令结使说音耳。兄所撰，愿且可付之。

二陆吴人，张华指出其文章中"音楚"的问题，从书中的表述看，二人亦予以接受。再如第 18 书：

> 近日视子安赋，亦对之叹息绝工矣。兄诲又尔，故自是高。

陆机、陆云皆叹服成公绥赋才之"绝工"，张华的意见也是这样。第 19 书：

> 张公父子亦语云，兄文过子安，子安诸赋，兄复不皆过。

总的来说，张华的引荐与庇护，让二陆心存感激，故多有亲近之感，此从陆机《瓜赋》中即能看出，"赋之'嘉时'、'惠霑'、'朗日'、'惠风'云云，实托物以喻张华之恩惠"①。再则，张华本身就是一位比较优秀的文学家，许多文学见解与二陆大体相近，华又长二陆将近 30 岁，故二陆以师待之。

（二）蔡邕

二陆不仅在往返之《书》中多次提到蔡邕，还多次在文中写到蔡邕。如陆机《遂志赋序》：

> 张衡《思玄》，蔡邕《玄表》，张叔《哀系》，此前世之可得言者也。崔氏简而有情，《显志》壮而泛滥，《哀系》俗而时靡，《玄表》

---

① （晋）陆机：《陆士衡文集校注》，刘运好校注，凤凰出版社，2007，第 103 页。

雅而微素,《思玄》精练而和惠,欲丽前人,而优游清典,漏幽通矣。班生彬彬,切而不绞,哀而不怨矣。崔、蔡冲虚温敏,雅人之属也。衍抑扬顿挫,怨之徒也。岂亦穷达异事,而声为情变乎!余备托作者之末,聊复用心焉。

《策问秀才纪瞻等》:

汉氏遗作,居为异事,而蔡邕《月令》谓之一物,将何所从?

《汉高祖功臣颂》:

蔡邕李咸碑曰:明略兼洞,与神合契。奋臂云兴,腾迹虎噬。凌险必夷,摧刚则脆。

并有文专门凭吊蔡邕——《吊蔡邕》。陆云《书》中每以张、蔡并论,"蔡氏所长,唯铭颂耳……张公昔亦云"。陆机有"张、蔡之怀",即陆机曾以蔡邕为自己的偶像。从表述中可以看出,陆云对蔡邕也非常推崇。蔡邕在二陆心目中的位置可见一斑。

作为汉末文坛领袖,蔡邕与张华有许多相似之处。首先,蔡邕爱才。《三国志·魏书·王粲传》载:

粲徙长安,左中郎将蔡邕见而奇之。时邕才学显著,贵重朝廷,常车骑填巷,宾客盈坐。闻粲在门,倒屣迎之。粲至,年既幼弱,容状短小,一坐皆惊。邕曰:"此王公孙也,有异才,吾不如也。吾家书籍文章,尽当与之。"①

王粲时年13岁,蔡邕56岁。以一个56岁的长者身份"倒屣"迎接一位13岁的孩童,其原因不唯粲为"王公孙",更重要的是王仲宣"有异才,吾不如也"。再如,蔡邕荐边让,《后汉书·文苑传》载:

窃见令史陈留边让,天授逸才,聪明贤智。髫龀夙孤,不尽家训。

---

① (晋)陈寿:《三国志》,中华书局,1959,第597页。

及就学庐，便受大典。初涉诸经，见本知义，授者不能对其问，章句不能逮其义。心通性达，口辩辞长。非礼不动，非法不言。若处狐疑之论，定嫌审之分，经典交至，捡括参合，众夫寂焉，莫之能夺也。①

蔡邕欣赏边让的天资聪颖、博闻强识，欣赏其在学问上能够"心通性达，口辩辞长"。他只要认为对方是"天授逸才"，即不去考虑诸如家庭、形象等其他因素。这种不拘一格举荐人才的做法，正与张华相通。史载张华"性好人物，诱进不倦，至于穷贱侯门之士有一介之善者，便咨嗟称咏，为之延誉"②。陆机、陆云、成公绥、束晳、左思、褚陶、牵秀以及陈寿、李密等十数人皆为张华所荐。有"异才""高才"的二陆兄弟，对此类"性好人物"又喜提携后进者当然会出自内心地喜爱。

蔡邕博识，又雅爱书籍，此亦与张华相似。《张华传》载："（张华）雅爱书籍，身死之日，家无余财，惟有文史溢于机箧。尝徙居，载书三十乘。"③ 而蔡邕是著名的藏书家。《博物志》卷六载：

蔡邕有书万卷，汉末载数车与王粲。粲亡后，相国掾魏讽谋反，粲子与焉。既被诛，邕所与书悉入粲族子叶。④

又《后汉书·列女传·董祀妻传》：

蔡琰谓曹操曰：昔亡父赐书四千许卷，流离涂炭，罔有存者。⑤

史上没有记载机、云有多少藏书。但从其所引典故来看，如《诗》《骚》《礼》《易》《国语》《左传》《史记》《汉书》之类肯定有涉猎。从二陆家学传统来看，其对《诗》《易》等书恐怕还不是一般的阅读而已。史载陆机"服膺儒术"，陆云为"当今颜子"，当亦知其学术知识。又陆云《与兄平原书》多次问陆机"兄颇见之不""想兄识彦高书箱"，可知，陆机

---

① （南朝宋）范晔：《后汉书》，中华书局，1965，第 2646 页。
② （唐）房玄龄：《晋书》，中华书局，1974，第 1074 页。
③ （唐）房玄龄：《晋书》，中华书局，1974，第 1074 页。
④ （晋）张华：《博物志》，中华书局，1980，第 72 页。
⑤ （南朝宋）范晔：《后汉书》，中华书局，1965，第 2801 页。

亦是见博识广之人，这从其著述种类也可以看出。蔡邕与张华相类，其志趣又与二陆相投。此是蔡获二陆推崇的第一个原因。

第二个原因是蔡邕曾避难于吴中。《后汉书·蔡邕传》载：

> 邕虑卒不免，乃亡命江海，远迹吴会。往来依太山羊氏，积十二年，在吴。①

据《三国志·顾雍传》载，蔡邕在吴是熹平六年至中平六年（177～189），在这12年中，蔡邕受尽礼遇，传中还记载了蔡邕关于"焦尾琴"的一段轶事，江东大族顾氏之顾雍师从邕。《三国志·顾雍传》载："蔡伯喈从朔方还，曾避怨于吴，雍从学琴书。"②《江表传》："雍从伯喈学，专一清静，敏而易教。伯喈贵异之，谓曰：'卿必成致，今以吾名与卿。'故雍与伯喈同名，由此也。"又《吴录》云："雍字元叹，言为蔡雍之所叹，因以为字焉。"③ 顾雍师从蔡邕。吴郡顾、陆两家关系至为密切。顾雍娶陆绩之姊，陆瑁为顾承之舅，顾谭为陆逊外甥，顾谦为陆机姊夫。且顾荣与机、云关系甚为融洽。由此来看，蔡邕此经历未必不影响陆机兄弟。

机、云看重蔡邕的第三个原因在于文学观念。陆机在文学理念上比较重视"绮语"，其《文赋》云：

> 游文章之林府，嘉丽藻之彬彬。慨投篇而援笔，聊宣乎斯文。

"林府""丽藻"都是指绮丽的意思。唐大圆谓："此时心若游乎文章之山林府库，其中所有美丽彬彬之文藻，似取之不尽，用之不竭。"④ 而陆机的《文赋》就体现了这一点，下面是《文赋》中的句子：

> 播芳蕤之馥馥，发青条之森森。粲风飞而飙竖，郁云起乎翰林。
> 或藻思绮合，清丽芊眠。炳若缛绣，凄若繁弦。
> 石韫玉而山晖，水怀珠而川媚。彼榛楛之勿翦，亦蒙荣于集翠。

---

① （南朝宋）范晔：《后汉书》，中华书局，1965，第2003页。
② （晋）陈寿：《三国志》，中华书局，1959，第1225页。
③ （晋）陈寿：《三国志》，中华书局，1959，第1226页。
④ （晋）陆机：《文赋集释》，张少康集释，人民文学出版社，2002，第27页。

陆云对其兄的"绮"是认可的。其《与兄平原书》第19书云:"《文赋》甚有辞,绮语颇多,文适多体,便欲不清。"首先肯定了其兄"辞",即"绮语"。陆云虽然委婉地提出了"便欲不清"的批评,但总体上是肯定的。这种观点正与蔡邕相通,《后汉书·蔡邕传赞》:

> 季长戚氏,才通情侈。苑囿典文,流悦音伎。邕实慕静,心精辞绮。斥言金商,南徂北徙。①

长于书法、音乐、绘画,而文章以"辞绮"为主要特色,正与陆机相类。而且在陆云看来,蔡邕也达到了他所谓"清"的审美主张,陆云《与兄平原书》第11书:

> 《茂曹碑》皆自是蔡氏碑之上者,比视蔡氏数十碑,殊多不及,言亦自清美,愚以无疑不存。

蔡氏《茂曹碑》"言自清美",正合于机、云"清"与"美"的主张,这也就难怪二人多次提及蔡邕。

当然,陆云还有一个私下的希望,即希望其兄能够比肩"张、蔡"。其《与兄平原书》第17书:

> 云作文如兄所论,已过所望,况乃当敢。今兄有张、蔡之怀,得此乃怀怖也。

第19书:

> 云再拜:蔡氏所长,唯铭颂耳。铭之善者,亦复数篇,其余平平耳。兄诗赋自与绝域,不当稍与比校。

第28书:

> 一日视伯喈《祖德颂》,亦以述作宜褒扬祖考为先,聊复作此颂。

---

① (南朝宋)范晔:《后汉书》,中华书局,1965,第2008页。

第 32 书：

> 云再拜：诲颂兄意乃以为佳，甚以自慰。今易上韵，不知差前不？不佳者，愿兄小为损益。令定下云"灵旆电挥"，因兄见许，意遂不恪。不知可作蔡氏《祖德颂》比不？景猷有蔡氏文四十余卷，小者六七纸，大者数十纸。文章亦足为多。然其可贵者，故复是常所文耳。云顷不佳思虑，胸腹如鼓，夜不便眠了不可。又以有意兄不佳，文章，已足垂不朽，不足又多。

从上引诸例完全可以看出陆云的心思。在机、云心里，蔡邕、张华是其敬仰的对象，也是其学习的榜样，其作文为赋也多见效法之意。故从主观态度来看，二陆首先肯定的前辈是张华和蔡邕。

（三）陈琳、王粲

建安文人，除曹氏父子外，陆云《与平原兄书》中共提及两位。一是陈琳。"陈琳《大荒》甚极，自云作必过之，想终能自果耳。"二是王粲。"仲宣文，如兄言，实得张公力，如子桓书，亦自不乃重之。"① 这代表了机、云二人的观点。对仲宣、子桓，陆云以"自不乃重之"概括。并且，陆云还认为陆机远远胜过二人，如"兄诗多胜其《思亲》耳"。不过陆云不认为自己可以超越王粲："《登楼》名高，恐未可越尔。"从总体上看，陆云不满王粲之作："视仲宣赋集，《初征》《登楼》，前耶甚佳，其余平平，不得言情处。""七子"中最受二陆关注的是王粲。对陈琳就没有这么客气了，陆云《与平原兄书》称"自云作必过之"，并非常自信地认为一定能"自果"。可以想见，建安文人在陆云与陆机眼中并没有太高的位置。

（四）曹操、曹丕

二陆对曹操关注有加。但此关注不在文学，而是从生活与事业上着眼。如陆云《与平原兄书》第1、第2书所言曹公事多是荐席具、寒夏被、

---

① "得张公力"，不知此张公是指何人，此或指张衡，"四言侧密，则张衡、王粲"（《太平御览·文部·诗》卷五八六）。"子桓书"指的是曹丕《与吴质书》。"不乃"，不能。《史记·佞幸列传》："不乃甚笃。"《二十二史考异·史记五》："不乃者，不能也。"

介帻、平天冠、远游冠、严器、躞批、剔齿、纤綖诸物,尽日常用具,字里行间透露出对这些事物的新奇之感,如"介帻如吴帻","严器方七八寸,高四寸余,中无鬲,如吴小人严具状,刷腻处尚可识","书箱,想兄识彦高书箱,甚似之。笔亦如吴笔,砚亦尔"。此与今人览胜之情相同,此人已逝,而览其器物,想其往日之事,会生出无限感慨。所以,陆机有《吊魏武帝文》,其序云:

> 元康八年,机始以台郎出补著作,游乎秘阁,而见魏武帝遗令,慨然叹息伤怀者久之。客曰:"夫始终者万物之大归,死生者性命之区域,是以临丧殡而后悲,睹陈根而绝哭。今乃伤心百年之际,兴哀无情之地,意者无乃知哀之可有,而未识情之可无乎?"

陆机此序及文所以屡为后人称颂,在于它揭示了一个让人感到震撼的命题:兴衰难测,人生无常。想当年"接皇汉之末绪,值王涂之多违",乘乱崛起,扫除群雄,平定中原,挥鞭南指,其功业何其大也!而当其没时,"迄在兹而蒙昧,虑嚖闭而无端。委躯命以待难,痛没世而永言。抚四子以深念,循肤体而颓叹。迨营魄之未离,假余息乎音翰。执姬女以嚬瘁,指季豹而漼焉。气冲襟以呜咽,涕垂睫而泛澜。违率土以静寐,戢弥天乎一棺",竟如常人一样静以待死,无可奈何,"曩以天下自负,今以爱子托人",又何其哀也!文中陆机对魏武帝功业的赞誉及对其临终委命的感慨,都是从文学以外的角度来看待的。联系前面陆云《与兄平原书》中所记,可以看出,在二陆眼里,曹操首先是一代英雄,他曾崛起于乱世,成就其功业,故其事可闻,其迹可瞻。其次是一位政治家,功过是非,任由后人评点。最后才是一位多情的文人,其慷慨悲歌,为后世模拟与评点。也就是说,其文人的角色只是附带的。这也是符合西晋人对建安文人的接受状况的。王玫在其《建安文学接受史论》一书中这样写道:

> 建安文学的创作主体是历史上为数不多的一个特殊群体,"三曹"、"七子"本身就有很强的政治性,尤其是"三曹",他们是政权的实际统治者、帝王与公侯,他们的政治作为直接影响、支配着当时

的历史局面。"三曹"中尤以曹操为最,因此后人对曹操文学作品总是无法进行纯文学的接受。在三分天下的特殊历史时期,曹操兴屯田、招贤才,外定武功,内兴文学,其一生行迹已成为历史的构成部分。虽然他从未正式称帝,但是他的所作所为却掌握着当时历史的走向,他对曹魏政权的建立所起的重大作用远远超过正式称帝的曹丕。曹丕在历史上的身份首先是帝王,在建安年间的文学活动中,他以公子储王的名义作为邺下文人的领袖,直接领导着当时的文学活动。与曹操相比,曹丕在文学方面的建树似乎更引人注目,这与他在当时历史现实中的实际影响力相对薄弱或许不无关系。曹植在"三曹"中文学成就历来评价最高,其自身才华之出众固然是重要原因,但他始终未曾进入政治中心,后期的身份地位更是被边缘化,政治上的失意却给他带来文学上的成功。后人对曹植的态度更具有文学接受的意味,而对曹操的接受往往超越了文学的范围。[①]

王博士对"三曹"后世接受状况的概括大体是合理的。曹操已如前云。曹丕以"副君之重,妙善辞赋"[②],又多次下诏提倡著书立说,提出"文章经国之大业,不朽之盛事"[③],从而促成了建安文学的繁荣。更兼曹丕与当时文士的亲密关系,"行则连舆,止则接席",俨然就是一代文学领袖,但其身份仍然是帝王。

(五) 曹植

曹植,被谢灵运许以"才高八斗"。钟嵘置其诗于上品,谓之"骨气奇高,词采华茂,情兼雅怨,体被文质,粲溢今古,卓尔不群",又谓"陈思之于文章也,譬人伦之有周孔,鳞羽之有龙凤,音乐之有琴笙,女工之有黼黻"[④]。刘勰称其为"独冠群才"。王玫博士谓"后人对曹植的态度更具有文学接受的意味",但在西晋文人的视阈中却难以找到相应的称许之言。较有影响的是李充的《翰林论》:"表宜以远大为本,不以华藻为

[①] 王玫:《建安文学接受史论》,上海古籍出版社,2005,第37页。
[②] (梁)刘勰:《文心雕龙校证》,王利器校证,上海古籍出版社,1980,第272页。
[③] (魏)曹操、曹丕、曹植:《三曹集》,岳麓书社,1992,第178页。
[④] (梁)钟嵘:《诗品注》,陈延杰注,人民文学出版社,1961,第20页。

先。若曹子建之表，可谓成文矣；诸葛亮之表刘主，裴公之辞侍中，羊公之让开府，可谓德音矣。"① 基本上贬誉兼有。傅玄《七谟序》："自大魏英贤迭作，有陈王《七启》，王氏《七释》，杨氏《七训》，刘氏《七华》，从父侍中《七诲》，并陵前而邈后，扬清风于儒林，亦数篇焉。世之贤明，多称《七激》工，余以为未心善也，《七辨》似也。非张氏至思，比之《七激》，未为劣也。《七释》佥曰'妙哉'，吾无间矣。若《七依》之卓轹一致，《七辨》之缠绵精巧，《七启》之奔逸壮丽，《七释》之精密闲理，亦近代之所希也。"② 则多有微词。充其量，不过与《七依》《七辨》《七释》等篇相为并称。至左思之《魏都赋》："勇若任城，才若东阿。抗旍则威噆秋霜，摘翰则华纵春葩。"③ 只不过是陈寿《传评》的复述。

《与兄平原书》中没有提到曹植。即使是二陆集中也很少提及，《陆机集》中曹植出现了两次，一次在《汉高祖功臣颂》："曹植与陈琳书曰：骥騄不常一步，应良御而效足。"一次在《鞠歌行》序文中："《鞠歌》将谓此也。又东阿王诗'连骑击壤'，或谓蹙鞠乎？"两次均属于一般的引用，没有评论。此能够说明陆机已经阅读过曹植之作。《陆云集》中有两处似乎与曹植有关，一是《喜霁赋》，其序云："余既作《愁霖赋》，雨亦霁，昔魏之文士，又作《喜霁赋》，聊厕作者之末，而作是赋焉。"《喜霁赋》谓"魏之作者"，今存魏之曹丕、曹植、缪袭④皆有同题赋，傅玄亦曾仕魏。比较上述诸赋或作于同时。陆云此赋显然与缪袭更为接近，如：

陆：于是朱明自皓，凯风来南。

缪：屯玄云以东徂兮，扇凯风以南翔。

陆：阴阳交泰，万物方道。炎神送暑，素灵迎秋。四时逝而代谢兮，大火忽其西流。

缪：嗟四时之平分兮，何阴阳之不均。

---

① （清）严可均：《全上古三代秦汉三国六朝文》，中华书局，1958，第1767页。
② （清）严可均：《全上古三代秦汉三国六朝文》，中华书局，1958，第1723页。
③ （清）严可均：《全上古三代秦汉三国六朝文》，中华书局，1958，第1889页。
④ （清）严可均：《全上古三代秦汉三国六朝文》，中华书局，1958，第1265页。

> 陆：普厥有欢，覃及四国。翕万情而咸喜兮，虽无获而自得。
> 缪：农夫欣以敛川，田畯耕于封疆。

显然，此文更接近缪氏之文，而与曹植之文要疏远许多。另一篇是《寒蝉赋》。《寒蝉赋》的同题赋更多，严可均《全上古三代秦汉三国六朝文》皆载有蔡邕、班昭、陈王、明帝、傅玄、孙楚，相对来说，受子建的影响要大。但此是孤例，不能说明问题。

总的来说，不管是对人还是对文，二陆都最为敬重张华，其论文与作文受张华影响也最大。其次推崇蔡邕，主要欣赏蔡邕接引人物之风格及其博学与文章之清美。而对曹氏父子功业赞誉有加，但对其文章，主观上没有刻意地学习与模仿。

三 陆机拟乐府数量的统计及与陈思王之比对

魏晋南北朝是一个比较重视模拟的时期，傅玄有《拟楚篇》《拟四愁诗》《拟马防诗》，傅咸有《拟古诗》，张华有《拟古》，张载有《拟四愁》，左思自称"作赋拟相如"，其《三都赋》拟张衡之《二京》，陆机有《拟古十二首》，陆云的赠答之诗多拟《诗经》。当时的"七体"则是《七发》的拟作，《九愍》《九辩》则以《九章》为蓝本。在那个时代，几乎人人都有拟作，萧统《文选》"杂拟"一体即载拟古作品六十多首。拟作者对原作模拟的动机首先是创作。那时没有如现在一样的学习方法，文人们正是通过大量模拟前人作品，才逐渐形成了自己的写作风格，也正是有了这些拟作，钟嵘《诗品》追源溯流才有意义。所以说，谓某人源出于某人，必定有品读与模拟某人作品的事实存在，否则很难建立起"源"与"流"的关系。《文赋》云："必所拟之不殊，乃暗合于曩篇。"此是陆机对待模拟的基本理念，选"古之名篇，乃自由相袭，由近及远，自有阶梯，一字一句，必求相似"。[①] 如陆机拟古十二首与所拟古诗，正如前人所谓"亦步亦趋"，所谓"束身奉古"等，即是如此。那么，陆机诗与曹植

---

① 王闿运：《湘绮楼诗文集》，岳麓书社，1996，第2109页。

诗是否有这种现象呢？

《陆机集》今存陆诗90篇，补遗43篇，完者31篇，仍以乐府和诗两类分别。乐府诗卷六有17篇，卷七全为乐府诗32篇，补遗有挽歌辞3首，《吴趋行》《饮酒乐》各1首，合计乐府有54篇，其余为诗，内容为文人赠答、拟古和咏物之作。黄节《曹子建诗注》[①] 存曹植诗二卷75篇，亦分诗和乐府两类，乐府46篇，其余为诗29篇，诗以赠答为主，另有杂诗、咏史诗和抒怀之作。

曹、陆都长于乐府，从上述数字可以看出，曹、陆乐府诗都占各自作品的半数以上。从长于乐府创作这一角度看，二者颇相类似。创作乐府是魏至晋初文人的共同倾向。建安时代，魏武帝有诗24首，其中乐府23首；文帝诗共28首，其中乐府23首；王粲诗共31首，其中乐府9首。西晋诗坛，傅玄诗72首，其中乐府33首；张华34首，其中乐府11首。到陆机时代，文人创作乐府的热情低了许多，像陆云、潘岳都无乐府诗。陆机是太康时代创作乐府最多的诗人。第二章已论，此与陆机的志向与心态有关。这一点亦与曹植相类。

（一）陆曹同题乐府比对分析

翻检曹、陆乐府诗，二人同题乐府不是很多，多为类题乐府。曹有《薤露行》，陆有《挽歌》，曹有《门有万里客行》，陆有《门有车马客行》，曹有《泰山梁甫行》《泰山吟》，陆有《泰山吟》《梁父吟》，曹有《美女篇》，陆有《日出东南隅行》，其他篇目都相去甚远。二人同题乐府诗仅有《豫章行》，曹植二首《豫章行》为咏史诗，陆机《豫章行》一首为赠别诗，曹诗其一五言十句，其二五言八句，兹俱录于下：

豫章行二首曹植

其一

穷达难豫图，祸福信亦然。虞舜不逢尧，耕耘处中田。太公未遭文，渔钓终渭川。不见鲁孔丘，穷困陈蔡间。周公下白屋，天下称其贤。

---

① （魏）曹植：《曹子建诗注》，黄节注，人民文学出版社，1957。本章再引曹植诗不注。

其二

鸳鸯自朋亲，不若比翼连。他人虽同盟。骨肉天性然。周公穆康叔，管蔡则流言。子臧让千乘，季札慕其贤。

《乐府诗集》卷三十四录有乐府古辞：

白杨初生时，乃在豫章山。上叶摩青云，下根通黄泉。凉秋八九月，山客持斧斤。我□何皎皎，稊落□□□。根株已断绝，颠倒岩石间。大匠持斧绳，锯墨齐两端。一驱四五里，枝叶相自捐。□□□□□，会为舟船蟠。身在洛阳宫，根在豫章山。多谢枝与叶，何时复相连？吾生百年□，自□□□俱。何意万人巧，使我离根株。

曹植诗其一五言十句，其二五言八句，古辞五言二十四句。朱嘉征《乐府广序》卷四云："《豫章行》歌白杨，感遇也。遇矣而违其所愿，风斯变矣，似有惮为人牺意。子建以虞舜、吕望当之，感知己之难，其风复变。"① 古辞以白杨枝、叶分离写兄弟离别，感叹"身在洛阳宫，根在豫章山"，不能相聚。子建虽以乐府古题命笔，第一首写自己怀才不遇之感，虞舜以逢尧而成大业，吕望以遇文王才不再垂钓于渭滨，达与穷不在于是否有才，而在于是否遇到知己。第二首则借周公、康叔和季札慕子臧之事表明自己对王室的忠心，此从内容上可看出。从体制上看，其差别也很明显，曹诗抒怀，而古曲则重叙事。

再看陆机《豫章行》，五言二十句，写兄弟相别：

豫章行

泛舟清川渚，遥望高山阴。川陆殊途轨，懿亲将远寻。三荆欢同株，四鸟悲异林。乐会良自古，悼别岂独今。寄世将几何，日昃无停阴。前路既已多，后途随年侵。促促薄暮景，亹亹鲜克禁。曷为复以兹，曾是怀苦心。远节婴物浅，近情能不深。行矣保嘉福，景绝继以音。

---

① （清）朱嘉征：《乐府广序》，《四库全书存目丛书》，1997，第385册，第689页。

陆机此诗虽去古已远，陆诗写兄弟相别之情，古辞则始终不离树与根株之比，但其陆诗中"三荆欢同株，四鸟悲异林"显然有汉代古辞的影子。因此吴兢《乐府解题》谓："陆机'泛舟清川渚'，谢灵运'出宿告密亲'，皆伤离别，言寿短景驰，容华不久。"① 再与曹诗比对，则会发现，曹、陆二诗，除了同以《豫章行》为题外，不管结构、用词还是立意，均没有任何联系。可见，陆机此诗是拟古《豫章行》，而非曹植乐府。

（二）陆曹类题乐府比对分析

曹、陆乐府，约略相类者：曹有《薤露行》，陆有《挽歌》，曹有《门有万里客行》，陆有《门有车马客行》，曹有《泰山梁甫行》《泰山吟》，陆有《泰山吟》《梁父吟》，曹有《美女篇》，陆有《日出东南隅行》，其他篇目都相去甚远。

论证陆机乐府源于曹植，前贤引用最多的是曹植的《门有万里客行》与陆机的《门有车马客行》，认为陆诗是以曹诗为模仿对象，然而细细分析，情况却并非如此。《乐府诗集·瑟调曲五》在"《门有车马客行》晋陆机"下注云：

《古今乐录》曰："王僧虔《技录》云：'《门有车马客行》歌东阿王置酒一篇。'"《乐府解题》曰："曹植等《门有车马客行》皆言问讯其客，或得故旧乡里，或驾自京师，备叙市朝迁谢，亲友凋丧之意也。"按曹植又有《门有万里客》，亦与此同。②

此注指出曹植《门有万里客行》与陆机《门有车马客行》所拟的是同一乐府曲题。王僧虔《技录》"歌东阿王置酒一篇"云云，指此题下有歌"东阿王置酒"内容的乐府一篇，而非言此题为曹植首创，至于古题内容若何，王僧虔时代已经相去甚远，或已不见，故《古今乐录》未做说明。而《乐府诗集》该题之下所录七篇，皆为六朝至唐时诗歌。兹录七篇诗首句如下：

门有万里客，问君何乡人。

魏·曹植《门有万里客行》

---

① （宋）郭茂倩：《乐府诗集》，中华书局，1979，第501页。
② （宋）郭茂倩：《乐府诗集》，中华书局，1979，第585页。

> 门有车马客,驾言发故乡。
>
> 晋·陆机《门有车马客行》
>
> 门有车马客,问君何乡士。
>
> 宋·鲍照《门有车马客行》
>
> 飞观霞光启,重门平旦开。
>
> 陈·张正见《门有车马客行》
>
> 门前车马客,言是故乡来。
>
> 隋·何妥《门有车马客行》
>
> 财雄重交结,戚里擅豪华。
>
> 唐·虞世南《门有车马客行》
>
> 门有车马客,金鞍耀朱轮。
>
> 唐·李白《门有车马客行》

从上引可知,唯曹植首句为"门有万里客",而陆机、鲍照、李白三人首句皆为"门有车马客",何妥之诗为"门前车马客",稍有变易。另外,陈张正见、唐虞世南均为自铸新词,显然与古辞无关。再考逯钦立《先秦汉魏南北朝诗》中所录,除《乐府诗集》所载外,又载傅玄《墙上难为趋》、张华《门有车马客行》、何逊《门有车马客》三人诗篇以"门有车马客"为全诗之始,傅玄诗为另创新题,张、何之诗所用是旧题。今存乐府以"门有万里客"命题及开篇者,只有曹植一人,傅玄、张华皆在陆机之前。故黄节先生云"'门有车马客'乃乐府古题,而'门有万里客'则植从古题自出新题者"①。同时也说明了陆机"门有车马客,驾言发故乡"源自乐府古辞而非源自曹植。

至于陆机的《泰山吟》与曹植的《泰山梁甫行》,亦没有太多的渊源关系。《乐府诗集·楚调曲上》引《古今乐录》曰:

> 王僧虔《技录》:楚调曲有《白头吟行》《泰山吟行》《梁甫吟行》《东武琵琶吟行》《怨诗行》。其器有笙、笛弄、节、琴、筝、琵琶、瑟七种。②

---

① 黄节:《鲍参军诗注》,人民文学出版社,1957,第10页。
② (宋)郭茂倩:《乐府诗集》,中华书局,1979,第599页。

又《乐府解题》曰：

> 曹植改《泰山梁甫》为"八方"。①

可知，《泰山吟行》与《梁甫吟行》是同为楚调曲的两支不同曲子，是当时的挽歌，"言人死精魄归于泰山，亦《薤露》《蒿里》之类也"②。可能两支曲子经常连唱，后经曹植合为《泰山梁甫行》，不过后世分开者还是很多，如诸葛亮、陆机、沈约、陆琼皆有《梁甫吟》，陆机又有《泰山吟》，谢灵运也有《泰山吟》。从《乐府解题》所言情状看，古曲《泰山吟》开头当是先言"泰山"，如陆机"泰山一何高，迢迢造天庭"，谢灵运"岱宗秀维岳，崔崒刺云天"等皆以描绘泰山开始。曹植此题与诸作皆异，其开端为"八方各异气，千里殊风雨"，如此一改，境界殊为阔大，但已非古辞模样。

与陆机其他乐府相比，其《日出东南隅行》颇为例外。此诗与曹植的《美女篇》一样，皆拟乐府古辞《陌上桑》。但相较而言，曹诗更接近古辞，通篇不离采桑之女，而陆诗除开篇外，与古辞相去甚远。乐府古辞写采桑女遇使君，故夸夫相拒之事。曹诗起篇即写"采桑歧路间"，后写采桑女之美貌，最后才写出自己"盛年处房室"得不到重用的感慨。陆诗首句"扶桑升朝晖，照此高台端"，几乎是古辞的翻版，之后亦写女主人公容貌之美，至于诗之真义，则颇难琢磨。但有一点是可以肯定的：不管是用词，还是写法，皆与曹诗差别极大。

（三）陆机与其他诗人乐府诗的比对分析

陆机与曹植同题（或相类）情况已如上分析。由于二人此类乐府不多，所以有必要再考察一下陆机与其他诗人的乐府作品。表4-1、4-2、4-3是关于陆机与乐府古辞、武帝、明帝及其他建安诗人作品继承关系的比对③。

---

① （宋）郭茂倩：《乐府诗集》，中华书局，1979，第605页。
② （宋）郭茂倩：《乐府诗集》，中华书局，1979，第605页。
③ （魏）魏武帝、魏明帝诗出自黄节注《魏武帝魏文帝诗注》（附魏明帝诗注），人民文学出版社，1958年。其他诗人出自逯钦立《先秦汉魏晋南北朝诗》，中华书局，1983年。

表4-1　附一：陆机拟古乐府的相关情况

篇　名	所拟作者	相类辞句	陆机辞句	备　注
猛虎行	古辞	饥不从猛虎食，暮不从野雀栖。野雀安无巢，游子为谁骄。	渴不饮盗泉水，热不息恶木阴。恶木岂无枝，志士多苦心。	—
君子行	古辞	君子防未然。	近情苦自信，君子防未然。	从诗意上模拟
从军行	古辞	苦哉边地人，一岁三从军。	苦哉远征人，飘飘穷四遐。南陟五岭巅，北戍长城阿。	—
豫章行	古辞	身在洛阳宫，根在豫章山。多谢枝与叶，何时复相连？	川陆殊途轨，懿亲将远寻。三荆欢同株，四鸟悲异林。乐会良自古，悼别岂独今。	—
门有车马客行	古辞	—	门有车马客，驾言发故乡。念君久不归，濡迹涉江湘。	古辞不存，但根据后人的拟可以推知，陆机此拟古辞
日出东南隅行	古辞	日出东南隅，照我秦氏楼。秦氏有好女，自字为罗敷。	扶桑升朝晖，照此高台端。高台多妖丽，濬房出清颜。	此全篇模拟
长歌行	古辞	青青园中葵，朝露待日晞。阳春布德泽，万物生光辉。常恐秋节至，焜黄华叶衰。百川东到海，何时复西归？少壮不努力，老大徒伤悲。	俯仰逝将过，倏忽几何间。慷慨亦焉诉，天道良自然。但恨功名薄，竹帛无所宣。迨及岁未暮，长歌乘我闲。	意拟古辞
顺东西门行	古辞《西门行》	出西门，步念之，今日不作乐，当待何时？	出西门，望天庭，阳谷既虚崦嵫盈。	—
驾言出北阙行	古辞《驱车上东门行》	驱车上东门，遥望郭北墓。白杨何萧萧，松柏夹广路。	驾言出北阙，踯躅遵山陵。长松何郁郁，丘墓互相承。	整篇拟古辞

表4-2 附二：陆机拟前代文人的相关情况

篇 名	所拟作者	相类辞句	陆机辞句	备 注
苦寒行	魏武帝	北上太行山，艰哉何巍巍！羊肠坂诘屈，车轮为之摧。	北游幽朔城，凉野多险艰。俯入穹谷底，仰陟高山盘。	此整篇模拟武帝
饮马长城窟行	陈 琳	饮马长城窟，水寒伤马骨。往谓长城吏，慎莫稽留太原卒。	驱马陟阴山，山高马不前。往问阴山候，劲虏在燕然。	古辞尚存，陆机不拟古辞，"青青河畔草，绵绵思远道"。
塘上行	魏武帝	蒲生我池中，其叶何离离。傍能行仁义，莫若妾自知。	江蓠生幽渚，微芳不足宣。被蒙风雨会，移居华池边。	—
		从君致独乐，延年寿千秋。	愿君广末光，照妾薄暮年。	—
悲哉行	魏明帝	《歌录》曰："《悲哉行》，魏明帝造。"	游客芳春林，春芳伤客心。和风飞清响，鲜云垂薄阴。	—
短歌行	魏武帝	对酒当歌，人生几何？譬如朝露，去日苦多。	置酒高堂，悲歌临觞。人生几何，逝如朝霜。	全篇拟武帝
折杨柳	汉元帝	巫山巫峡长，垂柳复垂杨。同心且同折，故人怀故乡。	邈矣垂天景，壮哉奋地雷。丰隆岂久响，华光但西颓。	同样从杨柳写起，但内容不同。
当置酒	傅 咸	上巳篇：置酒会众宾。临川悬广幕。夹水布长茵。徘徊存往古。	置酒宴佳宾，瞻眺临飞观。绝岭隔丈余，长屿横江半。	—
日重光行	汉明帝时群臣	崔豹《古今注》曰："《日重光》，《月重轮》，群臣为汉明帝作也。明帝为太子，乐人作歌诗四章，以赞太子之德。"	日重光，奈何天回薄。日重光，冉冉其游如飞征。	—
月重轮行			人生一时，月重轮。盛年焉可恃，月重轮。	—
婕妤怨	班婕妤	《怨歌行》：新裂齐纨素，鲜洁如霜雪。裁为合欢扇，团团似明月。	婕妤去辞宠，淹留终不见。	—
		出入君怀袖，动摇微风发。常恐秋节至，凉飙夺炎热。	寄情在玉阶，托意唯团扇。	—

171

表 4-3　古辞不存无法知晓所拟原作情况

篇　名	陆机辞句	备　注
齐讴行	营丘负海曲，沃野爽且平。	古辞不存，不知所拟
吴趋行	楚妃且勿叹，齐娥且莫讴。	古辞不存，或拟《楚妃叹》
长安有狭邪行	伊洛有歧路，歧路交碌轮。轻盖承华景，腾步蹑飞尘。	不拟古辞，不知所拟
董逃行	和风习习薄林，柔条布叶垂阴。	不拟古辞，不知所拟
前缓声歌	游仙聚灵族，高会曾城阿。长风万里举，庆云郁嵯峨。宓妃兴洛浦，王韩起太华。	从整篇上看似拟楚辞
鞠歌行	朝云升，应龙攀，乘风远游腾云端。	古辞不存
燕歌行	四时代序逝不追，寒风习习落叶飞。	古辞不存，此或拟古辞。《广题》曰："燕，地名也，言良人从役于燕，而为此曲。"
上留田行	嗟行人之蔼蔼，骏马陟原风驰。	此曲魏明帝造，机作非拟明帝
陇西行	我静如镜，民动如烟。事以形兆，应以象悬。岂曰无才，世鲜兴贤。	不知所拟

分析表 4-1、4-2 和 4-3 可以得到三点，具体论述如下。

第一，陆机乐府有意追求古雅，在古辞尚存的情况下，陆机一般放弃魏人拟作而选择古辞。此种情况在陆机乐府中占 1/3。如，《豫章行》，陆机之前，有曹植《豫章行》感知己之难遇，又有傅玄《豫章行》写"华落见弃"。曹、傅二人之作从语言、篇制上看均强于古乐府，陆机不选，却拟古乐府。再如，《长歌行》，魏明帝诗叹"丧偶独茕茕"，傅玄诗则感叹知己难遇，无处投身，古歌"青青园中葵"则"言芳华不久，当努力为乐，无至老大乃伤悲也"，陆机亦取古歌"复言人运短促，当乘间长歌，与古文合也"①。其他，《日出东南隅行》拟《艳歌罗敷行》，《顺东西门行》拟《西门行》等皆是。

其一，陆机此种拟写方式与西晋文坛的乐府创作相一致。明胡应麟《诗薮》云："诗不易作者五言古，尤不易作者古乐府，乐府贵得其意，得

---

① （宋）郭茂倩：《乐府诗集》，中华书局，1979，第 442 页。

其意则信手拈来,纵横措置,靡不应节。"① 这里指出了乐府创作的两个重要之处:"意"和"节",即内容与音乐。乐府难作,在于既要合其"意",又要应其"节"。而建安文人乐府则常常只注重情感的抒写,与音乐脱节,造成与律吕"皆不相应"②的状况。如《诗薮》云:"魏武'渡关山'、'对酒'等篇,古质莽苍,然比之汉人东、西门行,音律稍难,韵度微乏。"③ 又云:"魏文兄弟崛起建安拟则前规,多从乐府。唱酬新计,更创五言,节奏既殊,格调复别。"④ 晋人看到了建安乐府的问题,"不满建安和曹魏时人所作乐府诗的离题悖乐,追求'拟古'艺术形式的完善,继承传统音乐美学思想,按旧曲重制新辞时,不可避免地要受到音乐发展阶段的局限和旧有乐曲性质的制约"⑤。比如,傅玄的《艳歌行》《青青河畔草篇》仅仅变易数字而已,张华的《轻薄篇》《游猎篇》等都是抒古意发古情之作。陆机生于这样的时代,其乐府诗受其影响是必然的。其二,与陆机的文艺观念有关。陆机非常重视拟古,故《文选》"杂拟"一体列有陆机《拟古》十二首,而陆机其他篇章如《遨游出西城》《驾言出北阙行》《折杨柳》《饮酒乐》等诗及乐府也都是拟古,只不过没有特别标明而已。故其《文赋》云:"必所拟之不殊,乃暗合乎曩篇。"⑥ 又云:"收百世之阙文,采千载之遗韵。"⑦ 都强调了向古人学习、借鉴古籍的重要性。同时,从陆云与陆机的书信往来中也可得到佐证。二陆曾经谈论到的诗人共计30人次,而进入二陆讨论话题的建安文人只有曹操、王粲、曹丕、陈琳四人,也唯有曹操曾三次提到,王粲提到了两次,但都是批评。可见,二陆对建安文人并不像后人那样看好。

第二,在为数不多的陆机拟魏时诗人的乐府中,没有模拟曹植的作品。这是一个让人很是惊异的现象。在陆机所拟有主名的乐府诗中拟魏武

---

① (明) 胡应麟:《诗薮》,上海古籍出版社,1958,第25页。
② 《晋书·乐志》云:"(荀勖) 又以魏氏歌诗或二言,或三言,或四言,与古不类,以问司律中郎将陈欣,欣曰:'被之金石,未必皆当。'"又载荀勖之言:"如和对辞,笛之长短,无所象则,率意而作,不由ંગ度,考以律吕,皆不相应。"
③ (明) 胡应麟:《诗薮》,上海古籍出版社,1958,第43页。
④ (明) 胡应麟:《诗薮》,上海古籍出版社,1958,第13页。
⑤ 张国星:《西晋乐府"拟古"论》,《华中师大学报》(哲学社会科学版) 1982年第4期。
⑥ (晋) 陆机:《文赋集释》,张少康注,人民文学出版社,2002,第145页。
⑦ (晋) 陆机:《文赋集释》,张少康注,人民文学出版社,2002,第147页。

帝的最多，其余陈琳、魏明帝、傅玄各一篇。这些人的乐府诗是如何进入陆机的视野的呢？

首先，看曹操的三篇乐府《苦寒行》《塘上行》《短歌行》。陆机拟作有意选取汉之乐府，但汉代乐府在西晋时已有失传，并非都可见到。如曹植曾云"汉曲讹不可辨"，在魏且然，至晋更可想见。又《乐府诗集·清调曲一》《苦寒行》二首六解，首录一首云："右一曲，晋乐所奏。"又录一首云："右一曲，本辞。"其意在指明前首为晋时所作之诗，而后首则为魏武所制。其实，"晋乐所奏"之《苦寒行》与魏武帝所制并无太大的差别，试对比可知：

晋乐所奏

北上太行山，艰哉何巍巍！太行山，艰哉何巍巍！羊肠坂诘曲，车轮为之摧。树木何萧瑟，北风声正悲。何萧瑟，北风声正悲。熊罴对我蹲，虎豹夹道啼。溪谷少人民，雪落何霏霏。少人民，雪落何霏霏。延颈长叹息，远行多所怀。我心何怫郁，思欲一东归。何怫郁，思欲一东归。水深桥梁绝，中道正徘徊。迷惑失径路，暝无所宿栖。失径路，暝无所宿栖。行行日以远，人马同时饥。担囊行取薪，斧冰持作糜。担囊行取薪，斧冰持作糜。悲彼东山诗，悠悠使我哀。

本辞

北上太行山，艰哉何巍巍！羊肠坂诘屈，车轮为之摧。树木何萧瑟，北风声正悲。熊罴对我蹲，虎豹夹路啼。溪谷少人民，雪落何霏霏。延颈长叹息，远行多所怀。我心何怫郁，思欲一东归，水深桥梁绝，中路正徘徊。迷惑失故路，薄暮无宿栖。行行日已远，人马同时饥，担囊行取薪，斧冰持作糜。悲彼《东山诗》，悠悠令我哀。[1]

从诗之整体句子来看，二诗是完全相同的。不同之处是晋曲增添了反复的词句。如"北上太行山，艰哉何巍巍！太行山，艰哉何巍巍"、"树木何萧瑟，北风声正悲。何萧瑟，北风声正悲"、"溪谷少人民，雪落何霏霏。少

---

[1] （宋）郭茂倩：《乐府诗集》，中华书局，1979，第496页。

人民，雪落何霏霏"等。这些句子给演奏增添了气势，让人从中获得一种荡气回肠的听感。《塘上行》亦如。相对于上二首，《短歌行》则做了稍多一点的改造：

晋乐所奏

对酒当歌，人生几何？譬如朝露，去日苦多。慨当以慷，忧思难忘，以何解愁，唯有杜康。青青子衿，悠悠我心，但为君故，沉吟至今。

明明如月，何时可辍。忧从中来，不可断绝。呦呦鹿鸣，食野之苹。我有嘉宾，鼓瑟吹笙。山不厌高，水不厌深。周公吐哺，天下归心。

本　辞

对酒当歌，人生几何？譬如朝露，去日苦多。慨当以慷，忧思难忘，何以解忧，唯有杜康。青青子衿，悠悠我心。呦呦鹿鸣，食野之苹。我有嘉宾，鼓瑟吹笙。

明明如月，何时可辍。忧从中来，不可断绝。越陌度阡，枉用相存。契阔谈䜩，心念旧恩。月明星稀，乌鹊南飞。绕树三匝，何枝可依。山不厌高，海不厌深。周公吐哺，天下归心。①

晋乐分本辞中引《诗经》句"青青子衿，悠悠我心。呦呦鹿鸣，食野之苹"为两个部分：一处于上片，强调对贤才的渴盼；一处于下片，描写得才后的欢欣。同时去掉了魏武之"契阔谈䜩，心念旧恩。月明星稀，乌鹊南飞。绕树三匝，何枝可依"句。晋乐少了许多枝蔓，演奏更为流畅，仍然没有改原诗之主体。前已言，晋奏乐府多拟古辞。而魏武乐府之所以进入晋人视野最大的可能是晋时人们已不得见此曲之汉辞，故以较近古辞者代之。此可由曹操《短歌行》证之，《乐府诗集·短歌行》下引崔豹《古今注》曰："长歌、短歌，言人寿命长短，各有定分，不可妄求。"② 故《长歌行》言芳华不久，当努力为乐，无至老大伤悲。《短歌行》言及时行

---

① （宋）郭茂倩：《乐府诗集》，中华书局，1979，第446~447页。
② （宋）郭茂倩：《乐府诗集》，中华书局，1979，第446页。

乐，无至老来蹉跎。魏武有《短歌行》二首：其一，写周之姬昌"三分天下，而有其二"，管仲"九合诸侯，一匡天下"，是为咏史之作；其二，写年寿有时而尽，当及时行乐，又引到渴盼贤才，早建功业。而晋乐选择后者，正在于此篇与古辞最近，且此诗多用汉辞。应劭《论主客》"里语曰：'越陌度阡，更为客主。'"可知，曹操"越陌度阡，枉用相存。契阔谈宴，心念旧恩。"实用当时"里语"，"里语"或即乐府古辞。由此，陆机为何多拟魏武帝乐府诗可知。

其次，看拟其他诗人之作。《折杨柳》《婕妤怨》《日重光行》《月重轮行》，本即仿汉人之作，无复赘言。关于魏明帝《悲哉行》，"《歌录》曰：'《悲哉行》，魏明帝造。'"[①] 可知，此曲本即起于明帝，前无古辞。

陈琳的《饮马长城窟行》实拟乐府古辞。《乐府诗集·相和歌辞》"瑟调曲三"："一曰《饮马行》。长城，秦所筑以备胡者。其下有泉窟，可以饮马。古辞云'青青河畔草，绵绵思远道。'言征戍之客，至于长城而饮其马，妇人思念其勤劳，故作是曲也。"[②] 虽然此诗以"青青河畔草"为始，但其内容则是写戍卒长城饮马之事，从古诗常以首句题来看，应该是陈琳诗更具古人之味道："饮马长城窟，水寒伤马骨。"此即陆机择取之原因。

最后，看从陆机乐府诗中不能准确找出模拟渊源的诗。这些诗大体有以下几种情况，一是像《长安有狭邪行》《董逃行》《燕歌行》，虽非如前面那些模拟得明显，但亦有模拟痕迹。如《董逃行》古辞从落叶与百鸟写起，最后归结为乞求长生。陆诗亦如，先写林与鸟，即由节物芳华到及时行乐。《长安有狭邪行》字句上虽不太明显，但相当多的地方是古辞内容的再现。二是不见古辞的作品，如果仔细寻绎未必不是汉人旧歌。如《齐讴行》云："《汉书》曰'汉王至南郑，诸将及士卒皆歌讴思东归。'，颜师古曰'讴，齐歌也。谓齐声而歌。或曰齐地之歌。'，《礼乐志》曰'齐古讴员六人。'，梁元帝《纂要》曰'齐歌曰讴'是也。"[③] 可见《齐讴行》当是汉代古歌，只是已经佚失，今所不见而已。

---

① （宋）郭茂倩：《乐府诗集》，中华书局，1979，第899页。
② （宋）郭茂倩：《乐府诗集》，中华书局，1979，第555页。
③ （宋）郭茂倩：《乐府诗集》，中华书局，1979，第933页。

其他，如《吴趋行》，从《乐府诗集》石崇《楚妃叹》及陆机《吴趋行》条下可知亦是古已有之。三是今尚可见古辞残句但看不到陆机诗与古辞关系的，如《前缓声歌》《鞠歌行》《陇西行》等诗。此类由于资料匮乏只能存疑。

通过上述分析可知，陆机不满建安诗人脱离古辞创作乐府的方式，努力使自己的创作合于古辞。因此，选择拟写乐府的标准不是该诗的水平或辞彩，而是该诗是否接近古辞。后人批判陆机"束身奉古"，既有创作过程中依汉代古题咏古易受古题束缚的因素，也有其有意区别于建安文人，与之一争高下的因素，此与陆机《拟古十二首》的情形应该是相同的。因此，陆机诗只能在辞彩上凸显自己。

四 陆机与曹植共同的文学倾向

那么，钟嵘为什么说陆机"源出于陈思"呢？为什么这一观点一直为后人所接受？这是一个值得探讨的问题。

（一）子建、士衡，皆为"乖调"

我们再看曹植乐府诗。刘勰《文心雕龙·乐府》："子建、士衡，咸有佳篇，并无诏伶人，故事谢丝管，俗称乖调，盖未思也。"① 刘勰说子建、士衡乐府诗总体上不错，但是，由于二人的乐府"无诏伶人""事谢丝管"，所以，当时人们称之为"乖调"。所谓"乖调"就是不合乐调，即难以合乐而唱。如冯班《钝吟杂录·论乐府与钱颐仲》："迨魏有三调歌诗，多取汉代歌谣，协之钟律，其辞多经乐工增损，故有本辞与所奏不同，《宋书·乐志》所载是也。陈王、陆机所制，时称'乖调'。刘彦和以为'无诏伶人，故事谢丝管。'则疑当时乐府，有不能歌者，然不能明也……大略歌诗分界，疑在汉、魏之间。伶伦所奏，谓之乐府；文人所制，不妨有不合乐之诗。乐之所用，在郊庙宴享诸大体，或有民间私造，用之宴饮者。"② 从后世学者的论断可以看出，曹植、陆机乐府诗多不合乐，

---

① （梁）刘勰：《文心雕龙注》，范文澜校注，人民文学出版社，1962，第103页。
② （清）王夫之等：《清诗话》，上海古籍出版社，1978，第40页。

确实是事实。冯班的推测是"大略歌诗分界，疑在汉、魏之间"，基本是可信的。也就是说，经过曹植、陆机等许多诗人的努力，诗这种文学体裁才渐渐从乐府中独立出来。

其实，曹植的乐府诗也有一些合乐之作。如《野田黄雀行四解》为晋乐所奏。又曹植《鞞舞歌序》曰："汉灵帝西园鼓吹，有李坚者，能《鞞舞》。遭乱，西随段颎。先帝闻其旧有技，召之。坚既中废，兼古曲多谬误，故改作新歌五篇。"① 晋《鞞舞歌》，亦五篇，并陈于元会，可知曹植《鞞舞歌》不仅合乐，还是修订古乐而成。后人谓子建乐府"不协律吕"多是指他的自创曲。如《薤露行》，杜预云："送死《薤露》歌即丧歌。"② 古辞云："薤上露。何易晞。露晞明朝更复落。人死一去何时归。"曹操拟曰："惟汉廿二世，所任诚不良。"③ 曹植又拟为《惟汉行》。又《乐府解题》曰："曹植拟《薤露行》为《天地》。"④ 指子建另一首《薤露行》，其辞云："天地无穷极，阴阳转相因。人居一世间，忽若风吹尘。愿得展功勤，输力于明君。怀此王佐才，慷慨独不群。鳞介尊神龙，走兽宗麒麟。虫兽犹知德，何况于士人。孔氏删诗书，王业粲已分。骋我径寸翰，流藻垂华芬。"古辞长短错落，正是可以合乐而唱的标志。而曹植所创诗则是整齐的五言诗，再加上其用词考究、文雅，再去演唱确实困难。其他如《鰕䱇篇》，《乐府解题》曰："曹植拟《长歌行》为《鰕䱇》。"《吁嗟篇》，《乐府解题》曰："曹植拟《苦寒行》为《吁嗟》。"《豫章行》，《乐府解题》曰："曹植拟《豫章》为《穷达》。"《善哉行》，《乐府解题》曰："曹植拟《善哉行》为《日苦短》。"《秋胡行》，《乐府广题》曰："曹植《秋胡行》，但歌魏德，而不取秋胡事，与文帝之辞同也。"⑤ 辞变、事变，曲也随之改变。有可以继续演唱者，也有因为太过雅致，难以演唱者。具体哪些可唱，哪些不能，古谱不存，今已无从分辨。可以确证的是，曹植在改造乐府体制上所做较多。

---

① （宋）郭茂倩：《乐府诗集》，中华书局，1979，第771~772页。
② （宋）郭茂倩：《乐府诗集》，中华书局，1979，第396页。
③ （宋）郭茂倩：《乐府诗集》，中华书局，1979，第396页。
④ （宋）郭茂倩：《乐府诗集》，中华书局，1979，第397页。
⑤ （宋）郭茂倩：《乐府诗集》，中华书局，1979，上引分别见于第446页、第490页、第502页、第540页、第526~527页。

陆机乐府也有合乐与不合乐者，但与曹植乐府不合乐的原因却不尽相同。陆机是尽可能地模拟古曲古辞，此从前文中已经看出。但他太重辞藻，以才学为诗，追求典雅、华丽。这与伶人演唱的要求相去甚远。黄子云《野鸿诗的》云："平原五言乐府，一味铺排敷衍，间多硬语，且踵前人步武，不能流露情性，均无足观。"① 其实，踵前人之步武的不仅仅是陆平原，晋代诸家乐府皆为模拟古乐，皆是"踵前人之步武"②。但是，如果说陆机乐府"一味铺排敷衍"则是实事。乐歌讲究通俗，通俗则便于歌唱。魏时人虽有俳偶化的倾向，但仍然不失口语化，如曹植诗："借问谁家子，幽并游侠儿。少小去乡邑，扬声沙漠垂。"全是口语。而陆机此类诗作，则距口语愈来愈远。如其《长歌行》：

逝矣经天日，悲哉带地川。寸阴无停晷，尺波徒自旋。年往迅劲矢，时来亮急弦。远期鲜克及，盈数固希全。容华夙夜零，体泽坐自捐。兹物苟难停，吾寿安得延。俯仰逝将过，倏忽几何间。慷慨亦焉诉，天道良自然。但恨功名薄，竹帛无所宣。迨及岁未暮，长歌乘我闲。

陆机此诗虽为拟古之作，但已全无古辞色彩。"寸阴""尺波""无停晷""徒自旋""兹物""吾寿""苟难停""安得延"，在辞藻上的经营是显见的，不仅用词考究，而且很讲究对偶，用来比喻的事物也有了很大的变化，"青青园中葵，朝露待日晞。阳春布德泽，万物生光辉。常恐秋节至，焜黄华叶衰"。朴素自然的语言，清新贴切的比喻，已不复得见，而变成了书卷味很浓的文人语，这是乐府文人化发展的结果。这种变化的直接结果便是难以合乐而唱。士衡乐府文人化倾向的另一表现是：诗体结构上的巧构。这一倾向，在傅玄的乐府诗中已经出现。如曹操与傅玄同作《惟汉

---

① （清）王夫之等：《清诗话》，上海古籍出版社，1978，第861页。
② 王运熙、王国安评注《汉魏六朝乐府诗评注》认为："概皆模拟古乐府之作，无自己创制者。"此说有些绝对，《南齐书·乐志》曰："晋泰始中，傅玄造《祠庙夕牲昭夏歌》一篇，《迎送神肆夏歌》一篇，登歌七庙七篇，飨神歌二篇。玄云：'登歌歌盛德之功烈，故庙异其文。飨神犹《周颂》之《有瞽》及《雍》，但说祭飨神明礼乐之盛，七庙飨神皆用之。'"这里"造"显然是首创的意思。而《牺牲歌》《迎神送神歌》亦傅玄所创。

行》,曹操乐府写汉末,傅玄写汉初。曹诗从汉二十二世所任不良写起,一直叙来,直至基业荡覆,宗庙燔丧,被迫西迁,洛阳惨遭涂炭。这是汉人笔法,只是信手叙来,不去刻意安排。傅诗则不同,其诗写鸿门宴事,诗一开始即设悬念,"危哉鸿门会,沛公几不还"一下抓住了读者的心,再叙述高祖的几位功臣如何庇护高祖,逐个颂赞。结尾同样出人意料:"健儿实可慕,腐儒何足叹。"傅玄表达的是建立功业的渴望,其对张良、樊哙的描绘最终都归结到最后一句上。这显然是一种精心巧构。陆机乐府在结构上更胜傅玄。如其《吴趋行》以"四坐并清听,听我歌吴趋"开启全篇,接着娓娓叙来,最后以"淑美难穷纪,商榷为此歌"收束全篇,中间启、承、转、合,俨然一篇结构谨严的文章。(此在第五章还要提及,此仅举一例,容后再论。)

　　乐府的文人化使乐府诗逐渐趋于整饬,语言趋于华美,含义也逐渐深邃,但同时也渐渐地失去了原来一唱三叹、回环往复的节奏,而渐趋于板滞与平坦,这就更进一步地促使诗乐分离。故冯班《钝吟杂录·古今乐府论》云:"古诗皆乐也,文士为之辞曰诗,乐工协之于钟吕为乐。自后世文士或不闲乐律,言志之文,乃有不可施于乐者,故诗于乐画境。文士所造乐府,如陈思王、陆士衡,于时谓之'乖调'。刘彦和以为'无诏伶人,故事谢丝管'。则是文人乐府,亦有不谐钟吕,直自为诗者矣。乐府题目,有可以赋咏者,文士为之词,如《铙歌》诸篇是矣。乐府之词,在词体可爱,文士拟之,如'东飞伯劳'、'相逢行'、'青青河畔草'之类,皆乐府之别支也。"① 古诗与乐府不分起自建安诸子,但建安文人"不分"的方式与晋代文士"不分"的方式不同。建安文士主要从体制上对乐府进行改造,而太康文人则主要从细节上进行雕琢。(当然,雕琢是从魏始,但魏不如晋之作者明显,同样晋之文人也在体制上努力,晋不如魏之作者明显。)体制上改造的结果是促进了乐府诗的独立。细节上雕琢的结果则是让诗更趋美丽。以今天的眼光来看,他们的改造是成功的,正是他们从不同角度的努力最终促进了诗歌的发展。

---

① (清)王夫之等:《清诗话》,上海古籍出版社,1978,第37页。

(二) 子建、士衡，同祖《风》《骚》

曹植之诗作与《诗经》的联系，早已有人论之。沈约："原其飙流所始，莫不同祖《风》《骚》。"① 吴淇《六朝选诗定论》："子建之诗，隐括《风》《雅》，组织屈、宋，洵为一代宗匠，高踞诸子之上。"又谓子建诗为"正派的宗"②。关于曹植诗继风雅也是一个老题，近年论述也比较多。虞德懋《曹植诗歌艺术渊源粗探》认为曹植诗歌从两个方面承继风雅：一是"从《诗经》的现实主义中汲取精神力量和艺术营养，循其'兴、观、群、怨'之教，得其神韵之含蕴、气骨之孕化"。二是"运用并发展《诗经》中所习见的比兴手法"③。张振龙《从用典看曹植对〈诗经〉的接受及文艺思想》一文从对《诗经》词语的引用、对《诗经》篇目的引用、对《诗经》语句的化用三个方面论述了曹植对《诗经》的接受。④ 因此，曹植承继风雅是不争的事实。如《送应氏》"中原何萧条，千里无人烟"，写董卓乱后中州残破景象。《名都篇》讽刺洛阳纨绔少年纵猎蹴鞠，与《齐风·还》极力称誉田猎驰骋之善取旨一致。《三良诗》则直接取材于《秦风·黄鸟》，以古喻今，寄咏诗人胸中无限悲愤："黄鸟为悲鸣，哀哉伤肺肝。"《赠白马王彪》第一、二章取式于《大雅·文王》，第三章直用《鸱鸮》，"鸱鸮鸣衡轭，豺狼当路衢，苍蝇间白黑，谗巧令亲疏"，"鸱鸮四语直言不讳，《巷伯》嫉谗也"。再如《杂诗》六首之四由《召南·摽有梅》化出，《吁嗟篇》之比则源于《诗经》之《周南·兔罝》"肃肃兔罝，施于中林"，亦得《桧风·隰有苌楚》之启示。其开篇手法即是对《诗经》手法的借鉴与发展。

陆机诗与《诗经》亦有联系。唐顺之《稗编》云："五言古诗，《文选》惟汉魏为盛。究其所自，则皆宗《国风》、上《楚辞》者也。至晋陆士衡兄弟、潘安仁、左太冲辈，前后继出，然皆曹、刘轨辙。"⑤ 虽承认士

---

① （齐）沈约：《宋书》，中华书局，1974，第1778页。
② （清）吴淇：《六朝选诗定论》，载《四库全书存目丛书补编》，齐鲁出版社，2001，第106页。
③ 虞德懋：《曹植诗歌艺术渊源粗探》，《扬州大学学报》1988年第3期。
④ 张振龙：《从用典看曹植对〈诗经〉的接受及文艺思想》，《求索》2008年第5期。
⑤ （清）纪昀：《稗编》，载《文渊阁四库全书》，台湾商务印书馆，1983，第682页。

衡诗与《国风》有联系，但又强调为"曹刘轨辙"。叶燮《原诗》卷一云："《三百篇》一变而为苏李，再变而为建安、黄初。建安、黄初之诗，大约敦厚而浑朴，中正而达情；一变而为晋，如陆机之缠绵铺丽，左思之卓荦磅礴，各不相同也。"① 同样认为陆诗为《三百篇》之流，但经建安、黄初之变。通过前文分析，我们知道陆机直接以《诗经》为习学对象。考察陆机诗袭用《诗经》句式、句意者甚多，试举一例说明。如《赠尚书郎顾彦先二首》其一：

> 大火贞朱光，积阳熙自南。望舒离金虎，屏翳吐重阴。凄风迕时序，苦雨遂成霖。朝游忘轻羽，夕息忆重衾。感物百忧生，缠绵自相寻。与子隔萧墙，萧墙阻且深。形影旷不接，所托声与音。音声日夜阔，何用慰吾心！

"大火"即南方之星，朱光指太阳，"望舒"是古时御月之神，后人常借"望舒"以指月，"离"是卦名，"金虎"指西北方，前六句写念友怀人时的情景，白天是炎炎夏日，而晚间却又来凄凄苦雨，让人平添许多愁绪。我们再看《诗经·小雅·渐渐之石》第三章：

> 有豕白蹄，烝涉波矣，月离于毕，俾滂沱矣。武人东征，不皇他矣。②

实际上陆机诗正是对《渐渐之石》第三章的完整解说，"有豕白蹄，烝涉波矣"预示着即将有大雨，果然在日落后月亮初见于西方地平线时，下了一场雨。再如《赴洛道中二首》，这两首诗总体与夏侯湛诗《离亲咏》颇为类似，其诗云："剖符兮南荆。辞亲兮遐征。发轫兮皇京。夕臻兮泉亭。抚首兮内顾。按辔兮安步。仰恋兮后涂。俯叹兮前路。既感物以永思兮。且归身乎怀抱。"③ 但具体词句上却多处化用《诗经》与《楚辞》。具体如下：

---

① （清）叶燮：《原诗》，霍松林注，人民文学出版社，1979，第3页。
② 程俊英：《诗经注析》，中华书局，1991，第738页。下引《诗经》同，仅标篇目，不注。
③ 逯钦立：《先秦汉魏晋南北朝诗》，中华书局，1983，第594页。

陆诗：总辔登长路。

《楚辞·离骚》：饮余马于咸池兮。总余辔乎扶桑。①

《诗经·邶风·简兮》：有力如虎，执辔如组。

乐府《陇西行》：揽辔为我御。将我上天游。

陆诗：借问子何之，世网婴我身。

曹植《七哀诗》：借问叹者谁？言是宕子妻。

阮瑀《驾出北郭门行》：借问啼者出。何为乃如斯。②

陆诗：行行遂已远，野途旷无人。

《古诗十九首·行行重行行》：行行重行行，各在天一涯。

陆诗：永叹遵北渚，遗思结南津。

《楚辞》：鸿习遵渚，公归无所，于女信处。

《诗经·邶风·泉水》：我思肥泉，兹之永叹。思须与漕，我心悠悠。

《诗经·邶风·燕燕》：燕燕于飞，下上其音。之子于归，远送于南。

陆诗：山泽纷纡余，林薄杳阡眠。

贾谊《惜誓》：观江河之纡曲兮，离四海之沾濡。

屈原《涉江》：露申辛夷，死林薄兮。

陆诗：虎啸深谷底，鸡鸣高树巅。

古诗《鸡鸣》：鸡鸣高树巅。狗吠深宫中。③

陆诗：孤兽更我前。

曹植《赠白马王彪》：翩翩厉羽翼。孤兽走索群。

陆诗：夕息抱影寐，朝徂衔思往。

屈原《离骚》：朝发轫于苍梧兮。夕余至乎县圃。

陆诗：伫立望故乡，顾影凄自恋。

《诗经·邶风·燕燕》：瞻望弗及，伫立以泣。

---

① （战国）屈原等：《楚辞解故》，朱季海注，上海古籍出版社，1978，第56~57页。下引《楚辞》同，仅标篇目，不注。
② 逯钦立：《先秦汉魏晋南北朝诗》，中华书局，1983，第378页。
③ 逯钦立：《先秦汉魏晋南北朝诗》，中华书局，1983，第257~258页。

陆诗：远游越山川，山川修且广。

屈原《远游》：悲时俗之迫阨兮，愿轻举而远游。质菲薄而无因兮，焉托乘而上浮？

曹植《赠白马王彪诗》：伊洛广且深。欲济川无梁。泛舟越洪涛。怨彼东路长。

陆诗：振策陟崇丘，安辔遵平莽。

《诗经·卷耳》：陟彼高冈，我马玄黄。我姑酌彼兕觥，维以不永伤。

陆诗：顿辔倚嵩岩，侧听悲风响。

屈原《悲回风》：上高岩之峭岸兮，处雌蜺之标颠……依风穴以自息兮，忽倾寤以婵媛。

陆诗：清露坠素辉，明月一何朗。

魏明帝曹叡《长歌行》：景星一何明。仰首观灵宿。

嵇康《四言赠兄秀才入军诗》：闲夜肃清。朗月照轩。①

上述是这两首诗遣词用典的情况，从总量上看，显然更多地来自《诗经》和《楚辞》，其次是古诗（如果考虑到陆机其他五言，加上《拟古十二首》，则古诗最多）。来自曹植的有三例，但这三例还有疑问。如"借问子何之，世网婴我身"，除了曹植《七哀诗》中的句子，阮瑀《驾出北郭门行》中的"借问啼者出，何为乃如斯"也与此颇为接近。"远游越山川，山川修且广"则明显化用屈原的《远游》，至于"修且广"这一类的句式，在汉代古诗中也很常见。"孤兽更我前"，除了曹植《赠白马王彪》外，张衡的"惊雄逝兮孤雌翔。临归风兮思故乡"②，王粲《登楼赋》："风萧瑟而并兴兮，天惨惨而无色。兽狂顾以求群兮，鸟相鸣而举翼。原野阒其无人兮，征夫行而未息。"《从军诗》："孤鸟翩翩飞。征夫心多怀。"③魏武帝的《苦寒行》："熊罴对我蹲。虎豹夹路啼。"从意境的角度来看似乎也应纳入我们的视野。尤其是王粲的《登楼赋》显然是曹植诗句的直

---

① 逯钦立：《先秦汉魏晋南北朝诗》，中华书局，1983，第483页。
② 张衡：《张衡诗文集校注》，张震泽译注，上海古籍出版社，1995，第10页。
③ 俞绍初：《建安七子集》，中华书局，1989，第88、100页。

接渊源。

（三）其他共同之处

当然，陆机诗与曹植相类之处还有很多，如二人同好五言。陆机诗以五言居多，四言共9首。子建除乐府之外的35首诗中，四言也仅有6首。刘勰说："若夫四言正体，则雅润为本；五言流调，则清丽居宗。"① 看来，曹、陆皆钟情于"流调"。四言意寡而少变，故《诗经》之后，习者渐少。"五言居文词之要，是众作之有滋味者也"，其指物造形，穷情写物，更为详切，故汉末文士竞相摹习，至魏晋时五言之作已是趋势。再如，二人同以"才高词赡"著称。曹植"骨气奇高，词彩华茂"，陆机"才高词赡，举体华美"。二人皆长于雕刻、俳偶。再比如，二人皆工于起句。曹诗长于发端，而陆诗也常于首句成立要之"片言"。王昌龄《诗格》"神集"之"起首入兴体例"："先叙事后衣带入兴：陆士衡诗'远游越山川，山川修且广。'此诗一句叙事，一句衣带。古诗'行行重行行，与君生别离。相去万余里，各在天一涯。道路阻且长，会面安可知！胡马依北风，越鸟巢南枝。"② 这些都是促成钟嵘认定陆机"源出于陈思"的重要原因。

后人谓陆机源于曹植，虽其论有自，但并不准确。确切地说，二人皆同祖"诗骚"、汉人乐府与古诗，并加以创新与改造形成了相类的风格。故在陆机与陈思王的关系上，张怀瑾《钟嵘诗品评注》云：

> 魏、晋一脉相承，陆机早在入洛以前，即以诗名显，怎能设想，其诗师宗"仇雠"，"其源出于陈思"。陆机离曹植相去未远，在时序上首尾衔接，在诗吟上南北异辙，并无直接的师承关系。这就是说，曹、陆两家，在时间和空间方面，并不具备师承关系的条件和可能，两人并成大家，大抵各骋才华，自成派别，仅从诗吟主体以文才富艳相比拟，只是触及到了问题的表层，实无助于诗家源流的正确探索。③

陆云与白马王彪更没有任何关系。陆机兄弟作为晋室诗坛的重要代表，与

---

① （梁）刘勰：《文心雕龙校证》，王利器校证，上海古籍出版社，1980，第35页。
② 张伯伟：《全唐五代诗格汇考》，江苏古籍出版社，2002，第173~174页。
③ （梁）钟嵘：《诗品评注》，张怀瑾注，天津古籍出版社，1997，第201~202页。

建安诗人有相类似之处,刘勰谓:"楚之骚文,矩式周人;汉之赋颂,影写楚世;魏之策制,顾慕汉风;晋之辞章,瞻望魏采。"① 傅刚先生在论及曹植与陆机的关系时说:"陆机的贡献是从破坏开始的,正与曹植一样,试图通过对古诗的阐释建立一种新的写作方法。但曹植对古诗的态度是以学习为主要目的,学习过程时而露出文人的面目,所以他只能是一个过渡者。陆机在形式上也以学习张目,然而他的学习却在主观意识、文词字句和描写方法上完全的文人化手段,宣布近体诗已摆脱古诗温床,步入了自己成长历程。"② 因此,曹、陆只能算是时间上的首尾相接,属文学发展的自然进程。对于建安文风与太康诗坛,我们可理解成文学演进过程的深浅层次不同,不必都理解为某人效法某人(其间有人相习,但未必全是)。从晋人的态度及现实情况看,专宗魏室文人的可能性不大。

第二节 远跨异代,诗模"风""雅"

一 规模"风""雅"的学术背景

江东吴地士族的学风相对保守,唐长孺从吴人学术著作的特点及南方与北方的一些生活细节入手论证了南方学风趋于保守,吴正岚博士在其《六朝门阀制度对江东士族儒学的影响》一文中进一步确认了唐长孺的论证,并从学术渊源和师法观念的角度探讨了江东保守学风是如何形成的。吴博士认为:从儒学渊源上说,"吴会地区远离政治文化的中心,汉末以前一直是文化薄弱之地",东汉之际许多大家子弟及避难者与官员相继来到吴会,使吴地学术得以形成,这些人物如会稽虞翻、陈留蔡邕等为代表人物;而从家法上言,孙吴大族虞氏、陆氏都是在"东汉文化中成长起来的世家大族",其子弟竭力保持家传学术。③ 吴博士之言是极有道理的。虞氏传京房易学,故陆绩好《太玄》,注京氏《易》。蔡氏"奉西京之旧",

---

① (梁)刘勰:《文心雕龙校证》,王利器校证,上海古籍出版社,1980,第198页。
② 傅刚:《魏晋南北朝诗歌史论》,吉林教育出版社,1995,第138页。
③ 吴正岚:《六朝门阀制度对江东士族儒学的影响》,《南京大学学报》2004年第6期。

浑天之学行于吴会。这些都是学术渊源上的表现。而维持自己家族的强势地位是所有世家大族的共同意愿，这种意愿的实现，不光是靠军事、政治上的实力，文化上的强势地位则可能更容易保障地位的合理性。顾、张、虞氏家族皆力保其学术传承。当然，东吴保守学风的形成肯定与汉末动乱及三国鼎立脱不了干系。文化交流的阻绝和互为敌对的意识形态对学术、学风的影响是可以想见的。

王永平《六朝江东世族之家风家学研究》一书也对唐先生之观点加以发挥，并论证了江东陆氏家族的家学与家风。他在"汉晋间陆氏之经术"部分写道：

> 作为江东一流的世族代表，吴郡陆氏具有深厚的文化基础。学术文化的积淀与传承是维系世家大族长盛不衰的重要保障，也是区分世族等第的重要依据。早在汉代，陆氏已接受了比较系统的儒学教育，成为地方之文化世族，其代表人物多有良好的学养，这由陆绩、陆康之行事可以看出。孙吴时期的陆逊虽以事功著名，但他兼具"文武之才"，每每自称"书生"，他的行为与政见完全合乎儒家学说，这与其儒学修养是分不开的。陆绩"虽在军旅，著述不废"，陆凯"虽统军众，手不释书"，正与陆逊相同，就其家族学术文化的核心内容而言，主要是儒家伦理学说及经术。《三国志·陆绩传》称绩"儒雅"，他自述"幼敦《诗》《书》，长玩《礼》《易》"。《晋书·陆机传》称机"服膺儒术，非礼不动"，陆云也是如此，自幼被人称为"当今之颜子"（笔者按：此事在云二十岁后，周浚扬州从事任上，不宜谓之"自幼"）。这皆可见陆氏之家教是以儒学启蒙的。①

陆氏儒学中最为突出的是《易》与《诗》。陆绩开启了陆氏家族的治《易》之风。据《隋书·经籍志》载：陆绩有《周易注》十五卷，《太玄经注》十卷，文集五卷，又有《周易日月变例》六卷，与虞翻合撰。陆凯有《扬子太玄经》十三卷。又陆机撰《吴章》类似于谶纬之书，焚于隋炀

---

① 王永平：《六朝江东世族之家风家学研究》，江苏古籍出版社，2003，第90~91页。

帝即位之时。《三国志·陆凯传》载:"(凯)好《太玄》,论演其意,以筮辄验。"① 此后,齐之陆澄、唐之陆德明皆好《易》《玄》,"陆德明的主要著述虽完成于隋唐,但就其学风与文化积累而言,仍得益于六朝陆氏家学之积淀"。章太炎《国史大纲》言:"(陆)机之族始于陆绩。"就学术发展来看,陆绩确实奠定了陆家的学术理路,对《诗》的研究亦应始于陆绩,其《述玄》云:"年尚暗稚,甫学《书》、《毛诗》。"又《自知亡日为辞》:"有汉志士,吴郡陆绩,幼敦《诗》《书》,长玩《礼》《易》,受命南征,遘疾遇厄。遭命不幸,呜呼悲隔。"前云幼年学《诗》,后对自己死时之评又特意强调了《诗》《书》,看来陆绩对自己在《诗经》上的研究成果还是非常满意的。陆氏家族对《诗》之研究,其前以陆玑《毛诗草木虫鱼疏》二卷为著,其后以唐陆德明《经典释文》影响最深。《四库全书总目》云:"虫鱼草木,今昔异名;年代迢遥,传疑弥甚。玑去古未远,所言犹不甚失真。《诗正义》全用其说。陈启源《毛诗稽古编》,其驳正诸家,亦多以玑说为据。讲多识之学者,固当以此为最古焉。"可见其影响之大。

陆绩为陆康之子,陆抗叔祖。陆玑与士衡兄弟同时②,机、云学问沿其家族传统,《诗》《易》对其文学影响最重。《颜氏家训》云:"夫文章者,原出'五经'。招命策檄,生于《书》者也。序述论议,生于《易》者也。歌咏赋诵,生于《诗》者也。"③ 把文章与"五经"或"六经"联系起来是当时文坛的一个共识,如刘勰《文心雕龙》"宗经"篇特别强调了"经典"对文章的重要作用:"洞性灵之奥区,极文章之骨髓者也……义既极乎性情,辞亦匠于文理;故能开学养正,昭明有融。"④ 又"比兴"篇:"楚襄信谗,而三闾忠烈,依《诗》制《骚》,讽兼比兴。炎汉虽盛,而辞人夸毗,诗刺道丧,故兴义销亡。于是赋颂先鸣,故比体

---

① (晋)陈寿:《三国志集解》,卢弼集解,中华书局,第1101页。
② 《经典释文序录》云:"玑字元恪,吴郡人。吴太子中庶子,乌程令。"此与《隋书·经籍志》所载合,《隋志》载:"《毛诗草木虫鱼疏》二卷乌程令吴郡陆机撰。""机"当"玑"之误,既作"吴太子中庶子"当在吴亡之前,故与士衡时近或同时。
③ (北齐)颜之推:《颜氏家训》,上海古籍出版社,1980,第221页。
④ (梁)刘勰:《文心雕龙校证》,王利器校证,上海古籍出版社,1980,第11页。

云构，纷纭杂遝，信旧章矣。"① 钟嵘《诗品》谓古诗"其体源出于《国风》"、陈思王植"其源出于《国风》"、阮籍"其源出于《小雅》。无雕虫之功……洋洋乎会于《风》、《雅》"。② 许学夷《诗源辩体》卷三云："《三百篇》始，流而为汉魏。《国风》流而为汉十九首，苏、李、魏三祖、七子之五言；《雅》流而为汉韦孟、韦玄成、魏曹植、王粲之四言。《颂》而流为汉《安世房中》、武帝《郊祀》、魏王粲《太庙颂》《俞儿舞》之杂言。"③ 而从现实情况来看，《三百篇》是中国诗歌发展史上的一座高峰，而风雅比兴传统则是后世诗歌创作的最高典范，这是无可争议的，尤其在后世四言诗的创作中多有《诗经》的影子。如曹操的《短歌行》"青青子衿，悠悠我心"出自《郑风·子衿》，"呦呦鹿鸣，食野之苹，我有嘉宾，鼓瑟吹笙"出自《小雅·鹿鸣》。曹丕《善哉行》"有美一人，婉如清扬"出自《郑风·野有蔓草》。嵇康《四言送兄秀才入军诗》"心之忧矣，永啸长吟"出自《魏风·园有桃》，"谁谓河广，一苇可航"出自《卫风·河广》。这些都是四言诗与《诗经》的关系。

二　二陆四言诗拟写《诗经》分析

二陆是太康诗坛四言诗创作的中坚人物。连同四言乐府在内，陆机四言19首，陆云26首，这个数量占了晋太康诗坛四言诗作的1/2，可以说是太康诗坛最大的四言诗作者④，尤其陆云，四言诗最多。二陆四言多仿《诗经》，其追摹《诗经》的表现形式可概括为三个方面。

（一）直袭《诗经》成句

此现象汉魏时期比较常见，如曹操《短歌行》引《诗经》两段文字，已经让人甚为惊奇。之后曹丕《善哉行》、曹植《上责躬诗》、王粲《赠蔡子笃诗》等都有直引《诗经》的作品，至晋之李密、应贞、傅玄等人，这种

---

① （梁）刘勰：《文心雕龙校证》，王利器校证，上海古籍出版社，1980，第227页。
② （梁）钟嵘：《诗品注》，陈延杰注，人民文学出版社，1961，第17、20、23页。
③ （明）许学夷：《诗源辩体》，人民文学出版社，1987，第44页。
④ 此仅指流传至今的诗的数量，徐公持先生在《魏晋文学史》中称陆云是"西晋一朝最大的四言诗作者"。然陆机之作也不在少数。

直引成句的现象便成了常式。尤其傅咸的《七经诗》,全集经典成句,其《毛诗诗》云:

> 无将大车,维尘冥冥。济济多士,文王以宁。显允君子,大猷是经。聿修厥德,令终有俶。勉尔遁思,我言维服。盗言孔甘,其何能淑。谗人罔极,有腼面目。①

傅咸的做法确实有点过分,诗句全出《诗经》,《升庵诗话》谓之为"集句之始"。但它从一个侧面说明了晋时文人对《诗经》的模仿甚于前代。胡应麟《诗薮》云:"四言汉多主格,魏多主词,虽体有古近,各自所长,晋诸作者,浮慕《三百》,欲去文存质,而繁板垛,无论古调,并工语失之。"② 晋代文人对《诗经》的追摹已经到了无以复加的地步。与二陆同时的潘岳《北芒送别王世胄》"谁谓荼苦,其甘如荠"③,出自《邶风·谷风》,《关中诗》"于皇时晋,受命既固"④ 分别出自《周颂·般》和《大雅·皇》,"三祖在天,圣皇绍祚"⑤ 出自《大雅·下武》。可见,其拟《诗经》的密度也非常大。其他如欧阳建《答石崇赠诗》"谁谓河广,曾不容刀"⑥ 出自《卫风·河广》。相较起来,二陆直引《诗经》成句的现象还不算多。陆机诗不过数句:

《赠冯文罴迁斥丘令》:
嗟我怀人,其迈唯永。(《周南·卷耳》:"嗟我怀人,置彼周行。")

《答贾谧诗》:
对扬天人,有秩斯祜。(《烈祖》:"嗟嗟烈祖!有秩斯祜。")

陆云要多一些:

---

① 逯钦立:《先秦汉魏晋南北朝诗》,中华书局,1983,第 604 页。
② (明)胡应麟:《诗薮》,上海古籍出版社,1979,第 9 页。
③ (晋)潘岳:《潘岳集校注》,董志广校注,天津古籍出版社,2005,第 235 页。
④ (晋)潘岳:《潘岳集校注》,董志广校注,天津古籍出版社,2005,第 215 页。
⑤ (晋)潘岳:《潘岳集校注》,董志广校注,天津古籍出版社,2005,第 215 页。
⑥ 逯钦立:《先秦汉魏晋南北朝诗》,中华书局,1983,第 646 页。

失题：

四月惟夏，南征观方。

（《小雅·四月》："四月维夏，六月徂暑。"）

厥初生民，有物有类。

（《大雅·生民主》："厥初生民，时维姜嫄。"）

嗟我怀人，悠悠其潜。

（《周南·卷耳》："嗟我怀人，置彼周行。"）

《征西大将军京陵王公会射堂皇太子见命作此诗》：

嘉福介佑，万寿无期。

（《小雅·南山有台》："乐只君子，万寿无期。"）

《太尉王公以九锡命大将军让公将还京邑祖饯赠此诗》：

肃肃王命，宰臣莅事。

（《大雅·烝民》："肃肃王命，仲山甫将之。"）

悠悠征人，四牡騑騑。

（《小雅·四牡》："四牡騑騑，周道倭迟。"）

岁亦暮止，之子言归。

（《小雅·采薇》："曰归曰归，岁亦暮止。"）

《思文》：

宜尔子孙，福禄盈止。

（《国风·周南·螽斯》："螽斯羽，诜诜兮。宜尔子孙，振振兮。"）

《赠汲郡太守》：

之子之远，悠悠我思。

（《国风·邶风·终风》："莫往莫来，悠悠我思。"）

《答兄平原》：

昔我往矣，辰在东嵎。今我于兹，日薄桑榆。

（《小雅·采薇》："昔我往矣，杨柳依依。今我来思，雨雪霏霏。"）

不管是引用的总量，还是引用的密度陆云都不如潘岳，并且潘岳诗中经常有曹操式的整句（指一个自然句）引用，而陆云的诗中却是没有的。这种直引《诗经》成句的现象一直被后人诟病。前如胡应麟，其《诗薮》云："说者谓五言之变昉于潘陆，不知四言之亡，亦晋诸子之为也。"① 说此事是潘岳的责任尚可，谓陆机如是有点冤枉。造成这种引用现象的主要因素是汉代经学教育。汉代是经学发达的时代，五经已经渗透社会的各个角落，因此人们的行为处事时刻不离"经"的影子。我们略举一例即可看出。《史记》《汉书》《三国志》皆史书，而《诗》属文学，按说离得应该较远，即便是以"六经皆史"的观点来理解，《史记》以《诗》证史，或有其道理，而《汉书》《三国志》则很难套用《诗》与史的关系。但事实并非如此，如《三国志·魏志·后妃传》："三母嫔周，圣善弥光，既多受祉，享国延长。"② 语出《小雅·六月》"吉甫燕喜，既多受祉"和《周颂·閟宫》"既多受祉，黄发儿齿"。再如《三国志·魏志·武帝纪》："君翼宣风化，爰发四方。"③ 语出《大雅·烝民》"赋政于外，四方爰发"。《魏志·曹爽传》注引《魏书》云："进无忠恪积累之行，退无羔羊自公之节。"④ 语出《召南·羔羊》"羔羊之皮，素丝五紽，退食自公，委蛇委蛇。"上述史书中引《诗》与诗赋中引《诗》，其实是一样的，是一种集体无意识的引用。因此，最好的解释应该是，这一时期《诗经》的句子人们已经谙熟于心，不再被人看作用典或引用。诗人直接引《诗》的另一个原因则是礼乐文化的延续。《诗》教的盛行，让人们逐渐形成了使用"子曰""诗云"的句式的习惯，所以在作诗、作赋之时也就不自觉地采用了《诗经》的成句。二陆家学已如前云，二人自少年时代便已饱读经书，对《诗经》自然熟悉至极。

（二）拟写《诗经》句式

王靖献在《钟与鼓——〈诗经〉的套语及其创作方式》⑤ 一书中根据中国语言与韵律的特点对《诗经》的套语进行了细致的分析，其"各类诗

---

① （明）胡应麟：《诗薮》，上海古籍出版社，1979，第9页。
② （晋）陈寿：《三国志》，中华书局，1959，第167页。
③ （晋）陈寿：《三国志》，中华书局，1959，第39页。
④ （晋）陈寿：《三国志》，中华书局，1959，第283页。
⑤ 〔美〕王靖献：《钟与鼓——〈诗经〉的套语及其创作方式》，谢濂译，四川人民出版社，1990。

所特有的全行套语"一章，列《国风》套语41句、《小雅》套语55句、《大雅》套语23句、《周颂》10句、《商颂》2句，基本概括了《诗经》中习用语句句式。① 以上131句，也是后世四言诗创作模拟的基本句式。《大雅》类套语模式与《小雅》差别很大，却与《颂》的语言模式比较接近。因此，我们可以将作者所分的四类归为三类：一是《风》类套语模式；二是《小雅》套语模式；三是《颂》类套语模式。二陆的四言诗均涉及了上述三类。

第一，《风》类套语模式。

陆机如《赠冯文罴迁斥丘令》"其容灼灼"，其语出自《周南·桃夭》"桃之夭夭，灼灼其华"。原诗以春天娇嫩的桃花写新娘的年轻美貌。其句式为"灼灼（一个叠词）+其+华（一个名词）"，陆机此诗写得也非常巧妙，冯文罴与陆机同在太子府中，"承华"即太子所居之处，此云"遵彼承华"正指此事，而此"华"非彼"华"，《桃夭》用来写新娘美貌，但作者正好借来，以此描写冯生为青年才俊，年轻有为，恰到好处。因前已有一"华"字，故后句改"华"为"容"。"其容灼灼"即"灼灼其容""灼灼其华"即"其华灼灼"，故此是一个套语。这一套语模式主要出现于《风》及《小雅》之中。如《周南·葛覃》"其鸣喈喈"，《周南·桃夭》"其叶蓁蓁"，《邶风·终风》"曀曀其阴，虺虺其雷"，《雄雉》"泄泄其羽"、《鄘风·载驰》"芃芃其麦"，《齐风·敝笱》"其鱼唯唯"，《唐风·杕杜》"其叶菁菁"。也见于《小雅》，如《杕杜》"其叶萋萋"，《宾之初筵》"温温其恭"，《苕之华》"其叶青青"。《大雅》与《颂》中也有但比较少见，如《大雅·卷阿》"凤凰于飞，翙翙其羽"，《周颂·载芟》"其耕泽泽"、"厌厌其苗，绵绵其麃"。属于《风》类的套语还有《答潘尼》"如琼如琳"，《卫风·淇奥》"如切如磋，如琢如磨"，《邶风·谷风》"如

---

① 但这个概括是不全面甚至是错误的，比如"匪媒不得""匪斧不克"显然属于套语，但作者却把他分成了两个，还有如"自彼成康"这类句式在《雅》《颂》之中反复出现，也显然属于《颂》类套语，但作者却漏收此类句式。因为《诗经》不是我们重点探讨的对象，所以我们在此采取的方法是基本依据作者的归纳，但适当增加或减少一些套语模式，确定是否是套语的原则是：一个句式在一类诗中出现的次数超过三次，即可认定它属于这类诗的套语。如上述"自彼成康"在《颂》诗中已经出现三次，故我们把它认定为《颂》类套语。

兄如弟"，《鄘风·君子偕老》"如山如河"。《答潘尼诗》"我东曰徂，来饯其琛"也出自《风》类，《豳风·东山》"我东曰归，我心西悲"此仅一例。陆云集中《风》类套语远远多于陆机。如"嗟我怀人"、"之子于命"、"言即尔谋"、"曷云其来"、"贡言执手"、"心犹水鉴"、"惟林有鸾，惟渊有螭"、"幽幽东嵎"及"言念君子，怅惟心楚"等，均为《风》类套语模式。

如果从化用《风》类套语模式诗的赠答对象来考察，我们会发现一个非常有意思的现象，这一类模式的被赠者与主人的关系都比较亲密，或是同乡，或是志趣相投者。"嗟我怀人"见用于《失题》"嗟我怀人，悠悠其潜"，《赠汲郡太守》"嗟我怀人，式是言归"，《赠郑曼季·谷风》"感物兴想，念我怀人"、"嗟我怀人，其居乐潜"、"嗟我怀人，在津之梁"，《赠郑曼季·鸣鹤四章》"嗟我怀人，惟馨黍稷"、"嗟我怀人，启襟以睎"，《赠鄱阳府君张仲膺》"嗟我怀人，曷云其来"。汲郡太守奚世都，陆云诗《从事中郎张彦明为中护军奚世都为汲郡太守各将之官大将军崇贤之德既远而厚下之恩又隆非（悲）此离析有感圣皇既蒙引见又宴于后园感鹿鸣之宴乐咏鱼藻之凯歌而作是诗》，又此诗"抑抑奚生，天笃其淳"，知此为赠奚生之作，太子府同僚，云两次以诗相赠，故见二人关系已非一般。郑丰，字曼季，为吴王文学。《三国志·吴主传》注引《文士传》：

（郑胄）子丰，字曼季，有文学操行，与陆云善，与云诗相往返。司空张华辟，未就，卒。①

云与郑丰皆为吴人，且史传谓"与陆云善"，亦可见。鄱阳府君张仲膺，是一位不在官场的人物，或为吴之旧臣。其他"之子于命"见于陆云《答孙显世》，语出《周南》之《桃夭》《汉广》，《召南》之《鹊巢》《江有汜》，这一句式广泛用于《国风》各诗之中。"言即尔谋""孙显世"即孙拯，《晋书·陆机传》有孙拯附传：

孙拯者，字显世，吴都富春人也。能属文，仕吴为黄门郎。孙皓

---

① （晋）陈寿：《三国志》，中华书局，1959，第1144页。

世，侍臣多得罪，惟抍与顾荣以智全。吴平后，为涿令，有称绩。机既为孟玖等所诬收抍考掠，两踝骨见，终不变辞。门生费慈、宰意二人诣狱明抍，抍譬遣之曰："吾义不可诬枉知故，卿何宜复尔？"二人曰："仆亦安得负君！"抍遂死狱中。①

与陆云之关系可见。其他"曷云其来""贡言执手"见于《赠鄱阳府君张仲膺》，"心犹水鉴""惟林有鸾"见于《答大将军祭酒顾令文》，"幽幽东崵""悠悠山川"见《赠顾彦先》。这一规律也见于陆机诗中，上引陆机诗中《风》类套语分别为与冯文罴和潘尼的赠答，冯及潘都是二陆在太子府中的好友。

第二，《小雅》类套语模式。

陆云的《答兄平原》及陆机的《与弟清河云》两诗中，多次化用《小雅》语言。《小雅·采薇》："昔我往矣，杨柳依依，今我来思，雨雪霏霏。"《小雅·出车》："昔我往矣，黍稷方华；今我来思，雨雪载涂。"陆机诗："昔我斯逝，兄弟孔备。今予来思，我凋我瘁。"陆云诗："昔我先公，邦国攸兴。今我家道，绵绵莫承。昔我昆弟，如鸾如龙。今我友生，凋俊坠雄。"陆云此诗第九章大部分句子来自《小雅》：

> 陆诗：怀仁泛爱，锡予好音。
> 《小雅·何人斯》：作此好歌，以极反侧。
> 陆诗：晞光怀宝，焕若南金。
> 《小雅·湛露》：湛湛露斯，匪阳不晞。
> 《鲁颂·泮水》：元龟象齿，大赂南金。
> 陆诗：披华玩藻，华若翰林。
> 《召南·何彼秾矣》：何彼秾矣，华如桃李。
> 陆诗：咏彼清声，被之瑟琴。
> 《小雅·常棣》：妻子好合，如鼓瑟琴。兄弟既翕，和乐且湛。
> 陆诗：味此殊响，慰之予心。
> 《小雅·车辖》：觏尔新婚，以慰我心。

---

① （唐）房玄龄：《晋书》，中华书局，1974，第1481页。

陆诗：弘懿忘鄙，命之反复。敢投桃李，以报宝玉。

《卫风·木瓜》：投我以木桃，报之以琼瑶。

从语言模式上来看，二陆这组赠答诗，开篇皆源出于《大雅》（有一句出自《鲁颂》），而后面章节多源自《小雅》与《国风》，尤以《小雅》为多。此与诗章内容的关系比较密切，二诗皆于开篇追溯祖考，故常用《颂》语，而后写自己家遭祸难，此正合《小雅》之怨悱。陆云的《赠鄱阳府君张仲膺五章》《答吴王上将顾处微九章》《答大将军祭酒顾令文五章》《答顾秀才五章》《赠顾彦先五章》《赠顾尚书》《赠郑曼季往返八首》等诗，也常见《小雅》类套语模式。

第三，《颂》类套语模式。

陆机四言诗中这一类语言最多，占其四言语式的绝大部分。陆云《征西大将军京陵王公会射堂皇太子见命作此诗》《太尉王公以九锡命大将军让公将还京邑祖饯赠此诗》《征西大将军京陵王公会射堂皇太子见命作此诗》，陆机《皇太子宴玄圃宣猷堂有令赋诗》《皇太子赐燕诗》《答贾谧》，及二陆赠答诗的前面部分是《颂》类套语使用比较集中的地方。如陆机《皇太子赐燕诗》：

明明隆晋，茂德有赫。思媚上帝，配天光宅。诞育皇储，仪形在昔。徽言时宣，福禄来格。劳谦降贵，肆敬下臣。肇彼先驱，翻成嘉宾。

"明明隆晋，茂德有赫"整句出于《大雅·皇矣》"皇矣上帝，临下有赫"。"皇"大也，陆诗用"明"，下句"××+有赫"，来表示赞叹，整体两句颇近。尤其从第三句"思媚上帝"可知，陆机此诗句确来自《皇矣》。"明明（颂词）+名词（赞颂的对象）"是一个只出现于《雅》和《颂》里面的句子模式，如《大雅·江汉》"天子万寿！明明天子"，《鲁颂·泮水》"明明鲁侯，克明其德"，还有一例出现于《小雅》中，《小明》"明明上天，照临下土"，与此相类的句式还有"赫赫+名词"，如"赫赫姜嫄，其德不回"（《鲁颂·閟宫》），"赫赫厥声，濯濯厥灵"（《商颂·殷武》），不过以"赫赫"这种形式出现的句式主要见于《小雅》。

"思媚上帝,配天光宅"句,来自《周颂·思文》:"思文后稷,克配彼天。"但这不是句式上的模仿,在句式上来看源自《大雅·思齐》"思齐大任,文王之母,思媚周姜,京室之妇"。前句"思齐大任"和后句"思媚周姜"都是陆诗渊源,另有《周颂·载芟》"思媚其妇,有依其士"、《鲁颂·泮水》"思乐泮水"也与此相类。"肇彼先驱,翻成嘉宾"实即《诗经》中句式"肇×彼+××"合并而成,《商颂·玄鸟》:"邦畿千里,维民所止,肇域彼四海。"《周颂·小毖》:"肇允彼桃虫。"因为《大雅》及《颂》的语言适于祝颂之词,尤其是对皇子、鲁公等地位较高的人。如"于穆时晋",即来自《大雅》及《颂》中的"于穆时周""于穆时夏"。当然,在关系要好的人的赠答之中也时有出现,只是没有上述人的诗中多而已。如陆云《赠顾骠骑》"哲问宣猷,考茂其相"即全来自《大雅·桑柔》"秉心宣猷,考慎其相",改易三字。在其诗作中最常出现的方式是糅合《诗经》之《雅》《颂》中的句子,如上引诗"仪形在昔",由《大雅·文王》"仪刑文王,万邦作孚"和《商颂·那》"自古在昔,先民有作"合并而来。

除了上述三种句式之外,还有一种是《诗经》各部分通行的句子模式,如"载驰载驱""载笑载言""载飞载鸣""载飞载扬"等,这种"载×载×"的句子模式是《诗经》中最常见的模式之一。二陆诗中也经常使用,陆云《答兄平原》"载邈载遐""载寐载兴""载驱载驰",《赠顾尚书》"载离载会",陆机《赠清河云》"载肃载闲"。这种模式还有一些常见的变式,王靖献在他的《钟与鼓——〈诗经〉的套语及其创作方式》中这样写道:

"载×载×"系统是多产的,因为受"载—载"支配的"×—×"成分是易于替换的。我认为正是"载—载"的重复吸引了(民)歌手法依靠于这一系统。[①](笔者按:作者本意或为此一模式被广泛运用的原因在于重复,而这正来源于民歌手法。)

王先生给我们指出了《诗经》这一套语的变体:"载"字可以换成其他字。

---

① 王靖献:《钟与鼓——〈诗经〉的套语及其创作方式》,谢濂译,四川人民出版社,1990,第190页。

其实，除了这一变体之外，还有一个变体：把"载"字拉长在两句之间。前一种情形，如"载"字可以换成"如"字，例："如圭如璋""如埙如篪""如璋如圭""如取如携"；换成"有"字，"有冯有翼""有孝有德""有物有则""有熊有罴，有猫有虎"。这是《诗经》的常式，也是二陆四言诗常用之式，如陆机："斯纲斯纪""乃倾乃圯""或降或阶""如鸾如龙""如瑶如琼""且欢且忧""有物有则""克文克敏，乃惠乃慈""曰繁曰熙"。陆云："克明克秀""如玉如兰""如琼如琳""孰后孰先""言告言归""匪悦匪康""或雕或疚""有驷有翰"。后一类，《周颂·时迈》"载戢干戈，载橐弓矢"。陆机诗"干戈载扬，俎豆载戢"。但二陆运用这一体式并非是从歌唱的角度着眼的，而是从其古雅的特色出发的。

（三）陆云的拟《诗经》诗

四言诗最主要的源头就是《诗经》，后世四言诗在本质上是拟《诗经》诗。四言诗在魏晋时期主要有两个用途：一是用于赠答；二是用于帝王祭祀。用于祭祀的四言诗，是有题名的，《宋书·乐志》载："魏雅乐四曲：一曰《鹿鸣》，后改曰《于赫》，咏武帝；二曰《驺虞》，后改曰《巍巍》，咏文帝；三曰《伐檀》，后省除；四曰《文王》，后改曰《洋洋》，咏明帝。"① 这是曹魏时期所奏乐府，《于赫》拟《鹿鸣》，《巍巍》拟《驺虞》，《洋洋》拟《文王》，都是拟《诗经》，皆有题名。用于赠答的四言诗一般没有专门的题名，往往以"赠某某"为题，如陆机《答贾谧》、潘岳《代贾长渊赠陆机》，这一类四言诗作为拟诗是有缺陷的，因为它不像《诗经》一样有一个简短的题（按：《诗经》本是无题诗，后人以首句为题，但这个题经过长期使用至少在人心目之中已经成了题）。陆云赠答诗中有几首颇为别致的赠诗，诗除通常点明所赠对象的题目外，仿《诗经》另拟有题名，如《赠郑曼季往返八首》：《谷风》《鸣鹤》《南衡》《高岗》等，《赠顾骠骑后二首》：《有皇》《思文》。陆云模拟《诗经》的态度是清晰的，其集中《从事中郎张彦明为中护军奚世都为汲郡太守各将之官大将军崇贤之德既远而厚下之恩又隆非（应作悲）此离析有感圣皇既蒙引见又宴于后园感鹿鸣之宴乐咏鱼藻之凯歌而作是诗》，诗题已经标明模拟《诗

---

① （齐）沈约：《宋书》，中华书局，1974，第539页。

经》,《南衡》诗下有序:"美君子也。言君子遁世不闷,以德存身。作者思其以德来仕,又愿言就之宿,感《白驹》之义,而作是诗焉。"明确地交代了取意《诗经》的意图。上引《赠顾骠骑后二首》,其一为《有皇》,序云:"有皇,美祈阳也。"其二为《思文》,序云:"思文,美祈阳也。"《周颂·思文》,毛序曰:"思文,后稷配天也。"又,《赠郑曼季诗》之《谷风》取自《小雅·谷风》,《鸣鹤》取自《小雅·鹤鸣》,《高岗》取自《周南·卷耳》。显见,无论从主旨上看,还是从外在体式上看,陆云诸诗都刻意模仿《诗经》。

三 诗模"风""雅"的原因探析

首先,受晋初文坛整体崇尚雅的影响。张朝富《雅化:西晋诗风的根本成因及其历史功绩》① 一文专门分析了西晋诗风"雅化"这一特征。他认为"西晋诗风的雅化以四言雅诗的兴盛并引导创作潮流为核心特征",具体表现在西晋时期一反四言没落的总体趋势,呈现出一种重新蓬勃的新景象。如夏侯湛作《周诗》:《南陔》《白华》《华黍》《由庚》《崇丘》《由仪》,其用意在于"有其义而亡其词,湛续其亡",并因此被《文士传》称为"有盛才,文章巧思,善补雅词,名亚潘岳"②。束皙作《补亡诗》,其序曰:"皙与司业畴人肄修乡饮之礼,然所咏之诗,或有义无辞,音乐取节,阙而不备,于是遥想既往,存思在昔,补著其文,以缀旧制。"③ 亦是补《诗经》"雅词",潘岳作《家风诗》,"此非徒文雅,乃别见孝悌之性"④。同样以"雅"示人。晋人重"雅"之实绩如此。重"雅"之理论也随处可见,傅玄:"《诗》之雅颂,《书》之典谟,文质足相副,玩之若近,寻之益远,陈之若肆,研之若隐,浩浩乎其文章之渊府也。"⑤ 荀绰《兖州记》:"(闾丘冲)操持文案,必引经诰,饰以文采。"夏侯

---

① 张朝富:《雅化:西晋诗风的根本成因及其历史功绩》,《武汉大学学报》2007年第5期。
② (南朝宋)刘义庆:《世说新语校笺》,徐震堮校笺,中华书局,1984,第138页。
③ 逯钦立:《先秦汉魏晋南北朝诗》,中华书局,1983,第639页。
④ (晋)潘岳:《潘岳集校注》,董志广校注,天津古籍出版社,2005,第237页。
⑤ (清)严可均:《全上古三代秦汉三国六朝文》,中华书局,1958,第1130页。

湛《抵疑》:"雍容艺文,荡骇儒林,志不轰著述之业,口不释雅颂之音。"陆机《文赋》:"济文武之将坠,宣风声于不泯。"挚虞《文章流别论》:"夫诗虽以情志为本,而以成声为节,然则雅音之韵,四言为正,其余虽备曲折之体,而非音之正也。"西晋诗坛一反曹魏面貌,四言雅诗又恢复了正统地位。机、云以及潘岳、潘尼的四言诗皆是在这一背景下产生的。

其次,受魏晋乐府的影响。我国礼乐起于先周,唯史籍漫灭已不可考,周代之制,礼乐已备,郭茂倩《乐府诗集》云:

《周颂·昊天有成命》,郊祀天地之乐歌也,《清庙》,祀太庙之乐歌也,《我将》,祀明堂之乐歌也,《载芟》《良耜》,藉田社稷之乐歌也。然则祭乐之有歌,其来尚矣。两汉已后,世有制作。①

周代演奏之乐皆出于《诗经》,以《昊天有成命》作为祭祀天地之乐,以《清庙》作为祀太庙之歌,以《我将》为祭祀五帝之歌,郭氏所举皆出自《诗经·周颂》。至秦首设乐府,然秦遭乱祸,其辞已不可见,汉之乐府有郊庙歌辞、燕射歌辞、舞曲歌辞。郊庙歌祭天地神祇及帝王祖先,燕射歌辞为朝会宴飨之乐,舞分雅舞、杂舞,雅舞用之于宗庙,杂舞用之以宴飨,各配以辞,即舞曲歌辞如燕射歌辞魏前已佚,舞曲歌辞有四言有杂言,雅舞以四言为多,杂舞以五言常见,郊庙歌辞如《南齐书·乐志》曰:"汉郊祀歌皆四言。"② 其说有误,《乐府诗集》所载汉《郊祀歌》有三言,有四言,以四言为主。《安世歌》有四言,有杂言,包括四三言、五言、七言,但皆不出于《诗经》,且句式混乱。由史籍所载知汉乐府多楚声非正乐,《史记·乐书》载:"高祖过沛诗《三侯之章》(按:指《大风歌》)令小儿歌之。高祖崩,令沛得以四时歌舞宗庙。孝惠、孝文、孝景无所增更,于乐府习常肄旧而已。"③《汉书·礼乐志》载:"高祖乐楚

---

① (宋)郭茂倩:《乐府诗集》,中华书局,1979,第1页。
② (梁)萧子显:《南齐书》,中华书局,1972,第172页。
③ (汉)司马迁:《史记》,中华书局,1963,第1177页。

声,故《房中乐》楚声也。孝惠二年,使乐府令夏侯宽备其箫管,更名曰《安世乐》。"① 魏之曹操精通音乐,于荆州获杜夔,令改造乐府,《晋书·乐志》曰:

> 魏杜夔传旧雅乐四曲:一曰《鹿鸣》二曰《驺虞》,三曰《伐檀》,四曰《文王》,皆古声辞。及太和中,左延年改夔《驺虞》《伐檀》《文王》三曲,更自作声节,其名虽同而声实异。唯因夔《鹿鸣》,全不改易。每正旦大会,太尉奉璧,群后行礼,东厢雅乐郎作者是也。后又改三篇:第一曰《于赫篇》,咏武帝,声节与古《鹿鸣》同;第二曰《巍巍篇》,咏文帝,用延年所改《驺虞》声;第三曰《洋洋篇》,咏明帝,用延年所改《文王》声;第四曰复用《鹿鸣》,《鹿鸣》之声重用,而除古《伐檀》。②

改《鹿鸣》为《于赫篇》,改《驺虞》为《巍巍篇》,改《文王》为《洋洋篇》,经改革之后,上述诸篇皆为整齐的四言,此是四诗明确拟《诗经》之始。亦为晋所承,《晋书·乐志》:"及武帝受命之初,百度草创。泰始二年,诏郊祀明堂礼乐权用魏仪,遵周室肇称殷礼之义,但改乐章而已。"③ 傅玄创作乐府是制礼作乐的大事,以陆机之志,颇有成就名臣之雄心,故其创作当以此为旨归。

最后,《诗经》中本已有这种赠答方式,正可作为文士附庸风雅之用。赠答诗可溯源于《诗经》,《大雅·崧高》:"申伯之德,柔惠且直。揉此万邦,闻于四国。吉甫作诵,其诗孔硕。其风肆好,以赠申伯。"此诗颂美申伯的才德,方玉润《诗经原始》云:"此诗与下篇《烝民》,同为赠送之作。一送申伯,一送仲山甫,以二臣位相亚,名相符,才德又相配,故于二臣之行,特赠诗以美之。"④ 赠诗之传统自此已始。除上述二诗外,《大雅·韩奕》:"奕奕梁山,维禹甸之,有倬其道。韩侯受命,王亲命之:缵戎祖考,无废朕命。夙夜匪解,虔

---

① (汉)班固:《汉书》,中华书局,1962,第1043页。
② (唐)房玄龄:《晋书》,中华书局,1974,第684页。
③ (唐)房玄龄:《晋书》,中华书局,1974,第679页。
④ (清)方玉润:《诗经原始》,中华书局,1986,第552页。

共尔位，朕命不易。粲不庭方，以佐戎辟。"《诗集传》："韩侯初立来朝，始受王命归，诗人作此以送之。"① 《邶风·燕燕》："燕燕于飞，差池其羽。之子于归，远送于野。瞻望弗及，泣涕如雨。"《秦风·渭阳》："我送舅氏，曰至渭阳。何以赠之？路车乘黄。我送舅氏，悠悠我思。何以赠之？琼瑰玉佩。"上述皆为赠别之诗。刘勰《文心雕龙》："四言正体，则雅润为本；五言流调，则清丽居宗。"② 在五言等其他文学样式仍被视为"流调"的时代，文人以《诗经》这种"正体"赠答颇显文雅，追求古雅风格是其主要心理。

第三节　追逐时风，乃雕乃藻

章学诚《文学大纲》"两汉文学与魏晋六朝文学之异同"云：

> 古时文以贯道，诸子各以术鸣，长于术者未尝不优于文，无意于辞之修饰，而规模自具，成一家言，两汉醇儒虽少，而贾、董辈诸家奏议指陈时政，意在经世致用，司马、班氏父子叙事，申论古今成败，扬、王诸子独抒己见，放言高论，即相如辞赋虽多虚词，犹意存讽谏，非诞妄者流。魏晋而降，竞以辞胜，道既不彰，而文亦大敝矣。

> 建安文学为两汉之殿军，六朝之先路，革易前型，独标新制，其变迁痕迹有可得而言者：一则文格清峻，异于汉之和缓而渊博也；二则文思清雅，异于两汉之厚重而谨严也；三则文气驰骋，异于汉之悠长而深远也；四则文词华丽，异于汉之质朴而平实也……

> 六朝文风已由建安之先导，欲求如两汉文之华实兼资，不可复见矣。嗣晋之陆潘辈，竞相仿效，南渡以后，益趋卑弱，齐梁之际，声韵大盛，文体浮靡，至陈而极。盖文章之演变，由严整而渐至于放纵，由混合而渐至于离判，唐代之复古，实大势之所趋，亦穷变通久之至理也。③

---

① （宋）朱熹：《诗集传》，中华书局，1958，第216页。
② （梁）刘勰：《文心雕龙译注》，王运熙、周峰等注，上海古籍出版社，1998，第47页。
③ （清）章学诚：《文学大纲》，上海书店，1939，第28~31页。

从建安到太康时代，政治上发生了许多变故，甚至有许多倒退的地方，但文学仍然顺着其固有的趋势向前发展着。尤其曹丕的《典论》一出，文学的地位被提到了较高的位置，文学的觉醒意识也日渐浓郁。文学创作完全改变了两汉"无意于辞之修饰"的局面。主动地从文学的角度去模仿、学习前人是当时文坛的共识，拟古诗大体也是在这一文学意识下产生的。但即使二陆"有意"拟古，时代已变，汉"指陈时政，意在经世致用"，"独抒己见，放言高论"的总体环境已不存在，代之而起的是"竞以辞胜"的文坛风气，此亦大势所趋。明陆时雍《诗镜总龟》云："诗有六义，《颂》简而奥，夐哉尚矣。《大雅》宏远，非周人莫为。《小雅》婉娈，能或庶几。《风》体优柔，近人可仿。然体裁各别，欲以汉魏之词，复兴古道，难以冀矣。"① 《诗经》之不可仿，古今皆然。因此二陆在诗文上的贡献不在于效古，而在于扬今与启今，即《文心雕龙·熔裁》所说的"缀辞尤繁""雅好清省"。沈德潜《古诗源》论士龙诗："清河五言甚朗练，摘采鲜净，与士衡亦复伯仲。"② 诸家对二陆品评各异，重点也略有不同，但皆可看出二陆诗文与汉之"古朴"已经越来越远。自汉末以来，大家名匠活跃于诗坛，三曹、七子、正始七贤及太康三张、二陆、两潘、一左诸人，纷纷吟咏，状物抒情，满纸烟云，极大地提高了诗歌吟咏语言的艺术表现力，此正是二陆地位之所在。

一 陆机在追逐时风上的表现

（一）六朝俳偶，始于士衡

士衡追逐时风首先表现在俳偶上。《文镜秘府论》云："文词妍丽，良由对属之能；笔札雄通，实安施之巧，若言不对，语必徒申。"③ 文词的妍丽首先是指属对工整，所以说俳偶的发展在中国诗歌史上有着重大的意义。刘师培《中古文学史》云："准声署字，修短揆均，字必单音，所施

---

① （明）陆时雍：《诗镜总龟》，中华书局，1983，第1402页。
② 〔清〕沈德潜：《古诗源》，中华书局，1963，第161页。
③ 〔日〕弘法大师：《文镜秘府论校注》，王利器校注，中国社会科学出版社，1980，第222页。

斯适，书违颉诵；翰藻弗殊，是则音泮轻轩，象昭明两，比物丑类，泯迹从齐，切响浮声，引同协异；乃禹域所独然，殊方所未有。"而对这一修辞技法，人们多寻迹于士衡。清叶矫然《龙性堂诗话初集》云："六朝俳偶，始于士衡，以灵运之才，体裁不免，风气所趋固然。"① 沈德潜《古诗源》："士衡诗亦推大家，然意欲逞博，而胸少慧珠，笔又不足以举之，遂开俳偶一家。西京以来空灵矫健之气，不复存矣。降自梁、陈，专工对仗，边幅狭，令阅者白日欲卧，未必非陆氏为之滥觞也。兹特取能运动者十二章，见士衡诗中，亦有不专堆垛者……士衡以名将之后，破国亡家，称情而言，必多哀怨，乃词旨敷浅，但工涂泽，复何贵乎？苏李十九首，每近于风。士衡辈以作赋之体行之，所以未能感人。《文赋》云：'诗缘情而绮靡'，殊非诗人之旨。"② 这些对六朝俳偶的批评无不剑指陆机。

实际上，俳偶句式的使用并不真的始于陆机。早在《诗经》之中便有俳偶句式。如《诗经·小雅·出车》："昔我往矣，黍稷方华。今我来思，雨雪载涂。"再如"觏闵既多，受侮不少"，"发彼小豝，殪此大兕"，"诲尔谆谆，听我藐藐"等句都是，楚辞、汉赋中对句则更多，至建安诸子，俳偶已成为常见之式。刘师培先生的《论文杂记》论述诗文变迁时涉及俳偶的形成与演变，云：

> 观邹、枚、扬、马之流，咸工于赋，沈思翰藻，不歌而诵；旁及箴铭骚七，咸属有韵之文。若贾生作《论》，史迁《报书》，刘向匡衡之献《疏》，虽记事记言、昭书简册，不欲操觚率尔，或加润饰之功，然大抵皆单行之语，不杂骈俪之词；或出语雄奇，或行文平实，咸能抑扬顿挫，以期语意之简明。东京以降，论辩诸作，往往以单行之语，运排偶之词，而奇偶相生，致文体迥殊于西汉。建安之世，七子继兴，偶有撰著，悉以俳偶易单行；即非有韵之文，亦用偶文之体，而华靡之作，遂开四六之先，而文体复殊于东汉。其变迁者一也。③

---

① 郭绍虞编《清诗话续编》，上海古籍出版社，1983，第956页。
② （清）沈德潜：《古诗源》，中华书局，1963，第156页。
③ 刘师培：《论文杂记》，舒芜校点，人民文学出版社，1984，第116页。

刘先生这段文字还了士衡一个清白。西汉之际，邹、枚、扬、马诸人，虽然"沈思翰藻"，但他们所着意的不是俳偶而是"润饰之功"，着意骈骊之词在东汉时期便成了经常之事。故先生提出，"偶文"始于东汉。东汉蔡邕赋中已多用俳偶。如《协和婚》："《葛覃》恐其失时，《摽梅》求其庶士。"《蝉赋》："白露凄其夜降，秋风肃以晨兴。声嘶嗌以沮败，体枯燥以冰凝。"《青衣赋》："金生沙砾，珠出蚌泥。叹兹窈窕，产于卑微。盼倩淑丽，皓齿蛾眉。玄发光润，领如蠐螬。"更不用说，建安曹植、曹丕等人诗文，属对已相当工整，与汉之古诗大异其趣。此即所谓"体渐入敷叙，语虽渐入构结"①。既然如此，为什么后人多归罪于陆机呢？

（二）士衡始有意为俳偶

翻检前人对士衡的评论，贬之者大抵诟病其拟古诗。许学夷："如今人摹古帖是也。"② 贺贻孙《诗筏》："拟古须仿佛古人神思所在，庶几近之。陆士衡《拟古》，将古人机轴语意，自起至讫，句句蹈袭，然去古人神思远矣。"③ 贺杨灵云："拟诗贵得古人神思所在，若如士衡之句仿字效，如临帖然，则所得亦徒有其貌而无其心，这亦何苦乃尔！"并云："简直把古人的神思，糟蹋殆尽。"④ 批评者无不以陆机之蹈袭古诗为目标。比对古诗与陆机拟诗，我们会发现拟诗"机轴""语意"尽为古人，但其形式则为陆机所独有。试看古诗《行行重行行》与陆机之拟诗：

古　诗

行行重行行，与君生别离。相去万余里，各在天一涯。道路阻且长，会面安可知。胡马依北风，越鸟巢南枝。相去日已远，衣带日已缓。浮云蔽白日，游子不顾返。思君令人老，岁月忽已晚。弃捐勿复道，努力加餐饭。

---

① （明）许学夷：《诗源辩体》，人民文学出版社，1987，第87页。
② （明）许学夷：《诗源辩体》，人民文学出版社，1987，第52页。
③ 郭绍虞编《清诗话续编》，上海古籍出版社，1983，第151页。
④ 贺杨灵：《古诗十九首研究》，上海光大书局，1935，第66页。

拟 诗

悠悠行迈远，戚戚忧思深。此思亦何思，思君徽与音。音徽日夜离，缅邈若飞沉。王鲔怀河岫，晨风悲北林。游子眇天末，还期不可寻。惊飙褰反信，归云难寄音。伫立想万里，沉忧萃我心。揽衣有余带，循形不盈襟。去去遗情累，安处抚清琴。

从语意上看，拟诗与原诗几乎没有差别。"悠悠行迈远"正是"行行重行行"。生离死别当然要"戚戚忧思深"。古诗之"胡马依北风，越鸟巢南枝"换为"王鲔怀河岫，晨风悲北林"，"王鲔"，南方之鱼，穴在河南，"晨风"来自北方，《诗经·秦风·晨风》"鴥彼晨风，郁彼北林"，亦与"胡马""越鸟"同。至于"揽衣有余带，循形不盈襟"，人们则常常批评其不如"相去日已远，衣带日已缓"。"读来不特语句非常板滞，不如古人那样的轻宕"①。这就是人们所说的"句句蹈袭""句仿字效"。但亦可以清晰地看到陆机拟诗的着力点。古诗除"胡马依北风，越鸟巢南枝"一句外，全为散句单行。陆机显然不满意原诗的情形，有意变其散句为俳句。"行行重行行，与君生别离"变为"悠悠行迈远，戚戚忧思深"。"浮云蔽白日，游子不顾返"变为"惊飙褰反信，归云难寄音"。"思君令人老，岁月忽已晚"变为"伫立想万里，沉忧萃我心"。"相去日已远，衣带日已缓"变为"揽衣有余带，循形不盈襟"。原诗十六句仅一组俳句，拟诗十八句中就有五组俳句。其他，《今日良宴会》原诗俳句一组，拟诗四组。《迢迢牵牛星》原诗俳句三组，拟诗四组。《涉江采芙蓉》原诗无俳句，拟诗三组。《青青河畔草》原诗俳句三组，拟诗四组。《明月何皎皎》原诗无俳句，拟诗三组。《兰若生朝阳》原诗俳句一组，拟诗三组。《青青陵上柏》原诗俳句一组，拟诗七组。可见，全部十四首拟诗，对偶句比原诗多了很多。这说明，陆机之俳偶绝非无意而为，而是有意改变古诗之面貌。

再从对仗形式上分析。陆机诗文中涉及了多种对式。依内容分，有正对——上下两句意义是相关的，如：

---

① 贺杨灵：《古诗十九首研究》，上海光大书局，1935，第66页。

《拟行行重行行》：揽衣有余带，循形不盈襟。

《拟今日良宴会》：齐僮梁甫吟，秦娥张女弹。哀音绕栋宇，遗响入云汉。

《拟迢迢牵牛星》：怨彼河无梁，悲此年岁暮。跂彼无良缘，晼焉不得度。

皆是正对的形式。"揽衣"对"循形"皆指手之动作，"有"对"不"，"余"对"盈"，"带"对"襟"。《拟今日良宴会》的对仗比较有意思，"齐僮"对"秦娥"，"哀音"对"遗响"，"绕"对"入"，皆是自然成对，而"梁甫吟"对"张女弹"，"栋宇"对"云汉"之对则是作者有意借来，还属于"借对"。"梁甫"本名"梁父"，为泰山下一座小山，而《梁父吟》为古乐府名，"张女"亦非"张姓女子"，实与下一字"弹"连在一起，表示"开始弹奏的意思"此处用字面之意，"梁姓老人"与"张姓女子"相对，"吟"与"弹"相对。"栋宇"指房屋，此借"宇宙"之意与"云汉"相对。

有反对——上下两句相反的对仗形式，如："牵牛西北向，织女东南顾。"（《拟迢迢牵牛星》）"牵牛"对"织女"，"西北"对"东南"，"向"与"顾"两个动词相对。"招摇西北指，天汉东南倾"（《拟明月皎夜光》）同样以两个相反的方位相对，以"指"与"倾"两个单音节动词相对。《拟行行重行行》中"王鲔怀河岫，晨风悲北林"也是一种反对形式，虽然从字面来看不存在意义相反的词语，但词语内在的含义则是相反的，"王鲔"是南方之鱼，"晨风"是北方之鸟，"河岫"是河南之山穴，而"北林"则明示指向北方。

有流水对——上下两句意义连贯，顺承而下。如"采采不盈掬，悠悠怀所欢。"（《拟涉江采芙蓉》）"昭昭天汉晖，粲粲光天步。"（《拟迢迢牵牛星》）"闲夜命欢友，置酒迎风馆。"（《拟今日良宴会》）"悠悠行迈远，戚戚忧思深。"（《拟行行重行行》）清吴淇《六朝选诗定论》谓《拟迢迢牵牛星》首句云："首二句添出作起'清汉'二字，预作一界，下文牛女正是此清汉界断两边，却又继写牵牛在东南，织女在西北，乃是画出个河射角来，见正当七夕牛女之期也。'天步'犹言天度，'昭昭'写清汉，

'粲粲'写清汉之辉,牛女一回一顾,从此生出。而下句写牛女一回一顾,亦从此看得分明。"① "闲夜命欢友,置酒迎风馆"一句中"命欢友"与"迎风馆"也属于借对之列。

另外,士衡集大量运用借对的方式。如《于承明作与士龙》:"俯仰悲林薄,慷慨含辛楚。"这里"林"是指自然界的"林",而下文与之相对的"楚"则是指的内心情感,但此处乃与借"楚"字的荆棘意相对。《答贾谧》:"惟汉有木,曾不踰境。惟南有金,万邦作咏。"《演连珠》第十二:"柳庄黜殡,非贪瓜衍之赏;禽息碎首,岂要先茅之田。"第二十七:"众听所倾,非假北里之操;万夫婉娈,非俟西子之颜。"这些句子中有借物以为对者,有本为物而借五行而成偶者,不一而足。

士衡集中篇篇有对,且对句所占比重颇大。《演连珠》五十首罕有不对之句,自不必言。再如《猛虎行》:"渴不饮盗泉水,热不息恶木阴。恶木岂无枝,志士多苦心。整驾肃时命,杖策将远寻。饥食猛虎窟,寒栖野雀林。日归功未建,时往岁载阴。崇云临岸骇,鸣条随风吟。静言幽谷底,长啸高山岑。急弦无懦响,亮节难为音。"连着十六句,皆用对句。《折杨柳》:"邈矣垂天景,壮哉奋地雷。丰隆岂久响,华光但西隤。日落似有竟,时逝恒若催。仰悲朗月运,坐观璇盖回。盛门无再入,衰房莫苦开。人生固已短,出处鲜为谐。"亦连用十二句对句。《君子行》:"天道夷且简,人道险而难。休咎相乘蹑,翻覆若波澜。去疾苦不远,疑似实生患。近火固宜热,履冰岂恶寒。掇蜂灭天道,拾尘惑孔颜。逐臣尚何有,弃友焉足叹。福钟恒有兆,祸集非无端。天损未易辞,人益犹可欢。朗鉴岂远假,取之在倾冠。近情苦自信,君子防未然。"仅一句不对之句。其他如《梁甫吟》《豫章行》《苦寒行》《门有车马客行》《君子有所思行》《齐讴行》《长安有狭邪行》《长歌行》乐府诗,都是拟两人乐府。原诗虽偶尔有对句,但以散句为主。陆机所拟乐府诗则变成以对句为主体,而散句偶有所见。如《豫

---

① (清)吴淇:《六朝选诗定论》,《四库全书存目丛书补编》,齐鲁出版社,2001,第210页。

章行》，古辞："身在洛阳宫，根在豫章山。多谢枝与叶，何时复相连？吾生百年□，自□□□俱。何意万人巧，使我离根株。"① 陆机："川陆殊途轨，懿亲将远寻。三荆欢同株，四鸟悲异林。乐会良自古，悼别岂独今。"原诗散句单行，而拟诗全为偶句，这本身即是一大创新。

故学者谓陆士衡"步步蹈袭"，若从此角度来看，却是大大的创新。至于创新的效果如何，客观地说，士衡运用偶句有得有失。得如《苦寒行》："北游幽朔城，凉野多险艰。俯入穹谷底，仰陟高山盘。凝冰结重涧，积雪被长峦。阴云兴岩侧，悲风鸣树端。不睹白日景，但闻寒鸟喧。猛虎凭林啸，玄猿临岸叹。"失如《门有车马客行》："亲友多零落，旧齿皆凋丧。"罗宗强先生《魏晋南北朝文学思想史》评前首"（对偶）技巧已经成熟，流丽自然，不见雕琢痕迹"，评后首"（对偶）有明显的雕琢痕迹，有的显系为了对偶而将一句拆成两句说"②。除罗先生所举之诗外，再如："揽衣有余带，循形不盈襟"（《拟行行重行行》）显然是强拆的"衣带日已缓"。"闲夜命欢友，置酒迎风馆"（《拟今日良宴会》）虽用借对之法，但对偶的生硬是无法遮蔽的。

毋庸讳言，陆机俳偶之法毕竟在初创时期，技巧不够娴熟。这是在所难免的，我们没有必要苛求。但这些足以说明，士衡对偶语的使用已经完全不同于建安诸子，建安文人虽用俳偶，但仅限于自然成对，而士衡俳句靡曼精工，为刻意而成。许文雨《诗品讲疏》："记室以文秀劣于仲宣，刘彦和《文心雕龙·隐秀》云：'雕削取巧，虽美非秀。'是陆文之不逮仲宣者，乃由其俳偶雕刻，渐失自然浑成之气欤！"③ 不管陆机在艺术上是否强于王粲，有一点是可以肯定的：陆机雕刻俳偶已失魏之混成之气。士衡主张："虽杼轴于予怀，怵他人之我先。"其拟古之作的目的是希望变革古人，而其变革的方式就在于俳偶。在此我们可以套用沈约论六朝声律的一句话说明俳偶：建安文人是"皆暗与理合，匪由思至"，而陆士衡已"明俳偶之致""遂开俳偶一端"。

---

① （宋）郭茂倩：《乐府诗集》，中华书局，1979，第502页。
② 罗宗强：《魏晋南北朝文学思想史》，中华书局，1996，第96页。
③ 许文雨编著《诗品讲疏·人间词话讲疏·附补遗》，成都古籍书店，1983，第49~50页。

(三) 铺采摛文、穷形尽相

《文赋》云:"其为物也多姿,其为体也屡迁","虽离方而遁员,期穷形而尽相",又云:"体有万殊,物无一量。纷纭挥霍,形难为状。辞程才以效伎,意司契而为匠"。方廷珪注云:"离、遁谓不守成法。形,物之形。相物之象。思必穷其形,辞必其相。"陆机之意谓写作之法虽物有定法,但要穷形尽相,以求其形象之美。此可用于景,将千姿百态的景物随物敷彩、随形着色,生动地表现出来,可用于情,将胸中之情,用形象的语言,多角度地抒写出来。刘勰谓:"晋世群才,稍入轻绮。张、潘、左、陆,比肩诗衢。采缛于正始,力柔于建安;或析文以为妙,或流靡以自妍。"① 刘勰的评价是比较中肯的,陆机诗以华丽为主要特色。后人的评价也体现了这一点。令狐德棻评"潘、陆、张、左,擅侈丽之才,饰羽仪于凤穴"②。元好问云"斗靡夸多费览观,陆文犹恨冗于潘"③。《诗薮》外编云:"平原诸诗,藻绘何繁。"④ 潘德舆《养一斋诗话》:"陆机、谢灵运、颜延年辈业已斗靡骋妍,求悦人而无真气。"⑤ 这些都说明陆机不仅在理论上强调穷形尽相,在创作实践上也注重多角度的描写与刻画。

陆机的"繁缛"首先表现在词语的选择上。罗宗强先生特意比较了陆机与曹操的《苦寒行》,士衡此诗实是模拟曹诗,二诗在内容上"并无二致",意象也来自孟德之诗章,但在艺术上,两者差别很大:

> 曹诗浑沦一气,以其情思动人,使人忘其词采之所在;机诗则在词采刻画上下功夫。曹诗"雪落何霏霏"一句,机诗化为"凝冰结重涧,积雪被岗峦",曹诗"树木何萧瑟,北风声正悲",机诗化成"阴云兴岸侧,悲风鸣树端。不睹白日景。但闻寒鸟喧"。曹诗是写一总体之印象,而机诗则写具体之物景,描绘细致。⑥

---

① (梁) 刘勰:《文心雕龙校证》,王利器校证,上海古籍出版社,1980,第 35 页。
② (唐) 令狐德棻:《周书》,中华书局,1971,第 743 页。
③ (金) 元好问:《元遗山诗集笺注》,施国祁笺注,人民文学出版社,1958,第 526 页。
④ (明) 胡应麟:《诗薮》,上海古籍出版社,1979,第 147 页。
⑤ 郭绍虞编《清诗话续编》,上海古籍出版社,1983,第 2008 页。
⑥ 罗宗强:《魏晋南北朝文学思想史》,中华书局,1996,第 96 页。

《文赋》云："选义按部，考辞就班"，士衡在进行创作之时着实在词语的选用上下了一番功夫。如罗先生所论，曹操无意为诗，故其诗皆脱口而出，不事雕琢，故后人常以"雄浑""古朴"论之，而陆机身为良将之后，在晋代已无其展才之机，故常逞才使气，有意在才华上一较高下。因此刘勰谓陆机"才欲窥深，辞务索广，故思能入巧，而不制烦"。（《文心雕龙·才略》）故陆机之诗构思比较精巧，很是注重锤炼语言。钟嵘谓："陆机所拟十四首，文温以丽，意悲而远，惊心动魄，可谓几乎一字千金！"我们仍以陆机拟古为例来探讨其对语言的锤炼。如《青青陵上柏》，古诗共十六句，诗之意旨是叹"人生苦短，无柏石之寿，故宜及时行乐，不为利禄而介怀"①，其辞如下：

青青陵上柏，磊磊涧中石。人生天地间，忽如远行客。斗酒相娱乐，聊厚不为薄。驱车策驽马，游戏宛与洛。洛中何郁郁，冠带自相索。长衢罗夹巷，王侯多第宅。两宫遥相望，双阙百余尺。极宴娱心意，戚戚何所迫？

陆机拟诗十八句，与古诗意同，亦感叹人生不永，当遨游寻欢，全诗如下：

冉冉高陵苹，习习随风翰。人生当几时，譬彼浊水澜。戚戚多滞念，置酒宴所欢。方驾振飞辔，远游入长安。名都一何绮，城阙郁盘桓。飞阁缨虹带，层台冒云冠。高门罗北阙，甲第椒与兰。侠客控绝景，都人骖玉轩。遨游放情愿，慷慨为谁叹。

与原诗比较，陆机对语言的锤炼是非常明显的。二诗皆以物为兴，原诗以柏、石之永恒不变，以兴生命的短暂，顿有人不如物的感慨。陆诗则以高山细草随风飞转喻人生漂泊不定。但原诗显然更为口语化，"柏""石"皆为常见之物，而"陵苹"则已非常景，更有下文着一"翰"字，更见其诗趣之倾于雅化。通观全诗皆是如此，古诗用"忽如""娱乐""聊"等词以写情，婉婉如叙，拟诗"譬彼""澜""念滞"，则全是文人之语。写

---

① 张清钟：《古诗十九首汇说赏析与研究》，（台湾）商务印书馆，1966，第15页。

景，原诗"驱车策驽马，游戏宛与洛"。马虽驽马，可以一驾，宛、洛豪华之地可以游戏，寓目所见宛洛风光：冠带相索、长衢夹巷、王侯第宅，虽写京洛所见繁华景象及豪门戚戚，但皆是口语，如有所迫之现象，更让人觉得当及时行乐。吴淇《六朝选诗定论》："'驱车'以下全用世态形出。"孙月峰："形容洛中富盛处，语不多而苍浓至，绝可玩味。"同样是游于京城，陆机是"方驾振飞辔，远游入长安"，而士衡之骖乘已非向之驽马。原诗之"冠带自相索"已化为此间"侠客控绝景，都人骖玉轩"，作为江东贵公子孙，冠带相索已非士衡所企羡，而"侠客绝景""都人玉轩"方显其奢华。原诗"长衢罗夹巷，王侯多第宅"，至拟诗则分解为"名都一何绮，城阙郁盘桓。飞阁缨虹带，层台冒云冠。高门罗北阙，甲第椒与兰。""飞阁""虹带""层台""云冠"，极写王侯宅第之华美、壮丽，"高门罗北阙，甲第椒与兰"又补出如此华贵之前遍罗北阙，随处可见！两相比较，古诗之古朴，陆诗之精工于斯可见。

对于语言的精心选择是很多文人的倾向。从陆机的诗来看，其对动词的研炼也颇见功底。《东城一何高》中的"回风动地起，秋草萎已绿"二句，描绘出一派萧瑟秋意，有"不可句摘"之妙，而拟诗则替以"零露弥天坠，蕙叶凭林衰"，用"坠"字写出露的重量，以"凭"字写蕙叶衰落，研炼工巧，极为精致。又如《拟兰若生春夏》中的"凝露封其条"，"封"字不仅写出枝条上布满冰霜，而且还赋予它们以人的性格特征，"露"的淫威、"条"的不屈；而《拟西北有高楼》中"绮窗出尘冥，飞陛蹑云端"的"出"字与"蹑"字亦然。

陆机特别注意对词语声色的选择。陆机集中叠词的使用非常频繁。罗宗强先生《魏晋南北朝文学思想史》中已经罗列，如"天悠悠""雾郁郁""冰冽冽""风漫漫""音泠泠""播芳蕤之馥馥""发青条之森森""鸣枯条之泠泠，飞落叶之漠漠""背洛浦之遥遥，浮黄川之裔裔"等，兹不赘述，仅再补充一二。如其诗中的"明明""靡靡""冉冉""亹亹""嘤嘤""行行""萋萋""翩翩""奕奕""灼灼""悠悠""去去""昭昭天汉晖，粲粲光天步""采采不盈掬，悠悠怀所欢""靡靡江蓠草，熠熠生河侧"。这些叠词或言兽之奔走，或言风之有声，或谓葵之生长，或状佳人之容，或谓君上有明明之德，或说冯生有奕奕之才。叠词、叠字的运用，不仅加强了物象的声音、色彩、气氛的表现力，而且增强了节奏感。对于陆机锤炼字词，清人已有关注。如评《拟青青陵上柏》："举世方且'冉冉'，方且'习习'，卒未有以为失常者，习与性成，全是此促浊之世界迫之而然也。'水澜'喻浊，念此世界，因而戚戚勤念于远也。"《拟西北有高楼》："'一何峻'写楼之高，'迢迢'又加一远。'峻而安'以便安插佳人在上。'出尘躅云'承上'迢迢'。曰'绮窗'，曰'飞陛'，正映下可望而不可亲也。"士衡通过锤炼字词，反古诗之质朴而为华丽，此是他在拟古中创新的另一表现。

　　陆机的"繁缛"还表现在铺排上。前举《拟青青陵上柏》关于京洛之句便已见陆机铺排之功，《拟东城一何高》也如此。再如《迢迢牵牛星》，诗写思妇别离相思之苦，拟诗与原诗相同，皆从牵牛星座写起，原诗仅以"迢迢牵牛星，皎皎河汉女"一句写二星距离遥远，而拟诗则以"昭昭天汉晖，粲粲光天步。牵牛西北向，织女东南顾"四句扩展原意，原诗仅说距离，而拟诗则用"昭昭""粲粲"写清汉之辉，用"西北向"与"东南顾"写牛女之相思，又铺写如何挥手相别，如何引领相望。这种铺排在《日出东南隅行》中表现得更为突出，《日出东南隅行》源自乐府古辞《陌上桑》，古辞为采桑女子"为使君所邀，盛夸其夫婿为侍中郎以拒之"①，陆诗"但歌美人好合，与古词始同而末异"。古辞着力描写了罗敷的美貌，从起句开始就用赋法，烘云托月，力求托出一个美丽的主人公。陆诗也用赋法，但与古辞有所不同，其着力点不在周边环境，而在于主人公本身，直接从描绘主人公之美方面下功夫。开篇也有烘托，只不过是用其他美人烘托，"高台多妖丽，浚房出清颜"。在众多"妖丽"之中，主人公最为出众。接着写其美，清颜皎白，美目扬泽，娥眉含翠。写其服，服为粲粲绮纨，饰为金雀藻翘，琼佩瑶瑶，此为静。又写"方驾扬清尘，濯足洛水澜"，此为动。但行动中仿佛可见春服惹眼、润泽飘香，又仿佛可闻琼瑶吟吟。又言"鲜肤一何润，秀色若可餐"，谓美目姣颜，此为色。婉媚笑言，泠泠指弹，悲歌清吐，雅韵播兰，此为声。曲可惊鸿，色美可餐，足令才子欣慰，游子忘返。故有"冶容不足咏，春游良可叹"。陆机

---

① （宋）郭茂倩：《乐府诗集》，中华书局，1979，第409页。

此诗从动、静、声、色等多角度进行铺排,也确实让人耳目一新。虽未必胜过原诗,但别有一番风味。

二 陆云在追逐时风上的表现

史载"机天才绮练,文藻之美,独冠于时。云亦善属文,清新不及机,而口辩持论过之"。朱东润《中国文学批评史大纲》:"陆云与兄机同时入洛,俱以文采为当时所重,然二人性情迥别。机之为人,体气清刚,云则温厚弘静,文弱可爱,故时人比之颜回。"① 陆云文学成就虽不及机,但亦注重求新求变。

(一) 清新相接

朱东润先生在论述陆机、陆云文章的特点时说:"士衡文辞之长,在于清绮,在于新奇。士龙之评尤执定新之一字称。"② 朱先生以一"新"字总评士龙之文甚是确当。笔者理解,此"新"字首含"清新"。士龙论文特别看重"清"字,《与兄平原书》屡屡以"清"字赞颂他人文章,如:清工、清妙、清利、清新、清省、清绝、清工、清约等,可见其对"清"之推崇。

士龙之诗以四言居多,五言仅六首。四言拟《诗经》,虽多应酬之作,亦不乏清新之句,如《赠郑曼季·谷风》:

> 习习谷风,扇此暮春。玄泽坠润,灵爽烟煴。高山炽景,乔木兴繁。兰波清踊,芳浒增凉。感物兴想,念我怀人。
>
> 习习谷风,载穆其音。流莹鼓物,清尘拂林。霖雨嘉播,有渰凄阴。归鸿逝矣,玄鸟来吟。嗟我怀人,其居乐潜。明发有想,如结予心。
>
> 习习谷风,以温以凉。玄黄交泰,品物含章。潜介渊跃,候鸟云翔。嗟我怀人,在津之梁。明发有思,凌彼褰裳。
>
> 习习谷风,其集惟高。嗟我怀人,于焉逍遥。鸾栖高冈,耳想云

---

① 朱东润:《中国文学批评史大纲》,上海古籍出版社,2001,第30页。
② 朱东润:《中国文学批评史大纲》,上海古籍出版社,2001,第31页。

韶。栩翼坠夕，和鸣兴朝。我之思之，言怀其休。
　　习习谷风，其音孔嘉。所谓伊人，在谷之阿。虎质山啸，龙辉渊蟠。维南有箕，匪休其和。有捄斯毕，戢尔滂沱。懿厥河汉，惟彼太华。明发有怀，我劳如何。

《诗经》之中《谷风》有二：一见于《邶风》，一见于《小雅》。从形式上看，此诗拟《邶风·谷风》。然《邶风·谷风》"通篇皆弃妇之辞"，此诗则为怀人之作。《小雅·谷风》为"朋友相怨之辞"，方玉润谓："凡人处世，当患难恐惧时，则思朋友，遇安乐无事日，则谢交游……然诗体绝类乎风，而乃列之于雅，殊不可解。"① 可知，此诗与《小雅·谷风》亦有关联。然与二诗皆不相同，二诗皆哀怨，而此诗唯叙对友人之思念。句式上全用《诗经》之比兴与复沓手法，"习习谷风""嗟我怀人"等浅易之词反复吟咏，让人恍惚若见一人在远愁思，盼望若渴，形象而又生动。写法上则充分体现陆云追求清新省净之特点。从其词语选择上看：泽"润"欲坠，氤氲"灵爽"，树木成荫，波光"清踊"，"流萤鼓物，清尘拂林"，"霖雨嘉播，有澕凄阴"，"玄黄交泰，品物含章"等，全是一派清丽可人的景象，骀荡之清，令人魂醉。只言思念，全无怨言。

士龙自谓"不便五言"，但其五言并不如其所说，沈德潜："清河五言甚朗练，欲采鲜净，与士衡亦复伯仲。"如《答兄平原》（二首）其一：

　　悠悠途可极，别促怨会长。衔思恋行迈，兴言在临觞。南津有绝济，北渚无河梁。神往同逝感，形留悲参商。衡轨若殊迹，牵牛非服箱。

徐公持先生评此诗："情感都称亲切，无矫揉造作形迹，又清新淡雅，优于作者的一般四言诗。"此亦沈氏所谓"欲采鲜净"，察士龙五言诗确如斯言，语言清朗，毫无羁绊，纯是一派情感的抒写。

（二）新绮瑰铄

其次，"新"指新绮。陆云是赞赏"新绮"之风的，《与兄平原书》第十一书云："兄文章之高远绝异，不可复称言。然犹皆欲微多，但清新

---

① （清）方玉润：《诗经原始》，中华书局，1986，第417页。

相接，不以此为病耳。"第二十一书："古今之能为新声绝曲者，无又过兄。兄往日文虽多瑰铄，至于文体，实不如今日。"又第四书："然此文甚自难事，同又相似，益不古，皆新绮，用此已自为洋洋耳。"可见"新绮"是士龙之文学追求，尤其第四书中"往日虽多瑰铄，至于文体，实不如今日"，往日之文"绮"则"绮"矣，然少"新"，故不及今日之文。在陆云看来"新"与"绮"是应该连在一起的，此与陆机看法相合。《文赋》云："或藻思绮合，清丽芊眠。炳若缛绣，悽若繁絃。必所拟之不殊，乃暗合乎曩篇。虽杼轴于予怀，怵他人之我先。"陆云之作虽不及其兄，但亦有意为新句绮语。如《逸民赋》：

> 曾丘翳荟，穹谷重深。丛木振颖，葛藟垂阴。潜鱼泳沚，嘤鸟来吟。仍疏圃于芝薄兮，即兰堂于芳林。靡炎飙以赴节兮，挥天籁而兴音。假乐器于神造兮，咏幽人于鸣琴。把回源于别沼兮，餐秋菊于高岑。蒙玉泉以灌发兮，临浚谷而投簪。

全用偶句，"曾丘""穹谷""丛木""葛藟""潜鱼""嘤鸟"等皆有意比对，再如《登台赋》：

> 朝登金虎，夕步文昌。绮疏列于东序，朱户立乎西厢。经蕤晔以披藻兮，椒涂馥而遗芳。感旧物之咸存兮，悲昔人之云亡。凭虚槛而远想兮，审历命于斯堂。

《盛德赋》：

> 拔足崇长揖之宾，吐餐纳献规之容。玄猷上通，德辉下济，仰翰云禽，俯跃鱼鲂。

雕琢之迹显见，陆云自言"四言、五言非所长，颇能作赋"。其所谓能者，正是以为自己之赋作合于当时求丽、繁缛之风气。而赋本身亦要求华美，晋葛洪《抱朴子外编》[①]："《毛诗》者，华彩之辞也，然不及《上林》、

---

① （晋）葛洪：《抱朴子外编》，上海中华书局，1936。

《羽猎》、《二京》、《三都》之汪秽博富也……若夫俱论宫室,而奚斯路寝之颂,何如王生之赋灵光乎?同说游猎,而《叔畋》《卢铃》之诗,何如相如之言上林乎?并美祭祀,而《清庙》《云汉》之辞,何如郭氏《南郊》之艳乎?等称征伐,而《出车》《六月》之作,何如陈琳《武军》之壮乎?则举条可以觉焉。"虽然葛氏以《诗》比赋有时代的差异,有比况失类之嫌,但赋较诗更讲究修辞之美则是事实,故陆机有"诗缘情而绮靡,赋体物而浏亮"之论。陆云之作虽不及其兄华美,但其赋中自然景象的选择绝不乏绮丽之语:兰堂、幽兰、芳林、芳池、芳露、芳水、翠叶、黄裳、紫宫、金虎等,当然陆云之绮语则常常与"清"联系在一起,如清渊、清景、清霄、清风、清辉、清歌、清问、澄清、清灵、清澈、清和等。另外,陆云辞赋以楚辞体为主要形式,从句式上看,楚辞所特有的"兮"字句,将意象或意象群隔开,有效地消解了意象过于密集的弊病,使意象之间留出一定空间,从而形成清畅疏朗的句法风格,此又合乎陆云之"省"的文学观念,当有纠正陆机之过分繁缛之意。

故徐公持先生在评价陆云时说:"总之,陆云诗赋,既有重辞采、好模拟倾向,此与陆机略同;亦有'清省'特点,此又与陆机繁缛风格相异。在西晋主流文风中,陆云既有入乎其中的基本一面,又有出乎其外的个人特色一面;此亦有类于他与'二十四友'之关系。"[①] 徐先生之说良是。机、云兄弟之文皆可以"入乎其中,出乎其外"概括之。出乎其外者,江东旧学及家传《诗》《易》传统,使其心向古雅;入乎其中者,晋代时风、魏后大势又使其文章彩丽。

文学发展过程总是经历由简到繁、由朴到缛的过程的。王充《论衡》云:"周有郁郁之文者,在百世之末也。汉在百世之后,文论辞说,安得不茂?喻大以小,推民家事,以睹王庭之义。庐宅始成,桑麻才有,居之历岁,子孙相续,桃李梅杏,掩丘蔽野,根茎众多,则华叶繁茂。汉氏治定久矣,士广民众,义兴事起华叶之言,安得不繁?"[②] 自汉后文

[①] 徐公持:《魏晋文学史》,人民文学出版社,1999,第381页。
[②] (汉)王充:《论衡校点》,章衣萍校点,上海大东书局,1934,第22页。

章总体趋向于丽,前有曹丕"美赡可玩",曹植"辞采华茂",继之傅玄"新温婉丽"①,史载张华"辞藻温丽"(《晋书》),潘尼"文采高丽"(《诗品》)。由朴到丽实为大势所趋,二陆诗文虽规模汉周,却不可能超越时代。傅庚生云:"文章之事,始简而终繁,必然之事。"② 此亦可以用于二陆文学。二陆力学古诗与《诗经》,目的单纯,而学习的结果却化朴为丽,由简而终繁。

---

① (明)张溥:《汉魏六朝百三家集题辞注》,殷孟伦注,人民文学出版社,1963,第105页。
② 傅庚生:《中国文学批评通论》,商务印书馆,1947,第140页。

第五章

二陆诗文异同论

二陆在文学上并称，但陆云却始终在陆机光环的笼罩之下。葛洪《抱朴子》云："有客谈二陆兄弟善于谈论，辞少理畅，语约事举，莫不豁然，若春日之泮薄冰，秋风之扫落叶。"又谓："吾见二陆之文，犹玄圃积玉，方之他人，若江汉之潢汙。及其精处，妙绝汉、魏之人也。"① 葛洪说的是二陆，其实指的是陆机而非陆云。后世学者也常常有以偏概全的，如贝廷臣《三贤赞并序》云："若晋平原内史陆士衡及弟清河内史士龙，此以文章名世者乎……初士衡兄弟之归晋也，张华曰：'伐吴之役，利获二俊。'且中州非无能言之士，而弘丽漂逸，殆不及焉。史称其远超枚、马，高蹑王、刘，百代文宗，一人而已，则其文章可知矣！"② 这是引唐太宗《陆机传论》论二陆的话，但是，唐太宗谓"一人而已"是指陆机，贝氏谓"一人而已"，又指二陆。再如宋濂《答章秀才论诗书》："陆士衡兄弟则仿子建。"③ 钟嵘在《诗品》中所说的效法子建者为陆机，而非陆云。二陆文章有相同之点，也有相异之处。陆云《与兄平原书》言从张公处得之"先情后辞""令结使说音耳"等，都是指二人相同之处。又云"大类不便作四言、五言"，"云作虽时有一佳语，见兄作，又欲成贫俭家"，"乃好清省"，又是说二人不同处。所以，刘勰有"士衡才优，而缀辞尤繁"、"士龙思劣，而雅好清省"，

---

① （清）严可均：《全上古三代秦汉三国六朝文》，中华书局，1958，第2132页。
② 李修生：《全元文》，凤凰出版社，2004，第474页。
③ （明）宋濂：《宋濂文集》，罗月霞集校，浙江古籍出版社，1999，第207页。

士衡"辞务索广"、士龙"布采鲜净,敏于短篇"①等说法。"士龙文差亚乃昆,诗远不如"②。因此,有必要对二陆诗文的"同中之异,异中之同"作一番认真考察。

第一节　二陆诗歌异同论

明张溥《陆清河集题辞》云:

> 士龙《与兄书》,称论文章,颇贵"清省",妙若《文赋》,尚嫌"绮语"未尽。又云"作文尚多,譬家猪羊耳",其数四推兄,或云"瑰铄",或云"高远绝异",或云"新声绝曲",要所得意,惟"清新相接"。士衡文成,辄使弟定之,不假他人。二陆用心先质后文,重规沓矩,亦不得已而复(当为后)见耳。哲昆诗匹,人称如陈思、白马。士龙所传四言偏多,《有皇》《思文》诸篇,诵美祁阳,式模《大雅》;类以卑颂尊,非朋旧之体。余篇一致,间有至极,使尽其才,即不得为韦侯《讽谏》,仲宣《思亲》,顾高出《补亡》六首,则有余矣。③

张溥诸篇题辞是关于汉魏文人的作家论,此篇亦然。虽然,这一段文字主要论陆云,实际上却准确地概括了二陆诗文的"同"与"异"。就"同"的方面来说,一是二人皆尚"丽词"。陆机倡导"诗缘情而绮靡,赋体物而浏亮"自不用说。关于陆云,张溥云"其数四推兄",其间"瑰铄""新声绝曲"诸词表明陆云亦尚此风。又言"士衡文成,辄使弟定之,不假他人"。可见,二人同声相应,旨趣相近。二是二陆之用心"先情而后辞"。此受益于茂先,陆云《与兄平原书》云:"往日论文,先辞而后情,尚絜而不取悦泽。尝忆兄道张公父子论文,实自欲得,今日便欲宗其言。"二陆都将张华看成是老师,所以张华之言对机、云影响都很大,《与兄平

---

① (梁)刘勰:《文心雕龙校证》,王利器校证,上海古籍出版社,1980,第210、283页。
② (明)胡应麟:《诗薮》,上海古籍出版社,1979,第29页。
③ (明)张溥:《汉魏六朝百三家集题辞注》,殷孟伦注,人民文学出版社,1963,第135页。

原书》中说"往日论文，先辞而后情"，也就是说，遇到张华之后对文章的追求倒了过来——"先情而后辞"，而这一理念兄弟二人也是相同的。以上是说文学观念之"同"。创作实践之"同"，主要表现在二人皆重模仿——"拟诗"。陆云诗多模仿《诗经》，即"士龙所传四言偏多，《有皇》、《思文》诸篇，诵美祁阳，式模《大雅》"。这是陆云的特点，追求雅致，以颂美为主调。陆机则多模汉诗，即所谓的"新声绝曲""清新相接"，也就是钟嵘所说"五言流调"。但是，不管是模《诗经》还是模汉诗，都是重视模仿的表现。

二人相"异"之处，首先看观念，陆云贵"清省"，陆机之文则多"绮语"。故有"妙若《文赋》，（陆云）尚嫌'绮语'未尽"。其次看成就，张氏引钟嵘之语谓"哲昆诗匹，人称如陈思、白马"，实即谓陆云不及乃兄远甚。再看擅长的体裁，谓"士龙所传四言偏多"，指的是陆云创作以四言诗为主，其在诗坛的地位不及王粲，但要高于束皙，而束皙的《补亡》六首，以对偶精当、语词流丽见长，因此，也暗指了陆云诗歌的特点。可见，张溥的评价相当精准，但仅有判断，显得太过简略。所以，笔者拟沿着张氏之思路进一步探索二陆在诗歌方面的相近与相异之处。

一 二陆诗歌体式的选择

自鲁迅拈出"文学自觉时代"之后，学者大量撰文论述魏晋文学"自觉"的种种现象。其中，"辨析文体"当是"文学自觉"现象的一个重要表现。建安曹丕将文体分为四科八类，曰：

> 夫文本同而末异，盖奏议宜雅，书论宜理，铭诔尚实，诗赋欲丽。此四科不同，故能之者偏也，唯通才能备其体。①

奏、议、书、论、铭、诔、诗、赋至此始开。陆机《文赋》又扩为十类：

> 诗缘情而绮靡，赋体物而浏亮。碑披文以相质，诔缠绵而凄怆。

---

① （三国）曹操、曹丕、曹植：《三曹集》，岳麓书社，1992，第178页。

铭博约而温润，箴顿挫而清壮。颂优游以彬蔚，论精微而朗畅。奏平彻以闲雅，说炜晔而谲诳。①

魏晋时人体式观念已非常明晰，不仅各类文体特点渐次清晰，即便同一体式内部之分别亦时有所论。《文章流别论》："古之诗有三言、四言、五言、六言、七言、九言。古诗率以四言为体，而时有一句二句杂在四言之间，后世演之，遂以为篇。"② 又陆云《与兄平原书》云："四言、五言非所长，颇能作赋。"笔者以二陆诗歌体式之异同作为本节之始，为方便论述，将二陆诗歌体式列于表5-1中。

表5-1 陆机诗歌体式数量表

体 类		陆机诗题
四言12首	赠答及宴饮诗9首	皇太子宴玄圃宣猷堂有令赋诗（45） 皇太子赐燕诗（12）答贾谧并序（88） 赠冯文罴迁丘令（88）答潘尼（8）赠潘尼（8） 赠弟士龙十章（154句，按：多为16句） 赠武昌太守夏少明（48） 赠顾令文为宜春令（44）
	乐府3首	短歌行（20）陇西行（四言6句）秋胡行（四言8句）
五言53首	赠答13首	赠尚书郎顾彦先二首（16、13）赠顾交趾公贞（12） 赠从兄车骑（16）答张士然（16）赠弟士龙（10） 祖道毕雍孙刘边仲潘正叔（10）赠纪士（6） 于承明作与士龙（22）为陆思远妇作（16） 为顾彦先赠妇二首（12、12） 为周夫人赠车骑一首（20）
	行旅招隐拟古咏物22首	春咏（4）遨游出西城（10）赴洛二首（24、16） 又赴洛道中二首（18、12）招隐（16，按：含补遗诗句） 园葵（36注：含补遗诗句）招隐（18） 吴王郎中时从梁陈作（16）拟古诗十二首

---

① （晋）陆机：《陆机集》，金涛声点校，中华书局，1982，第2页。
② 郑奠、谭全基：《古汉语修辞学资料汇编·文章流别论辑佚》，商务印书馆，1980，第64页。

续表

体 类		陆机诗题
五言53首	乐府28首	门有车马客行（20）君子有所思行（20）齐讴行（20）日出东南隅行（40）长歌行（20）悲哉行（20）君子行（20）从军行（20）苦寒行（20）豫章行（20）长安有狭邪行（20）饮马长城窟行（20）吴趋行（34）塘上行（20）悲哉行（20）折杨柳（20）当置酒（8）婕妤怨（8）悲哉行（20）梁甫吟（20）挽歌三首（34、20、24）太山吟（10）棹歌行（12）
杂言①	乐府17首	顺东西门行（5）短歌行（20）猛虎行（20）鞠歌行（15）月重轮行（20）日重光行（21）百年歌十首（皆8句）顺东西门行（5）
六言	乐府	上留田行（9）董桃行（25）
七言	乐府	燕歌行（12）

说明：1. 本表所选诗以金涛声点校《陆机集》为准，参考刘运好《陆士衡文集校注》，散佚诗句过多者不录，存疑者不录。

2. 诗题后括号内的数字为该诗句数，三首同题者数字与诗序对应。

3. 表5-2同上说明。

表5-2 陆云诗歌体式数量表

体 类		陆云诗题
四言计22首	赠答及宴饮诗22首	四言失题前八章后六章（前八章70，后六章48）《征西大将军京陵王公会射堂皇太子见命作此诗》〔六章〕（48）《大将军宴会被命作此诗》〔六章〕（52）《太尉王公以九锡命大将军让公将还京邑祖饯赠此诗》〔六章〕（56）《大安二年夏四月大将军出祖王羊二公于城南堂皇被命作此诗》〔六章〕（50）《赠顾骠骑后二首》：《有皇》八章有引（88）、《思文》八章有引（72）《从事中郎张彦明为中护军奚世都为汲郡太守各之官大将军崇贤之德既远而厚下之恩又隆非（悲）此离析有感圣皇显蒙引见又宴于后园感鹿鸣之宴乐咏鱼藻之凯歌而作是诗》〔六章〕（52）《赠汲郡太守》〔八章〕（64）《答兄平原》（242）《赠郑曼季往返四首》《谷风》五章有序（56）《鸣鹤》四章有序（54）《南衡》五章有序（58）《高冈》四章（34）《赠顾尚书》（86）《赠顾彦先》〔五章〕（56）《答顾秀才》〔五章〕（52）《答大将军祭酒顾令文》〔五章〕（40）《答吴王上将顾处微》〔九章〕（72）

---

① 此处"杂言"并非指诗句长短不齐之意。魏晋作者多四言、五言，他如七言、三言、六言，虽时有见者，但作者及作品皆不多见，故此处皆归之于"杂言"一类。

续表

体　类		陆云诗题
四言计22首	赠答及宴饮诗22首	《赠鄱阳府君张仲膺》〔五章〕（64）《答孙显世》〔十章〕（80）失题二首（皆28句）
五言计7首	赠答7首	《为顾彦先赠妇往返四首》（10、12、12、20）《答张士然一首》（14）《答兄平原二首》（皆10句）

说明：本表所选诗以黄葵点校《陆云集》为准。

通过表5-1和5-2，我们可以清楚地看到二陆在诗体选择上的诸多特点：

第一，陆云诗不仅在数量上不及陆机，而且在体式采用的广泛性上也远逊于陆机。除楚辞①及一些古老的诗歌体式之外，陆机几乎尝试了魏晋以前的所有诗歌体式。四言诗有赠答、宴饮及四言乐府。五言诗多达53首，题材涉及乐府、赠答、行旅、拟古、咏物等多种，五言乐府达28首，是陆机诗中数量最多者。另外，还有一首西晋诗人少有涉足的七言体《燕歌行》，两首六言诗体，以及17首杂言乐府。此在西晋诗人中确是绝无仅有的。陆云诗歌的体式比较单一。今传《陆云集》中较为完整的诗作不是很多，共28首，体式不多，仅有四言诗22首，五言诗7首。内容题材也比较单一，仅有赠答与宴饮两类。钟嵘说："清河之方平原，殆如陈思之匹白马。"虽说陆云远胜于白马王曹彪，然亦有其合理性。陆机才学之高、爱好之广，也远过陆云。故，陆云对其兄作推崇再三。

第二，陆机偏爱五言诗，而陆云"不便"为五言。士龙曾云："大类不便作四言、五言。"又，"但云自不便五言诗，由己而言耳"。又，"四言、五言非所长，颇能作赋"。虽每次皆说"四言、五言"，然陆云真正"不便作"的却是五言诗。此从今存作品中可以证明。陆云五言诗仅有

---

① 陆机集散佚较多，但其不作楚辞当是可信的。陆云《与兄平原书》云："尝闻汤仲叹《九歌》，昔读《楚辞》，意不大爱之。项日视之，实自清绝滔滔。故自是识者，古今来为如此种文，此为宗矣。视《九章》时有善语，大类是秽文，不难举意。视《九歌》便自归谢绝。思兄常欲其作诗文，独未作此曹语。若消息小佳，愿兄可试作之。兄复不作者，恐此文独单行千载。"陆云极力劝说陆机作，可见，陆机无骚体诗。但陆机似乎有所尝试，陆机《愍思赋》云："升降乎阶际，顾盻兮屏营。云承宇兮蔼蔼，风入室兮泠泠。仆从为我悲，孤鸟为我鸣。"不光"体"拟《楚辞》，句亦出自《楚辞》。

《为顾彦先赠妇往返四首》《答张士然一首》《答兄平原二首》等七首，且七首诗中主动以五言创作者，只有《为顾彦先赠妇往返四首》一题四首，其余皆是答诗。魏晋赠答比较普遍，梅家玲的《汉魏六朝文学新论》认为，赠答是一种"仪式行为"。因此，每位赠答者必须遵循规则。对方先以五言诗相赠，陆云必以五言作答，否则仪式的严肃性就会遭到破坏。所以，可以肯定今存陆云之赠答诗无主动以五言形式创作的。

那么，陆云《为顾彦先赠妇往返四首》又作何解释呢？客观上说，陆云此四首诗亦是赠答诗，只不过是代人赠答，是为"戏笔"。考察此诗或非士龙主动为之。陆云诗仿汉秦嘉夫妇赠答而作。《玉台新咏》录汉之秦嘉《赠妇诗》三首及其妻徐淑《答诗》一首。"秦嘉，字士会，陇西人，为郡上掾。其妻徐淑，寝疾还家，不获面别，赠诗云尔。"① 此四首诗对后世文人的影响很大，建安曹丕诸人的《寡妇赋》及二陆《为顾彦先赠妇》和陆机的《为周夫人赠车骑》皆受此影响。陆云诗其三云："翩翩飞蓬征，郁郁寒水萦。"秦嘉《赠妇诗》其三："肃肃仆夫征，锵锵扬和铃。"又陆云诗其二："悠悠君行迈，茕茕妾独止。山河安可踰？永路隔万里。京室多妖冶，粲粲都人子。"徐淑《答秦嘉》："君今兮奉命，远适兮京师。悠悠兮离别，无因兮叙怀。瞻望兮踊跃，伫立兮徘徊。"比对陆机《为顾彦先赠妇二首》其一与徐淑的答诗可以看得更为清晰：

  辞家远行游，悠悠三千里。京洛多风尘，素衣化为缁。修身悼忧苦？感念同怀子。隆思乱心曲，沉欢滞不起。欢沉难克兴，心乱谁为理。愿假归鸿翼，翻飞浙江汜。

陆机诗其一

  妾身兮不令，婴疾兮来归。沉滞兮家门，历时兮不差。旷废兮侍觐，情敬兮有违。君今兮奉命，远适兮京师。悠悠兮离别，无因兮叙怀。瞻望兮踊跃，伫立兮徘徊。思君兮感结，梦想兮容晖。君发兮引迈，去我兮日乖。恨无兮羽翼，高飞兮相追。长吟兮永叹，泪下兮沾衣。

徐淑《答秦嘉》

---

① （梁）徐陵编《玉台新咏笺注》，（清）吴兆宜笺注，中华书局，1985，第30页。

徐之作是答秦嘉诗，陆机代顾荣赠妻反用其意。但其取景、用词却异常相近。徐诗叙丈夫远赴京师"远适兮京师"，陆诗"辞家远行游，悠悠三千里"，又于下句拈出"京洛"二字，模拟徐诗的痕迹很清晰。徐"悠悠兮离别，无因兮叙怀"写怀想之情，而陆诗则"修身悼忧苦？感念同怀子。隆思乱心曲，沉欢滞不起"，刻画相思之状。结尾更是相似，徐诗"恨无兮羽翼，高飞兮相追"，陆诗"愿假归鸿翼，翻飞浙江泛"。可见，机、云的这组诗作于同时。推想当时情形：二陆与顾荣在一起相叙思家念乡之情时，见秦、徐赠答，而共以荣妇为载体，拟秦、徐赠答诗"相谑"以抒怀。原诗为五言，拟作亦为五言，自然是合于情理的。因此，不能将陆云《为顾彦先赠妇》看成是主动创作的五言诗。

两相比较，陆机偏爱五言。以逯钦立《先秦汉魏晋南北朝诗》所载，仅计完整之数。陆机完整五言诗53首。潘岳11首。张华41首，五言26首。傅玄28首，五言14首。傅咸15首，五言2首。石崇7首，五言4首。左思13首，五言10首。张载15首，五言6首。张协12首皆为五言。西晋时期，相对于五言，四言仍占优势，五言是时代之先，但有强劲之势。因此，陆机作五言正是追逐时风的表现。而其创作数量，即便考虑散佚这一因素，整个西晋时期也绝无过之者。从陆机赠答诗这一颇为正式的诗题也可以看出。陆机全部赠答诗22首，四言9首，五言13首。主动以五言相赠者12首，答诗1首，主动以四言赠者5首，答诗及被动而作者4首。

陆云《与兄平原书》云："一日见正叔与兄读古五言诗，此生叹息欲得之。"又，"张公箴诫自过五言诗耳。但云自不便五言诗，由己而言耳"。陆云不为五言之作非其不愿写作，而是害怕自己写不出好的诗章来，其内心还是希望能够创作出五言之作的，所以"叹息欲得之"。其实，现在看来陆云是多虑了。陆云的五言诗在艺术上并不比四言差，尤其是《为顾彦先赠妇往返四首》一点也不逊色于陆机。徐公持先生《魏晋文学史》对此评价说：

> 陆云自言"不便五言诗"，"四言五言，非所长，颇能作赋"（《与兄平原书》）。然今存陆诗数量颇不少，达一百三十余章（首），

在西晋诗人中仅次于陆机而多于张华、潘岳、张协等。其中四言占绝大部分，五言仅有七首。自数量看，陆云四言诗写得颇为稔熟，凡应命赠答祖饯等场合，几乎皆有所作，且措语从容，间出徽音，可谓西晋一朝最大四言诗作者。①

对于四言诗，陆云也仅仅是熟稔而已，虽然四言创作占了大部分，但总难摆脱"平庸"的问题，因为这些四言诗"包含过多颂赞内容，另外，敷衍应酬之下，未免空洞，缺乏真情实感"②。这是任何人都难以避免的，不独陆云如此，傅玄、张华、陆机、潘岳等人也都是这样。

第三，陆机诗短章远多于陆云。陆云《与兄平原书》云："雅爱清省"，"文实无贵于为多"。如果以50句以上为长篇，以下为短篇。在考察二陆之诗时可以发现，陆机长篇诗作有三首，分别是：《答贾谧诗》《赠冯文罴迁斥丘令》《赠弟士龙十章》。余者皆为短章，并以20句（含20句）以下者更多。而陆云诗作则以长篇为多，29首诗中长篇19首，80句以上者就多达6首。这似乎与陆云贵"清省"的观点有悖。

究其原因，笔者以为，此与陆云模仿《诗经》之"雅""颂"有关。西晋文坛拟《诗》之风气颇重，傅玄、傅咸、潘岳都有一些拟《诗》之作。而陆云赠答诸篇，皆以仿作自任。张溥云："《有皇》《思文》诸篇，诵美祁阳，式模《大雅》；类以卑颂尊，非朋旧之体。"张溥之意谓：朋旧别离或相赠与诗，当叙其真情，无须过多修饰与颂赞。而陆云之诗，却多"以卑颂尊"，用"颂"语和"大雅"语言写作。这必然会失却真情，如同经诰。前章已论，陆云作诗重在摹拟《诗经》。《诗经》多四言诗，"风""雅""颂"等部分，以"雅"诗长篇最多。《大雅·桑柔》全诗112句，《大雅·抑》114句。另外，"颂"诗也比较长，最长的《鲁颂·閟宫》有120句，为《诗经》中最长的诗章。陆云摹拟《雅》《颂》亦如陆机拟《古诗十九首》，尽可能地逼肖原作。其诗偏长则成必然。

陆机多短章的问题也可用同样道理解释。陆机诗以拟古诗与乐府最多。《古诗十九首》最长之篇目《凛凛岁云暮》20句，余者皆为短章。两

---

① 徐公持：《魏晋文学史》，人民文学出版社，1999，第378页。
② 徐公持：《魏晋文学史》，人民文学出版社，1999，第379页。

汉乐府虽有长篇《孔雀东南飞》多达357句，但大部分为短章，《孔雀东南飞》仅是孤例。且该篇并未进入陆机及当时人们的视野，今天所见《孔雀东南飞》最早出现在徐陵编辑的《玉台新咏》中，也说明了徐陵之前的文人大约都没看好这篇长诗。从陆机所拟篇章来看，均在10～40句间徘徊。这样，陆机自己创作多短章也就不足为奇了。

也就是说，二陆诗体制长短之特点，正是在他们的摹拟中形成的。陆云平时多拟长篇，故其为文习惯作长篇。陆机多拟短篇，结果亦然。从理论渊源上看，二陆的拟作皆继承了傅玄"引其源而广之"的创作理论。陆机拟汉诗，陆云拟《诗经》，既保持原著的外形，又有所突破，尽可能地做到"拟遗迹于成轨，咏新曲于故声"（《遂志赋》），成就自己诗作的特点。

第四，二陆四言诗每章之数以八句为多。《诗经》时代四言诗的体制情况是：诗无定章，章无定句，多率意而作，比较灵活。这一情况一直持续到两汉。但到西晋时期，逐渐定型化、模式化，也渐趋板滞。陆云四言诗，每章以八句居多。如《答孙显世十章》，全章八十句，章章皆八句。《答吴王上将顾处微》九章七十二句，每章八句。《答大将军祭酒顾令文》五章四十句，也以八句为章。陆云《答顾秀才》五章五十二句，只有一章例外。陆机的四言诗也是这样，《答贾谧》《赠冯文罴迁斥丘令》皆十一章八十八句。同时代其他诗人，潘岳《关中诗十六章》皆每章八句，《为贾谧作赠陆机诗（十一章）》《北芒送别王世胄诗五章》亦皆每章八句为体。应贞《晋武帝华林园集诗九章》只有第二、第五章例外，余皆八句。张翰《赠张弋阳诗（七章）》、曹摅《答赵景猷诗十一章》、挚虞《答伏武仲诗四章》《赠褚武良以尚书出为安东诗四章》《赠李叔龙以尚书郎迁建平太守诗四章》等皆是如此。这种格式的定型化，无疑加快了四言诗退出文人日常生活的速度，并使之成为一种专门的"仪式"行为。

二　二陆诗歌情感的表现

二陆诗歌情感的相同之处大体包括：一是"咏世德之骏烈，诵先人之清芬"歌颂祖德情感，如陆机《兄平原赠》、陆云《答兄平原诗》；二是

"抚膺解携手，永叹结遗音"，抒写亲情的内容，陆机《赠弟士龙》《于承明作于士龙》《豫章行》，陆云《答兄平原二首》；三是游宦洛阳、人地两疏思乡念家之情，如陆机《赠尚书郎顾彦先二首》《赠从兄车骑》《答张士然》《悲哉行》等，陆云《答兄平原二首》《答孙显世》《为顾彦先往返赠妇四首》；四是"拊翼同枝条，翻飞各异寻"的同僚友情，如二陆皆有《赠潘尼》《赠顾彦先》及与张士然的赠答，再如陆机《燕歌行》，陆云的两首失题诗皆为歌颂友情之作；五是渴盼建立功业和仕途成功的进取之情，如陆机《为周夫人赠车骑》《猛虎行》《饮马长城窟行》《塘上行》《长歌行》，陆云在与孙显世、顾处微的赠答之中也表达了这样的情感。上述五种情感前文虽未系统总结，但均有所涉，此处不再赘述，而是将论述的重点集中于二陆诗歌情感的差异之处。

（一）深与浅的差异

吴郡陆氏出于高门，罹吴国灭亡之祸，二陆同时入于敌国。但是，仔细体味二陆诗歌，我们会清晰地感觉到二人情感的差异。兹以陆机《赠弟清河云》与陆云的答诗为例进行分析，下录为陆机赠诗：

其 一

于穆予宗，禀精东岳。诞育祖考，造我南国。南国克靖，实繇洪绩。惟帝念功，载繁其锡。其锡惟何？玄冕衮衣。金石假乐，旌钺授威。匪威是信，称平远德。交世台衡，扶帝紫极。

其 二

笃生三昆，克明克俊。遵涂结辙，承风袭问。帝曰钦哉，纂戎裂祚。双组式带，绶章载路。即命荆楚，对扬休顾。肇繁厥绩，武功聿举。烟煴芳素，绸缪江汻。昊天不吊，胡宁弃予！

其 三

嗟予人斯，胡德之微？阙彼遗轨，则此顽违。王事靡盬，旌斾屡振。委籍奋戈，统厥征人。祈祈征人，载肃载闲。骙骙戎马，有骃有翰。昔予翼考，惟斯伊抚。今予小子，缪寻末绪。

其 四

有命自天，崇替靡常。王师乘运，席卷江湘。虽备官守，守从武臣。守局下列，譬彼飞尘。洪波雷击，与众同泯。巅跋西夏，收迹旧京。俯惭堂构，仰懵先灵。孰云忍愧？寄之我情。

其　五

伊我俊弟，咨尔士龙。怀袭瑰玮，播殖清风。非德莫勤，非道莫弘。垂翼东畿，耀颖名邦。绵绵洪统，非尔孰崇？依依同生，恩笃情结。义存并济，胡乐之悦？愿尔偕老，携手黄发。

其　六

昔我西征，扼腕川湄。掩涕即路，耀袂长辞。六龙促节，逝不我待。自往迄兹，旷年八祀。悠悠我思，非尔焉在？昔并垂发，今也将老。衔哀茹戚，契阔充饱。嗟我人斯，胡恤之早！

其　七

天步多艰，性命难誓。常惧陨毙，孤魂殊裔。存不阜物，没不增壤。生若朝风，死犹绝景。视彼浮游，方之侨客。眷此黄墟，譬之毕宅。匪身是吝，亮会伊惜。其惜伊何？言纡其思。其思伊何？悲彼旷载。

其　八

出车戒涂，言告言归。蓐食警（当为惊）驾，夙兴宵驰。濛雨之阴，照月之辉。陆陵峻岅，川越洪㵎。爰届爰止，步彼高堂。失尔羽迈，良愿中荒。我心永怀，匪悦匪康。

其　九

昔我斯逝，兄弟孔备。今我来思，或雕或疲。昔我斯逝，族有余荣。今我来思，堂有哀声。我行其道，鞠为茂草。我履其房，物存人亡。拊膺涕泣，血泪彷徨。

其　十

企伫朔路，言送尔归。心存言宴，目想容辉。迫彼窀穸，载驱东路。继其桑梓，肆力丘墓。婉兮娈兮，兴怀罔极。眷言顾之，使我心恻。

这十首诗从陆氏家族南迁写起，一直叙述到家族遭难之后。中间叙及宗族的兴衰、个人悲怀，这些兴衰与悲怀又与国家兴亡纠缠在一起，国破家亡一齐聚来，哀哀凄凄，不忍卒读。"昔我斯逝，兄弟孔备。今我来思，或雕或疚。昔我斯逝，族有余荣。今我来思，堂有哀声"，诗人西征之时与亲人辞别，掩涕即路，而今归家，物存人亡，此情此景谁能面对，更兼"天步多艰，性命难誓。常惧陨毙，孤魂殊裔。存不阜物，没不增壤。生若朝风，死犹绝景"。前人评价曹植、阮籍诗常有"忧生之嗟"，观士衡诗篇，亦可见强烈的"忧生之嗟"。作为兄弟相赠之诗，陆机一开始就把自己的情感和盘托出，毫无掩饰。"对于士衡的剖白，士龙自然不能无感。况且，身世、成长背景的相同，亦当促兴其相类的感情。因而，在他的答诗，我们清楚地看到类似感怀再度演绎。"① 士龙诗确实全面地回应了士衡的赠诗，并且亦如其兄诗一样，抚今追昔，恸感伤怀，也追述了家族兴衰的历史。如："昔我先公，邦国攸兴。今我家道，绵绵莫承。昔我昆弟，如鸾如龙。今我友生，凋俊坠雄。家哲永徂，世业长终。华堂倾构，广宅颓墉。高门降衡，修庭树蓬。感物悲怀，怆矣其伤。""予昆乃播，爰集朔土。载离永久，其毒太苦。"但我们同时也发现，陆云的答诗远远超出了陆机诗的长度，几乎是陆机赠诗的一倍。如其答诗第三章：

> 令闻伊何？休音允臧。先公克构，乃崇斯堂。耀颖上京，发迹扶桑。戎车出征，时惟鹰扬。鹰扬既昭，勋庸克迈。天子命我，镇弼于外。代作扞城，以表南裔。降灾匪蠲，景命颠沛。惟我贤昆，天姿秀生。含奇播殊，明德惟馨。太阳散气，乃禀厥和。山川垂度，爰则厥遐。厥遐伊何？惟光惟大。惟大伊何？如岱如渭。恢此广渊，廓彼洪懿。

陆机诗写自己遗轨难承、家业难继的惭愧。陆云答诗则赞美了陆机。所谓"天姿秀生"、"含奇播殊，明德惟馨"、"太阳散气，乃禀厥和"都是歌颂其兄的文辞。这种喜爱与赞美虽然也是出自真心，但表达上似乎已经超出了兄弟之间的应有之谊，情感上"隔"了许多。

颂扬祖上之德方面，二陆的差别也很明显。陆机诗首先用抒情之句开端，"于穆予宗，禀精东岳。诞育祖考，造我南国。南国克靖，实繇洪

---

① 梅家玲：《汉魏六朝文学新论——拟代与赠答篇》，北京大学出版社，2005，第181页。

绩"。再写先人到南国之后所建立的功绩："惟帝念功，载繁其锡。其锡惟何？玄冕衮衣。金石假乐，旄钺授威。匪威是信，称平远德。交世台衡，扶帝紫极。"谈在南国之功绩时，陆机云："绵绵洪统，非尔孰崇？"把自己的先祖摆在前无古人的位置上，其颂扬之中包含着强烈的情感因素。陆云之答诗："昔我先公，爰造斯猷。今我六蔽，匪崇克扶。悠悠大道，载遴载遐。洋洋渊源，如海如河。昔我先公，斯纲斯纪。今我末嗣，乃倾乃圮。世业之颓，自予小子。仰愧灵丘，衔忧没齿。"也写祖上之德，但由于其铺排过多，多少有点冲淡了"仰愧灵丘，衔忧没齿"的情感表达。并且，从整体上看，陆云诗表达的是"子孙不肖，愧对先祖"的意思，重在说理，弱于抒情。

表达思乡之情时，也是如此。陆机诗中表现的是强烈的情绪波动，而陆云诗则是沉稳的叙写。以二陆的戏谑之诗《为顾彦先赠妇》为例。此诗较短，各择一首录之于下：

陆机诗

辞家远行游，悠悠三千里。京洛多风尘，素衣化为缁。修身悼忧苦？感念同怀子。隆思乱心曲，沉欢滞不起。欢沉难克兴，心乱谁为理。愿假归鸿翼，翻飞浙江泛。

陆云诗

我在三川阳，子居五湖阴。山海一何旷，譬彼飞与沉。目想清慧姿，耳存淑媚音。独寐多远念，寤言抚空衿。彼美同怀子，非尔谁为心？

此二首都是赠诗，都是表达游子思乡之情的。陆云诗从两相离居写起，一在三川之阳，一在五湖之阴，相距万里，作为抒情主人公的游子远在异乡，独寐念远，抚衿空叹，仿佛可见彼之曼妙身姿，仿佛可闻彼之妩媚音声。结尾说大概她也正在思念自己吧，否则怎么会有心情怦然的感觉呢。全无藻饰，平直而叙，却也感情真挚。再看陆机诗，一开始也强调相距遥远，"辞家远行游，悠悠三千里"。这起首一句与陆云一样，都是化用了《古诗十九首》"行行重行行，与君生别离。相去万余里，各在天一涯"的句子。不同在于，陆云所用后两句，强调相距很远，而陆机所用则是截取了四句中的动态因素，强调了离家的过程，"辞家"在"远行"之初，"远行"在"辞家"之后，而"游"则是现在的状态。"三千里"前加一"悠悠"，使得"三千里"也不再是一个简单的距离概念，而是包含着旅途的艰辛，诉说了在外的孤独无依，对家乡、家人思念的苦涩的情感。距离越远，阻隔越大，则思念越深。何况京洛风尘让人不堪其苦，以致素衣为缁，更使自己陷入深深的痛苦之中，而作者偏不写乡思深，而改写"隆思乱心曲，沉欢滞不起"，思念扰乱了心曲，让欢乐之情不能泛起。既然"沉欢滞不起"是由"思乱"引起的，那么谁能理之，让它不乱呢？只有你——远在家乡的妻子。诗人又没直接写出，而是用曲笔写自己"愿假归鸿翼，翻飞浙江泛"，希望能够借飞鸿之羽翼，飞回到自己的家乡。一唱三叹，一波三折，毫无疑问，陆机诗在艺术上远胜于陆云诗，情感表达上也远胜于陆云。

另外，陆机思乡诗中往往有一种很强烈的生命意识，"日月一何速，素秋坠湛露。湛露何冉冉，思君随岁晚。"（《为周夫人赠车骑》）"凄风迕时序，苦雨遂成霖。朝游忘轻羽，夕息忆重衾。感物百忧生，缠绵自相寻。"（《赠尚书郎顾彦先二首》其一）日月迅疾，仿佛稍纵即逝，凄风苦雨则时时煎迫，生命仿佛是朝风，仿佛是轻羽，仿佛是夕阳，难以把控。这种强烈的生命意识深蕴于士衡心中，所以，不管是思乡之情，还是念祖之情，还是写兄弟、同僚之情，陆机总是不自觉地流露出来，也总是那样惊心动魄。再如《赠从兄车骑》仅是乡思的表达，作者在写作时却大量使用悲苦之词："孤兽""离鸟""悲""辛苦""营魄""怨慕深""悲音"。这些繁密的词语给我们营造了一个让人无限伤感的意境，使本已浓重的乡思之情更加沉重。

总览二陆诗，笔者以为：陆机诗毫无顾忌，如同三峡蓄水，憋蕴很久，一朝涌出，大有滔滔汩汩不可遏止的感觉。而陆云诗要拘束许多，总有一种言不尽意的感觉。这与二人性格有关。陆云"文弱可爱""为当今之颜子"，而陆机"清厉有风格""慷慨"。陆机的率性性格自然适合了诗文中情感的表现，而陆云的多思、多虑在诗文中的体现则是反复琢磨、择辞而用，限制了其情感的发挥。陆机的诗充分显示了"诗缘情而绮靡"的创作理念,常常率性而出。而陆云诗的"情"没有放开,常常经过理性的思虑与选择。

(二) 抒情主体的差异

首先,赠答诗中的自我叙述方式不同。陆机诗,不管是赠诗还是答诗,总是以自我为中心来进行抒情与叙事。如《答张士然》:

> 洁身跻秘阁,秘阁峻且玄。终朝理文案,薄暮不遑眠。驾言巡明祀,致敬在祈年。逍遥春玉圃,踯躅千亩田。回渠绕曲陌,通波扶直阡。嘉谷垂重颖,芳树发华颠。余固水乡士,挢辔临清渊。戚戚多远念,行行遂成篇。

诗从头到尾都是写自己的情况,唯在最后言"戚戚多远念,行行遂成篇",虽表达了对张的思念,但仍然是以"我"为中心。再如《赠冯文罴》:

> 昔与二三子,游息承华南。拊翼同枝条,翻飞各异寻。苟无凌风翮,徘徊守故林。慷慨谁为感,愿言怀所钦。发轸清洛汭,驱马大河阴。伫立望朔涂,悠悠迥且深。分索古所悲,志士多苦心。悲情临川结,苦言随风吟。愧无杂佩赠,良讯代兼金。夫子茂远猷,款诚寄惠音。

该诗也是这样。回忆往昔,自己与友人同在太子府内,而今友人远去,自己感慨有怀,发轸清洛之畔,驱马大河之阴,虽无所赠,以诗代佩,款寄深情。诗仅有一句似乎是写对方:"拊翼同枝条,翻飞各异寻。"实际上,"同枝条""各异寻"是以"我"的视角写二人相处之情形。再如《赠从兄车骑》《赠弟士龙》《答潘尼》《赠潘尼》等诗。最明显的是《答贾谧》,贾在当时是陆机的直接上司,但即便这样,陆机也是以"我"为中心作诗。《陆机集》中虽然也有以"你"为中心者,但为数实在太少,如《赠顾交趾公贞》《赠冯文罴为斥丘令》等。

陆云诗则正好相反,大量诗篇以对方为中心,而"我"则是全诗的陪衬。如《赠顾尚书》:

> 五岳降神,四渎炳灵。两仪钧陶,参和大成。兆光人伦,诞育至

英。于显尚书，实惟我兄。行成世则，才为时生。体道既弘，大德允明。

厥弘伊何？靡旷不遵。厥明伊何？靡妙不研。无索照灼，有求幽玄。细微不错，毫芒以陈。积簣为山，纳流成渊。扶翘布华，养物作春。所肃以礼，所润以仁。

宣质拔行，曜文入采。坚不可钻，清如凝水。方迹迎脤，蹈齐阙里。晞圣而惟，亦顾之子。彼弃芝英，玩此兰苣。异世同芳，其馥不已。

我兰既馥，我风载清。能芬南岳，运芳北征。子有其德，人求其馨。逝此陋巷，熏彼紫庭。厥音不已，鼓钟有声。闻天之聪，譬之鹄鸣。

天聪既招，我实惟彰。乘风之凤，眷言朝阳。披云藻绣，来此旧乡。谦光自抑，厥辉愈扬。丽容魋翕，孔好已张。

既照平林，具我华英。华英已曜，余光难延。会浅别速，哀以绍欣。追旷同涂，暂和笑言。殊音合奏，曲异响连。绝我欢条，统我思因。

根分来在，爱感往思。我非形景，有处有游。载离载会，且欢且忧。感彼远旷，吝此延娱。乐奏声哀，言发涕流。唯愿我子，德与福俱。亦天之祜，亦我之私。

诗中有"你"有"我"，但相当的成分是写对方，且以"你"为中心。"五岳降神，四渎炳灵。两仪钧陶，参和大成。兆光人伦，诞育至英。于显尚书，实惟我兄。"这位秉天地之气、采五岳之灵、"兆光人伦"者即是"你"，是与自己相伴的那个人。更有意思的是，文中多次出现"我"字，如"我兰既馥，我风载清。能芬南岳，运芳北征。子有其德，人求其馨"。"我兰"不是"我"，是"兰"，"我风"也不是"我"，是"风"，至于"芬""芳""德""馨"等词都是对顾尚书的形容。只在诗章的最后表达对顾荣的思念时，才出现了真正的自我。"乐奏声哀，言发涕流。唯愿我子，德与福俱。亦天之祜，亦我之私。"这是我私下的情怀，希望天能保佑"我子"——"你"。再如《赠顾彦先》《答顾秀才》《答大将军祭酒顾令文》《答吴王上将顾处微》《赠鄱阳府君张仲膺》《答孙显世》《赠顾骠骑后二首》等,《赠郑曼季四首》除《谷风》外,其他三首皆以对方为中心。

自我叙述方式的不同不仅影响着诗的外在形式,还直接决定了诗歌情感的表达。陆机的诗,是自我情感的直接倾吐。他只在乎自我的展示与自我情感的表达,不在乎听者的感受,不在乎周围的世界,所以,在陆机的诗中,陆机即是诗的主体,其他一切皆为陪衬。而陆云的诗,首先考虑的是别人的感受,陆云自己——"我",是一个陪衬,在相当的时候,"我"甚至是可有可无的。这也是机文情深、云文情浅的原因之一。

其次,抒情主体在诗中的地位不同。陆机诗中的抒情主体是一个强势角色,它往往站在一个很高的位置,读者阅读诗作时,要用仰视之态。如《吴趋行》:

> 楚妃且勿叹,齐娥且莫讴。四坐并清听,听我歌吴趋。吴趋自有始,请从阊门起。阊门何峨峨,飞阁跨通波。重栾承游极,回轩启曲阿。蔼蔼庆云被,泠泠鲜风过。山泽多藏育,土风清且嘉。泰伯导仁风,仲雍扬其波。穆穆延陵子,灼灼光诸华。王迹隤阳九,帝功兴四遐。大皇自富春,矫手顿世罗。邦彦应运兴,粲若春林葩。属城咸有士,吴邑最为多。八族未足侈,四姓实名家。文德熙淳懿,武功侔山河。礼让何济济,流化自滂沱。淑美难穷纪,商榷为此歌。

王夫之云:"此吴歌之始唱也。为体虽纤俗。而居然蕴藉,不似《子夜》《读曲》等篇一色佻薄,殆不复有诗理。雅人在戏而庄,有如此者!"[①] 当然不似《子夜歌》等诗,抒情主体从一开始即站在居高临下的位置,"且勿叹""且莫讴",言语中充满着霸道,而又接以"四坐并清听,听我歌吴趋。吴趋自有始,请从阊门起",仿佛是一个强势人物在主持场面一样盛气凌人。接着又极写吴地的繁华,写历史上吴地的风云人物。最后归结到吴地大族之"文德""武功"及"八族未足侈,四姓实名家"。语言之中又充溢着一种自豪之感。后世李白的诗、辛弃疾的词与陆机诗有点类似。这

---

① (清) 王夫之:《古诗评选》,文化艺术出版社,1997,第116页。

种强势的抒情主体出现在陆机的很多诗篇中，再如《猛虎行》："渴不饮盗泉水，热不息恶木阴。恶木岂无枝，志士多苦心。"作者反用典故，但语气之坚决不容置疑。《君子有所思行》本是写游宦异乡的伤感，一般诗的写法是通过他乡异地的繁华与自己的孤苦相对照，以突出游宦之苦辛。但陆机诗不是这样，诗一开始写"命驾登北山，延伫望城郭"，接写洞房、高闳、曲池、清川、绮窗等，都是俯视的结果。

这种强势的抒情方式不仅出现在陆机的这些乐府诗中，赠答诗也不例外。《答贾谧》这样写道："伊昔有皇，肇济黎蒸。先天创物，景命是膺。降及群后，迭毁迭兴。邈矣终古，崇替有征……爰兹有魏，即宫天邑。吴实龙飞，刘亦岳立。干戈载扬，俎豆载戢。民劳师兴，国玩凯入。"阅读其诗，有一种历史皆由我掌控的感觉。《赠顾交趾公真》："伐鼓五岭表，扬旌万里外。远绩不辞小，立德不在大。高山安足凌，巨海犹萦带。惆怅瞻飞驾，引领望归旆。"语气颇有训诫的味道。《招隐诗》："驾言寻飞遁，山路郁盘桓。"则是一种高邈而不可即的感觉。

当然，在《皇太子宴玄圃宣猷堂有令赋》《皇太子赐燕诗》《园葵》等几首诗中，我们看不到这种霸道、强势的抒情主体出现，而代之以身份卑弱的人物。其数量要比那种强势、霸道的诗少了很多。

陆云诗的抒情主体较为卑下。即张溥所言："类以卑颂尊，非朋旧之体。"这种现象几乎体现在陆云的所有诗章之中。如"大人有祚，兴云自天。之子于升，亦跃于渊。景曳清霄，响发鸣弦。义问弘集，淑风载鲜"。(《答大将军祭酒顾令文》)"三代既远，直道垂音。非齿焉尚？非德孰钦？钻仰自古，鲜曰在今。匪唯形交，殷荐其心。"(《答吴王上将顾处微》)"大人有作，二后利见。九功敷奏，七德殷荐。鼎实重芳，劳烈再扇。奕世弘道，天禄来宴。"(《答孙显世》)"神林何有？奇华妙实。皇朝如何？穷文极质。斌斌君子，升堂入室。太上有曜，子诞其辉。知机日难，子达其微。入辅帏幄，出御千里。滔滔江汉，南国之纪。"(《赠鄱阳府君张仲膺》) 如果说写在大将军司马颖府宴饮的诗以此方式抒情还可以理解，那么，与顾荣、顾令文、顾处微、张士然、潘尼等人的赠答诗也是如此，确实让人有些费解。

二陆诗中抒情主体的地位与上一点是紧密联系的。陆机以自我为中心，自然促成了诗中抒情主体的强势地位，而陆云以"你"为中心，则首先把自己摆在了低下的位置。此又与其性格相关联，陆机张扬，处处显己露才，而陆云文弱，时时谨慎小心。

三 二陆诗的赋化倾向

钟嵘《诗品序》云："自王扬枚马之徒，词赋竞爽，而吟咏靡闻，从李都尉迄班婕妤，将百年间，有妇人焉，一人而已。诗人之风，顿已缺丧。东京二百载中，惟有班固咏史，质木无文。"[①] 王、扬、枚、马皆以辞赋名家，皆非以诗人名世，而李陵之诗作至今存疑。即便东汉班固，实际上亦是以辞赋见称。林庚先生说："汉代有赋家而无诗人，唐代有诗人而无赋家，中间魏晋六朝诗赋并存，呈现一过渡的折中状态。"[②] 赋家写诗，诗家写赋，是六朝时期一个独特现象。因此，魏晋时期"诗赋间的关系发生着微妙的变化。概而言之，不外乎两个方面：一是赋的诗化；一是诗的赋化"[③]。

关于"诗的赋化"，徐公持先生的《诗的赋化与赋的诗化——两汉魏晋诗赋关系寻踪》一文，大体概括了三个方面：一是在辞采上，主要表现为"诗歌吸取赋的'铺张扬厉'、'品物毕图'的艺术特长"和"诗歌吸取辞赋的丰富语汇"。二是在写法上，则是"运用铺叙的手法"。三是"赋题演变为诗题"。徐先生还指出："诗的赋化自建安始，历正始、太康而不绝……太康诗歌赋化也不少，可以说是建安之后的一个高潮。"[④] 此正暗合了陆机《文赋》的理论。陆机《文赋》云："诗缘情而绮靡，赋体物而浏亮。"赋的突出特点在于"体物"。关于"体物"，洛鸿凯注曰："赋者，铺也。铺采摛文，体物写志也……原夫登高之旨，盖睹物兴情。情以物兴，故光必明雅；物以情观，故词必巧丽。丽词雅义，符采相胜。"[⑤] "体

[①] （梁）钟嵘：《诗品注》，陈延杰注，人民文学出版社，1961，第1页。
[②] 林庚：《唐诗综论》，人民文学出版社，1987，第53页。
[③] 徐宝余：《庾信研究》，学林出版社，2003，第170页。
[④] 徐公持：《诗的赋化与赋的诗化——两汉魏晋诗赋关系寻踪》，《文学遗产》1992年第1期。
[⑤] （晋）陆机：《文赋集释》，张少康集释，人民文学出版社，2002，第112~113页。

物"之意，笔者以为包括两个方面：一是"铺"，即徐公持先生所说的"铺叙"手法；二是"采"，即"丽"，亦即先生所言"辞采"特点。徐先生此文给我们研究太康诗歌赋化指出思路，我们可以循此探讨二陆诗的赋化倾向。

（一）二陆诗在"辞采"上的表现

陆机诗向来以"举体华美"著称。葛洪谓其"玄圃积玉"，沈约谓其"炳若缛锦"，都是指其辞采方面的特点。陆机极有才华，又对景物感受敏锐，所以，其诗最突出的地方也在其富艳华丽上。此在第四章比对子建与士衡之诗文关系时已略有涉及，兹举一二以证其诗的赋化。如《赠尚书郎顾彦先二首》：

> 大火贞朱光，积阳熙自南。望舒离金虎，屏翳吐重阴。凄风迕时序，苦雨遂成霖。朝游忘轻羽，夕息忘重裘。感物百忧生，缠绵自相寻。与子隔萧墙，萧墙阻且深。形影旷不接，所托声与音。音声日夜阔，何用慰吾心！
>
> 朝游游层城，夕息旋直庐。迅雷中宵激，惊电光夜舒。玄云拖朱阁，振风薄绮疏。丰注溢修溜，黄潦浸阶除。停阴结不解，通衢化为渠。沉稼湮梁颖，流民泝荆徐。眷言怀桑梓，无乃将为鱼。

第一首在写自己与顾彦先"感物百忧生，缠绵自相寻"之前，用了整整六句铺排了苦雨成霖前的情形，"大火贞朱光""望舒离金虎"既写雨前之先兆，又暗合南、西之方位。这一句本来不存在色彩方面的事，但作者有意借"朱光""金虎"之词，给我们构成色彩上的反差，形成一种大红大紫的感觉。又写积阳自南，屏翳吐阴，最后"凄风""苦雨"方至。再看第二首，写雨势之迅猛。全诗十四句，除首句外，用十二句写雨势之迅、雨后积水之多，及对稼粱危害之大。此篇极类潘尼《苦雨赋》：

> 气触石而结蒸兮，云肤合而仰浮。雨纷射而下注兮，潦波涌而横流。岂信宿之云多？乃逾月而成霖。瞻中塘之浩汗，听长雷之渗渗。始蒙濛而徐坠，终滂霈而难禁。悲列宿之匿景，悼太阳之幽沈。云暂披而骤合，雨乍息而亟零。旦汎汎以达暮，夜淋淋以极明。鼋鼍游于

门闼,蛙虾嬉乎中庭。惧二源之并合,畏黔首之为鱼。处者含悴于穷巷,行者叹息于长衢。①

陆机诗依次写迅雷、惊电、玄云、振风、丰注、黄潦、通衢、沉稼、流民等。潘尼文则依次写云、雨、潦波、长霤、塘等,此为雨前。雨后,潘尼"云暂披而骤合,雨乍息而亟零。旦汎汎以达暮,夜淋淋以极明",正是陆机之"停阴结不解","鼋鼍游于门闼,蛙虾嬉乎中庭",也正是"通衢化为渠",潘叹"惧二源之并合,畏黔首之为鱼。处者含悴于穷巷,行者叹息于长衢",陆则"沉稼湮梁颍,流民泝荆徐。眷言怀桑梓,无乃将为鱼"。虽说是一诗一赋,却像诗歌唱和。结合陆云之《愁霖赋序》看,三人的诗与赋大概作于同时,只不过有人写成了诗,有人却写成了赋。

《日出东南隅行》也是一篇比较典型的"赋化"诗篇。

> 扶桑升朝晖,照此高台端。高台多妖丽,濬房出清颜。淑貌耀皎白,惠心清且闲。美目扬玉泽,蛾眉象翠翰。鲜肤一何润,秀色若可餐。窈窕多容仪,婉媚巧笑言。暮春春服成,粲粲绮与纨。金雀垂藻翘,琼佩结瑶璠。方驾扬清尘,濯足洛水澜。霭霭风云会,佳人一何繁。南崖充罗幕,北渚盈軿轩。清川含藻景,高岸被华丹。馥馥芳袖挥,泠泠织指弹。悲歌吐清响,雅韵播幽兰。丹唇含九秋,妍迹凌七盘。赴曲迅惊鸿,蹈节如集鸾。绮态随颜变,沉姿无定源。俯仰纷阿那,顾步咸可欢。遗芳结飞飙,浮景映清湍。冶容不足咏,春游良可叹。

此诗是拟乐府古辞,"古辞写罗敷采桑,此诗写佳人春游"②。风格上也与古辞迥异。古辞没有正面描写罗敷之美,而是以环境、器物、服饰加以衬托,再以观者见罗敷的动作与心理,侧面烘托,后以对话显现人物性格。古辞即以赋法写作,且辞藻已颇为艳丽。而陆机之辞,则在原有的基础上更为美艳。诗之开篇,除第一、二两句为摹拟古辞之传统,一般无甚拓展,从第三句开始即全面铺叙淑女之貌。首以"清颜""淑貌"领起,其

---

① (清)严可均:《全上古三代秦汉三国六朝文》,中华书局,1958,第1999页。
② (晋)陆机:《陆士衡文集校注》,刘运好校注,凤凰出版社,2007,第554页。

后八句以炫目之笔赋写佳人的冶容:"淑貌耀皎白,惠心清且闲。美目扬玉泽,娥眉象翠翰。鲜肤一何润,秀色若可餐。窈窕多容仪,婉媚巧笑言。""淑貌"本只能感觉,而士衡用一"耀"字,自有光彩照人之感。惠心安可得见,而士衡以"清且闲"写心,让人自觉玲珑剔透。目如扬泽,眉如翠黛,仿佛若见。少女之美秀,若美味之可餐,成千古佳句。"窈窕多容仪,婉媚巧笑言"又写声婉醉人。随后用十四句的篇幅铺写佳人歌舞场景。其用词之繁复、铺述之详尽,已达极致。如描摹歌舞的动词有"挥、弹、吐、播、含、陵、赴、蹈、随、仰俯、顾步",形容词有"芳、纤、悲雅、丹、妍、迅、绮、沉、婀娜"。这些繁词富句惟妙惟肖地写出了佳人的婆娑舞姿、婉媚仪容、曼妙清音。这与汉赋中对舞容的描写是一致的,其生动细致地传达女性神色、风采的手法与汉赋铺排手法有着不容置疑的相承关系。其他,如《拟迢迢牵牛星》,原诗只用"盈盈一水间,脉脉不得语"写牛郎、织女不得相见时的脉脉深情。而陆机则将此情的种种表现尽情扩展,又是"西北向",又是"东南顾",又是"挥素手",又是"怨年暮",又是"跂彼无良缘",又是"引领望大川"。整首诗仿佛就是一个舞台,而陆机笔下的人物就是在舞台上表演的演员,一连串的动词展现的是其表演过程。这种写作方式也与两汉赋对事物详细而周到的描绘是一致的。

陆云诗的赋化倾向也历历可寻。如其《为顾彦先赠妇往返四首》其二即从多个角度写京室女子的妖冶,云:"京室多妖冶,粲粲都人子。雅步擢纤腰,巧笑发皓齿。佳丽良可美,衰贱焉足纪。"再如其三:

> 浮海难为水,游林难为观。容色贵及时,朝华忘日晏。皎皎彼姝子,灼灼怀春粲。西城善雅舞,总章饶清弹。鸣簧发丹唇,朱弦绕素腕。轻裾犹电挥,双袂如雾散。华容溢藻幄,哀响入云汉。知音世所希,非君谁能赞?弃置北辰星,问此玄龙焕。时暮复何言,华落理必贱。

诗写西城女子也极尽艳丽之能事。首以"皎皎""灼灼"写其光粲照人,又写其舞姿之美妙,音声之清丽,又写其着装之妖饶。又特别注重词语色彩的搭配,如"丹唇""朱弦""素腕""华容""藻棁"等,再如"轻裾犹电挥,双袂如雾散"。此皆如赋法之重视辞采之例。即便是陆云的四言诗,也可窥见赋化之端倪。如陆云失题一首:

> 有奄萋萋,甘雨未播。黍稷方华,中田多稼。庭槐振藻,园桃阿那。薄言观物,在堂知化。

这段文字是典型的赋家写法。"黍稷方华,中田多稼。庭槐振藻,园桃阿那",多角度描绘四月春景,亦是士龙集中"玄圃之玉"。

(二) 二陆诗在"铺叙"上的表现

"辞采"与"铺叙"本是连在一起的。汉赋之侈丽,正在于全方位、多角度的铺排与描写,形成夺人眼目的效果。前所列举,无一不是铺排之典型。此处分开叙述,只是想特意强调二陆在叙事、述行及抒情方面尽其侈靡的状况。首先,陆机把大量的行旅内容用诗来表达,也是"赋"用之于诗的表现。胡大雷《中古诗人抒情方式的演进》云:"陆机诗作从体裁上可分为四类:四言、五言、乐府及拟古之作。这些诗作,绝大多数有行旅的内容,人说陶渊明诗'篇篇有酒',我们说陆机诗'篇篇有旅':或通篇写行旅,或其中某些章、句写到行旅。"① "篇篇有旅"当然与陆机生活的辗转不定有关,陆机入北之后,行止一直漂泊不定,先后去过洛阳、淮南、邺城、平原等地。而行旅原本就是汉末小赋的独有题材,在建安文人手中则成为诗的重要内容,《谢灵运归涂赋》曰:"昔文章之士,多作行旅赋,或欣在观国,或怅在斥徙,或述职邦邑,或羁役戎阵,事由于外,兴不自已,虽高才可推,求怀未惬,今量分告退,反身草泽,经涂履运,用感其心。"② 陆机除了用赋表达羁旅之思、漂泊之苦外,还用大量的诗篇写行旅途中的种种情事。如其《赴洛道中二首》:

> 总辔登长路,呜咽辞密亲。借问子何之,世网婴我身。永叹遵北渚,遗思结南津。行行遂已远,野途旷无人。山泽纷纡余,林薄杳阡眠。虎啸深谷底,鸡鸣高树巅。哀风中夜流,孤兽更我前。悲情触物

---

① 胡大雷:《中古诗人抒情方式的演进》,中华书局,2003,第 106 页。
② (南朝宋)谢灵运:《陶渊明全集附:谢灵运集》,上海古籍出版社,1998,第 63 页。

感,沉思郁缠绵。伫立望故乡,顾影凄自怜。

远游越山川,山川修且广。振策陟崇丘,安辔遵平莽。夕息抱影寐,朝徂衔思往。顿辔倚嵩岩,侧听悲风响。清露坠素辉,明月一何朗。抚枕不能寐,振衣独长想。

萧统《文选》卷7收"纪行"赋三篇:东汉班彪《北征赋》、班昭《东征赋》、晋潘岳《西征赋》。其实,唐初编定的《艺文类聚》,节录汉魏六朝19位作家共21篇"行旅"赋。此类赋作,总体上多由景兴感,而在写景上则是由近及远,情感上则因地及史。蔡邕《述行赋》云:"历观群都,寻前绪兮,考之旧闻,厥事举兮。"① 袁宏《东征赋》云:"访遗老以证往,乃西鄂之旧县。"② 谢灵运《撰征赋序》云:"采访故老,寻履往迹,而远感深慨,痛心殒涕……俾事运迁谢,托此不朽。"③ 这种寻前绪、考旧闻的做法正是由实而虚、由行旅而生感叹的表现。陆机的行旅诗与其行旅赋一样,采用的也是此种写作方法,只不过把历史变成了对自己身世、处境的感叹及对自己及思乡念家的悲情。这说明在陆机这里,诗、赋两种文体本是相通的,赋法可以用之于诗,诗法亦可以用之于赋。

胡大雷先生在其《中古诗人抒情方式的演进》一书中有"陆机诗歌情感矛盾对立统一"④ 一章,该章重点总结了陆机诗的行旅内容。在陆机写自己经历的诗中,"除了《皇太子宜玄圃宣献堂有令赋诗》《皇太子赐宴》《春咏》数首外,全有写自己行旅在外经历的内容",陆机的《赴洛道中作二首》《赴洛二首》《遨游出西城》都写行旅之事。而这些诗作同样多用"赋"法。如《遨游出西城》,从"遨游出西城,按辔循都邑"写起,最后写"行矣勉良图",从行游说到人生之旅。又如《吴王郎中时从梁陈作》中写"凤驾寻清轨,远游越梁陈"。其赠答之作,"或写所赠对象的行旅,或写出自己的行旅"。如《赠冯文罴迁斥丘令》,先写出当初冯文罴与自己一样有"有命集止,翻飞自南"的行旅历程,再写当今冯文罴已经"遵途

---

① (清)严可均:《全上古三代秦汉三国六朝文》,中华书局,1958,第853页。
② (清)严可均:《全上古三代秦汉三国六朝文》,中华书局,1958,第1785页。
③ (清)严可均:《全上古三代秦汉三国六朝文》,中华书局,1958,第1600页。
④ 胡大雷:《中古诗人抒情方式的演进》,中华书局,2003,第115页。

远蹈，腾轨高骋"。再如《赠尚书郎顾彦先二首》（其二），既以"朝游游层城，夕息旋直庐"写仕宦历程，又以"朝游忘轻羽，夕息忆重衾"写往昔行游之乐。《赠顾交趾公真》中"发迹翼藩后，改授抚南裔。伐鼓五岭表，扬旌万里外"写对方远征之威，以状行色。《赠弟士龙》则以行游写兄弟亲情。《答潘尼》以"我东曰徂，来饯其琛"写朋友之谊。另外，其代拟诗、招隐诗也以行游来抒情达意。把如此众多述行内容写进诗中，这在文学史上尚不多见。不管效果如何，其本身对后世山水诗、记行诗发展即做出了一大贡献。

陆云的《赠顾彦先》是一首别具风味的赠答诗，一般赠答诗将重点放在写依依惜别之情上，陆云这首诗共5章，其中有3章述行。

  玄黄挺秀，诞受至真。行该其高，德备其新。光莹之伟，隋下同珍。腾都之骏，龙凤合尘。
  皇皇明哲，应期继声。华映殊域，实镇天庭。入辅出辅，千干靡宁。夏发凉台，我雨我暑。冬违邦族，风霜是处。嗟彼独宿，谁与晤语？飘飘艰辛，非禹孰举？言念君子，怅惟心楚。
  悠悠山川，駫駫征遒。陟升嶕峣，降涉洪波。言无不利，乘崄而嘉。人怀思虑，我保其和。
  邂逅相遇，良愿乃从。不逢知己，谁济予躬？莫攀莫附，愧我高风。时过年迈，晻冉桑榆。晞光赖润，亦在斯须。假我夷涂，顿不忘驱。
  泛予津川，桴不失浮。无爱余辉，遂暗东崛。幽幽东崛，恋彼西归。瞻仪情感，聆音心悲。之子于迈，夙夜京畿。王事多难，仲焉徘徊。

首二章写彦先德、才，从第三章开始述行。首写征程之远且险，写自己对友人此行的担忧，"人怀思虑，我保其和"，默默为其祝福。次写邂逅相遇，年岁将近，渴望前途能"夷"，语意双关，既指人生又指现实。后写别后之途，"泛予津川，桴不失浮"，设想东归后的情形。将情渗于行中，述行与抒情结合在一起。《太尉王公以九锡命大将军让公将还京邑祖饯赠此诗》也有述行，辞句全用《诗经》："悠悠征人，四牡骓骓。发轸北京，振策紫微。昔乃云来，春林方辉。岁亦暮止，之子言归。道途兴恋，伏载称徽。"铺排军容之盛。

徐公持先生在其《诗的赋化与赋的诗化——两汉魏晋诗赋关系寻踪》中指出"陆云才情不如陆机，但在运用铺叙手法方面则多于乃兄"[①]，并举例说"如《答兄平原》"，先生没有详论，我们可以看看该诗的铺叙情况。其诗如下：

> 伊我世族，太极降精。昔在上代，轩虞笃生。厥生伊何，流祚万龄。南岳有神，乃降厥灵。诞钟祖考，胤兹神明。运步玉衡，仰和太清。宾御四门，旁穆紫庭。紫庭既穆，威声爰振。厥振伊何，播化殊邻。清风攸被，率土归仁。彤弧所弯，万里无尘。功昭王府，帝庸厥勋。黄钺授征，锡命频繁。阚如虩虎，肃兹三军。光若辰时，亮彼公门。仍世上司，芳流庆纯。云和所产，爰育二昆。诞丰岐嶷，凤迈令闻。
>
> 令闻伊何？休音允臧。先公克构，乃崇斯堂。耀颖上京，发迹扶桑。戎车出征，时惟鹰扬。鹰扬既昭，勋庸克迈。天子命我，镇弼于外。代作扞城，以表南裔。降灾匪蠲，景命颠沛。惟我贤昆，天姿秀生。含奇播殊，明德惟馨。太阳散气，乃禀厥和。山川垂度，爰则厥遐。厥遐伊何？惟光惟大。惟大伊何？如岱如渭。恢此广渊，廓彼洪懿。弘道惇德，渊哉为器。统我先基，弱冠慷慨。将弘祖业，实崇奕世。
>
> 咨予顽朦，蕞尔弱才。沉耀玄渚，把庇云淇。陶化靡移，固陋于兹。瞻仰洪范，实悉先基。巍巍先基，重规累构。赫赫重光，遐风激鹜。昔我先公，爰造斯猷。今我六蔽，匪崇克扶。悠悠大道，载邈载遐。洋洋渊源，如海如河。昔我先公，斯纲斯纪。今我末嗣，乃倾乃圮。世业之颓，自予小子。仰愧灵丘，衔忧没齿。
>
> 忧怀惟何？顾景惟尘。峨峨高踪，眇眇贸辰。明德继体，莫非哲人。今我顽鄙，规范靡遵。仍世载德，荒之予身。莫峻匪岳，有俊斯

[①] 徐公持：《诗的赋化与赋的诗化——两汉魏晋诗赋关系寻踪》，《文学遗产》1992年第1期。

登。莫高匪云，有翼斯凌。矧我成基，匪克阶升。玄黄长坂，载寐载兴。岂敢惮行，哀此负乘。芒芒高山，自予颓之。济济德义，匪予怀之。终衔永负，于其愧而。

　　昔予言旷，泛舟东川。衔忧告辞，挥泪海滨。義阳趣驾，炎华电征。自我不见，邈哉八龄。悠思回望，寤言通灵。昔我往矣，辰在东嵎。今我于兹，日薄桑榆。衔艰遘愍，困瘁殷忧。哀矣我世，匪蒙灵休。开元迄兹，震兴迭微。弱风隐骇，海水群飞。王旅南征，阐耀灵威。

　　予昆乃播，爰集朔土。载离永久，其毒太苦。上帝休命，驾言其归。多我遘愍，振荡朔垂。羁系殊俗，初愿用违。严驾东征，肃迈林野。夕秣乘马，朝整仆旅。矫矫乘马，载驱载驰。漫漫长路，或降或阶。晨风凤零，朝不皇饥。倾景儵坠，夕不存罢。虽有丰草，匪释奔驷。虽有重阴，匪遑假寐。

　　茕茕仆夫，悠悠遄征。经彼乔木，有鸟嘤鸣。微物识侪，矧伊有情。乐兹棠棣，实欢友生。既至既觏，滞思旷年。旷年殊域，觏未浃辰。恨其永怀，忧心孔艰。天地永久，命也难长。生民忽霍，曷云其常？

　　我之既存，靡绩靡纪。乾坤难并，寂焉其已。生若电激，没若川征。存愧松柏，逝惭生灵。匪吝性命，实悼徒生。苟克析薪，岂惮冥冥？瞻企皇极，徼福上天。冀我友生，要期永年。

　　昔我先公，邦国攸兴。今我家道，绵绵莫承。昔我昆弟，如鸾如龙。今我友生，凋俊坠雄。家哲永徂，世业长终。华堂倾构，广宅颓墉。高门降衡，修庭树蓬。感物悲怀，怆矣其伤。

　　惇仁泛爱，锡予好音。晞光怀宝，焕若南金。披华玩藻，华若翰林。咏彼清声，被之瑟琴。味此殊响，慰之予心。弘懿忘鄙，命之反复。敢投桃李，以报宝玉。冀凭光盖，编诸末录。

　　全诗242句，分十章，逐一回答陆机的赠诗，但比赠诗多出98句。内容也如陆机赠诗，写故国灭亡，家道衰落。此篇的铺叙最为鲜明。诗一开篇连用五个"……伊何"句式，通过对答方式铺写了陆氏家族的发展历程，极力歌颂了祖上的功业道德，赞美其兄的才与德。为求诗章连贯又在第一问题的结尾及新问题的开始采用顶针句法。如"轩虞笃生。厥生伊何"，"威声爰振。厥振伊何"，"夙迈令闻。令闻伊何"，"爰则厥遐。厥遐伊何"，"惟光惟大。惟大伊何"，通过这种句法，使每个问题都连接起来，给人一种气势磅礴、滔滔汩汩的感觉。第三、四章两章，着重写自己"蕞尔弱才"，无以承继先公统绪，"规范靡遵"，并因此感到忧愁和惭愧。如写其"才弱"，"沉耀玄渚，挹庇云淇。陶化靡移，固陋于兹。"无出众之处，无耀目之点，顽愚尚未开启与教化，有忝于先祖之基业。先公基业是"巍巍先基""赫赫重光"，是"大道""载邈载遐""如海如河"，而"我有六蔽"，世业却"乃倾乃圮"，家族宏业似乎到此将无以为继。又铺写其匆匆回乡之状：一路奔驰，忽高忽低，天还不亮就已启程，而太阳西坠，也不停歇，自己不顾饥渴，即使见丰草也不使马儿稍释。用"夕秣""朝鞁""晨风夙零""倾景鲦坠"写其无早无晚，匆匆赶路。用"载驱载驰""漫漫长路""或降或阶"写其路途之漫长。其第九章，用今昔对比的方法，写其感想和悲怀之情，连用三对"昔……今……"句式，突出今昔之反差。而接下来逐步浓缩，"华堂倾构，广宅颓墉。高门降衡，修庭树蓬"。四句话包含了四个方面的对比，"华堂"今已"倾构"；"广宅"已成"颓墉"；"高门"已为"衡门"；"修庭"已成残壁，用的皆是典型的铺排之赋法。

（三）陆云诗题的表现

观察二陆体式表，有一个比较明显的现象，即陆云的诗题偏长。如果对其诗做个平均计算（同题诗只计算一次，几篇失题篇目不算在内），士龙诗每题竟多达13个字，最长者《从事中郎张彦明为中护军奚世都为汲郡太守各将之官大将军崇贤之德既远而厚下之恩又隆悲此离析有感圣皇显崇既蒙引见又宴于后园感鹿鸣之宴乐咏鱼藻之凯歌而作是诗》则达74个字。其他，《征西大将军京陵王公会射堂皇太子见命作此诗》《太尉王公以九锡命大将军让公将还京邑祖饯赠此诗》《大安二年夏四月大将军出祖王羊二公于城南堂皇被命作此诗》等，也都在20～30字之间。与陆云较，陆机诗题要简短许多。其题中较长者，如《皇太子宴玄圃宣猷堂有令赋诗》《祖道毕雍孙刘边仲潘正叔》等也仅在10字左右。如果也依上例予以平均，则每题不足 5 字。

诗题的出现与汉代以来诗、赋同题现象有关。顾炎武《日知录》云："三百篇之诗人，大率诗成，取其中一字、二字、三四字以名篇，故十五国风并无一题，雅颂中间一有之。"① 《诗经》诸篇本无标题，今所见者，皆后人取诗之首句而成目（亦有非首句者，不过数量较少），如《氓》取"氓之蚩蚩"之首字为题，《桃夭》取"桃之夭夭"一句之首字及尾字。赋是晚于诗出现的一种文体，但赋之有题却早于诗。《汉书·艺文志·诗赋略》载："不歌而颂谓之赋，登高能赋可以为大夫。"② 作为士大夫的一种必要才能，"赋"在汉代得到了较快的发展。早期"赋"也是无题的。《荀子》有"赋篇"，赋礼、知、云、蚕、箴，但每篇皆是先说某物，后状其形，最后于篇尾点明，故不能算题目。赵逵夫先生考证《晏子赋》为西汉早期俗赋，这大概是最早的有题目之赋。因此，赋有题目在秦汉之交，大体是可信的③。汉初贾谊、枚乘诸位赋家之作，均有赋题。至东汉由于文人多诗、赋兼作，往往一题出来，前面是赋，赋后是诗，诗、赋同题，于是诗就有了题目。还有一种情况，到了建安时代，一些文人同题作文，在古人心目之中诗、赋、文没有严格的区别，比如曹丕、曹植等人以"寡妇"为题，同题作文，曹丕写成了《寡妇赋》，曹植则写成了《寡妇诗》。由此，吴承学先生推测："魏晋时代诗歌制题形式之成熟可能是受到赋题形式的影响。"④ 虽是推测之语，但基本合乎实际。受赋题的影响诞生诗题，当是其中一个重要因素。至于其他因素，比如文体分别日益严格，作家自辑文集的需要，我们当然也不能否定。到了魏晋时期，原来作诗沿袭《诗经》命题方式的做法，逐渐被一种新的命题方式取代：以所咏之事或物作为诗歌之题。像《从军诗》《斗鸡诗》《琴》《槐树》等。赠答诗作为一种士大夫最常见的表达方式，也很自然地被命题为：赠某某。

魏晋诗人作赋，题前常有一段简短的说明，即赋序，其形式可追源于

---

① （清）顾炎武：《日知录集释》，黄汝成集释，上海古籍出版社，1985，第 1556 页。
② （汉）班固：《汉书》，中华书局，1962，第 1755 页。
③ 赵逵夫：《赋体溯源与先秦赋述论（上）》，《辽东学院学报》2008 年第 3 期。
④ 吴承学：《中国文体形态研究》，中山大学出版社，2000，第 68 页。

一 二陆赋溯源

陆机赋今存较完整者25篇，《文选》所录《文赋》《叹逝赋》两篇。陆云赋完整者8篇，又有骚体赋《九愍》一篇。如合计上颂、诔及残卷在内，二陆赋体共计42篇。

（一）系踪张、蔡

二陆辞赋得益于蔡邕和张衡。《文选》卷十七"陆士衡条下"云："天才绮练，当时独绝，新声妙句，系踪张、蔡。"[①] 考察二陆辞赋的创作渊源，比较有力的证据是陆云的《与兄平原书》，但其书无意为文，加上又兼资料散佚，我们只能看到陆云一方书信，使得信中的许多内容殊难索解。但我们仍然可以约略推知二陆赋学观点及心仪赋家。其书云：

> 诲颂兄意乃以为佳，甚以自慰。今易上韵，不知差前不？不佳者，愿兄小为损益。令定下云"灵旆电挥"，因兄见许，意遂不悋。不知可作蔡氏《祖德颂》比不？景猷有蔡氏文四十余卷，小者六七纸，大者数十纸。文章亦足为多。然其可贵者，故复是常所文耳。云顷不佳思虑，胸腹如鼓，夜不便眠了不可。又以有意兄不佳，文章，已足垂不朽，不足又多。

又云：

> 《茂曹碑》皆自是蔡氏碑之上者，比视蔡氏数十碑，殊多不及，言亦自清美，愚以无疑不存。

又云：

> 今兄有张、蔡之怀，得此乃怀怖也。

二陆平素论文，多推崇蔡邕。第一例，谓"不知可作蔡氏《祖德颂》比

---

① （梁）萧统编《文选》，（唐）李善等注，上海古籍出版社，1986，第761页。

《诗经》之小序。赋有小序是常见形式，但汉人之诗却未见有小序。如贾谊《吊屈原赋》题下有序，介绍了作赋之原因、背景，司马相如《子虚赋》《上林赋》前有一段小文，此亦可看作序。以一篇小序或一则简短的故事作为赋之引文，在汉大赋中尤为普遍。而陆云的长句诗题所起作用也在于此。如上文所引《从事中郎张彦明为中护军奚世都为汲郡太守各将之官大将军崇贤之德既远而厚下之恩又隆悲此离析有感圣皇显崇既蒙引见又宴于后园感鹿鸣之宴乐咏鱼藻之凯歌而作是诗》题目所交代的正是此诗的写作背景。

上述，很难说成是"二陆诗的赋化"，但又因为与诗的赋化现象有点关联，姑且置于此处，以补不足。笔者以为，陆云同类诗题可以看作诗题逐步走向成熟的一个表现，即我们从陆云与陆机诗题的对比中可以看到文体分离的过程。

第二节　二陆赋文之异同

《陆机传》载机文章"三百余篇"，《陆云传》载云文章"三百四十九篇"，这些文章自然含诗在内。但文的数量也非仅是今天所见。尤其是在汉魏之时，作为展示作者从政水平的文章，更应该被文人看重。所以才有陆云《与兄平原书》中多次劝机作赋、作《吴书》，说自己"不便为诗"，"颇能作小赋"。从艺术的角度来看，二陆之文成就不亚于诗。徐公持评陆机之文云："陆机之文，诸体皆备。而才气充盈，藻采瑰丽，在西晋陵砾群雄。"① 张溥《陆平原集题辞》云："才冠当世……冤结乱朝，文悬万载，《吊魏武》而老奸掩袂，《赋豪士》而骄王丧魄，《辨亡》怀宗国之忧，《五等》陈建侯之利，北海以后，一人而已。"② 陆云的文章虽然不如陆机，但也自有特色，有许多可供探讨之处。不过，碍于二陆诗坛的名气，后世学者较少研究其文（《文赋》除外）。

---

① 徐公持：《魏晋文学史》，人民文学出版社，1999，第370页。
② （明）张溥：《汉魏六朝百三家集题辞注》，殷孟伦注，人民文学出版社，1963，第132页。

《北征赋》、张衡《思玄赋》、蔡邕《述行赋》等，文中均涉及乡思的内容。故，推陆机、陆云此类赋作之源，亦当推至张、蔡。张衡《思玄赋》云：

> 据开阳而颍盼兮，临旧乡之暗蔼。悲离居之劳心兮，情悁悁而思归。魂眷眷而屡顾兮，马倚辀而徘回。虽游娱以偷乐兮，岂愁慕之可怀。出阊阖兮降天途，乘飙忽兮驰虚无。云菲菲兮绕余轮，风眇眇兮震余旟。缤连翩兮纷暗暧，倏眩眃兮反常闾。①

但汉之作者皆无专门以"思乡"或"思归"为题目的赋，也没有像二陆这样对故乡有如此强烈的关注。大概因为其情状有别吧。接下来江淹、庾信等人漂泊异地，生活痛苦，才开始大量创作思乡之作。

（二）近于建安

建安诸子是二陆辞赋的第二个源头。陆云《喜霁赋》序云：

> 余既作《愁霖赋》，雨亦霁。昔魏之文士，又作《喜霁赋》，聊厕作者之末，而作是赋焉。

《愁霖赋》首作于蔡邕，后文帝、陈思王、应玚相继作此。《喜霁赋》魏时作者曹丕、陈思王、缪袭、傅玄皆有所作。故士龙谓"昔魏之文士"，然其于《喜霁赋》题下序此，似乎表明《愁霖赋》受魏之作者影响并不甚重。陆云《愁霖赋》的创作情形，其《序》中有云："永宁二年夏六月，邺都大霖，旬有奇日，稼穑沉湮，生民愁瘁。时文雅之士，焕然并作。同僚见命，乃作赋。"由于邺都阴雨连日，稼穑沉湮，许多文士皆以此为题来表达对民生的关注。观魏之诸作，抑或群体并作，然魏室诸作无涉民生。文帝、陈思王、应玚之愁，仅限于悲旅途不畅，思绪烦闷，如文帝《愁霖赋》："岂在余之惮劳，哀行旅之艰难。仰皇天而叹息，悲白日之不旸。"陈思王："车结辙以盘桓兮，马蹄躅以悲鸣。"② 再如陆云之《登台赋》写于永宁年间，时陆云参大将军府，代巡邺宫三台（即冰井、铜雀、

---

① （清）严可均：《全上古三代秦汉三国六朝文》，中华书局，1958，第761页。
② （三国）曹操、曹丕、曹植：《三曹集》，岳麓书社，1992，第125、251页。

不?"此指陆机《祖德赋》,言下之意,机、云常以蔡氏颂为高。从文意推测,言赋时,"张"当指张衡,非指张华"蔡"即蔡邕。曹丕《典论·论文》:"王粲、徐干,长于辞赋……虽张、蔡不过也。"① 又刘勰《文心雕龙·时序》:"迄至顺、桓,则有班、傅、三崔,王、马、张、蔡。磊落鸿儒,才不时乏。"又有"扬、马、张、蔡,崇盛丽词"② 的评价。第二例《茂曹碑》是碑文,但陆云似乎把它看成了赋来评论,其书中又云:"碑文通大悦愉有似赋,愚谓小复质之为佳。"为其文"言亦自清美",可见陆云对其评价之高,魏晋作者除其兄外,无人可当此殊荣。而从陆云信中可以看出,相当一部分观点陆机是赞同的。由此知,二陆赋文学习张、蔡,当无疑问。

陆机辞赋中也直接标明过自己追迹张、蔡。《遂志赋》序云:"昔崔篆作诗,以明道述志,而冯衍又作《显志赋》,班固作《幽通赋》,皆相依仿焉。张衡《思玄》,蔡邕《玄表》,张叔《哀系》,此前世之可得言者也。"陆有《行思赋》:"背洛浦之遥遥,浮黄川之裔裔。"蔡有《述思赋》:"行游目以南望兮,览太室之威灵。顾大河于北垠兮,瞰洛汭之始并。"又陆"凉风凄其薄体,零雨郁而下淫。睹川禽之遵渚,看山鸟之归林。""余有行于京洛兮,构进淫雨之经时。涂遭其塞连兮,潦污滞而为灾。乘马躇而不进兮,心郁悒而愤思。"又,蔡有《扇赋》,陆有《羽扇赋》;蔡有《祖德颂》,陆有《祖德赋》。

陆云《寒蝉赋》与蔡邕《蝉赋》在取材和用词上也颇为相似。陆云有《愁霖赋》,蔡邕亦有《霖雨赋》(又名《愁霖赋》)。另外,蔡邕之《王子乔碑》《九嶷山碑》等碑文,显然对陆云创作《登遐颂》是有影响的。

张衡的《玄思赋》《南都赋》《冢赋》对二陆之赋中思乡题材的启发也是显见的。陆机《汉高祖功臣颂》直接引用蔡邕《李咸碑》曰:"明略兼洞,与神合契。奋臂云兴,腾迹虎噬。凌险必夷,摧刚则脆。"③ 陆机《策问纪秀才瞻》云:"汉氏遗作,居为异事,而蔡邕《月令》谓之一物,将何所从?"除《易》《书》之儒家经典外,蔡邕之文是唯一用于策论的。思乡主题的赋作,可追溯至屈原的《远游》,但《远游》是诗。后之班固

---

① (三国)曹操、曹丕、曹植:《三曹集》,岳麓书社,1992,第178页。
② (梁)刘勰:《增订文心雕龙校注》,杨明照校注,中华书局,2000,第540、447页。
③ (清)严可均:《全上古三代秦汉三国六朝文》,中华书局,1958,第887页。

金虎三台),感时代崇替而作。最早作《登台赋》者为魏武帝曹操,后文帝游西园,登铜雀台,作《登台赋》,又出巡作《登城赋》。陈思王亦有《登台赋》而所登台亦为铜雀台,云巡行于邺城感怀旧事而作,当已见三曹登台之作,抚今追昔而作。而云《南征赋》之题材早在汉代,班彪有《北征赋》,后魏之王粲有《撰征赋》,徐干有《西征赋》《序征赋》,尤其徐干之作与士龙最为接近。陆云之《寒蝉赋》,蔡邕、班昭、曹植、傅玄、傅咸等人皆有同类赋作,然诵其辞句受曹植之《洛神赋》影响较为明显,而其内容则与傅玄之作最近。

二 二陆赋的异同

(一) 二陆赋纪事异同

赋作本身即具有叙事功能,朱熹《诗集传》:"赋,敷陈其事而直言之者。"① 此虽言《诗经》之手法,后世之赋亦承其特点。六朝时期又是叙事文学发展的高峰时期。一方面,此时文人多有小说创作,如题名曹丕的《列异传》,张华的《博物志》,干宝的《搜神记》,题名陶潜的《搜神后记》等。另一方面,史的创作也异常发达,如陈寿作《三国志》,陆机作《晋纪》,还曾有意作《吴书》,干宝、曹嘉之撰《晋纪》,习凿齿撰《晋阳春秋》,乐资撰《春秋后传》,郭颁撰《晋室世语》,荀绰撰《晋后略记》等,上述诸作皆撰于晋时。叙事文学的繁荣与盛行在客观上促进了赋家对赋的叙事功能的认识,同时,也促进了赋家对赋作中叙事手法的探讨与实践。如《文章流别论》称:"赋者,敷陈之称,古诗之流也。古之作诗者,发乎情,止乎礼义。情之发,因辞以形之;礼义之旨,须事以明之。故有赋焉,所以假象尽辞,敷陈其志。"② "发乎情"是指赋近于诗的方面,故要求"因辞以形之",此即陆士衡所言"体物而浏亮"。"止乎礼义"则多强调教化,近乎文章。故强调"须事以明之",此肯定了赋的叙事功能。又强调:"今之赋,以事形为本,以义正为助。情义为主,则言

---

① (宋)朱熹:《诗集传》,中华书局,1958,第3页。
② 郑奠、谭全基:《古汉语修辞学资料汇编·文章流别论辑佚》,商务印书馆,1980,第64页。

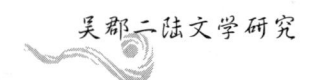

省而文有例矣；事形为本，则言当而辞无常矣……夫假象过大则与类相远，逸辞过壮则与事相违。"赋不宜过于华丽而"与事相违"。《文选序》则直接言"纪一事，咏一物"。因此，我们有必要对二陆赋中的叙事做一番探讨。①

首先，二陆对待纪事的态度。二陆虽皆重视赋作的铺排彩丽，但对待以赋纪事的态度却不大一样。陆云《与兄平原书》云：

> 《二祖颂》甚为高伟……武烈未得有吴，说桓王之事，而云建其孤，恐太祖不得为桓王之孙。（第五书）

陆云指出《二祖颂》（《二祖赋》）中称呼不合史实，孙策其时尚未称帝，故谓"未得有吴"。又云：

> 兄已自作铭，此但颂实事耳，亦谓可如兄意，真说事而已。

"铭"指陆机《吴丞相陆逊铭》，"颂"当指陆云《祖考颂》。此处指出已作"但颂实事""真说事而已"。可见陆云强调对史有其人的赋、颂要合于事实，因此对其兄赋事的夸张提出了质疑。此从二陆作品可以看出。

陆云集中多为实化的纪事之作。《愁霖赋》，其序云：

> 永宁二年夏六月，邺都大霖，旬有奇日，稼穑沉湮，生民愁瘁。时文雅之士，焕然并作。同僚见命，乃作赋。

《登台赋》，序云：

> 永宁中，参大府之佐于邺都，以时事巡行邺宫三台。登高有感，因以言崇替，乃作赋。

《南征赋序》：

> 太安二年秋八月，奸臣羊玄之、皇甫商敢行称乱，〔凌〕逼乘舆，天子蒙尘于外。自秋徂冬，大将军敷命群后，同恤社稷，乃身统三

---

① "赋"与"颂"笔者皆看作赋体。

军，以谋国难。自义声所及，四海之内，朔漠之表，蒸徒赢粮而请奋，胡马款塞而思征。

上述三赋，虽进行了铺排夸张，但所赋皆为实事。而陆机集中却无此类赋作。《思亲赋》《遂志赋》《怀土赋》《行思赋》《思归赋》《愍思赋》《述思赋》《叹逝赋》《大暮赋》等赋皆为抒情赋，无涉实事。《文赋》为论文之作。《瓜赋》写对张华的感激之情，是为实事，但其本质上仍然是咏物赋。《羽扇赋》叙事，但实为虚构。《晋书》载录《豪士赋》，谓其讽齐王冏事，然赋之通篇，皆用影射，并未直接点出。

其次，对待虚构的态度。赋从其源头来看即具有虚构性。一般认为屈原的《离骚》是赋的一个重要源头，但《离骚》中屈原"周流上下""浮游求女"不会有人相信实有其事。后世，贾谊《鵩鸟赋》、司马相如《子虚赋》《上林赋》中的人事亦皆虚构。虚构内容在二陆赋中都有出现。如陆云《登遐颂》《荣启期赞》及《九愍》等都是虚构的内容。陆机的《应嘉赋》《幽人赋》《列仙赋》《凌霄赋》等也都是虚构的。详味二人赋作，还是有许多差异的。陆云赋作多详叙其事，陆机赋作则多略事而抒情。如陆云《荣启期赞》，其序云：

> 荣启期者，周时人也。值衰世之季末，当王道颓凌，遂隐居穷处，遗物求己，泝怀玄妙之门，求意希微之域。天子不得而臣，诸侯不得而友。行年九十，被裘鼓琴而歌，孔子过之，问曰："先生何乐？"答曰："吾乐甚多。天生万物，唯人为贵，吾得为人矣，是一乐也。以男为贵，吾又得为男，是二乐也。或皆不免于襁褓，而吾行年九十，是三乐也。夫贫者，士之常也，死，固命之终也。居常待终，当何忧乎？"孔子听其音，为之三日悲。常被裘带索，行吟于路，曰："吾着裘者何求？带索者何索？"遂放志一丘，灭景榛薮，居真思乐之林，利涉忘忧之沼，以卒其天年。荣华溢世，不足以盈其心；万物兼陈，不足以易其乐。绝景云霄之表，濯志北溟之津，岂非天真至素、体正含和者哉！友人有图其象者，命为之赞。

无论从虚构性还是从故事性的角度来看，这都是一篇颇近于小说味道的序文。"友人有图其象者,命为之赞"说明上述对话并非陆云亲耳所听,只是自己揣摩而来,但却对其进行了颇为生动的记载。其开篇像史书中的传记一样,先介绍人物的身世。"荣启期者,周时人也。"接着记叙其事,而短短的叙事却也写得一波三折。"天子不得而臣,诸侯不得而友。行年九十,被裘鼓琴而歌",本已让人心生疑窦,而又有"孔子过之"让人大惑不解,俗语说"道不同不相与谋",孔子缘何拜访之呢?一叙述对话,让人恍然大悟。原来孔子也是疑惑,所以前来一问,"先生何乐"?一答又让人豁然而解。

《登遐颂》更是如此。全篇写了二十一个神仙。每个神仙都逐一写来,除《孔仲尼》外,篇幅不长,叙事占了很大分量。如《左元放》:

> 刘根登嵩,遗世盘桓。形委服容,口厌琼兰。挹彼呼翕,为尔朝餐。景绝岩穴,光茂云端。

叙述了刘要登嵩山而成仙之事,"形委服容,口厌琼兰"正是刘根成仙时的情形。《左元放》也是如此:

> 生在清纯,放情玄昧。在物渊沉,沂虚攸遂。清酒一壶,百朋具醉。有命集止,乘龙来萃。载见君子,言观其蔚。

"清酒一壶,百朋具醉",乘龙而来,即左元放得道后的传说。

《牛责季友》从体裁来说,陆云此篇当是魏晋俗赋,而我们今天所见"牛责"篇当是残篇,按俗赋的常见体式,应该是车主与牛对白,然后再有牛之责言,而现在只有牛的独白,不合当时体类。其全文如下:

> 天造草昧,万物化淳。类族殊品,莫向乎人。令子履方象以矩地,戴圆规以仪天,该芳灵之疑素,挺协气于皓玄。故神穷来哲,思洞无间。踊翰则愤凌洪波,吐辞则辨解连环。子何不绝渊而跃,照日之光。使颖秀眄谷,景溢扶桑。俯经见龙之辉,仰集天人之堂。虽子之服,既玄而素。今子之滞,年时云暮。而冕不易物,车不改度。子何不使玄貂左弭、华蝉右顾,令牛朝服青轩,夕驾辂辂,望紫微而凤行,践兰涂而安步;而崎岖陇坂,息驾郊牧,玉容含楚,孤牛在疾?

何子崇道与德，而遗贵与富之甚哉！日月逝矣，岁聿其暮。嗟呼季友，盛时可惜！迨良期于风柔，竟悲飙于叶落，陈说言于洪范，图遗形于霄阁，使景绝而音流芬，身荇而荣赫奕。子如不能建功以及时，予请迹于桃林之薄。

从情感上来看，此文与陆云他文的内容是一脉相承的。都是慨叹不能建功及时而年岁徒老。其独特处就在于此文貌似批评实为赞赏，是一种正话反说的寓言。首先牛认为主人有才能："踊翰则愤凌洪波，吐辞则辨解连环。""何子崇道与德，而遗贵与富之甚哉！"有才能有道德，但却一直不能得到重用，"今子之滞，年时云暮。而冕不易物，车不改度。子何不使玄貂左弭、华蝉右顾，令牛朝服青轩，夕驾韬辂，望紫微而风行，践兰涂而安步。"既然不能建及时之功，那么就不如退而归隐。"才德之士不为朝廷所用，连牛也感到愤愤不平。"①

陆机赋，如《幽人赋》：

世有幽人，渔钓乎玄渚。弹云冕以辞世，披霄褐而延伫。是以物外莫得窥其奥，举世不足扬其波，劲秋不能雕其叶，芳春不能发其华。超尘冥以绝绪，岂世网之能加！

"世有幽人，渔钓乎玄渚"的简短叙事，只是后文抒情的一个幌子。其重点在下文，在于表达对"超尘冥以绝绪，岂世网之能加"生活的赞叹。再如《凌霄赋》《列仙赋》也都是借仙人事抒写对现实桎梏的不满。

需要指出的是，陆机赋中《羽扇赋》是一篇较重叙事的赋作。主要在其赋序部分，序文交代了赋作的背景，但背景故事完全是虚构的。据《史记·楚世家》记载，楚襄王时，楚已濒临灭亡，襄王二十一年，秦将白起破楚之郢都，楚襄王退守陈城。当此之时，"昔楚襄王会于章台之上，山西与河右诸侯在焉"的情况只能是空想。不过楚怀王倒曾去过章台。《史记》载："遂与西至咸阳，朝章台，如蕃臣，不与亢礼。"② 楚王之在章台，

---

① 谭家健：《六朝诙谐文述略》，《中国文学研究》2001年第3期。
② （汉）司马迁：《史记》，中华书局，1963，第1728页。

是以"如蕃臣"的身份见的秦王。当然,当时也没有"山西"及"河右"诸侯。陆机写此事有意颠倒事实,并连带上"山西"与"河右"。实际是借虚事以达己意。陆机入洛之后在意识上、风俗上乃至语言上与北方士族的种种差异及遭遇的许多讥笑与讽刺共同促成了陆机的《羽扇赋》。因此在创作动因上,此赋极类后世小说。

(二) 二陆皆重巧构

首先,巧于立意。《文赋》:"其为物也多姿,其为体也屡迁。其会意也尚巧,其遣言也贵妍。暨音声之迭代,若五色之相宜。"如何才能使立意"巧"?《文赋》又云:"或文繁理富,而意不指适。极无两全,尽不可益。立片言而居要,乃一篇之警策。虽众辞之有条,必待兹而效绩。""立片言而居要"是立意巧的重要方法。此与陆云主张文章要有"出语"是一致的。"文繁理富"给人以满目臃肿的感觉,而一旦有秀句居要,则挺拔立出。可以使文章意蕴鲜明,令人深思,动人耳目。正是出于这样的原则,陆机辞赋中多有秀句、出语:

落叶俟微飙以陨,而风之力盖寡;孟尝遭雍门以泣,而琴之感以未。何者?欲陨之叶无所假烈风,将坠之泣不足繁哀响也。

(《豪士赋》)

天步悠长,人道短矣,异途同归,无早晚矣!

(《思亲赋》)

濯下泉于浚涧,沂凯风于卷阿。指千秋以厉响,俟寂寞之来和。

(《应嘉赋》)

观尺景以伤悲,抚寸心而凄恻。

(《述思赋》)

川阅水以成川,水滔滔而日度,世阅人而为世,人冉冉而行暮。人何世而弗新,世何人之能故?

(《叹逝赋》)

适清响以定奏,期要妙于丰金。

(《鼓吹赋》)

陆云句:

飘若行云之浮，泊若穷林之木。

（《逸民赋》）

凄风怆其鸣条兮，落叶翻而洒林。

（《岁莫赋》）

飘如飞焱之遭惊风，眇如轻云之丽太阳。

（《寒蝉赋》）

感崇替之靡常兮，悟废兴而永怀。

（《登台赋》）

二陆赋作通过这些"片言""出句"突出了本来繁复的内容，从而在一定程度上克服了"缀辞尤繁"的毛病。这不同于汉赋末句的"讽"，它常常出现在赋篇的开始，"出句"可以发唱惊人。有时在赋篇的中间，一句"出句"的突然出现，让人耳目一新。总之，"文似看山不喜平""片言居要"可以使赋在铺叙之中出现波澜。

其次，"巧"于句法。机、云兄弟在往来书札中也多次探讨了为文尚"巧"的方法。其书第七札云："《扇赋》腹中愈首尾，发头一而不快，言'乌云龙见'，如有不体。"此一段说了巧为文章的两个方面：一是结构的安排，一是说对句。关于对句，佐藤利行的《西晋文学研究》这样论述：

> 这里说的是"《扇赋》的中间部分比前后部分为佳，文章开头就做了归纳，并不好。所谓'乌云龙见，似不成文'"。此言《扇赋》者盖陆机的《羽扇赋》，其中有"隐九皋以凤鸣，游芳田而龙见"这样的对句。此信所言，大约是上句的"凤鸣"本为"乌云"（"乌"或即"鸟"之误。笔者按，未必是误，或是后改），陆云指出的是做对句不恰当，应予修改。准确地说，"龙"与"鸟"为句之对是不相称的。
>
> 但就陆机的这方面的问题而言，原本不怎么注意。如陆机《文赋》有"或虎变而兽拢，或龙见而鸟澜"的对句。分别从使用"龙"对"虎"，"鸟"对"兽"的句式看，"虎"与"兽"相对则合，"龙"与"鸟"相对，就有不合的感觉了。但陆机并未修改。陆云就完成后的作品的推敲，即使已经行世的作品，为使其作品更加优秀，

做了多方面的加工，陆机《文赋》的这一部分却原封未动。把组合不合理的"龙"和"鸟"组合在一起，陆机并不怎么用心于此吧。①

除"腹中愈首尾"一句外，佐藤先生对陆机对句的理解还是准确的。但陆机不是"不怎么用心于此"，二陆诗文皆以"俪"为特色，沈德潜谓"士衡遂开出俳偶一家"，叶适然《龙性堂诗话初集》云："六朝俳偶，始于士衡。"② 毛先舒《诗辩坻》卷二："机调虽俳，而藻思沉丽。"③ 皆指出士衡用心于对句之处。《文赋》句之所以一直如此，在士衡看来是不成问题的。"腹中愈首尾"一句，"愈"字所指当是"多于"，即陆云指出陆机此赋中间太过繁富，使得首尾不甚协调。我们今之所见《羽扇赋》仅是残篇，至于原文若何，我们实在是无法评论。不管"腹"怎样，仅两句是难说"愈"首尾的。但陆机的别的篇章却有这样的现象。比如《豪士赋》作为"头"的序文多达1036字，而作为"腹"的赋文却仅有192字。因此陆云指出其兄文章之不足，希望其能够改过。

除了对句之外，还有转句。陆云《与兄书》云：

> 仲宣文，如兄言，实得张公力。如子桓书，亦自不乃重之。兄诗多胜其《思亲》耳。《登楼赋》无乃烦《感丘》。其《吊夷齐》，辞不为伟。兄二《吊》自美之。但其《呵二子》小工，正当以此言为高文耳。文中有"于是"、"尔乃"，于转句诚佳，然得不用之益快，有故不如无。又于文句中自可不用之，便少亦常。云四言转句，以四句为佳。

《呵二子》不知所指何篇，今之王粲集中不见。唯其《思亲为潘文则作》中有句云："躬此劳瘁，鞠予小子。小子之生，遭世罔宁。"④ 此诗无"于是""尔乃"之句，但有"转句"，其转句是全文的一部分，不可分割。节录如下：

---

① 〔日〕佐藤利行：《西晋文学研究》，周延良译，中国社会科学出版社，2004，第216页。
② 郭绍虞：《清诗话续编》，上海古籍出版社，1983，第956页。
③ 郭绍虞：《清诗话续编》，上海古籍出版社，1983，第30页。
④ （三国）王粲：《王粲集》，俞绍初校点，中华书局，1980，第3页。

躬此劳瘁，鞠予小子。小子之生，遭世周宁。烈考勤时，从之于征。

加"·"即所谓的转句，陆云使用"羊肠转时""元兵时"或受此启发，自以为新颖，但修改时，一句被其兄改成了"尔乃"，一句干脆被删除。其实，陆云是不主张多用"转句"的。佐藤先生考《文选》所收陆云同时代的作品中的转句情况，潘岳《射雉赋》全篇772字，"于是""尔乃""或乃""亦有""若夫""若乃""此则"等用8次。成公绥《啸赋》由785字组成，用"于是""是故""若乃""故能""若夫"等语7次。并认为，"相比之下，篇幅近同由760字构成的陆云的《岁暮赋》，'夫何'、'于是'只用了一次"。并对比了陆云其他赋篇，得出结论："与汉赋常用于转句的'于是'、'尔乃'等等比，其数亦远为之少。"此即陆云所谓"然得不用之益快，有故不如无"。陆机的文章也是尽量少地使用此类此语，如我们最为熟悉的《文赋》长达1978字，其中，用"于是""若夫""亦虽""是盖""夫""故"等作句首的"转句"，也就13处。《豪士赋》较多，连序文在内1232字，"转句"例多达16处，超出了潘岳之《射雉赋》。《瓜赋》3处，《思亲赋》《感时赋》通篇皆无。总体上看，二陆文中用"转句"的现象远远低于当时赋家。

再次，"巧"于遣词。士衡尚"绮"，刘勰谓："陆（士衡）赋巧而碎乱"①，孙绰云"陆（士衡）文深而芜"②。尚"绮"如何使之"绮"？陆机强调"其遣言也贵妍。暨音声之迭代，若五色之相宣"。又谓："或藻思绮合，清丽千眠。炳若缛绣，凄若繁弦。"具体来说，士衡之赋大量运用修辞格，将精心选择的双声词、叠韵词、拟声词、叠音词等词用心组织，将金、绿、红、黄等色调细心搭配，力求夺人眼目，震人耳鼓，力求使赋文达到神形兼备、声色双绝的效果。如其《瓜赋》一篇：

夫其种族类数，则有括楼、定桃、黄瓠、白传、金文、蜜筩、小青、大班、玄骭、素椀、狸首、虎蹯，东陵出于秦谷，桂髓起于

---

① 黄侃：《文心雕龙札记》：中国人民大学出版社，2004，第214页。
② （刘宋）刘义庆：《世说新语校笺》，徐震堮校笺，中华书局，1984，第144页。

巫山。五色比象，殊形异端，或济貌以表内，或惠心而丑颜，或摅文而抱绿，或披素而怀丹。气洪细而俱芬，体修短而必圆。芳郁烈其充堂，味穷理而不馈。德弘济于饥渴，道殷流而贵贱。若夫濯以寒水，淬以夏凌，越气外敛，温液密凝，体犹握虚，离若剖冰。

此段从多个角度给我们描绘了瓜之美。首先罗列瓜的种类，括楼、定桃、大班、狸首、虎蹯着重指形象，黄瓜扁、白传、金文、小青、玄骬、素椀则侧重于颜色，诸多瓜果形象各异，五色十光。故谓"五色比象，殊形异端"。而瓜之美，不仅在于外，更在于内，"或济貌以表内，或惠心而丑颜，或摅文而抱绿，或披素而怀丹"，此指瓜具兰质惠心。又写其德，"芳郁烈其充堂，味穷理而不食肎。德弘济于饥渴，道殷流而贵贱"。一段短文，瓜之德、形、色、香、味悉数铺排，词汇异常丰富，皆给人以美的享受。比喻、排比、通感种种手法纷至沓来，让人目不暇接。而"秦谷""巫山"云云，正是赋家之常见手段。再如其他赋篇也是如此，如比喻：

> 暨音声之迭代，若五色之相宣。
> 藏若景灭，行犹响起。
> 志往神留，兀若枯木，豁若涸流。
> 《文赋》

> 形微独茧之绪，逝若垂天之电。
> 《漏刻赋》

> 若层台高观，重楼叠阁。或如钟首之郁律，乍似塞门之寥廓。若灵园之列树，攒宝耀之炳粲。金柯分，玉叶散，绿翘明，岩英焕。龙逸蛟起，熊厉虎战。鸾翔凤骞，鸿惊鹤奋。鲸鲵沂波，鲛鳄冲遁。若柜芑扬芒，嘉谷垂颖，朱丝乱纪，罗袿失领。飞仙凌虚，随风游聘。有若芙蓉群披，薜华总会，车渠绕理，玛瑙缛文。
> 《浮云赋》

拟人：

> 挥清波以濯羽，藏绿叶而弄音。
> 《行思赋》

> 罗万根以下洞，矫千条而上征。
>
> 《桑赋》

尤其值得注意的是"通感"修辞方法的运用。《瓜赋》："气洪细而俱芬，体修短而必圆。芳郁烈其充堂，味穷理而不馏。"气息本是可嗅不可见的，味则可尝而难以与"理"连在一起。此处作者调动多种感觉来描绘瓜之美。《文赋》中更是大量使用"通感"这种修辞手法来表达自己的文学观点。这在陆机之前很难见到。如"铭博约而温润"，"温润"本来是触觉，陆机用来写对"铭"这种文体的观感。"志往神留，兀若枯木，豁若涸流"，此虽是比喻，亦为通感。赋家把思想的抽象通之于视觉具象。"或奔放以谐合，务嘈囋而妖冶。徒悦目而偶俗，固声高而曲下。""嘈囋"是音，"妖冶"为形，音可耳闻，形可目视，但作者皆用此来形容文辞。这将闻听音声的愉悦与阅读文辞的感触全融在了一起。

色调搭配方面。陆机喜欢将色调比较突出地搭配在一起，如红、黄、绿、紫等色彩。

> 红蕊发而菡萏，金翅援而合葩。
> 雄虹矫而垂天，翠鸟轩而扶日。
>
> 《白云赋》
>
> 体艳众木，黄中爽理，滋荣烦缛。绿叶兴而盈尺，崇条蔓而层寻。
>
> 《桑赋》
>
> 金柯分，玉叶散，绿翘明，岩英焕。
>
> 《浮云赋》
>
> 则有括楼、定桃、黄瓤、白传、金文、蜜筩、小青、大班、玄骭、素椀、狸首、虎蹯。
> 或摅文而抱绿，或披素而怀丹。
>
> 《瓜赋》

再就是声音。士衡常常把一些让人心生哀楚的声音放在一起，以达到激荡人心的效果。嵇康《琴赋》有言："赋其声音，则以悲哀为主；

美其感化，则以垂涕为贵，丽则丽矣，然未尽理也。"① 以悲为美，也是陆机的文学主张，其《文赋》云："或寄辞于瘁音，言徒靡而弗华。"他反对"虽和而不悲"。故其赋之音声常以悲戚为主：

> 鸣枯条之泠泠，飞落叶之漠漠。
> 猿长啸于林杪，鸟高鸣于云端。
> 　　　　　　　　　　　　　　　《感时赋》
> 风霏霏而入室，响泠泠而愁予。
> 　　　　　　　　　　　　　　　《思归赋》
> 云承宇兮蔼蔼，风入室兮泠泠。
> 马顿迹而增鸣，士噞懯而沾襟。
> 　　　　　　　　　　　　　　　《鼓吹赋》

他总是试图"饰声成文，雕音作蔚"（《白云赋》），从而构筑起自己宏富华丽的篇章特点。

陆云作赋也尚巧构。《寒蝉赋》也是一篇咏物赋。此赋的特殊之处在于，从序开始，已经使用赋法，序本身即是赋的一部分。其序及赋文如下：

> 昔人称鸡有五德，而作者赋焉。至于寒蝉，才齐其美，独未之思，而莫斯述。夫头上有緌，则其文也。含气饮露，则其清也。黍稷不食，则其廉也。处不巢居，则其俭也。应候守节，即其信也。加冠冕，取其容也。君子则其操，可以事君，可以立身，岂非至德之虫哉！且攀木寒鸣，贫才所叹。余昔侨处，切有感焉，兴赋云尔。
>
> 伊寒蝉之感运，近嘉时以游征。含二仪之和气，禀干元之清灵。体贞精之淑质，吐口争口莹之哀声。希庆云以优游，遁太阴以自宁。
>
> 于是灵岳幽峻，长林参差。爰蝉集止，轻羽涉池。清澈微激，德音孔嘉。承南风以轩景，附高松之二华。黍稷惟馨而匪享，竦身希阳

---

① （明）张溥：《汉魏六朝百三家集》，台北河洛图书出版社，1964，第1353页。

乎灵和。

嗖乎其音，翩乎其翔，容丽蜩螗，声美宫商。飙如飞焱之遭惊风，眇如轻云之丽太阳。华灵凤之羽仪，睹皇都乎上京。跨天路于万里，岂苍蝇之寻常？

尔乃振修緌以表首，舒轻翅以迅翰。挹朝华之坠露，含烟煴以夕餐。望北林以鸾飞，集樛木以龙蟠。彰渊信于严时，禀清诚乎自然。

翩眇微妙，绵蛮其形；翔林附木，一枝不盈。岂黄鸟之敢希，唯鸿毛其犹轻，凭绿叶之余光，哀秋华之方零。思凤居以翘竦，仰伫立而哀鸣。

若夫岁聿云暮，上天其凉，感运悲声，贫士含伤；或歌我行永久，或咏之子无裳。原思叹于蓬室，孤竹吟于首阳。

不衔子以秽身，不勤身以营巢。志高于鸤鸠，节妙乎鸲鹆。附枯枝以永处，何琼林之迴儵，惟雨雪之霏霏，哀北风之飘？

既乃雕以金采，图我嘉容。珍景曜烂，晖晔华丰，奇佲黼黻，艳比袞龙。清和明洁，群动希踪。尔乃缀以玄冕，增成首饰，缨蕤翩纷，九流容翼。映华虫于朱袞，表馨香乎明德。

于是公侯常伯，乃纡紫黻，执龙渊，俯鸣佩玉，仰抚貂蝉。饰黄庐之多士，光帝皇之待人。既腾仪像于云闳，望景曜乎通天。迈休声之五德，岂鸣鸡之独珍。聊振思于翰藻，阐令问以长存。

于是贫居之士，喟尔相与而俱叹曰：寒蝉哀鸣，其声也悲。四时云暮，临河徘徊。感北门之忧殷，叹卒岁之无衣。望泰清之巍峨，思希光而无阶。简嘉踪于皇心，冠神景乎紫微。咏清风以慷慨，发哀歌以慰怀。

陆云以赋自负，此篇确见工巧。序文之中士龙用六个排比句，"夫头上有緌，则其文也。含气饮露，则其清也。黍稷不食，则其廉也。处不巢居，则其俭也。应候守节，即其信也。加冠冕，取其容也。"文、清、廉、俭、信、容六德积聚，确是"至德"之虫！此不同于蔡邕哀叹寒蝉命短。不同于班昭，谓蝉独凌高木，"吸清露于丹园，抗乔枝而理翮"，主要是抒写高处不胜寒的感受。亦不同于曹植，言蝉屡遭困厄借以抒写自身的处境及遭际。陆云所颂更具有普遍性，是贫德之士"不平则鸣"的典型。此为立意之巧。此篇以序开篇，为全篇定下基调，接着铺叙寒蝉之德、之美、之声、之志,做足与贫士为一体的描绘,结尾段云"于是贫居之士,喟尔相与而俱叹曰"重申蝉音声之悲,"感北门之忧殷,叹卒岁之无衣",又回应开头。此为章法之巧。全诗以蝉拟人,人有六德六蔽,而蝉有六德。贫才所叹,寒蝉攀木而鸣。另有"岁聿云暮,上天其凉,感运悲声,贫士含伤","或歌我行永久,或咏之子无裳","望泰清之巍峨,思希光而无阶。简嘉踪于皇心,冠神景乎紫微。咏清风以慷慨,发哀歌以慰怀",皆是拟人句法。蝉即是人,咏蝉实咏人。比喻更见精巧。如写寒蝉之鸣"原思叹于蓬室,孤竹吟于首阳",如屈原之叹,如夷、齐之苦吟。又善比喻,写蝉轻灵,"岂黄鸟之敢希,唯鸿毛其犹轻,凭绿叶之余光,哀秋华之方零"、"飙如飞焱之遭惊风"。写蝉美貌,"眇如轻云之丽太阳"。又用排比,"振修绥以表首,舒轻翅以迅翰。挹朝华之坠露,含烟煴以夕餐。望北林以鸾飞,集樱木以龙蟠"。此为遣词之巧。

陆云之赋亦尚丽巧,此为不易之论。但陆云又屡言"清省",故其有意克服其兄"绮语颇多"的毛病。所以,陆云赋相对于陆机则没有太多的枝蔓,没有太多华丽浓重的辞藻与色彩。其色彩的选择也以清幽高远为主调。

三 二陆赋的诗化倾向

赋的诗化是汉末以来辞赋发展的大趋势。徐公持先生在其《诗的赋化与赋的诗化——两汉魏晋诗赋关系之寻踪》一文中指出:"时至汉末,文坛风尚大变。赋不但失去了好大喜功的统治者的支撑,普通读者对于铺天盖地的辞藻攻势也难以保持长久的兴趣。与此同时,文人们从'文温以丽,意悲而远'的审美新境界中得到启悟,开始重视那种不讲求辞藻的铺排张扬,也不强调物态的刻意描摹的清新、自然、含蓄、精炼的风格,'一字千金'的风格,它与四百年中厚积而成的赋的风格大异其趣。"并云:"同赋相对而言,诗的优势方面一为精炼性,二为抒情性,三为韵律化。辞赋如能吸取这些优势,便更能贴近社会生活,更能摇荡人的性情,更加平民化。"[①] 二陆之赋正是此一趋势的体现。

---

① 徐公持:《诗的赋化与赋的诗化——两汉魏晋诗赋关系之寻踪》,《文学遗产》1992年第2期。

（一）精炼化

许结《体物浏亮——赋的形成与拓展研究》一书描绘了汉大赋之后赋的发展途径，他认为"赋史往两个路向演进"：一是由汉赋凝定的"宏衍博丽"之类型化、图案化之大赋的继续。二是随着汉代"大"文化的解体，汉大赋的"格式塔"也随之解构，发展起来了另一种形式的"小赋"，并认为这些小赋实际上是在汉大赋裂变过程中，"由汉大赋包罗万象、总揽物态的大题目中裂变出无数小题目"。像"地理""观涛""情感""悼亡"皆是大赋之一端。当然这种"裂变"绝非是截然分开的，小赋之中仍然运用了大赋的手法，大赋之中也会有小赋的某一特点。① 晋左思《三都赋》即许氏所言的第一"路向"的代表。陆机、陆云则是其第二"路向"的代表。以此观照，二陆之赋基本上属于"小赋"②。具体而论，二陆赋可分为两类。其一是体物赋，即以自然事物为主要观照对象。如陆云《愁霖赋》《喜霁赋》，以自然界的阴雨晴好为内容。《寒蝉赋》借赋蝉以抒情。陆机之《桑赋》《鳖赋》《云赋》《浮云赋》《果赋》《灵龟赋》《鳯赋》皆以自然事物为对象。《羽扇赋》是一篇寓言性质的赋作，从今存赋作来看，全赋主要是序篇，赋文仅存十二句，且不连贯，当有所残缺。赋体本身亦是咏物之篇。其二是抒情赋，二陆这一类赋作也不在少数。《陆机集》中此类赋作最多。《遂志赋》虽名"遂志"实写自己志不获骋的感伤，写自己不能重振家族宏业的愧疚。《感时赋》借四时更迭，感生命流逝。《思亲赋》《怀土赋》《行思赋》《思归赋》《述思赋》《叹逝赋》等赋则是以抒写思乡念家之情为主要内容。《应嘉赋》《幽人赋》《列僊赋》《凌霄赋》等赋，虽类于游仙赋，但其内容以抒情为主，主要抒写自己对生命自由的渴望。《大暮赋》《感丘赋》更是体认人命短促，造化无情的作品，《大暮赋》表面上说"死而有知乎，安知其不如生？如遂无知耶，又何生之足恋"？其实正是大悲之后的语言。《感丘赋》故作达观之语，实际上文章充溢着对生的渴望，对死的悲伤。陆云赋作也是以此类赋作占优势，《逸民赋》《九愍》《岁暮赋》《登台赋》皆是抒情赋。《逸民赋》借铺写逸民生

---

① 许结：《体物浏亮——赋的形成与拓展研究》，辽海出版社，2001，第 92~110 页。
② 《文赋》乃以"赋"论文之特例，陆机之外更无第二，故无法归之为某类。

活环境表达了自己对自由隐逸生活的向往,"瞻洪崖兮清辉,纷容与兮云际。欲凌霄兮从之,恨穹天兮未泰。咏欢友兮清唱,和尔音兮此世"。《岁暮赋》"感万物之既改,瞻天地而伤怀"。《登台赋》"感崇替之靡常兮,悟废兴而永环",也都是以抒写自己对生命的体认与感触为主要内容。《九愍》是拟《九章》之作,而其中的"怀故都""悲旧邦""眷南云""蒙东雨"未尝不含有对故国的眷恋,对家国败亡的感伤。

上述这些赋作与两汉大赋比较起来,内容充分浓缩了。陆云诸赋较长,《逸民赋》747 字、《逸民箴》428 字、《岁暮赋》875 字、《登台赋》671 字,《九愍》比较特别,因它是由九篇赋作合在一起的,实际上不能算作一篇。如分篇来算,《涉江》最长 362 字,其他皆不足 300 字。陆机的赋作则短,除《文赋》外,其他赋作多在 300 字以内,以 200 字左右的最多。如《豪士赋》190 字、《瓜赋》336 字、《思亲赋》160 字、《遂志赋》312 字、《怀土赋》196 字、《行思赋》196 字,考虑到散佚问题,这些赋作大体在 500 字以下。字数与陆云最长的诗《答兄平原诗》已经没有什么差别了。诗与赋在字数多寡上的区隔已经不见了。此是二陆赋的诗化第一个明显的特征。

(二) 抒情化

此在前文的统计中已经看到,二陆文集中抒情赋多于体物赋。实际上,我们可以说,除《文赋》外,二陆赋作全为抒情赋。陆机的《叹逝赋》《思亲赋》《怀土赋》《行思赋》《思归赋》《述思赋》等赋作,陆云的《逸民赋》《逸民箴》《九愍》《岁暮赋》《登台赋》等赋作,自不必说。考察一下二陆其他几篇赋。关于《豪士赋》,《晋书·陆机传》载:"冏既矜功自伐,受爵不让,机恶之,作《豪士赋》以刺焉。"这是一篇政论性很强的赋作。然其亦是一篇以抒情为主体的文章,其序云:"落叶俟微风以陨,而风之力盖寡;孟尝遭雍门以泣,而琴之感以末。何者?欲陨之叶无所假烈风,将坠之泣不足繁哀响也。"赋又云:"伊天道之刚健,犹时至而必保。日冈中而弗昃,月何盈而不阙。""挤为山以自陨,叹祸至于何及",天道刚健,人命危浅的感叹又一次出现在陆机的赋中。《桑赋》与《皇太子赐燕》《皇太子宴玄圃宣猷堂有令赋诗》在内容上是比较接近的。不同的是前者借咏桑来歌颂司马氏王朝,而后者则直接歌颂当朝太子。在观感上，前篇赋更具有诗味。《羽扇赋》散佚太多，且所剩句子也不连贯，我们不去讨论，但其借赋羽扇以回应北人轻蔑则是明显的。《瓜赋》以赋瓜来写对张华的感戴之情。《浮云赋》与《白云赋》疑本为一篇，其赋写云之变幻，影射了世事倏忽，崇替无常。《鳖赋》"总美恶而兼融，播万族乎一区"。《漏刻赋》"考计历之潜虑，测日月之幽情"。这些赋的情感虽不如前面的抒情赋那样强烈，但其书写了体物言情的内容则是可以肯定的。

至于陆云的两篇体物赋就更具抒情特点了。如《愁霖赋》：

> 愁情沉疾，明发哀吟，永言有怀，感物伤心。结南枝之旧思兮，咏庄舄之遗音，羡弁彼之归飞兮，寄予思乎江阴。渺天末以流目兮，涕潺湲而沾襟。
>
> 何人生之倏忽，痛存亡之无期！方千岁于天壤兮，吾固已陋夫灵龟。刿百年之促节兮，又莫登乎期颐。哀戚容之易感兮，悲欢颜之难怡。考伤怀于众苦兮，愁岂霖之足悲。

这已经不是一般的情，而是一种大喜大悲的情感抒写。由愁霖而生"寄予思乎江阴"的乡愁，又由乡思而感"何人生之倏忽，痛存亡之无期"的生命之叹，以至愁岂霖之足悲，实是乡愁使然。《喜霁赋》也是如此。再则，此二篇从题目上即已明确了其"愁"与"喜"的情感。故此二篇亦为抒情赋。《寒蝉赋》已如前叙，实亦为抒情之作。

相对来说，二陆赋中的"情"明显要比诗中的"情"更为强烈。如陆机的《叹逝赋》，这是其赋中的名篇，序中云："昔每闻长老追计平生同时亲故，或凋落已尽，或仅有存者。余年方四十，而懿亲戚属亡多存寡，昵交密友亦不半在。或所曾共游一途，同宴一室，十年之内，索然已尽。以是思哀，哀可知矣。"陆机此时已经历过一次生死，年方四十而大功未建，本已让诗人焦虑，然世事混乱，前途难测，蓦然回首，亲朋密友，"索然已尽"，此处的"哀"道出的已不仅仅是对个人身世的感伤，更寄寓了对时世的哀叹，是一种普遍的人生之哀，一种积聚于心的生命悲情。如其赋云："悲夫，川阅水以成川，水滔滔而日度，世阅人而为世，人冉冉而行暮。人何世而弗新，世何人之能故？野每春其必华，草无朝而遗露。经终古而常然，率品物其如素。譬日及之在条，恒虽尽而不瘁。虽不瘁而可悲。心惆焉而自伤。亮造化之若兹，吾安取夫久长！”从诗歌灵感的获致与诗歌意象的设置来看，陆机的这些句子包含了儒家对生命时间与存在本质的深层领悟。对“川”“水”“人”的理解，名篇很多。例如，有“百川东到海，何时复西归”的困惑，更有“抽刀断水水更流，举杯消愁愁更愁”的迷惑与不安。陆机的赋里充满了焦虑与恐惧。其“焦虑”在于功名未建，其“恐惧”在于生死莫测。这种巨大的哀感，时时侵袭着诗人。以此观照陆机之赋，我们才能理解诗人的如海之愁。

陆云《与兄平原书》云：“省《述思赋》，流深情至言，实为清妙。”又云：“唯兄亦怒其无遗情而不自尽耳。”“情言深至，《述思》自难希，每忆常侍自论文，为当复自力耳。”“情言深至”“深情至言”正是陆云辞赋的追求目标。《岁暮赋》是其具有代表性的抒情赋，其赋云：“寒与暑其代谢兮，年冉冉其将老。丰颜晔而朝荣兮，玄发粲其夕皓。感芳华之志学兮，悲时暮而难考。”少志于学，满腹的学问用于何处呢？日月速逝，岁聿云暮，转瞬间人已将老，面对茫茫宇宙，变化不息，而人生有终，年华易逝，又兼姑、姊见背，衔痛万里，让人备觉伤心。这里郁结的是一种浓厚的生死情绪，日月、年华的递增带给人的是无限的忧恐与感伤。“感旧物之咸存兮，悲昔人之云亡。凭虚槛而远想兮，审历命于斯堂。”（《登台赋》）同样是表达在朝代兴替、世事变迁下，人的生命却只能线性发展，完全无回返之可能性。

如果说二陆赋与诗中情的区别的话，赋中之情是一种排山倒海之情，而诗则相对舒缓，是一种稍作约束的情。

（三）韵律化

余恕诚先生在说明作赋限韵的历史时曾言：“建安的历史年代尚早，同题之赋中间的联系和比较对照，往往还只限于内容，可算是同赋而不同韵或和意而不和韵的类型。齐梁时期则更注重形式技巧的追求。君主和诸王周围聚集的文人，一起同题共赋或以赋进行唱和活动，彼此不仅在内容上有联系，同时也有用韵上的讲求，逞露才艺或争胜较量的意识更强了。如陆倕《感知己赋赠任昉》（《全梁文》卷五二）、任昉

《答陆倕感知己赋》（《全梁文》卷四一），内容上彼此唱和意识很强，两赋的押韵有六个韵脚字、两个韵类相同。梁简文帝与庾信《对烛赋》皆32句，押韵上的追求更显突出。"① 先生此段文字没有说两晋时期，但从南朝君臣作赋限韵的情况来看，至梁作赋用韵已不能以简单的押韵来看待了，而是用韵比较严格。以此上推至两晋，小赋用韵已普遍成形。

本节旨在说明二陆赋作多数用韵，无意于逐一考察二陆诗文的韵律发展，故只将二陆几篇主要赋作的用韵情况大致列如下。

陆机赋：

《白云赋》：麻韵：差、霞、葩。鱼韵：序、处、举、伫。模鱼韵：舒、居、初、污。虞侯尤韵：浮、扶、娄。

《浮云赋》：泰微齐韵：迈、霈、外、气、庆。真文韵：文、麟。文谆韵：奋、遁。铎韵：阁、廓。清青韵：颖、领、骋、形、并。

《凌霄赋》鱼脂灰韵：沮、予、轨、阻、旅、悔、序、举、与。

《述先赋》：鱼虞韵：于、所。唐阳韵：纲、亡。

《感丘赋》：歌戈韵：河、过。侯尤韵：丘、浮、畴、修、区。

《感时赋》：鱼韵：楚、予。铎韵：索、幕、落、霍、作、漠、涸、廓。

《应嘉赋》：歌戈麻韵：遐、波、娑、罗、歌、阿、和、过。鱼韵：语、予。

《叹逝赋》：模韵：度、暮、故、露、素、窭。豪肴宵韵：造、表、早、搅、草、道、宝、老。唐阳韵：伤、长、丧、荒、芒。铎陌韵：诈、索、百、宅、客。

《大暮赋》：祭齐韵：櫜、翳、惠、誓、敝、逝。侵韵：林、音。唐阳韵：长、丧、量、亡。

《思亲赋》：微韵：晖、微。清韵：营、诚、清。

《述思赋》：唐阳韵：忘、藏、方。

---

① 余恕诚：《唐代律赋与诗歌在押韵方面的相互影响》，《江淮论坛》2003年第4期。

《思归赋》：脂微灰韵：推、衣、悲湄。

《遂志赋》：真文韵：坟、震、陈、邻、神、震。

陆云赋：

《岁暮赋》：歌麻韵：寡、我、假、可。模麻韵：路、步、度、夜、暮、露、素。豪宵韵：道、绍、表、天、矫。侵韵：心、林、音、襟。

《寒蝉赋》：戈麻韵：嘉、华。支哈灰皆韵：悲、徊、衣阶、微、怀、肴。宵韵：巢、鹊、条、真、魂。先韵：人、天、珍、存。阳韵：凉、伤、裳、阳。阳庚韵：翔、商、阳、京、常。

《盛德颂》：戈麻韵：遐、华、嘉。模韵：土、怒。虞侯韵：后、宇。祭齐韵：制、誓、艺、替。铎昔韵：昔、壑、泽。

《喜霁赋》：戈麻韵：波、峨、歌、沙、和、华、多。尤韵：道、秋、流、留、忧、游、洲。侵覃韵：南、阴、岑、林、歆。阳韵：祥、梁、箱、阳。铎昔韵：怿、作、石、霍、阁、奕。

《南征赋》：戈麻韵：波、哗、和、罗、遐、霞、华。侵韵：深、沈、荫、心、音、林。阳韵：将、亮、壮、唱。唐阳韵：广、响、荡、朗、漭。蒸韵：兴、承、升、澄、乘、应、凌、陵。

《逸民赋》：戈麻韵：可、寡、野、我、贾、祸、雅。支哈灰皆韵：牺、羁、阶、摧、哀、为。尤韵：丘、求、游、流。侵韵：深、阴、吟、林、音、琴、岑、簪。质韵：一、逸、质、室。

《鼓吹赋》：脂微祭泰韵：器、蔚、缀、类、最。侵韵：吟、临、音、沈、襟。清青韵：垧、城、荣。

《登台赋》：脂灰韵：遂、坠、眛、锐、第、类、蔚、篑。宵萧韵：寮、翘、苕、遥、飙、霄、条。质脂韵：閟、一、日、室、质。阳韵：芒、房、籍、凉、翔、方。

《愁霖赋》：质锡韵：激、质、室、疾、溢。清青韵：省、景、胫、靖、永、领。

上述用韵情况，虽不全面，但昭示着陆机、陆云把作诗之用韵手法用在了赋的创作中。

四 二陆文的异同

纪昀等《四库全书总目提要·陆云集提要》:"云与兄机齐名,时称'二陆'。史谓其文章不及机,而持论过之。今观集中诸启,其执辞谏诤,陈议鲠切,诚近于古之遗直。至其文藻丽密,词旨深雅,与机亦相上下。"① 二人相同之处有二:一曰丽;二曰密。二人相异之处也有二:其一,陆机之文宏伟壮阔,非大才而不能及;其二,陆机之文情重,非执着于心者而不能至。

(一) 二陆之同

"丽""密"二语与其诗、赋大体相当,亦如前论,虽不尽同,差异不大。故有葛洪所谓观二陆之文有如"悬圃积玉"云云。

二陆之同处,首先是"丽"。

陈柱《中国散文史》②"骈文极盛时代之散文"一章,将二陆及潘岳并划"藻丽派之散文"亦可证其前之结论。其实,"西汉人散文概用单行之语,不杂骈俪之词;至东京以后,文人往往以单文运偶语,成为奇偶相生之势。至建安之世,七子撰述,悉以排偶易单行,即非有韵之文,亦用偶文之体。这可算是散文骈偶化的趋势。所以当时有所作论文,如曹冏《六代论》、韦昭《博弈论》、嵇康《养生论》、李康《运命论》、陆机《辨亡论》、陆云《五等论》,体近于辞赋"③。《辨亡》《五等》皆是丽文之典型,如《辨亡论》见于《晋书·陆机传》:"年二十而吴灭,退居旧里,闭门勤学,积有十年。以孙氏在吴,而祖父世为将相,有大勋于江表,深慨孙皓举而弃之,乃论权所以得,皓所以亡,又欲述其祖父功业,遂作《辩亡论》二篇。"④ 此文为总结历史兴亡之文,但又"非一般总结兴亡的历史经验之文"⑤,其写作动机是不单纯的,侧重点更在于述其父祖之功,

---

① (清)纪昀:《四库全书总目提要》,中华书局,1965,第1273页。
② 陈柱:《中国散文史》,东方出版社,1996,第168页。陈柱先生认为《五等论》为陆云所作,不知何据,今本陆机集悉录该文。
③ 陈忠凡:《汉魏文学史》,《中国大文学史》,上海书店,2001,第190页。
④ (唐)房玄龄:《晋书》,中华书局,1974,第1467页。
⑤ 郭预衡:《中国散文史》(上),上海古籍出版社,1986,第430页。

故其行文多有夸饰。上篇言吴之所以得,有写三国之争的文字:

> 魏氏尝藉战胜之威,率百万之师,浮邓塞之舟,下汉阴之众,羽楫万计,龙跃顺流,锐骑千旅,虎步原隰,谋臣盈室,武将连衡,喟然有吞江浒之志,壹宇宙之气。而周瑜驱我偏师,黜之赤壁,丧旗乱辙,仅而获免,收迹远遁。汉王亦凭帝王之号,帅巴、汉之民,乘危骋变,结垒千里,志报关羽之败,图收湘西之地。而我陆公亦挫之西陵,覆师败绩,困而后济,绝命永安。续以濡须之寇,临川摧锐;蓬笼之战,孑轮不反。由是二邦之将,丧气挫锋,势衄财匮,而吴莞然坐乘其弊,故魏人请好,汉氏乞盟,遂跻天号,鼎峙而立。西界庸、益之郊,北裂淮、汉之涘,东苞百越之地,南括群蛮之表。

写魏吴之战,极写魏氏之强,"战胜之威""百万之师""邓塞之舟""汉阴之众",连用两组排比句,突出魏师之强大,气势之高傲,"喟然有吞江浒之志,壹宇宙之气"。然而,仅用一句"周瑜驱我偏师,黜之赤壁",便见其"丧旗乱辙,仅而获免,收迹远遁"。写吴蜀之战,又是用大的篇幅写蜀军之强,亦用"我陆公亦挫之西陵",即见汉氏"覆师败绩,困而后济,绝命永安"。这是一种叙述上的夸张,通过用句多寡的偏差,强调结果之令人震惊,给人以"谈笑间樯橹灰飞烟灭"的感觉。而上引结尾部分,"西界庸、益之郊,北裂淮、汉之涘,东苞百越之地,南括群蛮之表"。西、北、南三方或可谓吴之强,而东又何据?拟汉人辞赋,却显生硬,此见士衡有意为丽之用心。其末段云:

> 景皇聿兴,虔修遗宪,政无大阙,守文之良主也。降及归命之初,典刑未灭,故老犹存。大司马陆公以文武熙朝,左丞相陆凯以謇谔尽规,而施绩、范慎以威重显,丁奉、离斐以武毅称,孟宗、丁固之徒为公卿,楼玄、贺邵之属掌机事,元首虽病,股肱犹存。爰及末叶,群公既丧,然后黔首有瓦解之志,皇家有土崩之衅,历命应化而微,王师蹑运而发,卒散于阵,民奔于邑,城池无藩篱之固,山川无沟阜之势,非有工输云梯之械,智伯灌激之害,楚子筑室之围,燕人济西之队,军未浃辰而社稷夷矣。虽忠臣孤愤,烈士死节,将奚救哉!

"这篇文章道理讲得相当透辟，文辞也相当壮丽。虽用语多骈，而骈散不拘，抑扬变化，气势有余。不仅言之成理，而且很带感情。"① "用语多骈"正是士衡文章的共同之处，以上文为例，全段 32 句，首句以散文叙出，26 句用偶，排比之密，令人赞叹。"典刑未灭，故老犹存"，"大司马陆公以文武熙朝，左丞相陆凯以謇谔尽规"，"元首虽病，股肱犹存"，"黔首有瓦解之志，皇家有土崩之衅"，给人以大气磅礴的感觉。确有"上承《过秦论》，下开《哀江南赋》"之地位。

陆云散文也是以"丽"见长，以其上吴王启的《王即位未见宾客群臣又来讲启》为例：

> 臣闻崇山之高，不厌其峻；沧海之量，无限于广。是以周公一日万事，犹复旁观百篇；孔子假期玩年，至于韦编三绝。由是言之，虽圣之弘，亦不能不求之于学也。伏惟殿下明德光邵，天资秀朗，方当光演文武，允迪皇猷，如复垂精古今之奥，仰览千载之籍，则神道叡知，无物不照。且师友文学，朝选于众，以德来教，虽丰禄崇礼，已隆其人。而先王之道，未简圣听。在位累载，官废其职，每听其言，亦怀慷慨。臣以可于良日，就讲经学，先阐大道，永播芳风。愚臣区区，敢献瞽言。

这本为实用性文体，以讲理为特色，理透则文达。文章开篇即显出其"丽"的一面。"崇山之高，不厌其峻；沧海之量，无限于广"，对偶、比喻，又兼《诗经》之"兴"的手法。"周公一日万事，犹复旁观百篇；孔子假期玩年，至于韦编三绝"，用偶。"明德光邵，天资秀朗，方当光演文武，允迪皇猷，如复垂精古今之奥，仰览千载之籍，则神道叡知，无物不照"，则赋而偶。下"师友"两句，又以长句为偶句。"先阐大道，永播芳风"，比而偶。偶丽之辞遍见于篇中，这表明陆云写文章时刻追求"丽"，以"丽"为正宗。这篇文章"丽"而有情，"丽"而有理，纪昀说："观集中诸启，其执辞谏净，陈议鲠切，诚近于古之遗直。至其文藻丽密，词旨深雅，与机亦相上下。"其所指或在于此。

---

① 郭预衡：《中国散文史》，上海古籍出版社，1986，第 431 页。

其次是"密"。"密"这里是指用象之密，音步之密。散文本少用意象，少有音步。但是，西晋时文人，文章赋化、诗化现象比较普遍。故，其为文之时，多用诗语，多造意象。陆云书信留存颇多，有其兄弟之间的家书，也有与其他人的书信往来，有意思的是他的家书几乎全是散文，而与其他人的书信往来则以韵文为主。如《与张光禄书》其一：

> 长幼之序，人伦大司。季世多难，失敬在昔。敢希令典，求思自迈。谨奏下敬，以藉虔款。

其二：

> 顾令文彦先每宣隆眷弥泰之惠。怀德惟惭，守以反侧。既晞仁风，委心自昵。加与沛君分同骨肉。凭赖之怀，疑心如结。

《与严宛陵书》：

> 少长之序，礼之大司。晚节陵替，旧章残弃。瞻言令典，既慕钦承。仰凭高风，实副邦民。谨奏下敬，以藉虔款。思复未远，庶免悔吝。

四言短句，语言节奏明快，诵读流畅，其用意非常明显，即兄弟之间无须表现才华，而在他人面前必须展示过人的才华。

再如《答车茂安书》，是一篇骈散结合的散文：

> 遏长川以为陂，燔茂草以为田，火耕水种，不烦人力。决泄任意，高下在心，举钣成云，下钣成雨，既浸既润，随时代序也。官无逋滞之谷，民无饥乏之虑，衣食常充，仓库恒实。荣辱既明，礼节甚备，为君甚简，为民亦易。季冬之月，牧既毕，严霜陨而兼葭萎，林乌祭而蔚罗设，因民所欲，顺时游猎。结罝绕堭，密网弥山，放鹰走犬，弓弩乱发，鸟不得飞，狩不得逸。真光赫之观，盘戏之至乐也。若乃断遏海浦，隔截曲隈，随潮进退，采蟒捕鱼，鳣鲔赤尾，锯齿比目，不可纪名。绘鳐鰒，炙蠇鳞鲛，烝石首，脠鲨鳘，真东海之俊味，

肴膳之至妙也。及其蟒蛤之属，目所希见，耳所不闻，品类数百，难可尽言也。

这段文字是书信的主体，从语音的角度看，皆是短语、整句。而从意象的角度看，其取象亦甚为繁密。如其写鄞县物产之丰富，以设网狩猎及下海捕鱼为例，其写捕鱼连续列举了许多鱼类，"采蟒捕鱼，鳣鲔赤尾，锯齿比目，不可纪名。绘鳎鳆，炙鳖鲶鳅，烝石首，腥**鲨鲎**"。我们似乎见到群鱼乱跳的场面，其所列举，带着对故乡风物的深深爱意。诵其文时，有目不够用、心不得思、促密逼人之感，还明显感觉到诗人的自豪甚至是自恋。

我们再看陆机的文章，追求排比、铺叙的现象也很明显。如《五等诸侯论》：

> 西京病于东帝。是盖过正之灾，而非建侯之累也。然吕氏之难，朝士外顾；宋昌策汉，必称诸侯。逮至中叶，忌其失节，割削宗子，有名无实，天下旷然，复袭亡秦之轨矣。是以五侯作威，不忌万邦；新都袭汉，易于拾遗也。光武中兴，纂隆皇统，而犹遵覆车之遗辙，养丧家之宿疾，仅及数世，奸轨充斥。辛有强臣专朝，则天下风靡，一夫纵横，则城池自夷，岂不危哉！

此文虽为"论"实为赋体。其排比秦汉之失及封建之得，皆用赋法。用字用句亦以整句占优势。如上所举，音步紧凑是魏晋散文之长处。谭家健的《陆机散文论略》统计《豪士赋序》："从句法看，152句中有115句是对偶句，散句只起提问和关联作用，其中也有排比，如四个'×莫×焉'，是为了加强文章的语调，长气贯注，雄深有力，与单纯的铺张有所不同。对句之中，不少上四下六结构，如：'存乎我者，隆杀止乎其域；系乎物者，丰约唯所遭遇。''政由宁氏，忠臣所为慷慨；祭则寡人，人主所不久堪。'有24句之多，在魏晋文章中较为突出。但与南朝骈文之纯用偶句相比，仍然夹以单行，而且四言、五言、七言、九言，参差不一，保持着魏晋文章的流宕之气。"[1] 谭先生的目光是敏锐的，二陆文章虽在当时领风

---

[1] 谭家健：《陆机散文论略》，《中州学刊》1999年第5期。

气之先，但毕竟处于骈文诞生的初始阶段。就语气而言，紧凑短促的偶句已经比散句流畅许多，并且这种骈散相间的手法用反而可以让人在兴奋之处有间歇，不至于因过于紧密，让人不得喘息。士衡对"水"似乎有特殊的钟爱，《晋平西将军孝侯周处碑》是一篇给自己老乡周处写的碑文，短短二百多字的文章中五次写到水，仅江淮就出现了两次。虽然可以理解陆机作为江南水乡人士在不经意间流露出来的思乡之情，但是仍显密促。

二陆为文赋化前贤早已指出，如刘孝绰《昭明太子集序》："孟坚之颂，尚有似赞之讥；士衡之碑，犹闻类赋之贬。"钱钟书云："贾谊之《过秦》、陆机之《辨亡》，皆赋体也。"[①]

（二）二陆之异

二陆之异则更为明显。首先在于二陆文章长短差异颇大。

关于士龙之文的短作，他自己评说："前日观习，先欲作《讲武赋》，因欲远言大体，欲献之大将军。才不便作大文，得少许家语，不知此可出不。"这是陆云欲作而不得不停的创作，停下的原因，士龙说得明白，碍此文为"大体"，而已"才不便作大文"。士衡之文宏大已是共识。清人贺贻孙《诗筏》甚至说："士衡惊才绝艳，乃其为诗，不及其《文赋》《豪士赋序》《吊魏武帝文》《辨亡》《五等诸侯论》远甚。盖惊才绝艳，宜于文，不宜于诗。"以此大才为诗可惜，为文正得其所。比对二陆之文亦可见出。士衡之得意之作，除《文赋》外，《吊魏武帝文》《豪士赋序》《辨亡论》《五等诸侯论》四篇，当可为其代表。《吊魏武帝文》其文、序合计共 201 句，1054 字。《豪士赋序》仅计序文共 141 句，1036 字。《辨亡论》上下两篇合计共 409 句，2814 字。《五等诸侯论》合计共 396 句，1865 字。陆云之章较长者，《晋故散骑常侍陆府君诔》计 296 句，1506 字。《与车茂先书》计 121 句，688 字。士衡之宏丽，在其才多，而士龙之贫弱，在其才小。故士龙尝云："云作虽时有一佳语，见兄作，又欲成贫俭家，无缘当致兄此谦辞。"又云："贫家佳物便欲尽，但有钱谷，复羞出之。而体中殊不可以思虑，腹立满，背便热，亦诚可悲。"此非仅为士龙

---

① 钱钟书：《管锥编》，中华书局，1979，第 888 页。

谦词，士龙之才不如士衡，诚不如也！

其次，二陆之文中之情感差异也比较明显。

最能体现二陆之情者，当推其几篇诔文。《陆云集》有《吴故丞相陆公诔》《晋故散骑常侍陆府君诔》《晋故豫章内史夏府君诔》诔文三篇。《陆机集》有《吴大帝诔》《愍怀太子诔》《吴贞献处士陆君诔》《吴大司马陆公诔》《晋刘处士参妻王氏夫人诔》等，双有《吴大司马陆公少女哀辞》一篇。刘运好先生考证《晋刘处士参妻王氏夫人诔》非诔王氏，亦非陆机所著。《吴故丞相陆公诔》《吴大帝诔》亦有人怀疑非出自二陆之手。按：诔文为死后即作，明徐师曾《文体明辨》："诔者，累也，累列其德行而称之也。《周礼》太祝作六辞，其六曰诔，即此文也。"又清王兆芳《文体通释》："诔者，谥也，累也。累列行事，以为谥也。毛诗传曰，丧纪能诔。礼曾子问曰，贱不诔贵，幼不诔长。又曰，诸侯相诔非礼也。"①"丧纪能诔"即指出诔为临丧之作。故疑者有可信之处。然，又谓"贱不诔贵，幼不诔长"，陆机作诔确已违犯，似乎上述之说亦不甚严格，故在无确凿证据的情况下，我们把上述二篇暂定为二陆之文，存而不论。

《文心雕龙·诔碑》篇云："详夫诔之为制，盖选言录行，传体而颂文，荣始而哀终。论其人也，暧乎若可觌；道其哀也，凄焉如可伤。此其旨也。"②用纪传的体制与颂的文辞，来表现主人的生平，累其功德，其突出特点在于"荣始而哀终"，即叙其人、赞其功，让人"暧乎若可觌"；"道其哀"则要"凄焉如可伤"，此是诔文之基本要求。《文赋》云："碑披文以相质，诔缠绵而凄怆的风格。""碑"与"诔"的区别在于其追求缠绵凄怆的风格。据此，我们可比对二陆诔文，限于亲疏远近之差，我们选取陆云之《晋故豫章内史夏府君诔》与陆机之《愍怀太子诔》比较合适。夏府君，即夏少明，曾为武昌太守，转豫章内史，为二陆之好友。《裴子语林》："夏少明在东国不知名，闻裴逸民知人，乃裹粮寄载，入洛从之。逸民果知之，又嘉其志局，用为西门侯。"③ 知机、云与夏结识在入

---

① 王兆芳：《文体通释》，中华印刷局，1925，第23页。
② （梁）刘勰：《文心雕龙译注》，王运熙、周峰译注，上海古籍出版社，1998，第95页。
③ 鲁迅校录：《古小说钩沉》，齐鲁书社，1997，第9页。

洛之后。愍怀太子即晋惠帝太子,为贾后所害,"故臣江统、陆机并作诔颂焉"[①],机、云曾为太子洗马。诔文结构,其前一部分为颂美之辞,历叙诔主生平,而抒情之句在后半部分。陆云《晋故豫章内史夏府君诔》后面情文如下:

> 昊天不吊,乃降兹厉。高禄朱融,凶焰中燧。寝疾弥留,大命陨坠。邦家不纪,沉哀结世。呜呼哀哉!
>
> 式玩遗美,君实克明。怀光畅幽,晞发结清。体德秉真,审行居贞。屈曳蹈机,与世靡矜。天命裴谌,唯仁则延。任道委分,亮曰斯然。孰云府君,不闻其言。永怀载念,忧心孔艰。曰兄曰弟,笃爱缠绵。晞光继轨,参融鸿振。今君何之,背世遐湮。同生拊膺,号哀瘁身。眇眇孤微,过庭曷遵。天何忍斯?于何之臻。自君初迈,既夷且荣。今君反矣,素旗垂铭。虽光百辟,讬器玄灵。民恸于显,神孤于冥。物从人感,辕马失征。飘风悼响,潜鱼仰惊。丰霄蠠荫,众羽徊鸣。呜呼哀哉!
>
> 瞻彼日月,岁聿云夕。寒暑穷化,四辰交错。日考三从,案辔长薄。邈矣辒轩,脱驾窀穸。背荣孤世,宁神大漠。丘陵崃荫,閤闼寥寥。窭摞惟哀,心摧涕潋。呜呼哀哉!
>
> 咨予与君,恩亲之微。蒙恤于昔,投缨澜猗。思周弱志,永庇惠辉。如何府君,昭景长违。愿言咏眷,载伤载悲。昔我经年,逝彼川路。进阙趋奔,退违陵墓。仰瞻灵丘,俯增永慕。侧剥肝怀,哀其曷厝。呜呼哀哉!

四段文字以四个"呜呼哀哉"作结,表达了自己对夏少明的痛悼之情。首段谓国家尚在乱中,而夏却因"寝疾"撒手人寰,可痛可哀。次段写夏仁德君子,"体德秉真,审行居贞。屈曳蹈机,与世靡矜。天命裴谌,唯仁则延。任道委分"。昔日相处"曰兄曰弟",而今日分别,"不闻其言",抚今追昔,悲从中来。以至对空长问"今君何之",仿佛就在目前,而今却永成隔世,君去余我,孤身眇眇,拊膺号泣,不禁对天责问:"天

---

① (唐)房玄龄等:《晋书》,中华书局,1974,第1463页。

何忍斯？"又写人哀而物感，辕马、飘风、潜鱼、丰霄皆为之徘徊哀鸣。此段文字最为动人。第三段写自己在夏去后，失魂落魄，"背荣孤世，宁神大漠。丘陵竦荫，闾闼寥寥"，百无聊赖，心涕摧折。第四段回忆往昔，"蒙恤于昔，投缨澜猗。思周弱志，永庇惠辉"。可天不遂人愿，"如何府君，昭景长违。愿言咏眷，载伤载悲"。回想当年，河津送别，而今却永成隔世，看着一丘孤坟，剥肝沥胆，痛哉哀哉！可见陆云此诔不可谓无情。

陆机《愍怀太子诔》不同于陆云诔之处，在于陆机之诔无前面序，以四言直接进入诔文。"明明皇子，成命既骏。保乂皇家，载生淑胤。茂德克广，仁姿朗隽。当克无疆，光绍有晋。如何不吊，暴离咎艰。曾是遘愍，匪降自天。肇倾运祚，遂丧华年。呜呼哀哉！"开始即给我们一个极大的反差。太子之德，"茂德克广""当克无疆"，完全可以"光绍有晋"，却罹此大难，"暴离咎艰"，"曾是遘愍，匪降自天。肇倾运祚，遂丧华年"。一个大冤奇屈先摆在了前面，让人由哀生恨。给后面的诔文在情绪上做好了铺垫。其诔文节选如下：

> 何年之妙，而察之早。谠言必复，乖义则考。惟天有命，太子膺之。惟皇有庆，太子承之。当究遐年，登兹胡耇，缉熙有晋，克构帝宇。如何晨牝，秽我朝听。仰索皇家，惟臣明圣。惴惴太子，终温且敬。衔辞即罪，掩泪祗命。显加放流，潜肆鸩毒。痛矣太子，乃离斯酷！谓天盖高，诉哀靡告。鞠躬引分，顾景摧剥。
>
> 呜呼哀哉！凡民之丧，有戚有姻。太子之殁，傍无昵亲。局蹐严宫，绝命禁闱。幽柩偏寄，孤魂曷归？
>
> 呜呼太子，生冤殁悲。匹夫有怨，尚或殡霜。矧乃太子，万邦攸望。普天扼腕，率土怀伤。精感六沴，咎征紫房。爰兹元辅，启我令图。王赫斯怒，天诛靡逋。搀抢叱扫，元凶服辜。仁诏引咎，哀策东徂。光复宠祚，绍建藐孤。于时晖服，粲焉毕陈。庭旅旧物，堂有故臣。孰云太子，不见其人。呜呼哀哉！既济洛川，灵旆左迴。三军凄裂，都邑如隤。慨矣窹叹，念我愍怀。

其诔从太子初之为人写起，"何年之妙，而察之早"。以下10句写其少年即已显出圣明,"谠言必复,乖义则考"写其聪,"惟天有命,太子膺之。惟皇有庆,太子承之"写其诚,而此本该是晋之福,却遭此荼毒。"如何晨牝,秽我朝听"!其悲愤已溢言表。"惴惴太子,终温且敬。衔辞即罪,掩泪祗命。显加放流,潜肆鸩毒。痛矣太子,乃离斯酷!"此八句已不再用对太子的语气来写了,完全是写一位遭难的孩子,我们恍然已见一个"惴惴""温且敬",以至掩面而泣之人,遭受越来越无人性的迫害。故而于下句喊出"痛矣太子,乃离斯酷!""谓天盖高,诉哀靡告。"谁谓天高,却无处申诉!这如窦娥"地也,你不分好歹何为地?天也,你错勘贤愚枉做天"一般的质问。接着又舒缓了一下,从民间叙起,"凡民之丧,有戚有姻。太子之殁,傍无昵亲"。民人之丧尚有亲人相伴,而太子之殁,却"傍无昵亲","幽柩偏寄,孤魂曷归?呜呼太子,生冤殁悲"。普通人之死或是一种解脱,而太子此去,却生遭奇冤,殁也堪悲!贵为太子尚不如匹夫之殁,其愤与恨已达极致。接着又写与太子之深情,睹物伤人,凄恻伤心。

再次,从写作技法的角度来看,陆机之文即使短章也写得波澜壮阔,而陆云之文则要平直许多。试看陆机之《大田议》:

> 臣闻隆名之主,不改法而下治;陵夷之世,不易术而民急。夫商人逸而利厚,农人劳而报薄。导农以利,则耕夫勤;节商以法,则游子归。

陆云之《舆驾比出启宜当入朝》:

> 郎中令臣云言:殿下自即第日来,既仍多哀,故圣体亦恒不安和,自不朝见二宫,已经年载。前既比造赵轵,近又自表出城,至五日问讯,辄以疾闻。臣切所未安。愚以此五日舆驾宜入朝。臣闻事君之道,苟在尽规,知无不为。是以愚臣敢献瞽盲。

此二章皆为短文,尤其陆机之文,长不过五句,从文意来看,却翻出三层意思:首先前朝事实证明,圣明的君主,不改法度而社会仍得以安定,而在陵夷之世,如果不改法度,则无益于社会健康发展。此意在说变与不变要因时而异。其次跳转到商人与农人的对比上。此即言当今之世,商人无劳作之苦却获利丰厚，农人劳苦却得利微薄。暗指当今社会已不安定，法度需要变革。最后两句指出方向，要以利引导农人，以法节制商人，社会就可消除不稳定的因素。不管策略正确与否，写作上确实是一波三折，类似于陆机的五十首《连珠》。再看陆云之文，开篇回顾吴王"自不朝见二宫，已经年载"，前又造豪车，"又自表出城"，问讯却是"以疾闻"。故对此表示担忧，担忧的地方是你吴王应该入朝。这是一种线性叙述，叙述明白即可。当然，这里需要考虑吴王弱智，不宜过多转折。但总体上不及陆机气势逼人。

此一差别还与个人性格有关。前已分析同在对于陆氏国破家亡之时，陆云与陆机反应就不相同，不是说他们感触不一样，而是各人气质不同，所以表现不同。陆机是深于情者，故笔之所触极易出情，其父诔、兄诔及姊之哀辞，皆懿亲丧逝，哀痛之情，当如剥肝，不劳费心思与笔墨，自然成就。《吊魏武帝文》历来为文论家所赏识，此亦抒情名作，刘勰云："陆机之吊魏武，序巧而文繁。"① 王文濡说："奸雄末路，振古如兹；一世之雄，而今安在？此文初以一问一答放厥词，继以随叙断抒其意。深情惋恻，发其永叹。寄托缠绵，杂以刺讽。吊古之文，斯为杰作。"② 吴淇《六朝选诗定论》谓陆机入洛后诗，"故每篇中非家破国亡之感，则忧谗畏讥之意。但屈子之忧谗畏讥在破国亡家前，而士衡之忧谗畏讥在家破国亡后。其骚思更深，后之评士衡者俱曰：'悬圃积玉，无非夜光。'又曰：'朗月曜空，重岩叠翠。'美其词藻之华赡而已。孰能抉肾剔髓，从缠绵壹郁中察其耿介之怀耶？"③ 而陆云犹如颜子，秉承先贤之中庸、敦厚之道，势必压抑再三，故其情很难如陆机之大气磅礴。

本章主要从诗、赋、文等三个方面探讨了二陆诗文的相异与相同之处。其相同点与相异点皆为三点：一是二陆皆好绮靡，此不仅指诗，赋、文亦同。二陆虽皆好绮靡，但陆机秾丽之情状更甚于陆云。二是二人皆重情，其在诗是缘情的体现，在赋则表现为诗化的倾向。陆机深于情，而陆云不及陆机执着。表现在文章中，陆机诗文总是慷慨激昂，而陆云

---

① （梁）刘勰：《文心雕龙译注》，王运熙、周峰译注，上海古籍出版社，1998。
② 王文濡：《南北朝文评注读本》，岳麓书社，2001，第32页。
③ 吴淇：《六朝选诗定论》，《四库全书存目丛书补编》，齐鲁出版社，2001，第197页。

则相对理性,这与其性格有关。三是在文章革新上,二陆着意在打通文体方面做有益的尝试。其主要表现即是文中所说的"诗的赋化"、"赋的诗化"及"文的骈偶化"。二人皆着意于革新,但陆机革新的幅度要远大于陆云。这恐怕也是陆云文坛的名气不及陆机的一个主要原因。

结　论

本书从二陆的家族传承、地域特点、创作心态、诗歌源流及二陆之间的异与同五个方面对二陆的文学创作进行了较为详细的探讨，此处，再对本书的核心内容做一简单的回顾与归纳。

一　对二陆文学创作影响最大的是其家族传统

吴郡陆氏家族对二陆文学创作的影响是多方面的。首先，陆氏家族事业上的成功，是二陆一生奋斗的目标，也是二陆文学创作的重要内容。比如陆机的《辨亡论》（上下）《祖德赋》《述先赋》《丞相铭》《大司马陆公诔》，陆云的《祖考颂》《吴故丞相陆公诔》等。其次，陆氏家族的文化传统影响着二陆的行为处事，是其仕途成功与失败的关键，也是其人生悲剧的渊源。再次，其家族传统直接影响了二陆的文学创作。二陆入仕于晋，除其个人才华因素外，陆氏家族在江东的影响也起了相当大的作用。但陆氏祖上的成功，也让二陆在仕晋的旅途中迷失了自我，不能审时度势，最终导致覆亡。总之，其成与败都不得不归之于吴郡陆氏家族的影响。在学术上，由陆绩所创立的重儒重玄传统，影响了陆氏家族的几代人。早期陆凯、陆璟、陆机、陆云等，后来的陆玩、陆晔、陆澄、陆倕、陆厥甚至到唐代的陆德明、陆柬之等，无不承续这一传统。对二陆文学影响最为直接的是陆氏家族重视《诗经》与《太玄》的学术传统。陆氏家族的守旧学风，促成了陆机、陆云文学创作的拟古文风。表现在诗文中，二陆化用典故最多的是《诗经》和《周易》，摹拟最多的也是《诗经》。

二 历经江南与洛中的人生经历深刻地影响着二陆的文学创作

二陆少年时光是在江东度过的，靠着显赫家族的庇护，在吴地过着无忧无虑的生活。江南的春山秀水，为二陆诗文的丽藻奠定了基础。江南水乡对二陆文学的影响还在其文学题材上。二陆多留意"水"，诗文也多写水，皆因二人为"水乡士"。北来洛阳，不仅要适应江南江北生活习俗的差异，还要忍受北方士人的无礼与歧视，这对二陆造成的伤害表现在身、心两个方面。从陆云与其兄及友人的书信中知道，陆云入洛之后，一直多病，是否为环境造成，我们不能确证，但一定有环境的差异与变化的原因，此是身体上的影响。二陆与王济、潘岳、卢志等人冲突，对二陆心理的影响也是极大的。这些都影响到二陆的文学创作。

要之，江南的秀丽，形成了二陆诗文的"丽"。"卑湿"地势及入洛后的人单势孤，促成了其"弱"。中原的简单平阔有助于"清省"风格的形成。大山黄川，成就了其"壮"的特点。合其秀丽与其清壮，即为壮美风格，但其"弱"又不时流露。这是后世读者有赞有贬、莫衷一是的一个原因。

三 二陆心态与二陆的诗文创作

心态对二陆影响很大，诸如取材、构思乃至成章，都受其影响。具体如下：一是其原初的性格特征，它决定了二陆对外在事物的接受与反映的情况。对二陆来说，外倾性、易冲动的原初性，始终是其一生心态形成的关键，其博学、多才与此有关，其自负、自傲与此有关，其高谈阔论、得理不让于人皆与此有关。二是其家族传统，它从外在的角度不断地刺激主体，从而使其形成稳定的心态特征。二陆于吴亡后伏首入洛，很大程度上受其家族儒学观念的影响。二陆执着于仕途、游于权门、渴望一匡天下的心态，都与此有关。三是后世环境的变化对其心态的形成与改变的影响。北人的歧视对其心态改变很大，他们逞才、好胜的心态在相当程度上与此有联系。上述两点又影响了他们的文学观念及文学创作,如乐府的创作、绮靡风格的形成、赠答诗中的卑微与高傲等。

四 二陆诗文的渊源

对于二陆诗文源出于建安诸子,历来论者较多。从现实情况来看,二陆诗文与建安风格有许多相类之处,这从学者们的探讨中可以看出。但是相类并不一定是源于他们。本书首先分析了二陆对前辈文人及作品的主观态度,发现二陆最为崇尚的文人不是建安文人,而是跨过建安,直追汉末蔡邕。其次,从客观上进行了比对,陆机拟古诗拟写东汉,陆机乐府也是拟两汉,拟建安者仅限于曹操。可见陆机无意于学习建安文人。陆云诗主要源于《诗经》,陆机诗也多化用《诗经》中句。同时,可以看作二陆之源的,还有《周易》。因此,本书提出远跨异代的观点。

二陆最为推崇的文人是与之同一时代的张华。作为时代文坛的领袖,张华在一定程度上代表了时代风尚。因此,本书又探讨了二陆与当世文坛的关系,同时代的绮丽偶对,二陆都是领风气之先者。故提出"追逐时风"的观点。

"远跨异代,追逐时风"正可解释陆机之文与曹植相似的原因。

五 二陆诗文的异与同

二陆并称,相类而不相同。研究二陆文学,有必要分析一下二陆为文的相类与相异之处。

就诗歌来说,二陆之同在于"丽""彩",此一问题论者颇多,本书主要谈二陆之异。大体有"体式选择之异":陆机多五言,陆云多四言;陆机多乐府,陆云无乐府;陆云诗长篇偏多,陆机诗长篇偏少。这些都是很明显的相异之处,其原因却值得深究。概括而言,有二陆才之多少不同的原因,陆机才多,陆云才少;有兴趣广博不同的原因,陆机涉猎广博,陆云要狭窄许多;有志向不太相同的原因,陆机有"张蔡之怀",欲教化天下,成一代名臣名相,而陆云的定位要低了许多;有学习目标不太一样的原因，陆云主要学习《诗经》《楚辞》，很少涉及两汉古诗及乐府。还有情感不同，陆机情深，陆云情浅。此主要与两人性格及期望值不同有关。陆机性格"清厉"，期望值较高，故落差也大，表现在诗中的情感也就异常强烈，陆云相对要弱了许多。在诗的赋化上，二陆又是共同的促进者，此从二陆诗的铺排、组丽及诗题的赋化等角度可以看出。

就赋来说，与诗相类。本书首先追溯了二陆赋之源头。二陆诗追先秦、两汉，赋则追张、蔡。此一观点早在明代即有人提出，如陈第《读诗拙言》，后在清末曾国藩又再次论及，但一直没有得到足够重视。故本书循此进行比对，进而证实其观点的正确性。但张、蔡非其唯一源头。因太康时期，学子同题共赋现象已成普遍。大环境下，二陆对建安文人之赋，也有模仿之例。其次，本书分析了二陆赋在纪事及重视巧构方面的同中之异及异中之同。最后，论述了二陆在赋的诗化中的贡献。

就文来说，本书从"丽""密"的角度分析了二陆文的相同之处，提出了文的骈化观点；又从体制、情感及艺术等角度分析了二陆文的相异之处。

总之，作为西晋最具代表性的两位作家，其在文学史上的地位是不容忽视的。后世学者指责其但工涂泽，毫不及情，是偏颇的。同样，谓其凌跨今古也是夸大其辞。其在文学史上的地位，笔者以为可与曹植一比。如果说曹植是旧的文学体制的反对者，那么，二陆则是曹植的"帮凶"，是旧体制的彻底摧毁者。二陆与太康文人一起试图建立起新的文学体制。但此后相当长的时间内，新的体制一直未能建立起来。谢灵运、颜延之、谢朓、沈约、庾信等人，都是新的文学体制建立过程中有较大贡献者。

参考文献

班固：《汉书》，中华书局，1960。

鲍照：《鲍参军诗注》，黄节注，人民文学出版社，1957。

北京大学55级：《中国文学史》，人民文学出版社，1959。

北京大学中国文学史教研室：《魏晋南北朝文学史参考资料》，中华书局，1962。

曹操、曹丕、曹植：《三曹集》，岳麓书社，1992。

曹操、曹丕等：《魏武帝魏文帝诗注》（附魏明帝诗注），黄节注，人民文学出版社，1958。

曹道衡：《南朝文学与北朝文学研究》，江苏古籍出版社，1999。

曹植：《曹子建诗注》，黄节注，人民文学出版社，1957。

常教：《文赋写作通论》，首都经贸大学出版社，1998。

晁公武：《郡斋读书志校证》，孙猛校证，上海古籍出版社，1990。

陈全之：《蓬窗日录》，上海书店出版社，1985。

陈寿：《三国志》，中华书局，1959。

陈忠凡：《汉魏文学史》，载柳存仁《中国大文学史》，上海书店出版社，2001。

陈柱：《中国散文史》，东方出版社，1996。

陈祚明：《采菽堂古诗选》，上海古籍出版社，2004。

程俊英：《诗经注析》，中华书局，1991。

程章灿：《魏晋南北朝赋史》，江苏古籍出版社，2001。

董国柱：《文赋纂论》，黑龙江人民出版社，1990。

杜佑：《通典》，中华书局，1988。

范晔:《后汉书》,中华书局,1965。

方铭:《期待与高蹈——秦汉文人心态史》,河北教育出版社,2001。

方玉润:《诗经原始》,中华书局,1986。

房玄龄等:《晋书》,中华书局,1974。

傅刚:《魏晋南北诗歌论稿》,吉林教育出版社,1995。

傅庚生:《中国文学批评通论》,商务印书馆,1947。

葛洪:《抱朴子外篇校笺》,杨明照校笺,中华书局,1991。

顾炎武:《日知录集释》,黄汝成集释,上海古籍出版社,1985。

郭茂倩:《乐府诗集》,中华书局,1979。

郭绍虞:《中国文学批评史》,百花文艺出版社,1999。

郭绍虞编《清诗话续编》,上海古籍出版社,1983。

郭预衡:《中国散文史》,上海古籍出版社,1986。

贺杨灵:《古诗十九首研究》,上海光大书局,1935。

〔日〕弘法大师:《文镜秘府论校注》,王利器校注,中国社会科学出版社,1980。

胡阿祥:《魏晋本土文学地理研究》,南京大学出版社,2001。

胡大雷:《中古诗人抒情方式的演进》,中华书局,2003。

胡大雷:《中古文学集团》,广西师大出版社,1996。

胡应麟:《诗薮》,上海古籍出版社,1979。

黄侃:《文心雕龙札记》,中国人民大学出版,2004。

纪昀:《稗编》,载《文渊阁四库全书》,台湾商务印书馆,1983。

纪昀等:《四库全书总目提要》,中华书局,1965。

姜剑云:《太康文学研究》,中华书局,2003。

姜亮夫:《陆平原年谱》,上海古典文学出版社,1957。

教育部:《共和国教科书中国文学史》,商务印书馆,1913。

孔颖达:《十三经注疏·礼记注疏》,中华书局,1980。

蓝旭:《东汉士风与文学》,人民文学出版社,2004。

李昉:《太平御览》,中华书局,1960。

李铭皖:《昆新两县续补合志》,载《中国方志丛书》,台北成文出版有限公司,1983。

李晓风：《陆机论》，中州古籍出版社，2007。

李修生：《全元文》，凤凰出版社，2004。

李学勤、黄锡之：《中华姓氏谱·陆》，现代出版社，2002。

李延寿：《南史》，中华书局，1975。

李泽仁：《陆士衡史》，成都茹古书局，1934。

林宝：《元和姓纂》，岑仲勉校记，中华书局，1994。

林芬芳：《陆云及其作品研究》，文津出版社，1997。

林庚：《唐诗综论》，人民文学出版社，1987。

令狐德棻：《周书》，中华书局，1971。

刘师培：《刘师培中古文学论集》，中国社会科学出版社，1997。

刘师培：《论文杂记》，人民文学出版社，1984。

刘师培：《中国中古文学史》，人民文学出版社，1984。

刘向：《古列女传》，中华书局，1985。

刘向：《说苑校证》，向宗鲁校证，中华书局，1987。

刘勰：《文心雕龙注》，范文澜注，人民文学出版社，1962。

刘勰：《文心雕龙校证》，王利器校证，上海古籍出版社，1980。

刘勰：《文心雕龙译注》，王运熙、周峰译注，上海古籍出版社，1998。

刘勰：《增订文心雕龙校注》，杨明照校注，中华书局，2000。

刘义庆：《世说新语校笺》，徐震堮校笺，中华书局，1984。

刘义庆：《世说新语笺疏》，余嘉锡注，中华书局，1983。

刘运好：《魏晋哲学与诗学》，安徽大学出版社，2003。

鲁迅校录《古小说钩沉》，齐鲁书社，1997。

陆广微：《吴地记》，载《宋元方志丛刊》，中华书局，1985。

陆机：《陆士衡诗注》，郝立权注，人民文学出版社，1957。

陆机：《陆机集》，金涛声校，中华书局，1982。

陆机：《陆士衡文集校注》，刘运好校注，凤凰出版社，2007。

陆机：《文赋集释》，张少康集释，人民文学出版社，2002。

陆侃如：《中古文学系年》，人民文学出版社，1998。

陆时雍：《诗境总龟》，中华书局，1983。

陆云：《陆云集》，黄葵点校，中华书局，1988。

逯钦立：《先秦汉魏晋南北朝诗》，中华书局，1983。

吕不韦等：《吕氏春秋集释》，许维遹集释，中国书店，1985。

罗宗强：《魏晋南北朝文学思想史》，中华书局，1996。

罗宗强：《玄学与魏晋士人心态》，浙江人民出版社，1991。

梅家玲：《汉魏六朝文学新论——拟代与赠答篇》，北京大学出版社，2005。

欧阳修、宋祁：《新唐书》，中华书局，1975。

欧阳询：《艺文类聚》，上海古籍出版社，1965。

钱志熙：《唐前生命观和文学生命主题》，东方出版社，1997。

钱志熙：《魏晋南北朝诗歌史述》，北京大学出版社，2005。

钱钟书：《管锥编》，中华书局，1979。

〔日〕青木正儿：《中国文学思想史》，孟庆文译，春风文艺出版社，1985。

屈原等：《山带阁注楚辞》，蒋骥注，上海古籍出版社，1958。

屈原等：《楚辞解故》，朱季海注，上海古籍出版社，1978。

阮籍：《阮籍集校注》，陈伯君校注，中华书局，1987。

阮忠：《中古诗人群体及其诗风演化》，武汉大学出版社，2004。

芮挺章：《国秀集》四部丛刊本。

沈德潜：《古诗源》，中华书局，1963。

沈德潜：《说诗晬语》，霍松林校注，人民文学出版社，1979。

沈约：《宋书》，中华书局，1974。

司马迁：《史记》，中华书局，1963。

宋长白：《柳亭诗话》，上海杂志公司，1935。

宋濂：《宋濂文集》，罗月霞集校，浙江古籍出版社，1999。

苏绍兴：《两晋南朝的士族》，联经出版事业公司，1987。

孙若风：《高蹈人间——六朝文人心态史》，河北教育出版社，2001。

谭正璧：《中国文学史大纲》，上海光明书局，1940。

汤用彤：《魏晋玄学论稿》，人民出版社，1957。

唐长孺：《魏晋南北朝史论丛》，河北教育出版社，2000。

脱脱等：《宋史》，中华书局，1977。

王安石：《王安石全集》，大众书局，1935。

王充：《论衡校点》，章衣萍校点，上海大东书局，1934。

王夫之：《古诗评选》，文化艺术出版社，1997。

王夫之等：《清诗话》，上海古籍出版社，1978。

王根林：《汉魏六朝笔记小说大观》，上海古籍出版社，1999。

王焕然：《汉代士风与赋风研究》，中国社会科学出版社，2006。

王靖献：《在钟与鼓——诗经套语及其创作方式》，谢濂译，四川人民出版社，1990。

王闿运：《湘绮楼诗文集》，岳麓书社，1996。

王玫：《建安文学接受史论》，上海古籍出版社，2005。

王鸣盛：《十七史商榷》，商务印书馆，1987。

王世贞：《艺苑卮言校注》，罗仲鼎校注，齐鲁书社，1992。

王文濡：《南北朝文评注读本》，岳麓书社，2001。

王瑶：《中古文学史论》，北京大学出版社，1986。

王永平：《六朝江东世族之家风家学研究》，江苏古籍出版社，2003。

王兆芳：《文体通释》，中华印刷局，1925。

魏征、令狐德棻：《隋书》，中华书局，1973。

吴承学：《中国文体形态研究》，中山大学出版社，2000。

吴淇：《六朝选诗定论》，载《四库全书存目丛书补编》，齐鲁出版社，2001。

吴文治：《宋诗话全编》，江苏古籍出版社，1998。

吴正岚：《六朝江东士族的家学与门风》，南京大学出版社，2006。

薛雪：《一瓢诗话》，郭绍虞校注，人民文学出版社，1979。

萧统：《文选》，李善等注，上海古籍出版社，1986。

萧子显：《南齐书》，中华书局，1972。

谢灵运：《陶渊明全集·附：谢灵运集》，上海古籍出版社，1998。

谢朓：《谢宣城集校注》，曹融南校注，上海古籍出版社，1991。

谢榛：《四溟诗话》，人民文学出版社，1961。

徐宝余：《庾信研究》，学林出版社，2003。

徐公持：《魏晋文学史》，人民文学出版社，1999。

徐陵：《玉台新咏笺注》，吴兆宜笺注，中华书局，1985。

许结：《体物浏亮——赋的形成与拓展研究》，辽海出版社，2001。

许学夷：《诗源辩体》，人民文学出版社，1987。

严可均：《全上古三代秦汉三国六朝文》，中华书局，1958。

颜之推：《颜氏家训集解》，王利器集解，中华书局，1993。

杨伯峻：《列子集释》，中华书局，1979。

杨树增等：《盛世悲音——汉代文人的生命悲叹》，河北教育出版社，2001。

杨衒之：《洛阳伽蓝记》，上海书店出版社，2000。

姚思廉：《梁书》，中华书局，1973。

叶枫宇：《西晋作家的人格与文风》，上海三联书店，2006。

叶适：《习学记言》，上海古籍出版社，1992。

叶燮：《原诗》，霍松林校注，人民文学出版社，1979。

殷孟伦注《汉魏六朝百三家集题辞注》，人民文学出版社，1963。

游国恩等：《中国文学史》，人民文学出版社，1963。

于尚龄：《嘉兴府志》，载《四库全书存目丛书》史部，齐鲁书社，1997。

俞绍初：《建安七子集》，中华书局，1989。

俞绍初校点《王粲集》，中华书局，1980。

俞士玲：《西晋文学考论》，南京大学出版社，2008。

元好问：《元遗山诗集笺注》，施国祁笺注，人民文学出版社，1958。

袁维春：《秦汉碑述》，北京工艺美术出版社，1990。

袁行霈：《中国文学概论》，高等教育出版社，1990。

袁行霈：《中国文学史》，高等教育出版社，1999。

曾大兴：《中国历代文学家地理分布》，湖北教育出版社，1995。

曾毅：《中国文学史》，泰东图书局，1915。

张伯伟：《全唐五代诗格汇考》，江苏古籍出版社，2002。

张衡：《张衡诗文集校注》，张震泽校注，上海古籍出版社，1995。

张华：《博物志》，中华书局，1980。

张怀瑾：《文赋译注》，北京出版社，1984。

张惠言：《易义别录·周易陆氏注》（皇清经解本），上海书店出版社，1988。

张溥：《汉魏六朝百三名家集》，台北河洛图书出版社，1964。

张清钟：《古诗十九首汇说赏析与研究》，（台湾）商务印书馆，1966。

张天真：《长洲县志》，载《天一阁明代方志选刊》，上海书店，1982。

张旭华：《九品中正制略论稿》，中州古籍出版社，2004。

张毅：《宋代文学思想史序》，中华书局，1995。

章太炎：《国学概论》，上海古籍出版社，1997。

章太炎：《太炎文录初编》，上海书店出版社，1992。

章学诚：《文史通义新编》，上海古籍出版社，1993。

章学诚：《文学大纲》，上海书店出版社，1939。

赵景深：《中国文学史新编》，光华书局，1928。

郑奠、谭全基：《古汉语修辞学资料汇编·文章流别论辑佚》，商务印书馆，1980。

中国科学院文学研究所：《中国文学史》，人民文学出版社，1963。

钟嵘：《诗品集注》，曹旭集注，上海古籍出版社，1994。

钟嵘：《诗品注》，陈延杰注，人民文学出版社，1961。

钟嵘：《诗品讲疏》，许文雨注，成都书店，1983。

钟嵘：《诗品评注》，张怀瑾注，天津古籍出版社，1997。

周明初：《晚明士人心态与文学个案》，东方出版社，1997。

周伟民、萧华荣：《诗品文赋注释》，中州古籍出版社，1985。

周一良：《魏晋南北朝史札记》，中华书局，1985。

周应合：《景定建康志》，成文出版社，1983。

朱长文：《吴郡图经续记》，载《宋元方志丛刊》，中华书局，1985。

朱东润：《中国文学批评史大纲》，上海古籍出版社，2001。

朱嘉徵：《乐府广序》，齐鲁书社，1997。

朱熹：《诗集传》，中华书局，1958。

朱熹：《四书集注》，中华书局，1983。

朱熹：《朱子语类》，黎靖德集，中华书局，1983。

祝穆：《宋本方舆胜览》，上海古籍出版社，1991。

庄周：《庄子集解》，王先谦集解，中华书局，1987。

庄周：《庄子校诠》，王步岷校注，乐学书局，1986。

〔日〕佐藤利行：《陆云研究》，白帝社，1990。

〔日〕佐藤利行：《西晋文学研究》，周延良译，中国社会科学出版社，2004。

图书在版编目（CIP）数据

吴郡二陆文学研究 / 马荣江著 . —北京：社会科学文献出版社，2014.6
 ISBN 978 - 7 - 5097 - 5390 - 3

Ⅰ.①吴… Ⅱ.①马… Ⅲ.①陆机（261～303）- 文学研究②陆云（262～303）- 文学研究 Ⅳ.①I206.2

中国版本图书馆 CIP 数据核字（2013）第 293068 号

吴郡二陆文学研究

著　　者 / 马荣江

出 版 人 / 谢寿光
出 版 者 / 社会科学文献出版社
地　　址 / 北京市西城区北三环中路甲 29 号院 3 号楼华龙大厦
邮政编码 / 100029

责任部门 / 经济与管理出版中心 （010）59367226　　责任编辑 / 高　雁
电子信箱 / caijingbu@ssap.cn　　责任校对 / 张彦彬　赵子光
项目统筹 / 高　雁　　责任印制 / 岳　阳
经　　销 / 社会科学文献出版社市场营销中心 （010）59367081　59367089
读者服务 / 读者服务中心 （010）59367028

印　　装 / 北京鹏润伟业印刷有限公司
开　　本 / 787mm×1092mm　1/16　　印　张 / 19
版　　次 / 2014 年 6 月第 1 版　　字　数 / 301 千字
印　　次 / 2014 年 6 月第 1 次印刷
书　　号 / ISBN 978 - 7 - 5097 - 5390 - 3
定　　价 / 69.00 元

本书如有破损、缺页、装订错误，请与本社读者服务中心联系更换
▲ 版权所有　翻印必究